BESA A LAS MUJERES

BESA A LAS MUJERES

James Patterson

TRADUCCIÓN DE VÍCTOR POZANCO

GRAND CENTRAL
PUBLISHING

NEW YORK   BOSTON

Grand Central Publishing
Hachette Book Group
237 Park Avenue
New York, NY 10017

HachetteBookGroup.com

Impreso en los Estados Unidos de America

OPM

Primera edición de Grand Central Publishing: octubre 2012
10 9 8 7 6 5 4 3 2 1

Grand Central Publishing es una división de Hachette Book Group, Inc. El nombre y el logotipo de Grand Central Publishing es una marca registrada de Hachette Book Group, Inc.

ISBN: 9781455544844

A Isabelle Anne y Charles Henry

Prólogo

CRÍMENES PERFECTOS

CASANOVA
Boca Ratón, Florida, junio de 1975

Durante tres semanas, el joven asesino vivió, literalmente, *dentro de las paredes* de una extraordinaria casa de quince habitaciones situada en primera línea de mar.

Desde allí oía el suave murmullo del atlántico oleaje. Pero en ningún momento sintió la tentación de asomarse al océano ni a la playa privada que se extendía a lo largo de más de cien metros frente a la orilla.

Había demasiado que explorar, que estudiar, que conseguir desde su escondrijo en el interior de la asombrosa casa de estilo neomediterráneo de Boca Ratón. Hacía muchos días que el pulso no dejaba de martillear sus sienes.

En la enorme casa vivían ahora cuatro personas: Michael y Hannah Pierce y sus dos hijas. El asesino los espiaba en sus momentos más íntimos. Le encantaba todo lo que rodeaba a los Pierce, incluso los más pequeños detalles y, en especial, la preciosa colección de conchas de Hannah y la flota de veleros de teca que colgaba del techo en uno de los dormitorios de invitados.

A la hija mayor, Coty, la observaba día y noche. Era condiscípula en el instituto St. Andrews. Una chica sencillamente excepcional. No había en el instituto ninguna más bonita ni más lista que Coty. Tampoco le quitaba ojo a Karrie Pierce, que tenía sólo 13 años pero que ya era una zorrita.

Aunque él medía más de 1,80 m, podía meterse con facilidad en los conductos del aire acondicionado de la casa, porque era delgado como un alambre y no había empezado aún a ensancharse.

El asesino tenía un atractivo de estilo oriental realzado por su juventud.

En su escondrijo tenía varias novelas pornográficas, libros que había encontrado durante febriles visitas a Miami. Era un verdadero adicto a *Historia de O, Colegialas en París e Iniciaciones voluptuosas*. También tenía entre las paredes un revólver Smith & Wesson.

Salía y entraba de la casa a través de una ventana del sótano que estaba rota. A veces, incluso dormía allí abajo, detrás de un viejo frigorífico Westinghouse que vibraba suavemente, donde las Pierce tenían cervezas y vino gasificado para sus guateques que, a menudo, terminaban con una hoguera en la playa.

A decir verdad, aquella noche de junio se sentía un poco más raro que de costumbre. Aunque no era nada preocupante. No había problema.

A media tarde, se había pintado el cuerpo con pintura de varios colores: rojo cereza, anaranjado y amarillo vivo. *Era un guerrero*. Un cazador.

Estaba allí acurrucado, con su cromado revólver del calibre 22, una linterna y sus libros «porno», *dentro* del techo del dormitorio de Coty. Justo encima de ella, por así decirlo.

Aquélla sería la gran noche. El principio de todo aquello que realmente importaba en su vida.

Se acomodó lo mejor que pudo y empezó a releer sus fragmentos favoritos de *Colegialas en París*. Su linterna de bolsillo proyectaba una tenue luz sobre las páginas. La novela era, sin duda, una de esas que se leen de un tirón, y muy cachonda. Trataba de un «respetable» abogado francés que le pagaba a una rolliza celadora para que le dejase pasar las noches en un lujoso internado de señoritas. El relato estaba escrito en el lenguaje más desvergonzado: «la plateada punta de su verga», «su pérfida matraca», «magreaba a las siempre ansiosas colegialas».

Al cabo de un rato se cansó de leer y miró el reloj. Ya era la hora, casi las 3.00 de la madrugada. Le temblaban las manos al dejar el libro a un lado y mirar a través de la rejilla del registro del aire acondicionado.

Se quedaba sin aliento al ver a Coty en la cama. La aventura verdaderamente real estaba ahora frente a él. Tal como la había imaginado.

Se deleitó con un pensamiento: «Mi verdadera vida está a punto de empezar. ¿De verdad voy a hacerlo? Sí, por supuesto que sí...».

Vivía *de verdad* en las paredes de la casa que los Pierce tenían en la playa. Pronto, aquel hecho, que parecía salido de una espectral pesadilla, ocuparía la portada de todos los periódicos importantes de Estados Unidos. Estaba impaciente por leer el *Boca Raton News*.

«¡EL CHICO DE LAS PAREDES!».

«¡EL ASESINO VIVÍA, LITERALMENTE, EN LAS PAREDES DE LA CASA DE UNA FAMILIA!».

«¡UN MANÍACO HOMICIDA, LOCO DE ATAR, PODRÍA ESTAR VIVIENDO EN SU CASA!».

Llevaba una camiseta de los Hurricane de la Universidad de Miami, pero se le había subido y podía verle las braguitas rosa de seda. Dormía boca arriba, con una de sus bronceadas piernas cruzada sobre la otra. Tenía la boca entreabierta, formando una pequeña «o», como si estuviese enfurruñada. Desde donde él se encontraba irradiaba inocencia.

Ya era casi una mujer plenamente desarrollada. La había visto admirarse frente al espejo de cuerpo entero hacía sólo unas horas. La había visto quitarse su sostén de blonda. La había visto admirar sus perfectos pechos.

Coty era tan engreída como *intocable*. Aquella noche iba a ser distinto.

Se la iba a tirar.

Con suma precaución y sigilo retiró la rejilla metálica del registro del techo. Luego, se introdujo por la abertura y se descolgó hasta el interior del dormitorio, pintado de azul celeste y rosa. Notaba opresión en el pecho y su respiración era agitada y dificultosa. Tenía escalofríos.

Se había cubierto los pies con bolsas de plástico para la basura, sujetas a la altura de los tobillos, y llevaba los finos guantes azules de goma que utilizaba la sirvienta de los Pierce para limpiar.

Se sentía como un estilizado guerrero Ninja, y era la viva imagen del terror con su pintarrajeado cuerpo desnudo. El crimen perfecto. Se complacía en creerlo así.

¿Sería un sueño? No. Sabía muy bien que no lo era. Era el proyecto hecho realidad. ¡Lo iba a hacer! Le ardían los pulmones al respirar hondo.

Por un momento, estudió a la joven que dormía beatíficamente y a la que tantas veces había admirado en St. Andrews. Luego, se deslizó hasta el lecho de la incomparable Coty Pierce.

Se quitó un guante y acarició su perfecta y bronceada piel. Imaginó que le untaba bronceador con aroma de coco por todo el cuerpo.

Ya la tenía dura como un palo.

Su larga melena rubia era tan suave como una cola de conejo. Tenía una preciosa mata de pelo, limpio, impregnado de olor a bosque, como un bálsamo.

Sí, los sueños se hacían realidad.

Coty abrió de pronto los ojos de par en par. Eran como dos esmeraldas resplandecientes, como las preciosas gemas de la joyería Harry Winston de Boca Ratón.

Ella musitó su nombre sin aliento, el nombre que conocía del instituto. Pero él se había dado un nuevo nombre, se había *nombrado* a sí mismo, se había recreado.

—¿Qué haces aquí?—susurró ella jadeante—. ¿Cómo has entrado?

—*Sorpresa, sorpresa...* Soy Casanova—le dijo él al oído, con el pulso tan acelerado que temió que le estallara—. Te he elegido entre las chicas más bonitas de Boca Ratón y de toda Florida. ¿No te gusta?

Coty empezó a gritar.

—Tschistt... —la acalló él rozando sus suaves labios con los suyos, para luego besarla amorosamente.

También besó a Hannah Pierce aquella inolvidable noche en Boca Ratón antes de asesinarla y mutilarla.

Poco después, besó a su hija menor, la pequeña Karrie, de sólo 13 años.

Antes de dar por concluida la velada, comprendió que era de verdad Casanova, el más grande amante de todos los tiempos.

EL CABALLERO DE LA MUERTE
Chapel Hill, Carolina del Norte, mayo de 1981

Era un perfecto caballero. Un caballero de arriba abajo. Siempre discreto y educado.

Pensó en ello mientras escuchaba los susurros de los amantes que paseaban por las inmediaciones del lago del campus. Era todo tan romántico que parecía salido de un sueño. Para él era perfecto.

—¿Crees que es una buena idea o te parece una bobada que no merece comentario?—oyó que Tom Hutchinson le preguntaba a Roe Tierney.

Se habían subido a una barca de remos azul cerceta que se mecía con suavidad junto a uno de los embarcaderos del lago. Tom y Roe iban a tomar la barca «prestada» durante unas horas. Una travesura de estudiantes.

—Dice mi bisabuelo que navegar con la corriente no acorta la vida… —contestó Roe—. Es una gran idea, Tommy. Vamos.

—¿Y si hace uno otras cosas en la barca?—preguntó Tom Hutchinson riendo.

—Pues... si eso incluye alguna variedad de aerobic puede incluso alargarte la vida.

Al cruzar las piernas, Roe dejó ver sus suaves muslos.

—En tal caso, ir de luna de miel en un bote robado tiene que ser una buena idea—dijo Tom.

—Una estupenda idea—dijo Roe manteniendo el equilibrio—. La mejor. Pongámosla en práctica.

En cuanto el bote se separó del embarcadero, el Caballero se introdujo en el agua. No hizo ruido. Estaba atento a las palabras, a los movimientos y a todos y cada uno de los matices del fascinante ritual de los amantes.

La luna, casi en plenilunio, irradiaba serenidad y belleza hacia Tom y Roe mientras surcaban la resplandeciente superficie del lago.

A primera hora de aquella noche, cenaron en un romántico restaurante de Chapel Hill, e iban los dos muy elegantes. Roe llevaba una falda negra plisada y una blusa de seda de color crema, pendientes de plata en forma de concha y el collar de perlas que le prestó su compañera de habitación. Una indumentaria perfecta para salir a remar.

El Caballero estaba casi seguro de que el traje gris que llevaba Tom Hutchinson ni siquiera era suyo.

Tom era de Pensilvania, hijo de un mecánico de coches. Había llegado a ser capitán del equipo de rugby de los Duke y tenía un brillantísimo expediente académico.

Roe y Tom eran la «pareja dorada». Prácticamente, era en lo único que los estudiantes de Duke y de la cercana Universidad de Carolina del Norte estaban de acuerdo. El «escándalo» de que el capitán del equipo de rugby de Duke saliese con la reina del festival universitario de Carolina del Norte le echaba aún más pimienta al romance.

Forcejearon con los díscolos botones y cremalleras mientras surcaban lentamente el lago. Roe se quedó sin más «prendas» que los pendientes y el collar. Tom llevaba la camisa blanca, pero desabrochada, con lo que hacía las veces de pequeña tienda al penetrar a Roe.

Bajo el vigilante ojo de la luna empezaron a hacer el amor.

Sus cuerpos se movían con suavidad y la barca se mecía alegremente. Roe dejaba escapar quedos gemidos que se mezclaban con el coro de unas cicadas que jugaban a lo lejos.

Al Caballero se le hizo un nudo en la boca del estómago, de pura rabia. Su lado oscuro estaba a punto de estallar, como un brutal y reprimido animal, como una versión moderna del hombre lobo.

De pronto, Tom Hutchinson se separó de Roe Tierney con un entrecortado gemido. Algo muy potente tiraba de él hacia fuera de la barca. Antes de caer al agua, Roe lo oyó gritar. Fue un extraño sonido, una especie de «aaajjj».

Tom tragó agua y empezó a tener violentas arcadas. Sentía un terrible dolor; dolor localizado pero muy intenso.

Luego, la fuerza que había tirado de él hacia atrás aflojó la presión y lo soltó. Estaba libre.

Tom se llevó a la garganta sus grandes y fuertes manos, manos de «cerebro» del equipo de rugby, y tocó algo caliente. Manaba sangre que se mezclaba con el agua del lago. El pánico lo atenazó.

Horrorizado, volvió a tocarse la garganta y palpó el cuchillo que tenía clavado. «¡Oh, Dios mío! Me han apuñalado. Voy a morir en el fondo de este lago y ni siquiera sé por qué».

Mientras tanto, Roe Tierney seguía en la cabeceante barca, demasiado confusa para poder gritar.

Le latía el corazón con tanta fuerza que apenas podía respirar. Se puso de pie en la barca buscando desesperadamente con los ojos algún rastro de Tom.

«Debe de ser una broma pesada—se dijo—. No pienso volver a salir con Tom Hutchinson. Ni me casaré con él. Ni muerta. Esto no tiene ninguna gracia».

Estaba aterida de frío y empezó a palpar el fondo de la barca en busca de su ropa.

De pronto, muy cerca del bote, alguien o algo emergió a la oscura superficie. Fue como si se hubiese producido una explosión bajo el lago.

Roe vio asomar una cabeza. Era la cabeza de un hombre... Pero no era la de Tom Hutchinson.

—No he pretendido asustarla—le dijo el Caballero en un tono tranquilo, como si estuviera manteniendo una conversación con ella—. No se alarme—añadió susurrante mientras se asía a la regala del bote—. Somos viejos amigos. Si he de ser franco, le diré que llevo observándola más de dos años.

Roe se puso a gritar con incontenible desespero, como si temiese no ver nunca más la luz del día.

Y no la vio. Roe Tierney jamás volvió a ver amanecer.

Primera Parte

CHISPA CROSS

Capítulo 1

YO ESTABA EN EL porche delantero de nuestra casa de la calle Cinco cuando empezó todo.

Caía un chaparrón, como a mi hijita Janelle le gustaba decir. Pero en el porche se estaba estupendamente. Mi abuela me enseñó una oración que no he olvidado: «Gracias por todo, tal como es». Parecía muy adecuada para aquel día, aunque... no del todo.

Pegado a la pared del porche había un póster con viñetas de *Far Side* de Gary Larson. Ilustraba el banquete anual de los «Mayordomos del Mundo». Uno de los mayordomos había sido asesinado. Tenía en el pecho un puñal clavado hasta la empuñadura.

«Dios mío, Collings, detesto empezar los lunes con un caso así», decía en el «bocadillo» puesto en boca de un detective que estaba en el lugar del crimen.

Tenía el póster allí para que me recordase que en la vida había algo más que mi trabajo como detective de la brigada criminal del distrito de Columbia. Junto al póster había un dibujo que Damon hizo dos años atrás con la dedicatoria: «Al mejor papá del mundo».

Ése era otro recordatorio.

En nuestro viejo piano, yo tocaba melodías de Sarah Vaughan, Billie Holiday y Bessie Smith. El blues me entristecía mucho últimamente. Había estado pensando en Jezzie Flanagan. A veces, podía ver su hermoso y cautivador rostro al mirar hacia lo lejos. Aunque procuraba no mirar demasiado a lo lejos.

Mis dos hijos, Damon y Janelle, estaban sentados en la sólida aunque desvencijada banqueta del piano, a mi lado. Janelle me «rodeaba» la espalda con su bracito derecho (la verdad es que no llegaba ni a rozarme la columna).

En su mano izquierda tenía una bolsa de caramelos que, como siempre, compartía con sus amigos. Yo tenía uno de naranja en la boca, que dejaba disolver lentamente.

Ella y Damon me acompañaban silbando, aunque Jannie, más que silbar, escupía a un determinado ritmo. Un raído ejemplar de *Green Eggs and Ham* estaba encima del piano, vibrando con mi interpretación.

Tanto Jannie como Damon eran conscientes de que yo tenía problemas en mi vida últimamente; desde hacía unos meses, por lo menos. Trataban de animarme. Tocábamos y silbábamos blues, soul y un poco de jazz fusion. Pero también bromeábamos y confraternizábamos como les gusta a los niños que hagamos.

Aquellos ratos con mis hijos era lo que más me gustaba de mi vida. Cada vez pasaba más tiempo con ellos. Las fotografías que tengo de mis hijos me recuerdan que nunca volverán a tener siete y cinco años respectivamente. Pensaba no perderme nada de aquellos años de sus vidas.

Nos interrumpió el sonido de fuertes pisadas que

corrían escaleras arriba por el porche trasero. Al momento sonó el timbre de la puerta: uno, dos, tres timbrazos breves. Quienquiera que fuese tenía mucha prisa.

—*Ding-dong*, la bruja ha muerto—dijo Damon, inspirado por el momento.

Llevaba unas gafas tipo aviador. Era la imagen que tenía de un tipo duro y frío. Y la verdad es que así era el pequeño.

—No, la bruja no ha muerto—replicó Jannie.

Hace poco reparé en que se ha convertido en una ardiente defensora del género femenino.

—Puede que no sean noticias de la bruja—dije con el tono y la dicción adecuados.

Los dos se echaron a reír. Casi siempre entendían mis chistes (era como para echarse a temblar, pensaba yo).

Alguien empezó a aporrear la puerta y a gritar mi nombre en tono quejumbroso y alarmante

—¡Dejadnos tranquilos, puñeta! No estamos para lamentos ni alarmas en estos momentos.

—¡Doctor Cross! ¡Abra, por favor, doctor Cross!

Los gritos continuaban. No reconocí la voz de la mujer, pero, por lo visto, la intimidad no existe para quienes anteponemos al apellido la palabra doctor.

Retuve a los niños sujetándoles la parte superior de la cabeza con las manos.

—Yo soy el doctor Cross, no vosotros. Así que seguid tarareando y… guardadme el sitio. Vuelvo en seguida.

—¡Vuelvo en seguida!—repitió Damon con su lograda imitación de la voz de Terminator.

Sonreí. Damon es un chico despierto (el segundo de la clase).

Corrí a la puerta trasera empuñando mi revólver

reglamentario. Nuestro barrio es peligroso incluso para un policía, que es lo que soy. Miré a ver quién era a través de los empañados y sucios cristales de una de las ventanas.

Vi a una mujer joven que estaba en el peldaño superior del porche. Vivía en una urbanización de Langley. Rita Washington era una joven drogadicta de 23 años que merodeaba por nuestras calles como un espectro gris. Era lista y bastante bonita, pero impresionable y débil. Había dado un mal paso, había perdido su atractivo y ahora parecía irrecuperable.

Al abrir la puerta me dio en la cara una ráfaga de viento húmedo y frío. Rita tenía las manos y las muñecas ensangrentadas. También tenía sangre en su verde chaqueta de piel artificial.

—¿Qué demonios te ha pasado, Rita?—pregunté, temiéndome que le hubiesen pegado un tiro, o apuñalado, por algún problema de drogas.

—Por favor, venga conmigo, por favor—farfulló Rita, que empezó a toser y a sollozar al mismo tiempo—. Es el pequeño Marcus Daniels—añadió llorando—. ¡Lo han apuñalado! ¡Está muy mal! «Doctor Cross. Doctor Cross», le he oído decir. Quiere que vaya usted, doctor Cross.

—¡No os mováis de aquí, niños! ¡Volveré en seguida!—troné, temiendo que los histéricos gritos de Rita ahogasen mi voz—. ¡Vigile a los niños, Nana!—grité aún más fuerte—. ¡Tengo que salir, Nana!

Cogí mi abrigo y seguí a Rita Washington bajo la fría cortina de agua.

Procuré no pisar la brillante sangre que rezumaba como pintura roja por los peldaños del porche.

Capítulo 2

ENFILÉ LA CALLE CINCO a todo correr. Notaba los acelerados latidos de mi corazón. Sudaba a mares a pesar de la pertinaz, molesta y fría lluvia de primavera. El pulso martilleaba mis sienes. Tenía los músculos y los tendones de mi cuerpo en tensión, y un doloroso nudo en el estómago.

Cogí en brazos a Marcus Daniels, un muchachito de 11 años, y lo estreché con fuerza contra mi pecho. El pequeño sangraba profusamente. Rita Washington había encontrado a Marcus en las pringosas y oscuras escaleras que conducían al sótano de su casa, y me había llevado hasta su desmadejado cuerpo.

Más que correr, volé, tragándome el llanto, como me enseñaron a hacer en la academia, y en casi todas partes.

La gente del Southeast, poco dada a fijarse en nadie, me seguía con la mirada, con la misma perplejidad que si viesen un camión sin frenos ni dirección por el centro de la ciudad.

Rebasé a varios taxis, gritándole a todo el mundo que se apartase, pasando frente a una hilera de tiendas cuyos postigos, de contrachapado oscuro y semipodrido, estaban cubiertos de *grafitis*.

Pisaba cristales rotos, desperdicios, botellas de licor y rodales de hierba macilenta. Aquél era nuestro barrio, nuestra parte en el «sueño americano», nuestra capital.

Recordé un dicho muy popular acerca de Washington: «Si te agachas, te pisan; y si te enderezas, te pegan un tiro».

Mientras yo corría, el pobre Marcus perdía sangre como un incontinente cachorrillo que se me orinase encima. Me ardían el cuello y los brazos, y seguía teniendo los músculos muy tensos.

—¡Aguanta, pequeño!—le dije a Marcus.

«¡Aguanta, pequeño!», pensé a modo de plegaria.

—Ay, doctor Alex...—dijo a mitad de camino con voz queda y llorosa.

Eso fue todo lo que me dijo. Comprendí por qué. Yo sabía muchas cosas del pequeño Marcus.

Corrí cuesta arriba por el recién asfaltado acceso del hospital St. Anthony. Una ambulancia me rebasó en dirección a la calle L. El conductor llevaba una gorra de los Chicago Bulls ladeada, con el borde señalando extrañamente en mi dirección. Una estridente música de rap atronaba desde el vehículo, en cuyo interior debía de ser ensordecedora. El conductor y el enfermero no se detuvieron. Ni siquiera parecieron considerarlo. A veces, la vida es así en el Southeast. No puede uno detenerse por cada asesinato o atraco que se encuentra en la ronda diaria.

Conocía el camino a la sala de urgencias del St. Anthony. Había estado allí muchísimas veces, demasiadas. Abrí con el hombro la familiar puerta de paneles de cristal donde ponía «Urgencias» (la fina película del estarcido de las letras había saltado en varios puntos, y el cristal estaba rayado).

—Ya hemos llegado, Marcus. Estamos en el hospital— le susurré al muchacho.

Pero no me oyó. Había perdido el conocimiento.

—¡Ayúdenme, por favor! *¡Que alguien me ayude con este niño!*—grité.

Al repartidor del Pizza Hut le hubiesen prestado más atención. Un vigilante de seguridad con pinta de aburrido me miró con su ejercitada expresión inescrutable. Una desvencijada camilla traqueteaba ruidosamente por los pasillos.

Reconocí a dos enfermeras, Annie Bell Waters y Tanya Heywood.

—Tráigalo aquí—dijo Annie Waters que, al percatarse de la gravedad del chico, me cedió el paso.

No me hizo ninguna pregunta. Se limitó a pedir al personal médico, y a otros heridos que andaban por allí, que se apartasen.

Pasamos frente a recepción. Los letreros estaban escritos en inglés, español y coreano. Por todas partes olía a desinfectante.

—Ha intentado degollarse con una navaja. Creo que se ha seccionado la carótida—dije mientras corríamos por un pasillo atestado de paredes color verde pálido y descoloridos letreros en los que decía «Rayos X», «Traumatología».

Al fin encontramos una habitación, un cuchitril increíblemente pequeño, poco más grande que un armario ropero. El médico de juvenil aspecto que llegó corriendo me dijo que me marchase.

—El chico tiene once años—dije—. No pienso moverme de aquí. Tiene las venas de ambas muñecas cortadas. Es un intento de suicidio. Aguanta, muchacho—le susurré a Marcus—. Sólo tienes que aguantar un poco.

Capítulo 3

CLIC. CASANOVA ABRIÓ EL maletero de su coche y miró aquellos ojos grandes y resplandecientes de lágrimas fijos en él. «Qué pena. Qué lástima de chica», pensó al mirarla.

—Veo, veo... —dijo él—. Te veo.

Estaba enamorado de la estudiante universitaria de 22 años que tenía maniatada en el maletero. Pero también estaba furioso con ella. Había quebrantado sus normas. Había hecho que su fantasía perdiese el encanto.

La joven estaba amordazada con trapos mojados y no podía preguntarle nada, pero lo fulminaba con la mirada. Sus oscuros ojos marrones dejaban traslucir el dolor y el miedo. Pero aún percibía en ellos la terquedad y el coraje.

Primero sacó su bolsa negra y luego aupó los cincuenta kilos que pesaba la joven para sacarla del coche. No se molestó en cogerla con delicadeza.

—Bienvenida—le dijo al dejarla de pie en el suelo—. Hemos olvidado nuestros buenos modales, ¿verdad?

A la joven le temblaban las piernas. Estuvo a punto de desplomarse, pero Casanova la sujetó con una mano.

Ella llevaba un pantalón de deporte de la Universidad

Wake Forest de color verde oscuro, un top blanco y unas zapatillas Nike de atletismo. Era la típica estudiante universitaria engreída, una cría consentida, como él sabía muy bien, pero de una turbadora belleza. Le había atado los estilizados tobillos y las manos a la espalda con sendas tiras de cuero.

—Sólo tienes que caminar por delante de mí. Sigue todo derecho, a menos que yo te diga lo contrario. De modo que… *andando*—le ordenó—. Mueve esas largas y preciosas piernas. Vamos, vamos…

Se adentraron por una fronda que se adensaba a medida que avanzaban. La vegetación era cada vez más tupida.

Balanceaba la bolsa como un niño que llevase la fiambrera del almuerzo. Le encantaban los bosques oscuros. Siempre le habían gustado.

Casanova era alto y atlético, bien formado y apuesto. Era consciente de que podía conquistar a muchas mujeres, pero no de la manera que él quería. No de *aquella* manera.

—Te pedí que me escuchases, ¿verdad? Y no quisiste hacerlo—le dijo él en tono suave y distante—. Te precisé cuáles eran las normas de la casa. Sin embargo, preferiste dártelas de lista. Pues ahora verás lo que has conseguido.

A cada paso que daba, la joven estaba más y más asustada, casi al borde del pánico. Cruzaban una fronda más densa aún que las anteriores. Las ramas bajas le arañaban los brazos. Sabía cuál era el nombre de su captor: Casanova. Fantaseaba con la idea de ser un gran amante, y lo cierto era que podía mantener la erección más que ningún otro hombre que ella hubiese conocido. Siempre le pareció un chico equilibrado y sensato, pero sabía que *tenía que estar loco*. En muchas ocasiones, podía comportarse como una persona cuerda, aunque no era posible aceptar ni uno solo de sus principios.

«El hombre ha nacido para cazar… mujeres», le había dicho Casanova varias veces.

La puso al corriente de las normas de su casa. Le advirtió que se portase bien. Pero ella no hizo caso. Se había comportado como una estúpida obstinada y había cometido un gravísimo error táctico.

Procuraba no pensar en lo que fuese a hacerle en la sobrecogedora oscuridad del bosque. Si lo pensaba, sufriría un infarto. Tampoco iba a darle la satisfacción de desmoronarse y romper a llorar.

Si por lo menos la desamordazase… Tenía la boca seca, y mucha sed. Quizá pudiese convencerlo para salir con bien de… lo que se propusiera hacer con ella.

Se detuvo, dio media vuelta y lo miró a los ojos. Tenía que jugársela.

—¿Quieres parar aquí? Por mí no hay inconveniente. No obstante, no voy a dejarte hablar. No podrás pronunciar tus últimas palabras, cariño mío. El gobernador no te indulta. La has jodido. Si nos detenemos aquí, podrías arrepentirte. Me gustaría que caminases un poco más. Me encantan estos bosques, ¿a ti no?

Tenía que hablar con él, entablar una conversación. Preguntarle *por qué*. Acaso apelar a su inteligencia. Intentó decir su nombre, pero a través de la húmeda mordaza sólo salían ahogados sonidos.

Él parecía más tranquilo y seguro de sí mismo de lo habitual. Incluso se pavoneaba al andar.

—No entiendo una palabra de lo que dices. De todas maneras, aunque lo entendiese, de nada te iba a servir.

Llevaba puesta una de las máscaras que siempre

utilizaba. Aquélla se llamaba «máscara de la muerte», le había explicado. Se utilizaba en hospitales y funerarias para reconstruir rostros.

El color de piel humana de la máscara de la muerte era casi perfecto, de un aterrador realismo. El rostro que él había elegido era joven y atractivo, de típico americano. Ella se preguntaba cuál sería su verdadero aspecto. ¿Quién demonios sería? ¿Por qué usaba máscaras?

«Conseguiré escapar como sea», se dijo la joven. Y haría que lo encerrasen de por vida. Nada de pena de muerte: que sufriese año tras año.

—Si es eso lo que quieres... por mí no hay inconveniente—dijo él que, de pronto, le dio una patada en los pies que la hizo caer de espaldas—. Vas a morir aquí mismo.

Sacó una jeringuilla de su bolsa negra de médico y la esgrimió como si fuese una espada. Quería que la viese bien.

—Esta jeringuilla se llama Tubex—dijo Casanova—. Está cargada con tiopental sódico, que es un barbitúrico. Produce los efectos propios de un barbitúrico—añadió a la vez que presionaba el émbolo para hacer salir un chorrito del marronoso líquido, parecido al del té helado.

No le iba a gustar nada que se lo inyectasen en la vena.

—¿Qué efectos produce? ¿Qué quieres hacer conmigo?—gritó ella inaudiblemente bajo la mordaza—. ¡Quítame la mordaza, por favor!

Estaba bañada en sudor y respiraba trabajosamente. Tenía el cuerpo agarrotado, anestesiado y entumecido. ¿Por qué quería administrarle un barbitúrico?

—Si me equivoco al inyectarte, morirás en seguida—le dijo él—. De modo que... *no te muevas.*

Ella asintió con la cabeza repetidamente, procurando convencerlo de que se portaría bien; de que podía portarse con él... muy bien. «Por favor, no me mates—imploró en silencio—. No me hagas esto».

Su captor eligió una vena en la conjunción del brazo con el antebrazo. La joven notó el doloroso pinchazo.

—No quiero que te queden moratones que te afeen—le susurró él—. No tardará mucho. Diez, nueve, ocho, siete, seis, *cinco, tú, eres, tan, bonita, cero.* Se acabó.

Ella se echó a llorar. No pudo evitarlo. Las lágrimas rodaban por sus mejillas. Estaba loco. Cerró los ojos. Ya no podía soportar más mirarlo.

«Por favor, Dios mío, no me dejes morir así—imploró—. No me dejes morir aquí tan sola».

La droga surtió efecto casi de inmediato. Sintió calor en todo su cuerpo, calor y somnolencia. Quedó inerte.

Casanova le quitó el top y empezó a manosearle los pechos, como un malabarista con las pelotas. Ella no podía hacer nada para impedirlo.

Le separó las piernas como si colocase una obra de arte, una escultura humana, estirando la ligadura de cuero todo lo que daba de sí. Entonces se echó encima de ella. La súbita acometida le hizo abrir los ojos y mirar a la horrible máscara. Él le devolvió la mirada. Eran unos ojos fríos e inexpresivos y, sin embargo, extrañamente penetrantes.

La poseyó. Ella sintió como si una descarga eléctrica estremeciese su cuerpo. Casanova la tenía muy dura, en plena erección. La penetraba profundamente mientras ella agonizaba a causa de la dosis de barbitúricos. Contemplaba su agonía. Pues de eso se trataba, en definitiva.

La joven se retorcía, arqueaba el cuerpo, temblaba.

Pese a lo débil que estaba intentó gritar. «No, por favor, por favor, por favor. No me hagas esto».

La oscuridad la envolvió misericordiosamente.

No sabía cuánto tiempo había estado inconsciente. Ni le importaba. «Estoy viva», se dijo al despertar.

Empezó a llorar. Los ahogados sonidos que salían de su mordaza eran agónicos. Las lágrimas surcaban sus mejillas. Comprendió cuánto ansiaba vivir.

Notó que la habían movido. La había atado a un árbol. Tenía las piernas cruzadas y atadas. Seguía fuertemente amordazada. La había desnudado. No veía su ropa por ninguna parte.

Pero... ¡él seguía allí!

—No me importa que grites—le dijo él—. No hay por aquí nadie que pueda oírte—añadió mirándola a través de las aberturas de la máscara—. Sin embargo, no quiero que ahuyentes a los animales hambrientos.

Casanova contempló de nuevo su precioso cuerpo.

—Es una pena que me hayas desobedecido, que hayas quebrantado las normas—prosiguió él, quitándose la máscara.

Por primera vez, le dejó ver su rostro y fijó su imagen en la mente. Luego, se inclinó hacia ella y la besó en los labios.

Kiss the girls[1].

Y, al fin, se alejó.

---

[1] Besa a las mujeres.

Capítulo 4

CASI TODA MI CÓLERA se disipó en la febril carrera hasta el hospital St. Anthony con Marcus Daniels en brazos. La descarga de adrenalina ya se había agotado. Pero el cansancio que sentía no era normal.

La sala de espera de urgencias era ruidosa. Se palpaba una frustrante confusión. Bebés que lloraban, padres que gemían y exteriorizaban su aflicción, las continuas llamadas a los médicos a través del sistema de megafonía.

—¡Qué mierda! ¡Qué mierda!—exclamó un hombre que sangraba profusamente.

Aún podía *ver* los bonitos y tristes ojos de Marcus Daniels. Aún podía *oír* su suave voz.

Poco después de las seis y media de aquella tarde, mi compañero llegó inesperadamente al hospital. Me escamó un poco, pero… mejor dejarlo correr por el momento.

John Sampson y yo somos íntimos amigos desde que teníamos 10 años y correteábamos por estas mismas calles del Southeast. Al terminar el bachillerato, ingresé en la Universidad John Hopkins y me doctoré en psicología. Sampson ingresó en el Ejército. De un modo un tanto extraño y misterioso, ambos terminamos por trabajar juntos en el cuerpo de policía del distrito de Columbia.

Yo estaba sentado en una camilla que habían dejado junto a la entrada de traumatología. Al lado estaba el carrito auxiliar que habían utilizado para Marcus. Varios torniquetes de látex colgaban como scrpentinas de las negras manijas del carrito.

—¿Cómo está el chico?—preguntó Sampson, que ya se había enterado de lo de Marcus.

La verdad era que Sampson siempre se enteraba de todo. Se le había calado el poncho con la lluvia y le chorreaba por todas partes. Pero no parecía importarle.

Meneé la cabeza, entristecido y frustrado.

—Todavía no lo sé. Me ha dicho el médico que, como no soy su pariente más cercano, no podía decirme nada. Lo han ingresado en traumatología. Se ha hecho unos cortes muy profundos. Pero, en fin, ¿qué te trae por el club?

Sampson se quitó el poncho y se dejó caer junto a mí en la destartalada camilla. Bajo el poncho llevaba una de sus indumentarias de detective de calle: una sudadera Nike de color rojo y plateado, zapatillas de deporte de la misma marca, finos brazaletes dorados y varios anillos de sello. Su pinta de urbanita callejero era impecable.

—¿Dónde está tu diente de oro?—le pregunté, esforzándome por sonreír—. Necesitas un diente de oro para completar tu caracterización. O, por lo menos, una estrellita de oro en un diente.

—Bah… —exclamó riendo—. Me he enterado y he venido—añadió para justificar su aparición en St. Anthony—. Tienes pinta de elefante moribundo. ¿Estás bien?

—Ese pequeño ha intentado suicidarse. Un encanto de crío, como Damon. Tiene sólo once años.

—¿Quieres que vaya a destrozarles la *crackera?* ¿Que vaya a vaciarles un cargador a los padres del chico?—dijo Sampson con una mirada dura como la obsidiana.

—Lo haremos después—respondí yo.

Desde luego, mi estado de ánimo era como para hacerlo. Lo positivo del caso era que los padres de Marcus Daniels vivían juntos. Lo negativo, que tenían al chico y a sus cuatro hermanas viviendo en la *crackera* que regentaban, cerca de la urbanización Langley Terrace. La edad de los Daniels iba de 5 a 12 años, y todos ellos trabajaban en el negocio del *crack*.

—¿Se puede saber qué haces tú aquí?—insistí—. ¿No irás a decirme que has entrado porque te pillaba de camino? ¿De qué va el asunto?

Sampson le dio un golpecito a la base de un paquete de Camel e hizo saltar un cigarrillo. Utilizaba sólo una mano. Muy tranquilo. Encendió el cigarrillo. Había médicos y enfermeras por todas partes.

Le arrebaté el cigarrillo, lo dejé caer al suelo y lo aplasté con la suela de mi zapato negro de lona, junto al agujero que tenía cerca del dedo gordo.

—¿Te sientes mejor ahora?

Sampson me miró con fijeza y luego me dirigió una franca sonrisa que dejó ver su blanca dentadura. El numerito se había terminado. Sampson había obrado el prodigio en mí, porque fue algo verdaderamente mágico, incluyendo el truco del cigarrillo. Me sentía mejor. Aquellos numeritos no acostumbraban a funcionar. En realidad, me sentía como si acabasen de abrazarme media docena de parientes próximos y mis dos hijos. Sampson es mi mejor amigo por una razón: sabe hacerme reaccionar como nadie.

—Aquí llega el ángel misericordioso—dijo él, señalando hacia el largo y caótico pasillo.

Annie Waters venía hacia nosotros con las manos en los bolsillos de su bata de hospital. Tenía una ceñuda expresión. Aunque, en realidad, eso era algo normal en ella.

—Lo siento muchísimo, Alex. Hemos perdido al chico. Creo que estaba casi muerto cuando llegasteis. Probablemente, ha resistido más gracias a toda la esperanza que le insuflabas.

Nítidas imágenes y viscerales sensaciones se solapaban en mi interior. Me veía corriendo por la calle Cinco con Marcus en brazos. Imaginé la sábana de hospital que debía de cubrirlo ahora.

—El chico era paciente mío desde esta primavera—les dije a los dos.

Me extendí para aclararles por qué me había enfurecido tanto y por qué me sentía ahora tan deprimido.

—¿Quieres que te traiga algo, Alex?—preguntó Annie Waters con cara de preocupación.

Meneé la cabeza. Necesitaba hablar. Necesitaba desahogarme.

—Marcus se enteró de que yo colaboraba aquí en St. Anthony, de que hablaba con los pacientes... Empezó a venir algunas tardes. Cuando le hube hecho los tests, me contó cómo era su vida en la *crackera*. En toda su vida no había conocido más que yonquis. Y precisamente una yonqui ha sido la que ha venido a mi casa hoy... Rita Washington. No ha venido la madre del chico; ni el padre. Marcus ha intentado degollarse y se ha cortado las venas. Con sólo once años.

Se me humedecieron los ojos. Cuando muere un niño, alguien tiene que llorar. El psicólogo de un suicida de once años debería afligirse. O, por lo menos, eso creía yo.

Sampson se puso al fin en pie y posó su largo brazo en mi hombro. Ya volvía a medir sus 2,07 m de costumbre.

—Vayamos a casa, Alex—me dijo—. Vamos, hombre, que ya es hora.

Entré en la habitación donde estaba Marcus y lo miré por última vez. Sostuve su manita inerte y pensé en las conversaciones que habíamos tenido, en la indescriptible tristeza que irradiaban siempre sus ojos marrones. Recordé entonces un hermoso y sabio proverbio africano: «Se necesita a todo un pueblo para criar bien a un niño».

Finalmente, Sampson se acercó, me separó del chico y me llevó a casa.

Pero allí fue aún peor.

Capítulo 5

NO ME GUSTÓ LO que vi en casa. Varios coches estaban desordenadamente repartidos por todo el derredor. Era una casa muy modesta. La mayoría de los coches eran de amigos o de parientes.

Sampson detuvo el coche detrás del Toyota de la esposa de mi difunto hermano Aaron. Cilla Cross era una buena amiga. Era fuerte y lista. Había terminado por caerme mejor que mi hermano. ¿Qué hacía Cilla allí?

—¿Qué demonios pasa en la casa?—preguntó Sampson de nuevo.

Empecé a preocuparme.

—Invítame a una cerveza fresca—me dijo Sampson al retirar la llave del contacto—. Es lo mínimo que puedes hacer.

Sampson salió del coche con su agilidad acostumbrada. Pese a su corpulencia es rápido como el viento.

—Entremos, Alex.

Yo tenía la ventanilla del coche abierta, pero aún estaba dentro.

—Vivo aquí. Entraré cuando me sienta con ánimo.

Noté un escalofrío a lo largo de la columna vertebral. ¿psicosis policial? Pudiera ser.

—No te hagas de rogar—me dijo Sampson volviendo la cabeza—. Por una vez en tu vida, no pongas las cosas difíciles.

El escalofrío recorría ya todo mi cuerpo. Respiré hondo. El recuerdo del monstruo humano que contribuí a quitar de la circulación hacía poco aún me producía pesadillas. Sentía pánico al pensar que un día pudiera fugarse. Era un asesino y un secuestrador que ya estuvo una vez en la calle Cinco.

¿Qué diantre pasaba en mi casa?

La puerta estaba entreabierta y Sampson entró sin llamar. «Mi casa es su casa». Siempre había sido así. Lo seguí al interior.

Mi hijo Damon se echó en los brazos de Sampson, y John lo levantó por los aires como si fuese una pluma. Jannie vino hacia mí patinando, llamándome «papi». Ya llevaba puesto el pijama y olía al talco que le ponían después del baño. Era mi damita. La mirada de sus grandes ojos marrones me dejó helado. Algo malo ocurría.

—¿Qué pasa, cariño mío?—le pregunté, con su suave mejilla junto a la mía—. Dime qué ha pasado. Cuéntaselo todo a papá.

En el salón vi a tres de mis tías, a mis dos cuñadas y a Charles; el único hermano que me quedaba. Mis tías tenían el rostro congestionado, sin duda, de haber llorado; igual que mi cuñada, Cilla, que no tiene el llanto fácil.

«Ha debido de morir alguien—pensé, porque aquello parecía un velatorio—. Algún ser querido». Pero allí parecían estar los más allegados.

Mamá Nana, mi abuela, estaba sirviendo café, té helado y trozos de pollo frío, que nadie parecía comer.

Nana vive conmigo y mis hijos. En su fuero interno, cree estar criándonos a los tres. A sus 80 años, está muy encogida, y apenas rebasa ya el 1,50 m. Pero sigue siendo la persona más impresionante que conozco en la capital de nuestra nación, y conozco a la mayoría, a los Reagan, a los Bush y ahora a los Clinton.

A juzgar por sus ojos, mi abuela no había vertido una lágrima. Rara vez la he visto llorar, pese a que es una persona tremendamente cariñosa y cordial. Sólo que ya no llora. Dice que como no le queda mucha vida por delante, no quiere malgastarla en llanto.

Finalmente, pasé al salón e hice la pregunta que martilleaba en mi cerebro.

—Me alegra veros a todos… Charles, Cilla, tía, pero… *¿quiere alguno de vosotros hacer el puñetero favor de decirme qué pasa aquí?*

Todos clavaron la mirada en mí.

Yo seguía con Jannie en brazos. Sampson tenía cogido a Damon bajo su enorme brazo derecho, como si de una peluda pelota de rugby se tratase.

Nana se decidió a hablar en nombre de los reunidos. Sus casi inaudibles palabras me produjeron un lacerante dolor.

—Se trata de Naomi —dijo con aplomo—. Chispa ha desaparecido, Alex.

Y por primera vez en muchos años, Nana rompió a llorar.

Capítulo 6

CASANOVA GRITÓ, Y EL penetrante sonido que salió de su garganta se convirtió en un áspero aullido.

Cruzaba la espesura del bosque, pisando la hojarasca, pensando en la chica que había abandonado en una fronda. Y en lo espantoso que era lo que había *vuelto* a hacer.

Por un lado, deseaba volver junto a la chica—*salvarla*—, apiadarse de ella.

Le remordía la conciencia y empezó a correr, cada vez más de prisa. Tenía el cuello y el pecho bañados en sudor. Se sentía tan débil que le flaqueaban las piernas.

Era plenamente consciente de lo que había hecho. Pero no podía dominarse.

De todos modos, era mejor así. Había visto su rostro. Era una estupidez suponer que ella podía llegar a comprenderlo. Había visto en sus ojos temor, desdén.

Si lo hubiese escuchado cuando trató de hablar con ella… Al fin y al cabo, él era distinto de los asesinos en serie… *él podía sentir todo lo que hacía*. Podía amar… sufrir… y…

Se quitó la máscara de la muerte con ademán contrariado. Toda la culpa la había tenido ella. Ahora tendría que cambiar de personalidad. Tenía que dejar de ser Casanova.

Necesitaba ser *él*. Su otro yo, misericordioso.

Capítulo 7

...a las Mujeres... 3...

«SE TRATA DE NAOMI. Chispa ha desaparecido, Alex».

Los Cross nos congregamos en la cocina, donde siempre nos habíamos reunido.

Nana hizo más café y una infusión para ella. Yo acosté a los niños. Luego, abrí una botella de Black Jack y serví una ronda.

Me explicaron que mi sobrina había desaparecido hacía cuatro días en Carolina del Norte. Hasta entonces no se habían puesto en contacto con nuestra familia de Washington. Como policía, aquello me resultaba difícil de comprender. Dos días era lo normal cuando se producía la desaparición de alguna persona. Cuatro días era absurdo.

Naomi Cross tenía 22 años y estudiaba derecho en la Universidad Duke. Era una de las mejores de su curso y había salido varias veces en *Law Review*, una revista de temas jurídicos. Era el orgullo de nuestra familia. La llamábamos Chispa desde que tenía tres o cuatro años, porque era muy vivaz, ingeniosa y rápida como el rayo. También era muy cariñosa con todo el mundo. Tras la muerte de mi hermano Aaron ayudé a Cilla a criarla.

No me fue difícil, porque siempre era cariñosa, simpática, solícita y más lista que el hambre.

Chispa había desaparecido en Carolina del Norte, hacía cuatro días.

—He hablado con un detective llamado Ruskin— explicó Sampson en la cocina.

Trataba de no comportarse como un agente de policía, pero no podía evitarlo. Se ocupaba del caso. Serio e inescrutable. La habitual expresión de Sampson.

—Me ha parecido que el detective Ruskin estaba muy al corriente de la desaparición de Naomi. Y también que es un tipo muy directo, aunque algo raro. Me ha dicho que una amiga de Naomi, de la Facultad de Derecho, es quien ha denunciado la desaparición. Se llama Mary Ellen Klouk.

Yo conocía a aquella amiga de Naomi. Era una futura abogada de Garden City, en Long Island. Naomi había traído a Mary Ellen a nuestra casa de Washington un par de veces. Y en una de aquellas ocasiones, por Navidad, fuimos al Kennedy Center, a escuchar *El Mesías* de Haendel.

Sampson se quitó sus gafas oscuras, algo que rara vez hacía. Naomi era su preferida y estaba tan conmovido como todos nosotros. Ella lo llamaba «Su harteza» y «Taladro», y a él le encantaba que le tomase el pelo.

—¿Por qué no nos ha llamado antes el tal Ruskin? ¿Por qué no me han llamado los de la universidad?—dijo mi cuñada.

Cilla tiene 41 años. Se había abandonado y estaba como un tonel. Según ella, mide 1,63 m, pero no me lo creo. De lo que no dudo es de que debe de pesar casi cien kilos. Me aseguraba que ya no quería resultar atractiva para los hombres.

—Ignoro la razón—contestó Sampson—. Le dijeron a Mary Ellen Klouk que *no nos llamase.*

—¿Y qué explicación ha dado el detective Ruskin por el retraso?—le preguntó a Sampson.

—Que había circunstancias *atenuantes.* Pero no ha querido darme detalles, pese a que suelo ser persuasivo.

—¿Le has dicho que podíamos hablar del caso en persona?

—Sí—contestó Sampson—. Pero me ha asegurado que el resultado sería el mismo. Le he dicho que lo dudaba y me ha replicado que... muy bien. No parece tener nada que temer.

—¿Es negro?—preguntó Nana, que es racista y está orgullosa de serlo.

Asegura ser demasiado vieja para ser social o políticamente correcta. Más que detestar a los blancos desconfía de ellos.

—No, pero no creo que eso sea un problema, Nana. No van por ahí los tiros—dijo Sampson mirándome desde el otro lado de la mesa de la cocina—. Me parece que *no podía* hablar.

—¿FBI?—pregunté.

Era lo más obvio que cabía aventurar, cuando se topaba uno con el secretismo. El FBI comprende mejor que el *Washington Post,* el *New York Times,* y que las mismísimas compañías telefónicas, que la información es poder.

—Ahí podría estar el problema. Ruskin no lo reconocería por teléfono.

—Será mejor que hable yo con él—dije—. Probablemente, en persona será más fácil. ¿No crees?

—Yo opino que sí, Alex—respondió Cilla desde su lado de la mesa.

—Podría ir yo a echarle una firmita—comentó Sampson sonriendo como el predador lobo que es.

Varios asintieron con la cabeza y se oyó por lo menos un aleluya en la atestada cocina. Cilla rodeó la mesa y me abrazó con fuerza. Mi cuñada temblaba como un recio y frondoso árbol azotado por la tormenta.

Sampson y yo iríamos al sur. Íbamos a volver con Chispa.

Capítulo 8

TUVE QUE CONTARLES A Damon y a Jannie lo de su tía Chispa, que es como siempre la han llamado.

Mis hijos notaban que algo malo había ocurrido. Lo intuían, igual que intuyen mis puntos más débiles y mis más íntimos secretos. No habían querido acostarse hasta que yo llegase y hablase con ellos.

—¿Dónde está la tía Chispa? ¿Qué le ha pasado?— preguntó Damon en cuanto entré en el dormitorio que compartía con su hermana.

Había oído lo bastante para comprender que algo terrible debía de ocurrirle a Naomi.

Siento la necesidad de decirles a mis hijos la verdad, siempre que sea posible. Me he impuesto no mentirles nunca. Pero a veces no es nada fácil.

—Es que hace varios días que no sabemos nada de la tía Naomi—contesté—. Por eso estaban todos tan preocupados esta noche y han venido a casa. Papá va a ocuparse del caso. Haré lo que pueda para encontrar a la tía Naomi en un par de días. Y ya sabéis que papá suele solucionar los problemas, ¿verdad?

Damon asintió con la cabeza, reconociendo que era

cierto. Mis palabras parecieron tranquilizarlo. Aunque creo que lo que más confianza le infundió fue la seriedad de mi tono. Se arrimó a mí y me dio un beso, algo que no prodiga mucho últimamente. También Jannie me dio el más dulce de los besos. Los estreché entre mis brazos a ambos a la vez. Angelitos...

—Papá se ocupa del caso—musitó Jannie.

Aquello me levantó bastante la moral. Recordé lo que cantaba Billie Holiday: «Dios bendiga a quien tenga hijos».

A las once, los niños dormían ya plácidamente y la casa empezaba a quedar vacía. Mis tías más mayores ya se habían marchado a sus trasnochados nidos, y Sampson se disponía también a salir.

Normalmente, Sampson entra y sale de aquí como Pedro por su casa. Pero, en aquella ocasión, Mamá Nana lo acompañó a la puerta y yo los seguí (la superioridad numérica es siempre conveniente frente a Nana).

—Gracias por ir mañana al sur con Alex—le dijo Mamá Nana a Sampson en tono confidencial, aunque no sé quién creería que podía estar aplicando el oído indiscretamente—. Ya ves, John Sampson, que puedes ser una persona civilizada y de alguna utilidad cuando te lo propones. Siempre te lo he dicho, ¿verdad?—añadió apoyando su deformado y huesudo índice en el imponente mentón de Sampson—. ¿Verdad que sí?

Sampson le sonrió. Se complace en su superioridad física incluso ante una octogenaria.

—Voy a dejar que Alex vaya solo. Después, Nana, iré a rescatarlos a él y a Naomi—dijo él.

Nana y Sampson rieron como un par de cuervos de los dibujos animados. Era buena señal oírlos reír. Luego, ella se las compuso para rodearnos a Sampson y a mí con sus brazos. Y allí siguió de pie, como una anciana menudita sujetándose a sus dos secuoyas favoritas. Noté que su frágil cuerpo temblaba. Hacía veinte años que Mamá Nana no nos abrazaba a los dos de aquella manera. Me constaba que quería a Naomi como a una hija, y estaba muy asustada por lo que pudiera ocurrirle.

«No, a Naomi no. Nada malo puede ocurrirle. A Naomi, no».

Aquellas palabras martilleaban una y otra vez en mi cabeza. Pero algo tenía que haberle ocurrido. Tendría que empezar a pensar y a actuar como un policía; como un detective de la brigada de investigación criminal. *Y en el sur.*

«Tened fe y perseguid lo desconocido», decía Oliver Wendell Holmes.

Yo tengo fe. Persigo lo desconocido. En eso consiste mi trabajo.

Capítulo 9

A LAS SIETE DE la tarde de un día de finales de abril, había un gran bullicio en el maravilloso campus de la Universidad Duke.

Todo el campus de la autoproclamada «Harvard del sur» rebosaba belleza.

Los magnolios, especialmente a lo largo de Chapel Drive, estaban exuberantes, en plena floración. Estaba todo tan cuidado, la retícula de setos y arriates era tan armoniosa, que era un deleite para la vista contemplar el que sin duda debía ser uno de los campus más bellos del país.

La fragancia de la vegetación embriagaba los sentidos de Casanova mientras cruzaba por los pilares de grisáceo granito de la entrada al sector oeste del campus.

Eran poco más de las siete y Casanova había ido allí exclusivamente a *cazar*. Todo el proceso, desde el ojeo hasta el momento de cobrar la pieza, ejercía sobre él un irresistible atractivo. Estaba exultante. Le era imposible detenerse una vez que había empezado. Adoraba los prolegómenos.

«Soy como un tiburón asesino, con cerebro humano,

e incluso sentimientos—pensaba Casanova mientras caminaba—. Soy un predador sin igual, un predador pensante».

Creía que a los hombres les gustaba la caza, que, en realidad, vivían para la caza, aunque la mayoría no lo reconociese. Los ojos de un hombre no dejaban nunca de buscar a las mujeres hermosas y sensuales, o a otros hombres, que para el caso era lo mismo. Y más aún en un privilegiado lugar como el campus de Duke, o los de Chapel Hill y Raleigh, de la Universidad estatal de Carolina del Norte, y tantos otros que había visitado por todo el sudeste.

¡Había que verlas! Las engreidillas que estudiaban en Duke pasaban por ser las mujeres estadounidenses más bonitas y «contemporáneas». Incluso con las indumentarias más extravagantes y ridículas, eran dignas de ver, mirar, fotografiar y fantasear acerca de ellas.

«No hay nada mejor», pensaba Casanova, silbando una antigua melodía.

Iba bebiendo sorbos de Coca-Cola mientras observaba a los estudiantes jugar. También él jugaba a un ingenioso juego (a varios a la vez, en realidad). Los juegos se habían convertido en su vida. El hecho de tener un trabajo «respetable», otra vida, ya no le importaba.

Se comía con los ojos a toda aquella que encajase mínimamente en su colección, estudiantes con buen tipo, profesoras o cualquier mujer que apareciese con la camiseta de los Blue Devils de Duke, como parecía ser de rigor para cualquier visitante.

Se relamía por anticipado. Acababa de ver algo espléndido...

Una preciosa joven negra, estilizada y alta, estaba

recostada en un viejo roble del Edens Quad. Leía el *Chronicle* de Duke, que había doblado en tres pliegues. Le gustaba el suave brillo de su oscura piel, su artístico peinado. Pero pasó de largo.

«Sí, los hombres son cazadores por naturaleza», pensaba Casanova, que de nuevo se encontraba en su mundo.

Los «fieles» maridos prodigaban sus furtivas miradas con suma discreción. Los muchachitos de 11 y 12 años, de limpia mirada, parecían muy inocentes y juguetones. Los abuelos fingían estar de vuelta de estas cosas, y se limitaban a aderezar sus expresiones con «picardía». Pero Casanova sabía que todos miraban, seleccionando de continuo, obsesionados con dominar la caza desde la pubertad hasta la tumba.

Era una necesidad biológica, ¿no? No le cabía la menor duda. En la actualidad, las mujeres exigían que los hombres aceptasen el hecho de que los relojes biológicos femeninos sintonizaran con… bien, con los hombres, aunque en realidad sintonizaban con sus biológicas pollas.

Esas pollas no paraban.

También ése era un hecho de la naturaleza. Dondequiera que fuese, prácticamente a cualquier hora del día o de la noche, notaba su interno latido. *Tictac. La polla tiesa.*

¡La siempre viva!

¡La siempre tiesa!

Un bronceado bomboncito rubio estaba sentado con las piernas cruzadas en una de las franjas de césped que cruzaba su sendero. Leía un libro de bolsillo, *Filosofía de la existencia*, de Carl Jaspers. Desde su lector de CD, el grupo de rock Smashing Pumpkins aportaba su repetitivo ritmo a modo de mantras. Casanova sonrió para sus adentros.

Tictac.

Era un cazador implacable. Era el Príapo de los noventa. La diferencia entre él y tantos otros desalmados contemporáneos era que él actuaba al dictado de impulsos naturales.

Buscaba incesantemente una belleza extraordinaria... ¡y la poseía! Era de una sencillez insultante. *¡Qué moderna historia de horror más sobrecogedora!*

Se fijó en dos japonesitas que mascaban el grasiento cerdo de Carolina del Norte comprado en el nuevo Crooks Corner II de Durham. *Estaban* encantadoras, devorando como animalitos la especialidad del lugar (carne de cerdo asada a la barbacoa, aderezada con una salsa con mucho vinagre y luego cortada a trocitos muy pequeños). No podía uno comérselo sin ensalada de col.

Sonrió ante la curiosa escena. *Ñam, ñam.*

Pero también pasó de largo. Otras vistas llamaban su atención. Cejas con anillos. Tobillos tatuados. Camisetas con extravagantes estampados. Deliciosos pechos sin sujetador, piernas, muslos por todas partes.

Llegó al fin a un pequeño edificio de estilo gótico, cercano al sector norte del hospital universitario de Duke. Era un anexo especial donde los enfermos terminales de cáncer de todo el sur recibían asistencia durante sus últimos días. Empezó a latirle el corazón con fuerza. Se estremeció.

¡Allí la tenía!

Capítulo 10

¡ALLÍ ESTABA LA MUJER más hermosa del sur! Hermosa en todos los aspectos. No sólo era físicamente deseable, sino que era muy lista. Ella podía ser capaz de comprenderlo. Acaso fuese tan extraordinaria como él.

Estuvo a punto de decir aquellas palabras en voz alta, y las creía absolutamente ciertas. Había trabajado mucho en casa acerca de su siguiente víctima. Le latía el corazón con tal fuerza que le dolían las sienes. Notaba el martilleante pulso por todo su cuerpo.

Se llamaba Kate McTiernan. Katelya Margaret McTiernan, para ser tan exacto como a él le gustaba ser.

Acababa de salir del pabellón de cancerosos terminales, donde trabajaba para pagarse la carrera de medicina. Iba sola, solitaria como de costumbre. Su último novio le advirtió de que podía terminar convirtiéndose en una «bonita solterona».

Ni en broma. No iba a darle tiempo. Obviamente, Kate McTiernan estaba sola porque quería. Podía haber elegido a cualquiera que hubiese deseado, porque era de una belleza asombrosa, muy inteligente y solidaria, a juzgar por lo que sabía de ella. Pero... era la clásica empollona.

Se había volcado en sus estudios y en su trabajo en el hospital con una dedicación increíble.

No había en ella nada muy llamativo. Y eso le gustaba. Su ondulada media melena castaña realzaba su preciosa carita. Sus ojos, azul oscuro, le chispeaban al reír. Tenía una risa contagiosa. Su aspecto era típicamente estadounidense, pero no vulgar. Era de fuerte complexión y, sin embargo, resultaba delicada y femenina.

Había visto a otros hombres intentar ligársela (jóvenes sementales de la facultad y algún que otro profesor, ridículo y rijoso). Pero ella no se enfadaba. Siempre la había visto rechazarlos con amabilidad y alguna pequeña concesión. Nunca privaba a nadie de su sonrisa, una sonrisa endemoniadamente irresistible que le dejaba a uno sin aliento.

No estoy disponible—venía a decirte—. *Nunca podrás tenerme. Por favor, quítatelo de la cabeza. No es porque seas poco para mí, sino porque… soy diferente.*

Kate *la Formalita*, Kate *la Bondadosa* acababa de salir de la unidad oncológica. Siempre entre las ocho menos cuarto y las ocho. Tenía costumbres fijas, igual que él.

Llevaba un año como interna en el hospital de Chapel Hill, perteneciente a la Universidad de Carolina del Norte. Desde enero, colaboraba en un programa de investigación oncológica en Duke. Lo sabía todo acerca de Katelya McTiernan.

Dentro de unas semanas cumpliría 31 años. Tuvo que trabajar tres años para pagarse sus estudios en la Facultad de Medicina. También tuvo que cuidar durante dos años a su madre enferma, que vivía en Buck, una población del oeste de Virginia.

Caminaba con paso resuelto por Flowers Drive hacia

el parking del Centro Médico, que tenía varias plantas. Tuvo que acelerar el paso para no perderla, sin quitarle los ojos a sus bien torneadas piernas, aunque las tenía demasiado pálidas para su gusto.

«¿No tienes tiempo para tomar el sol? ¿Temes que te produzca un pequeño melanoma?».

Llevaba gruesos libros de consulta apoyados en la cadera derecha. Atractiva e inteligente. Pensaba ejercer la medicina en Virginia, donde había nacido. No parecía importarle mucho el dinero. ¿Para qué? ¿Para tener diez pares de zapatos?

Kate McTiernan llevaba su habitual indumentaria universitaria: una chaqueta blanca de la escuela de medicina, blusa caqui, pantalones beige descoloridos y sus sempiternos zapatos negros de lona. Le sentaba bien.

Kate, todo un carácter. Algo excéntrica. Imprevisible. Misteriosa y muy atractiva.

A Kate McTiernan casi todo tenía que sentarle bien, incluso lo más hortera. Una de las cosas que más le gustaban de Kate McTiernan era su irreverente actitud respecto de la vida en el hospital y en la universidad y, sobre todo, respecto de la sacrosanta Facultad de Medicina. Se notaba por el modo en que vestía. Por su displicente talante. Por todos los detalles de su modo de vida. Rara vez se pintaba. Era muy natural, y nada vanidosa.

Incluso era algo bobalicona. Días atrás, aquella misma semana, la había visto ruborizarse (roja como una amapola se puso), tras tropezar frente a la Biblioteca Perkins y golpearse la cadera en un banco. Lo enterneció. Porque él *tenía* sentimientos humanos, *podía* conmoverse. *Quería que Kate lo amase… Y quería amarla.*

Eso es lo que hacía de él un ser tan extraordinario,

tan diferente. Era lo que lo distinguía de los asesinos uni-
dimensionales, de los carniceros, acerca de los que había
leído y oído hablar (y lo había leído prácticamente todo
sobre el tema). Podía albergar toda clase de sentimientos.
Podía amar. Estaba seguro.

Kate debió de decirle algo divertido a un profesor de
aspecto cuarentón al pasar frente a él, aunque Casanova
no pudo oírlo desde donde estaba. Kate volvió la cabeza
hacia el profesor sin detenerse, regalándole su luminosa
sonrisa y algo en que pensar.

Le pareció que Kate contenía la risa al mirar de nuevo
hacia delante, tras su fugaz cruce de palabras con el
profesor.

No tenía los pechos demasiado grandes ni demasiado
pequeños. Su pelo resplandecía con las primeras luces de
la noche. Era perfecta.

Llevaba observándola cuatro semanas, y estaba seguro
de que ella era la idónea. Podía amar a la doctora Kate
McTiernan más que a ninguna otra. Por un momento *lo
creyó así*. Ansiaba creerlo. Musitó su nombre:

—*Kate*...

Doctora Kate.

Tictac.

¡Ya estaba otra vez! Su polvera de relojería.

Tictac.

Capítulo 11

SAMPSON Y YO NOS turnamos al volante durante el trayecto de cuatro horas desde Washington hasta Carolina del Norte.

Mientras yo conducía, la «montaña humana» dormía. Llevaba una camiseta negra con la palabra «Seguridad» estampada. A buen entendedor…

Cuando era Sampson quien conducía mi viejo Porsche, yo me ponía los auriculares de mi viejo *walkman* Koss. Escuché a Big Joe Williams, pensé en Chispa y seguí sintiéndome como si me hubiesen vaciado.

No pude dormir. Y la noche anterior tampoco, apenas una hora. Me sentía como un padre con el corazón destrozado por la desaparición de su única hija. Había algo muy raro en aquel caso.

Llegamos al sur a mediodía. Yo nací a unos 150 km de allí, en Winston-Salem. No había vuelto desde que murió mi madre, cuando yo tenía 10 años, y mis hermanos y yo nos trasladamos a Washington.

Ya había estado en Durham para la ceremonia de graduación de Naomi, que obtuvo la más alta calificación, un sobresaliente *cum laude*.

Para todos los Cross, que estuvimos presentes, fue uno de los días en que más felices y orgullosos nos sentimos.

Naomi era la única hija de mi hermano Aaron, que murió de cirrosis a los 33 años. Mi sobrina creció deprisa después de su muerte. Su madre tuvo que trabajar sesenta horas a la semana durante años para sacarla adelante. De modo que, prácticamente, Naomi hizo de ama de casa desde que tenía 10 años.

Fue una niña muy precoz. Con sólo 4 años ya había leído las aventuras de Alicia en *A través del espejo*. Una amiga de la familia le daba clases de violín, y lo tocaba bien. Le encantaba la música. Y aún tocaba, cuando le quedaba un poco de tiempo libre. Terminó el bachillerato con el número uno de su promoción en el Instituto de Enseñanza Media John Carroll del distrito de Columbia. Y pese al mucho tiempo que le absorbían los estudios, encontraba huecos para escribir, con una ágil prosa, sobre la vida de los niños y los adolescentes de nuestro barrio.

Inteligente.

Con mucha personalidad.

Desaparecida desde hace cuatro días.

No salió a recibirnos ningún comité de bienvenida cuando llegamos al nuevo edificio de la Jefatura Superior de Policía. Ni siquiera cuando Sampson y yo mostramos nuestras placas y nuestros documentos de identidad nos acogieron mejor. El sargento que se ocupaba de atender la recepción no pareció impresionarse lo más mínimo.

Llevaba el pelo cortado a cepillo, largas y pobladas patillas, y tenía la piel del color del jamón en dulce. En cuanto vio quiénes éramos fue peor. Nada de alfombras rojas. Nada de la hospitalidad sureña.

Sampson y yo tuvimos que sentarnos y aguantar

mecha en la oficina. Todo era cristal reluciente y madera barnizada. Nos obsequiaron con las hostiles miradas que solían reservar para los «camellos» que atrapaban en las inmediaciones de las escuelas primarias.

—Tengo la misma sensación que si hubiésemos aterrizado en Marte—comentó Sampson mientras aguardábamos y observábamos el vaivén de denunciantes y denunciados—. No me gusta el talante que observo en los marcianos. No me gustan esos vidriosos ojillos de marcianitos. Me parece que no me gusta el «nuevo» sur.

—Mira... Creo que tampoco encajaríamos en ninguna otra parte—le dije a Sampson—. Nos encontraríamos con la misma fría acogida, con el mismo recelo, si fuésemos a la Jefatura de Policía de Nairobi.

—Quizá—admitió Sampson tras sus gafas oscuras—. Sin embargo, por lo menos, serían marcianos negros.

Los detectives de Durham, Nick Ruskin y Davey Sikes, salieron al fin a vernos, una hora y cuarto después de que llegásemos.

Ruskin me recordó un poco a Michael Douglas en sus papeles de héroe policial. Llevaba una indumentaria muy a tono: una chaqueta de lana de color verde y marrón claro y tejanos descoloridos. Era más o menos de mi estatura, o sea, poco más de 1,80 m. Tenía el pelo castaño y lo llevaba alisado hacia atrás y cortado a navaja.

Davey Sikes tenía una buena complexión. Su cabeza era un sólido bloque que formaba marcados ángulos rectos con sus hombros. Tenía unos ojos de color avellanado y mirada somnolienta. A juzgar por la primera impresión, no era el jefe.

Les estrechamos la mano a los dos detectives, que nos miraban con condescendencia, como si nos perdonasen por la intrusión. Tuve la sensación de que Ruskin estaba acostumbrado a hacer lo que quería en el departamento de policía de Durham. Parecía la estrella local. El personaje más importante de la comarca.

—Disculpen que los hayamos hecho esperar. Tenemos un trabajo infernal—dijo Nick Ruskin con un ligero acento sureño y un tono que rebosaba confianza en sí mismo.

No había hecho aún la menor alusión a Naomi. Y su compañero, Sikes, no había abierto la boca.

—¿Quieren venir a dar una vuelta con Davey y conmigo? Les explicaré la situación por el camino. Ha habido un homicidio. Eso es lo que nos tiene tan atareados. Han encontrado el cuerpo de una mujer en Efland. Un feo asunto.

Capítulo 12

UN FEO ASUNTO. EL cuerpo de una mujer en Efland. ¿De qué mujer?

Sampson y yo seguimos a Ruskin y a Sikes hasta su coche, un Saab turbo de color verde hoja. Ruskin se sentó al volante. Recordé las palabras del sargento Esterhaus en *Los azules de Hill Street* (incomprensiblemente rebautizada por algunos *Canción triste de Hill Street*): «Tened cuidado ahí afuera».

—¿No saben ustedes nada acerca de la mujer asesinada?—le pregunté a Nick Ruskin mientras nos dirigíamos a Chapel Hill Street.

Ruskin había conectado la sirena y pisaba a fondo. Conducía con temeridad e insolencia.

—No sé lo bastante—contestó Ruskin—. Ahí está el problema de esta investigación para Davey y para mí. Apenas tenemos acceso a datos útiles. Nos tiene bastante cabreados. Lo habrán notado, ¿verdad?

—Sí. Lo hemos notado—dijo Sampson.

Me abstuve de mirar a mi amigo. Ya notaba el vapor que desprendía el asiento trasero. Había empezado a sudar a mares.

Davey Sikes volvió la cabeza y miró a Sampson con el entrecejo fruncido. Tuve la impresión de que no iban a hacer muy buenas migas.

Ruskin siguió hablando. Parecía gustarle estar en el candelero, ocuparse de una investigación importante.

—Todo este caso está ahora bajo el control del FBI. También ha intervenido la DEA. No me sorprendería que incluso la CIA formase parte del equipo.

—¿A qué se refiere con *todo este caso*?—le pregunté.

Volví a pensar en Naomi y empecé a mosquearme.

Un feo asunto.

Ruskin volvió la cabeza y me miró escrutadoramente con sus penetrantes ojos azules.

—Comprenda que, en principio, no deberíamos contarles nada. Tampoco estamos autorizados a traerlos hasta aquí.

—Lo entiendo. Y agradezco su ayuda—dije.

Davey Sikes se giró de nuevo para mirarnos. Me sentí como si Sampson y yo fuésemos para ellos más enemigos que colegas.

—Nos dirigimos hacia el lugar del *tercer* crimen— prosiguió Ruskin—. No sé quién es la víctima. No hace falta que le diga que espero que no sea su sobrina.

—¿De qué va todo este caso? ¿Por qué tanto misterio?—preguntó Sampson inclinándose un poco hacia adelante—. Los cuatro somos policías. Háblenos claro.

El detective de la brigada criminal de Durham titubeó.

—Han desaparecido varias mujeres en una zona que abarca tres condados: Durham, Chatham y Orange, que es en el que se encuentran ahora ustedes—explicó Ruskin—. Hasta el momento, la prensa ha informado de dos desapariciones y de dos asesinatos. Asesinatos *sin relación entre sí*.

—¿No irá a decirme que la prensa colabora, de verdad, en una investigación policial?—pregunté.

—Por supuesto que no. Ni en sueños—contestó Ruskin sonriente—. Sólo saben lo que el FBI ha querido decirles. Nadie retiene información. Pero tampoco se facilita espontáneamente.

—Dice usted que han desaparecido varias mujeres. ¿Cuántas, exactamente? Hábleme de ellas—le pedí.

—Creemos que son entre ocho y diez las desaparecidas—dijo Ruskin—. Todas jóvenes. Entre diecisiete y veintitantos años. Todas estudiantes universitarias o de bachillerato. Pero hasta el momento sólo han aparecido dos cuerpos. El que vamos a ver podría ser el tercero. Todos se han encontrado en las pasadas cinco semanas. Los del FBI creen que podríamos hallarnos ante una de las peores olas de crímenes que se hayan producido nunca en el sur.

—¿Cuántos agentes del FBI hay en la población?—preguntó Sampson—. ¿Una brigada? ¿Un batallón?

—Hay muchos. Dicen tener pruebas de que las desapariciones afectan a otros estados: Virginia, Carolina del Sur, Georgia, incluso a Florida. Creen que el escurridizo cabrón de turno raptó a una *cheerleader* de Florida en la Orange Bowl de este año. Lo conocen como «La Bestia del Sudeste». Es como si fuera invisible. Por el momento, parece ser él quien domina la situación. Se llama a sí mismo Casanova... y se cree un amante extraordinario.

—¿Ha dejado el tal Casanova notas, a modo de «firma», en los lugares de sus crímenes?—le pregunté a Ruskin.

—Sólo en el último. Da la impresión de querer empezar a comunicarse.

—¿Hay alguna mujer negra entre sus víctimas?—volví a preguntar.

Uno de los rasgos característicos de los asesinos en serie es que suelen elegir a víctimas de una determinada etnia o raza. Todas blancas. Todas negras. Todas hispanas. Por lo visto, como a los alcohólicos, no les gustan las mezclas.

—Una de las desaparecidas es negra: una estudiante de la Universidad Central de Carolina del Norte. Dos de los cuerpos que encontramos eran de blancas. Todas las mujeres que han desaparecido son *extraordinariamente* atractivas. Tenemos sus fotografías en el tablón de anuncios de jefatura. Incluso han bautizado el caso: «Las Bellas y la Bestia». Así figura en el tablón, en letras grandes, justo encima de las fotografías. Es otro dato en el que apoyarnos para el caso.

—¿Encaja Naomi Cross en esas características?— preguntó Sampson discretamente—. ¿Qué enfoque le ha dado al caso la brigada especial?

Nick Ruskin no contestó de inmediato. No supe entrever si reflexionaba la respuesta o sólo trataba de ser considerado.

—¿Está la fotografía de Naomi en el tablón de anuncios del FBI? ¿En el de… «Las Bellas y la Bestia»?—le pregunté a Ruskin.

—Sí—contestó Davey Sikes—. Sí está su fotografía, sí.

Capítulo 13

«QUE NO SEA CHISPA. No ha hecho más que empezar a vivir», imploré en silencio mientras acelerábamos hacia el lugar del crimen.

Hoy en día ocurren cosas espantosas e incalificables a toda clase de personas inocentes. Ocurren, prácticamente, en todas las grandes ciudades, pero también en las pequeñas, e incluso en pueblos de menos de cien habitantes. Pero la mayoría de estos crímenes violentos y canallescos parecen ocurrir en Estados Unidos.

Ruskin redujo la velocidad hábilmente al tomar una pronunciada curva en cuesta y ver los destellos de las luces rojas y azules. Varios coches se hallaban estacionados junto a un denso pinar.

Había una docena de vehículos aparcados desordenadamente en la cuneta de la carretera estatal. El tráfico era muy escaso en aquel apartado lugar.

Ruskin detuvo el coche detrás de un Lincoln azul oscuro. Se notaba a la legua que era un coche del FBI.

Ya preparaban el lugar para la reconstrucción del crimen. La característica cinta amarilla marcaba el perímetro. Las ambulancias estaban aparcadas en un claro.

Me sentí como si nunca hubiese estado en el lugar de un crimen. Recordé con nitidez los aspectos más espeluznantes del caso Soneji. *Un niño de corta edad encontrado junto a un fangoso río.* Espantosos recuerdos se mezclaron en mi mente con el aterrador momento presente.

«Que no sea Chispa, por favor».

Sampson me cogió delicadamente del brazo mientras seguíamos a los detectives Ruskin y Sikes. Nos adentramos más de kilómetro y medio en el bosque. En una fronda de altísimos pinos vimos las siluetas de varios hombres y de algunas mujeres.

Por lo menos la mitad llevaban traje oscuro. Más que policías, parecían ejecutivos que hubiesen salido a estirar las piernas en el descanso de una convención en algún hotel cercano.

Todo era espectral. No se oían más que los *clics* de las cámaras de los fotógrafos de la policía. Dos agentes, con translúcidos guantes de goma, buscaban pruebas y tomaban notas en sus blocs de espiral.

Tuve el angustioso presentimiento de que íbamos a encontrar a Chispa allí. Procuré desecharlo, apartarlo de mí como si de un agorero demonio se tratase. Ladeé la cabeza tratando de ahorrarme lo que pudiera aguardarme unos metros más adelante.

—Son del FBI. Seguro—musitó Sampson.

El crujido de la hojarasca que aplastaba a cada paso se me antojaba un ruido estridente; tallos secos y pequeñas ramas que se partían. Aquí, yo no era en realidad un policía. Era un civil.

Al fin vimos el cuerpo desnudo. Lo que quedaba de

él. No se veía ninguna prenda en el lugar del crimen. La mujer había sido atada a un joven árbol con lo que parecía una tira de grueso cuero.

—Oh, Dios mío, Alex—exclamó Sampson con la voz entrecortada.

Capítulo 14

—¿QUIÉN ES ESA MUJER?—pregunté quedamente a los «multijurisdiccionales», como Nick Ruskin había descrito a los miembros de la brigada mixta de la que formaba parte.

Era una mujer blanca. Resultaba imposible decir mucho más acerca de ella en aquellos momentos. Los pájaros y otros animales se habían cebado en ella y casi no parecía humana. Le habían comido los ojos. No quedaban más que las oscuras cuencas. También le habían devorado la piel y la carne de la cara.

—¿Quién coño son esos dos?—le preguntó a Ruskin una de las agentes del FBI, una mujer de unos treinta años, rubia y corpulenta.

Era fea y además desagradable. Tenía los labios exageradamente carnosos y rojos, y la nariz bulbosa y aguileña. Por lo menos nos ahorraba tenerle que sonreír.

—Son los detectives Alex Cross y John Sampson—le contestó Nick Ruskin con brusquedad (su primer gesto amable con nosotros)—. Han venido desde Columbia. La sobrina del detective Cross ha desaparecido de Duke.

Es Naomi Cross. Les presento a la agente especial Joyce Kinney—añadió mirándonos.

La agente Kinney frunció el entrecejo.

—Bueno... Pues desde luego ésta no es su sobrina—dijo ella—. Les agradecería que volviesen a sus coches—se sintió obligada a añadir—. No tienen ustedes jurisdicción sobre este caso, ni derecho a estar aquí tampoco.

—Como acaba de decirle el detective Ruskin, mi sobrina ha desaparecido—le repliqué a la agente especial Joyce Kinney, sin alterarme pero con firmeza—. Ésa es toda la autoridad que necesito.

Un tipo rubio joven de anchas espaldas se acercó a su jefa.

—Ya han oído a la agente especial Kinney. Les agradecería que se marchasen ahora mismo—dijo el rubio.

En otras circunstancias, su salida de tono hubiese resultado cómica, pero no en aquel macabro escenario.

—No va a ser usted quien nos eche—le replicó Sampson al rubio en su tono más amenazador y sombrío.

—Déjalo, Mark—le dijo Kinney al joven agente—. Ya nos ocuparemos luego de eso.

El agente Mark retrocedió a regañadientes, con cara de pocos amigos. Ruskin y Sikes se echaron a reír al verlo retroceder.

De modo que, en definitiva, nos permitieron seguir en el lugar del crimen con los agentes del FBI y de la policía local.

Las Bellas y la Bestia.

Recordé la frase que Ruskin había utilizado en el coche. Naomi estaba en la lista de la Bestia. ¿Lo estaban también las mujeres que habían encontrado asesinadas?

Debido al fuerte calor y a la elevada humedad de las

últimas semanas, el cadáver se había descompuesto rápidamente. Además de la cara, la mujer tenía el cuerpo comido por los animales del bosque. Confié en que estuviese ya muerta antes de que hubieran empezado a devorarla, aunque, sin saber por qué, temí que se la hubiesen comido viva.

Reparé en la inhabitual posición del cuerpo. Estaba echada boca arriba. Los brazos daban la impresión de estar dislocados, acaso debido a su forcejeo para librarse de las ligaduras que la ataban al árbol. Ni en las calles de Washington, ni en ninguna otra parte, había visto nada tan espantoso. Apenas me sirvió de consuelo que no fuese Naomi.

Al cabo de unos momentos, conseguí hablar con uno de los forenses del FBI, conocido de un amigo mío, un tal Kyle Craig, del departamento del FBI de Quantico, en Virginia. Me dijo que Kyle tenía una residencia de verano en la zona.

—Es lo más «limpio» que he visto nunca—dijo el forense, a quien por lo visto le gustaba mucho hablar—. No ha dejado vello púbico, ni semen, ni rastros de sudor en ninguna de las víctimas que hemos examinado. Dudo de que encontremos nada que nos sirva para un perfil de ADN. Por lo menos, no se la ha comido él.

—¿Viola a las víctimas?—pregunté antes de que el agente se arrancase a contarme sus experiencias en casos de canibalismo.

—Sí. *Alguien* las ha violado repetidamente. Presentan *muchos* hematomas y rasgaduras vaginales. O ese cabrón está muy dotado, o utiliza algún objeto grande en lugar del pene. Pero debe de envolverlo en un plástico. El entomólogo forense ya ha recogido muestras. Nos podrá decir cuándo murió exactamente.

—Ésta podría ser Bette Anne Ryerson—dijo un canoso agente del FBI que estaba a sólo unos pasos—. Consta denuncia de su desaparición. Rubia, de metro sesenta y siete, cincuenta kilos. Llevaba un Seiko de oro cuando desapareció. Era una joven preciosa.

—Tenía dos hijos—terció una de las agentes—. Estudiaba filología inglesa en la estatal de Carolina del Norte. Hablé con su esposo, que es profesor. Conocí a sus dos hijos. Dos preciosidades, de uno y tres años. Así reviente el canalla que les ha hecho esto—añadió con la voz entrecortada.

Me fijé en el reloj de la víctima, y en que la cinta con que se sujetaba el pelo se le había deshecho y reposaba en su hombro. Ya no era hermosa. No quedaba de ella más que un esqueleto cubierto de coágulos. Incluso al aire libre, el hedor que desprendía su cuerpo putrefacto era nauseabundo.

Las vacías cuencas parecían mirar a un hueco, en forma de media luna, que se abría entre las copas de los pinos. Me pregunté qué debía expresar su mirada en sus últimos momentos.

Traté de imaginar a «Casanova» merodeando por la espesura antes de que nosotros llegásemos. Aventuré que debía de rondar los treinta años y ser físicamente fuerte. Temí por Chispa mucho más de lo que lo había hecho hasta entonces.

«Casanova. El más extraordinario amante de todos los tiempos... Que Dios se apiade de nosotros».

Capítulo 15

PASADAS LAS DIEZ AÚN estábamos en el agobiante y sobrecogedor lugar del crimen. La ambarina luz de los faros de los coches de la policía y de las ambulancias iluminaba un estrechísimo sendero del claro.

La temperatura había descendido y hacía frío. El gélido viento de la noche era cortante.

Aún no habían movido el cadáver.

Yo observaba a los agentes del FBI que rastreaban todo el derredor, recogiendo cualquier cosa que pudiera ser útil para el esclarecimiento del caso y tomando medidas. Hice un boceto del lugar del crimen y tomé algunas notas. Trataba de recordar todo lo relativo al verdadero Casanova, un aventurero del siglo XVIII, escritor y libertino. Había leído parte de sus memorias no hacía demasiado tiempo.

Aparte de lo que era obvio, ¿por qué había elegido el asesino aquel nombre? ¿Creía de verdad amar a las mujeres? ¿Era ésa su manera de demostrarlo?

Oímos un graznido que nos heló la sangre. Parecía sobrenatural. Y una mezcla de ruidos que sin duda procedían de alimañas que rondaban por las inmediaciones.

A nadie se le ocurriría imaginar a Bambi en aquel paraje. Por lo menos, no en circunstancias tan espantosas.

Entre las diez y media y las once, oímos un rugido que sonó como un trueno en el espectral bosque. Las miradas se dirigieron hacia el oscuro cielo de la noche. Se palpaba el nerviosismo.

—Eso me suena... —dijo Sampson al ver acercarse las luces de un helicóptero desde el noreste.

—Deben de ser de la oficina del forense del condado, para el levantamiento del cadáver—aventuré.

Un helicóptero de color azul oscuro con franjas doradas se posó en el asfalto de la carretera. No cabía duda de que era un piloto experto.

—No creo que sea de la oficina del forense—comentó Sampson—. Es más probable que sea Mick Jagger. Las grandes estrellas viajan en helicópteros como ése.

Joyce Kinney y el director regional del FBI ya enfilaban hacia la autopista. Sampson y yo los seguimos. Al momento reconocimos al hombre alto, distinguido y algo calvo que descendió del helicóptero.

—¿Qué diantre hace aquí él?—exclamó Sampson.

Yo me hice la misma pregunta. Era el subdirector del FBI, Ronald Burns, un tipo duro que llevaba a todo el cuerpo a mal traer.

Sampson y yo lo conocíamos desde nuestra última experiencia... «multijurisdiccional». Tenía fama de ser un mal tipo, más un político que un policía, aunque conmigo se había portado bien.

Después de echarle un vistazo al cadáver, quiso hablar conmigo sin que nos oyesen sus hombres.

—Me ha apenado mucho saber que su sobrina puede haber sido secuestrada. Confío en que no sea así,

Alex—me dijo—. Pero ya que está usted aquí, acaso pueda ayudarnos.

—¿Puedo preguntarle por qué ha venido usted personalmente aquí?—le pregunté a Burns.

Burns me sonrió, dejando ver sus blanquísimos dientes.

—Ojalá hubiese usted aceptado el cargo de coordinador.

Después del caso Soneji, me ofrecieron trabajar de enlace entre el FBI y el departamento de policía de Columbia. Burns fue uno de los que habló conmigo para planteármelo.

—Lo que más me gusta de un profesional es que sea directo—prosiguió Burns.

Pero yo aún esperaba la respuesta a la pregunta que acababa de hacerle.

—No puedo decirle todo lo que usted querría saber—dijo finalmente Burns—. Sí le diré, no obstante, que ignoramos si su sobrina ha caído en manos de ese demente. Apenas deja rastros, Alex. Es muy cauteloso. Y lo que hace, lo hace muy bien.

—Eso tengo entendido. Apunta hacia obvios grupos de sospechosos. Policías, ex combatientes, aficionados que estudian a la policía. Aunque quizá haga las cosas de ese modo para desorientarnos.

—Estoy aquí porque esto se ha convertido en un caso prioritario. Se trata de algo gordo. De momento, no puedo decirle por qué, Alex. Tan gordo… que se considera… clasificado, secreto.

Secretismo del FBI a un lado, la cosa debía de ser realmente importante.

—Ha de saber algo—prosiguió Burns—. Creemos que puede tratarse de un *coleccionista*. Acaso retenga a varias de las secuestradas en las inmediaciones... como una especie de harén privado.

Era una posibilidad espeluznante. Aunque también implicaba la esperanza de que Naomi estuviese viva.

—Quiero colaborar en este caso—le dije a Burns mirándolo a los ojos—. ¿Por qué no me lo cuenta todo?—añadí, exponiéndole mis condiciones—. Necesito disponer de todos los datos antes de poder aventurar cualquier hipótesis. ¿Por qué rechaza a algunas de las mujeres? En fin... si es eso lo que hace.

—No puedo decirle nada más por el momento, Alex. Lo siento.

Burns meneó la cabeza y cerró los ojos un instante. Me percaté de que estaba agotado.

—Pero... ha querido usted ver cómo reaccionaba yo ante su teoría del *coleccionista*, ¿no?

—Sí—reconoció Burns sonriente.

—Supongo que no es disparatado pensar en la idea de un harén... moderno. Es una fantasía masculina bastante corriente—le dije—. Aunque lo más curioso es que es también una de las fantasías femeninas preferidas. No lo descarte.

Burns archivó mentalmente lo que acababa de decirle. Y volvió a pedirme ayuda, aunque persistió en no querer contármelo todo. Luego, volvió junto a sus hombres.

—¿Qué tenía que decir «su excrecencia»? ¿A qué ha venido a este bosque dejado de la mano de Dios, a encontrarse con nosotros los mortales?—me preguntó Sampson al llegar junto a mí.

—Me ha contado algo interesante. Dice que Casanova podría ser un *coleccionista*, que acaso esté creando su harén no muy lejos de aquí—le dije a Sampson—. Me ha dicho que se trata de algo *muy gordo*. Ésas han sido exactamente sus palabras.

«Gordo» significaba un asunto muy feo, probablemente peor de lo que parecía. Me pregunté si cabía pensar en algo más espantoso, y la verdad es que casi me alegré de ignorar la respuesta.

Capítulo 16

KATE MCTIERNAN LE DABA vueltas a una idea extraña, pero muy lúcida: «Que el halcón destroce el cuerpo de su presa es sólo una cuestión de oportunidad», se dijo.

Ésta era la reflexión de su más reciente *kata* en la clase de kárate. La oportunidad del momento lo era todo en el kárate y en muchos otros aspectos de la vida. Sin embargo, no estaba de más poder levantar pesas de cien kilos, como era su caso.

Kate iba paseando por la bulliciosa y abigarrada Franklin Street de Chapel Hill, que bordeaba de norte a sur el pintoresco campus de la Universidad de Carolina del Norte.

Pasó frente a librerías, pizzerías, locales de alquiler de monopatines y la heladería Ben & Jerry's, desde la que salían las notas del grupo de rock White Zombie.

Kate no era muy aficionada a pasear por la ciudad. No obstante, aquella noche de finales de abril el tiempo era espléndido, y se entretuvo viendo escaparates para variar.

El ambiente universitario de la ciudad era muy agradable. Le encantaba vivir allí. Primero como estudiante de medicina, y ahora como interna del hospital. En absoluto deseaba moverse de Chapel Hill y volver a Virginia para ejercer la medicina. Pero iría. Se lo prometió a su madre, Beadsie, antes de que muriera. Y siempre cumplía sus promesas. En aquel aspecto era un poco chapada a la antigua.

Llevaba las manos en los grandes bolsillos de su chaqueta ligeramente arrugada del uniforme médico. Creía que sus manos la afeaban. Las tenía muy estropeadas y prácticamente sin uñas, debido, en parte, a los ejercicios que realizaba en el gimnasio como cinturón negro y, en parte, a su duro trabajo en el hospital.

Las clases de kárate eran sus únicos respiros, para distraerse y descargar la tensión que le provocaba su trabajo.

En la parte superior del bolsillo izquierdo de su chaqueta llevaba un *pin* en el que se leía «Dra. K. McTiernan». Se complacía en la pequeña irreverencia que significaba llevar el símbolo de su estatus y prestigio con sus holgados pantalones y sus zapatos de lona. No quería dar la imagen de una mujer inconformista y rebelde, pero necesitaba conservar cierta individualidad en el ambiente del hospital.

Acababa de comprar *All the pretty horses*, de Cormac McCarthy, en la librería Intimate. Quienes estaban en su primer año como médicos internos del hospital no debían tener, en principio, tiempo para leer novelas. Pero ella lo encontraba. O, por lo menos, aquella noche lo intentaría. Pensó en entrar en Spansky's, que estaba en la misma Franklin Street, esquina Columbia, a tomar algo en la barra y aprovechar para leer.

Casi nunca salía de noche porque tenía que levantarse a las cinco de la madrugada y no terminaba su trabajo en el hospital hasta última hora de la tarde. Solía tener fiesta los sábados. Sin embargo, acumulaba tanto cansancio a lo largo de la semana que no se sentía con ánimo para nada.

Llevaba aquella vida desde que, tras numerosas rupturas y reconciliaciones, había roto con Peter McGrath, un doctor en historia de 38 años, apuesto e inteligente, pero demasiado egocéntrico para su gusto. La ruptura fue más brusca de lo que ella esperaba y ahora ni siquiera eran amigos.

Hacía ya cuatro meses que estaba sin Peter. No era buena cosa estar sola, pero había tenido que afrontar cosas mucho peores. Era consciente de que la culpa la había tenido ella y no Peter. Sus rupturas eran siempre problemáticas, formaban parte de su secreto pasado. ¿De su secreto presente? ¿De su secreto futuro?

Kate McTiernan se acercó el reloj de pulsera a la cara. Era un modelo Micky Mouse, una «horterada» que su hermana Carole Anne le regaló. Pero le servía de recordatorio de que haberse doctorado en medicina no debía envanecerla. Además, funcionaba perfectamente.

«¡Qué mierda!». Su hipermetropía empeoraba, y aún no había cumplido los 31 años. Estaba envejecida. Se convertiría en la solterona de la Facultad de Medicina de la Universidad de Carolina del Norte. Eran las nueve y media. A esa hora ya solía estar acostada.

Decidió pasar de largo de Spansky's y volver a casa. Cenaría un poco de carne y un buen tazón de chocolate caliente con dos dedos de *mousse* de melcocha. Meterse en la cama con algo para picar y Cormac McCarthy no estaba nada mal.

Como muchas estudiantes de Chapel Hill (a diferencia de la «gente guapa» que frecuentaba «Dook», en Tobacco Road), Kate tenía un grave problema de liquidez. Vivía en un apartamento de tres habitaciones en la planta superior de un destartalado edificio, situado al fondo de un callejón sin salida (Pittsboro Street). La única ventaja era que pagaba poco de alquiler.

Lo que primero la atrajo de aquel barrio fueron sus preciosos olmos, viejos y majestuosos, cuyas largas ramas le recordaban los brazos y los dedos de ajadas ancianas.

Kate llamaba a su calle «el callejón de las solteronas». ¿Qué lugar más adecuado para la solterona de la Facultad de Medicina?

Kate llegó a su apartamento hacia las diez menos cuarto. No vivía nadie en la planta baja de la casa que le alquiló a una viuda de Durham.

—Soy yo, Kate, ya estoy en casita—saludó a la familia de ratones que vivía detrás del frigorífico.

No tenía valor para exterminarlos.

—¿Me habéis echado de menos? ¿Habéis cenado?

Encendió el fluorescente de la cocina, que producía un zumbido que detestaba. Tenía pegada en la pared una fotografía ampliada de una cita de uno de sus profesores de la Facultad de Medicina: «Los estudiantes de medicina deben practicar la humildad».

Pues bien: ella la practicaba a fondo.

En su pequeño dormitorio, Kate se puso una arrugada blusa negra que nunca se molestaba en planchar. El planchado no era precisamente una prioridad de nuestro tiempo. Ésa era una de las razones que podían inducirla a meter a un hombre en casa: alguien que limpiase, que cuidase de la casa, bajase la basura, cocinase y planchase. Se sentía muy identificada con un viejo lema feminista: «Una mujer sin un hombre es como un pez sin bicicleta».

Kate bostezaba ante la sola idea de tener que empezar

una jornada de dieciséis horas a las cinco de la madrugada. ¡Menuda vida la suya! ¡Maravillosa!

Se dejó caer en su crujiente cama de matrimonio, cubierta de blancas sábanas, muy sencillas. No tenía más adornos que un par de fulares de *chiffon* que colgaban de los pies de la cama.

Renunció a la cena y dejó *All the pretty horses* encima de sendos ejemplares de *Harper's* y de *The New Yorker* que aún no había siquiera hojeado. Apagó la lamparita de la mesilla de noche y se quedó dormida sin apenas tiempo de recostar la cabeza en la almohada. Así concluyó su esclarecedora discusión consigo misma por aquella noche.

Kate McTiernan no sospechaba que la estaban observando, que la habían seguido desde la pintoresca y bulliciosa Franklin Street, que la habían elegido.

La doctora Kate iba a ser la siguiente.

Tictac.

La polvera de relojería estaba de nuevo en condiciones.

Tictac.

Capítulo 17

«¡NO!—PENSÓ KATE —. ÉSTA es mi casa». Tuvo que dominarse para no gritarlo.

¡Había alguien en su apartamento!

Estaba casi segura de que alguien había entrado en su apartamento. Se le había acelerado el pulso y tenía un nudo en la garganta.

No, Dios mío.

Permaneció inmóvil, acurrucada junto a la cabecera de la cama. Contenía la respiración. Los blancuzcos rayos de luna que penetraban por los cristales de las ventanas formaban sombras espectrales.

Ahora no oía nada inhabitual. Pero estaba segura de haberlo oído. Al recordar las noticias de los recientes asesinatos en los condados de Durham y Orange, se asustó.

«No seas macabra—se dijo—. No te pongas melodramática».

Se incorporó en la cama lentamente y escuchó. Acaso se hubiese abierto sola una ventana. Lo mejor que podía hacer era levantarse y asegurarse de que todo estaba bien cerrado.

Por primera vez en cuatro meses, echó de menos a

Peter McGrath. Peter no le habría servido de ayuda, pero se hubiese sentido más segura.

No era miedosa. Podía plantarles cara perfectamente a la mayoría de los hombres. Era una magnífica luchadora. Peter solía decir que «compadecía» a quien se metiese con ella, y lo decía en serio. Incluso había llegado a sentir cierto miedo físico de ella. Pero, en fin, un combate reglamentado en el *dojo* era una cosa, y la realidad, algo muy distinto.

Kate bajó con sigilo de la cama. «Ni respires siquiera». Notaba las ásperas y frías tablas del suelo bajo las plantas de los pies. Pero el desagradable contacto surtió el efecto de despejarla, de hacerla pensar con más rapidez. Y al momento adoptó una postura de combate.

¡Paf!

Una enguantada mano se estampó en su cara, con tal fuerza que creyó notar que le había roto un cartílago de la nariz. El fornido agresor la derribó y la inmovilizó en el suelo con el peso de su cuerpo.

«Un atleta», se dijo. Procuró no ofuscarse y pensar con claridad.

Muy potente. Y en plena forma.

La asfixiaba. Sabía perfectamente lo que hacía. Estaba bien entrenado.

No era un guante lo que le cubría la mano. *Era un trapo.* Muy húmedo.

¿Sería cloroformo? No, porque no olía. *¿Acaso éter? ¿Halotane? ¿Dónde podía obtener anestésicos?*

Empezaba a aturdirse. Tenía que quitárselo de encima en seguida porque corría el riesgo de perder el conocimiento.

Logró encoger las piernas y proyectarlas con todas

sus fuerzas hacia la izquierda. El impulso fue tan fuerte que consiguió desasirse de su agresor y llegar junto a la pared.

—Eso ha estado muy mal, Kate—dijo él en la oscuridad.

¡Sabía su nombre!

Capítulo 18

«QUE EL HALCÓN DESTROCE el cuerpo de su presa es sólo una cuestión de oportunidad. De modo que... la oportunidad significa supervivencia», se dijo Kate.

Trató desesperadamente de no aturdirse, pero el potente anestésico empezaba a surtir efecto. Kate logró conectar una patada en la entrepierna del intruso, pero notó que llevaba un protector en los genitales, igual que los luchadores. «¡Oh, mierda!».

Se había preparado para enfrentarse a ella. Era evidente que el agresor sabía que era una karateca o, por lo menos, una mujer muy fuerte.

«Oh, Dios mío, no».

¿Cómo sabía tanto acerca de ella?

—Eso está muy feo, Kate—musitó él—. Es muy poco hospitalario. Sé que eres cinturón negro. Me fascinas.

Ella lo miraba con fiereza. Le latía el corazón con tal fuerza que casi le pareció oírlo. Estaba consiguiendo aterrorizarla. Era rápido y fuerte. Sabía que ella era karateca y, por lo tanto, también sabía cuál sería su próximo movimiento.

—¡Socorro! ¡Que alguien me ayude, por favor!—gritó Kate a pleno pulmón.

Unas manos fuertes como garras lograron asirle el antebrazo. Kate aulló de dolor al desasirse. Era más potente que cualquiera de los cinturones negros más avanzados de la escuela de kárate de Chapel Hill.

«Animal—pensó Kate—. Un animal salvaje… inteligente y astuto. ¿Un luchador profesional?».

Su *sensei* del *dojo* le había enseñado lo importante que era superar el miedo paralizante y la confusión del momento: «Evita toda pelea. Siempre que te sea posible, rehúye el combate». Ésa era la cuestión: siglos de experiencia en las artes marciales. «Quienes nunca combaten, viven siempre para combatir otro día».

Salió corriendo del dormitorio y siguió por el estrecho y tortuoso pasillo. «Evita toda pelea. Rehúye el combate—se dijo—. Corre, corre, corre».

El apartamento parecía más lóbrego que de costumbre aquella noche, y comprendió la razón: *El agresor había corrido las cortinas y había cerrado los postigos.* Para hacer algo así había que tener mucho aplomo, mucha serenidad. Y un plan preconcebido.

Tenía que superarlo, ser *mejor* que él, desbaratar su plan. Un proverbio Sun-tzu martilleaba en su cabeza: «Un ejército victorioso logra vencer antes de buscar el combate».

El intruso pensaba exactamente como Sun-tzu y como su *sensei*. ¿Sería alguien del *dojo*?

Kate logró salir del salón. No veía nada. El intruso también había corrido las cortinas de aquella estancia. Su visión y su sentido del equilibrio estaban muy mermados. Incluso las sombras las veía borrosas.

¡Maldito sea!

Aturdida por el anestésico, pensó en las mujeres

desaparecidas en los condados de Orange y Durham. Había oído la noticia del hallazgo de otro cuerpo: una joven madre de dos hijos.

Tenía que salir de la casa. Quizá el aire fresco la ayudase a reaccionar. Tropezó en la entrada.

Algo le cerraba el paso. ¡Había bloqueado la puerta con el sofá!

Kate estaba demasiado débil para tratar de apartarlo.

—¡Peter! ¡Ven a ayudarme, Peter!—gritó desesperada—. ¡Ayúdame, Peter!

—¡Cállate ya la boca, Kate! ¡Tú ya no tienes nada que ver con Peter McGrath! Sabes que es un imbécil. Además, su casa está a más de diez kilómetros de aquí. Exactamente a doce. Lo he comprobado.

El tono de voz del intruso era reposado y sensato (lo que no significaba que no pudiera haberse escapado de un psiquiátrico). Estaba claro que la conocía. Sabía lo de Peter McGrath. Lo sabía todo.

Lo tenía muy cerca en aquella electrizante oscuridad. No había apremio ni pánico en su voz. Para él, era como un día de campo.

Kate se desplazó hacia la izquierda, alejándose de la voz, de aquel monstruo que se le había colado en casa.

Un terrible dolor recorrió entonces su cuerpo, tan fuerte que la hizo gemir.

Le había estampado el mentón contra la superficie de cristal de la mesita que le regaló Carole Anne, un mueble inútil. Carole lo hizo con la buena intención de darle un toque de distinción al apartamento.

¡Cómo detestaba aquella mesa!

Notó un punzante dolor en su pierna izquierda.

—¿Te has hecho daño en el dedo gordo, Kate?

¿Por qué no dejas ya de correr a oscuras?—le dijo él en tono sarcástico.

Por lo visto, aquel cabrón lo estaba pasando en grande. Era un divertido juego para él.

—¿Quién eres?—le gritó.

Pero de pronto pensó: «¿Y si fuese Peter? ¿Y si se hubiese vuelto loco?».

Kate estaba a punto de perder el conocimiento. El anestésico la había debilitado tanto que no tenía fuerzas para correr. Sabía que era cinturón negro. Quizá supiera también que hacía pesas.

Al darse la vuelta, el haz de una linterna le enfocó la cara. Era una luz cegadora.

Él apartó la linterna, pero ella siguió viendo circulitos de luz. Parpadeó y distinguió confusamente la silueta de un hombre alto. Mediría más de 1,80 m y llevaba el pelo largo.

No pudo verle la cara, sólo entrevió su perfil. *Notaba algo raro en aquella cara. ¿Qué era? ¿De qué iba aquel individuo?*

Y entonces vio la pistola.

—No, por favor—imploró Kate—. Por favor, no…

—Ya lo creo que sí—le susurró él, casi amorosamente.

Y entonces, a sangre fría, le disparó a Kate McTiernan a quemarropa en el corazón.

Capítulo 19

A PRIMERA HORA DE la mañana del domingo, el caso Casanova empeoró. Tuve que llevar en el coche a Sampson al aeropuerto internacional Raleigh-Durham. Tenía que reintegrarse al trabajo en Washington aquella misma tarde (alguien tenía que proteger la capital mientras yo trabajaba aquí). Tras el hallazgo del tercer cadáver, la gravedad del caso se recrudecía. Varios guardabosques se habían unido a los agentes de la policía local y del FBI para inspeccionar el lugar del crimen.

«¿A qué se debía que el subdirector del FBI, Ronald Burns, hubiese estado aquí anoche?».

Sampson me dio un abrazo de oso frente al control de seguridad de American Airlines. Debíamos de parecer dos jugadores de los Redskins de Washington después de ganar la Super Bowl, o después de que ni siquiera lograran clasificarse para los *play-off* de 1991.

—Sé lo mucho que Naomi significa para ti—me susurró casi al oído—. Y creo saber cómo te sientes. Si vuelves a necesitarme, llámame.

Nos dimos un breve beso en la mejilla, como solían hacer Magic Johnson e Isaiah Thomas antes de sus partidos de la NBA. Esto nos atrajo algunas miradas atravesadas. Sampson y yo nos queremos y no nos avergonzamos de exteriorizarlo en público, algo poco habitual en dos tipos duros como nosotros.

—Ten cuidado con los federales y con la policía local. Ruskin no me gusta. Y el tal Sikes menos aún —me aleccionó Sampson—. Encontrarás a Naomi. Tengo confianza en ti. Siempre la he tenido.

El «hombre montaña» se alejó sin volver la vista atrás.

Me quedaba allí solo, en el sur.

De nuevo a cazar monstruos.

Capítulo 20

HACIA LA UNA DE la tarde del domingo, fui a pie desde el hostal Duke Inn de Washington hasta el campus de Duke.

Acababa de meterme entre pecho y espalda un auténtico desayuno típico de Carolina del Norte: tazón y medio de buen café caliente, jamón bien curado, huevos pasados por agua, tostadas con salsa picante y tortitas. En el comedor había oído una canción *country*: «El día que esgrimas la sartén, mi cara ya no estará allí».

Estaba furioso, a punto de estallar. De modo que el bonito paseo de apenas un kilómetro hasta el campus me vino bien para tranquilizarme. Ver el lugar del crimen la noche anterior me había descompuesto.

Recordaba a la perfección la infancia de Naomi, cuando yo era su mejor amigo. Solíamos cantar lo de… «Un elefante se balanceaba sobre la tela de una araña» y «Cucú, cantaba la rana; cucú, debajo del agua». En cierto modo, ella me enseñó a ser amigo de mis hijos.

Por entonces, mi hermano Aaron solía ir con Chispa al bar Capri de la calle Tres. Mi hermano se dedicaba a destruirse con el alcohol. El Capri no era un lugar adecuado para una niña. Sin embargo, pese a lo pequeña que era, Naomi comprendía y aceptaba el problema de su padre.

Cuando ella y Aaron venían a nuestra casa, mi hermano solía estar entonado, pero no borracho. Naomi cuidaba de su padre, y él se esforzaba por permanecer sobrio mientras ella estaba delante. Lo malo era que Chispa no siempre podía estar a su lado para inducirlo a dominarse.

Yo estaba citado a la una de aquel domingo con el decano del cuerpo discente femenino de Duke. Fui al edificio «Allen», que estaba justo frente a Chapel Drive. En la segunda planta y en la tercera se encontraban varias secciones administrativas de la universidad.

El decano era un hombre alto y de fuerte complexión llamado Browning Lowell. Naomi me había hablado mucho de él. Lo consideraba un buen consejero y un amigo.

El despacho del decano Lowell estaba atestado de libros antiguos. Era muy acogedor y daba al paseo, flanqueado de olmos y magnolios, que iba desde Chapel Drive hasta Few Quad. El paraje era tan espectacular como todo el campus, con edificios neogóticos por todas partes. La Universidad de Oxford... en el sur.

—Soy un admirador suyo... a través de Naomi—me dijo el decano a modo de saludo.

Tenía una mano fuerte y su apretón fue vigoroso, a tono con su aspecto físico.

Browning Lowell era un hombre musculoso y apuesto, de unos 35 años. Tenía unos ojos azules chispeantes y risueños. Recordé que años atrás fue un gimnasta de alta competición internacional. Hizo el doctorado en Duke y era uno de los que aspiraban a formar parte del equipo estadounidense para los Juegos Olímpicos de Moscú en 1980.

Por desgracia, en el primer semestre de aquel año,

un artículo periodístico reveló que Browning Lowell era homosexual y que tenía una relación amorosa con un jugador de baloncesto de cierto renombre. Lowell tuvo que dejar la preselección antes de que se produjese el boicot olímpico.

Que yo sepa, nunca se demostró que lo que decía la prensa fuese verdad. Lowell se había casado y vivía en la actualidad con su esposa en Durham.

Mi impresión, al conocerlo ahora, es que era un hombre amable y cordial. Al momento pasamos a hablar del triste asunto de la desaparición de Naomi.

—No entiendo por qué los periódicos locales no relacionan los asesinatos con las desapariciones. No puedo comprenderlo. Nosotros hemos alertado a nuestras estudiantes y profesoras—me dijo.

Y me informó de algunas medidas que habían adoptado: pedirles a las chicas que firmasen al entrar y al salir de los dormitorios de la residencia de estudiantes, y aconsejarles que, cuando saliesen por la noche, fuesen siempre con algún compañero.

Antes de despedirme, el decano Lowell llamó por teléfono al pabellón en el que se encontraba el dormitorio de Naomi. Dijo que esto me facilitaría el acceso un poco y me aseguró estar dispuesto a hacer lo que fuese para ayudarme.

—Conozco a Naomi desde hace casi cinco años—me comentó mientras se alisaba el pelo hacia atrás—. Imagino lo que debe de estar pasando usted, y lo siento mucho, Alex. También nosotros estamos destrozados.

Le di las gracias y salí de su despacho impresionado y algo reconfortado.

Me encaminé a los dormitorios… *¿Adivinan quién va a venir a emporrarse?*

Capítulo 21

ME SENTÍA COMO AL... ex en el País de las Maravillas.

El sector del campus en el que se encontraba la residencia de estudiantes era también un paraje idílico. En lugar de edificios neogóticos, los dormitorios estaban repartidos en preciosas casitas y chalets de estilo campestre.

«Villa Myers Quad» estaba a la sombra de altos y viejos robles y frondosos magnolios rodeados por cuidados jardines rebosantes de flores.

Di gracias a Dios por todo lo bello que ha creado.

Un BMW descapotable, plateado, estaba aparcado frente al lugar. En el parachoques había una pegatina con esta inscripción: «Mi hija y mi dinero van a Duke».

El suelo del salón estaba cubierto de pulido parquet y de alfombras «orientales», respetablemente descoloridas, que podían pasar por persas.

Mientras aguardaba a Mary Ellen Klouk, recorrí el derredor de la estancia con la mirada. El mobiliario era demasiado recargado: sillas y sillones «de época», sofás y mesitas de caoba. Incluso tenían banquetas junto a las ventanas.

Minutos después, bajó Mary Ellen Klouk. Nos habíamos visto media docena de veces. Era una joven muy alta, de casi 1,80 m. Llevaba el pelo de color rubio ceniza y era muy atractiva.

El cuerpo semidevorado por las alimañas en los bosques de Efland era el de una joven que también fue hermosa.

Me pregunté si el asesino habría reparado en Mary Ellen Klouk. ¿Por qué eligió a Naomi? ¿Qué era lo que lo decidía a seleccionar a unas y no a otras? ¿A cuántas habría elegido hasta entonces?

—Hola, Alex. ¡Dios mío, cuánto me alegro de verlo!— exclamó Mary Ellen, que me retuvo la mano tras estrechármela.

Verla me trajo cálidos pero dolorosos recuerdos. Pensamos que sería mejor hablar fuera de allí y salimos a pasear por la ondulada superficie del sector oeste del campus.

Mary Ellen siempre me había caído bien. Recuerdo que antes de ir a la universidad se decantó por especializarse en historia o psicología, y una noche que hablamos a fondo sobre su interés por los temas docentes, me percaté de que sabía casi tanto como yo de traumas psíquicos.

—Siento no haber estado cuando llegó usted a Durham— dijo ella mientras paseábamos entre hermosos edificios de estilo neogótico construidos en los años veinte—. Mi hermano Ryan terminó el bachillerato el viernes. El *pequeñín* mide ahora casi dos metros y pesa cien kilos. Es el cantante solista de los Scratching Blackboards. He asistido a la ceremonia de entrega de diplomas y he vuelto esta mañana, Alex.

—¿Cuándo viste por última vez a Naomi?—le pregunté a Mary Ellen al adentrarnos por una preciosa callecita llamada Wannamaker Drive.

Noté que mi pregunta le resultaba dolorosa y respiró hondo antes de contestar. Sonaba fuera de lugar hablar con la amiga de Naomi como lo haría un detective de homicidios. Pero no me quedaba más remedio.

—Hace seis días, Alex. Fuimos en coche a Chapel Hill. Colaborábamos con Hábitat Humano.

Se refería a una ONG que reconstruía casas para los pobres. Naomi nunca había mencionado que perteneciese a una organización de voluntariado.

—¿Y no has visto a Naomi desde entonces?—pregunté.

Mary Ellen meneó la cabeza. Las campanitas de oro de su colgante sonaron quedamente. De pronto, tuve la sensación de que no quería mirarme.

—Me temo que ésa fue la última vez. Yo soy quien ha denunciado su desaparición. La policía me dijo que la norma es aguardar veinticuatro horas hasta dar a una persona por desaparecida. Pero la policía no ordenó su búsqueda hasta dos días y medio después. ¿Por qué razón?

—No lo sé.

No quise darle demasiada importancia al hecho delante de Mary Ellen. Ignoraba a qué se debía tanto secretismo acerca del caso. Aquella mañana, le había dejado varios mensajes al detective Ruskin, pero no me había contestado.

—¿Cree que la desaparición de Naomi tiene algo que ver con la de las otras chicas que han desaparecido últimamente?—preguntó Mary Ellen.

Sus bonitos ojos azules dejaban traslucir un intenso dolor.

—Podría haber alguna relación, aunque no han encontrado ningún elemento de prueba física, ningún rastro, en los jardines Sarah Duke. Si te he de decir la verdad, vamos casi a ciegas, Mary Ellen.

Si Naomi había sido secuestrada en algún parque del campus, no había testigos. La habían visto en los jardines media hora antes de que faltase a una de sus clases. Casanova era aterradoramente eficiente en lo que hacía. Era como un fantasma.

Regresamos a la casa-dormitorio, que estaba a unos veinticinco metros de un sendero de gravilla. Tenía altas columnas blancas y un amplio porche con mecedoras de mimbre y mesas pintadas de blanco (el estilo de entreguerras, uno de mis favoritos).

—Verá, Alex, Naomi y yo no teníamos una amistad tan estrecha últimamente—me confesó de pronto Mary Ellen—. Lo siento, pero creo que tenía que decírselo.

Mary Ellen rompió a llorar, se recostó en mi pecho y me besó en la mejilla. Luego, echó a correr escaleras arriba y desapareció por la puerta del porche.

Otro inquietante misterio que resolver.

Capítulo 22

CASANOVA VIGILABA AL DOCTOR Alex Cross. Su mente, ágil y perspicaz, funcionaba como un ordenador.

—Fíjate en Cross—musitó—. ¡A visitar a la vieja amiga de Naomi! No vas a averiguar nada por ese camino. Frío, frío, doctor.

Lo seguía a prudente distancia mientras caminaba por el campus de Duke. Había leído muchas cosas acerca de Cross. Lo sabía todo del psicólogo y detective que se hizo célebre persiguiendo a un secuestrador y asesino en Washington (el llamado «crimen del siglo», del que los medios informativos habían escrito montones de bobadas).

«¿Quién domina este juego, vamos a ver?—le hubiese gritado de buena gana al doctor Cross—. Sé quién eres. Pero tú no sabes quién soy yo. Ni lo sabrás nunca».

Cross se detuvo. Sacó un bloc del bolsillo trasero de sus pantalones y tomó una nota.

«¿Qué haces, doctor? ¿Se te ha ocurrido alguna idea interesante? Lo dudo, la verdad. El FBI, la policía local... Hace meses que todos andan tras de mí. Y supongo que también ellos deben de tomar notas. Pero nadie tiene la menor pista...».

Casanova continuó observando a Alex Cross, al reanudar éste su paseo por el campus, hasta que lo perdió de vista. Le parecía inconcebible que Cross pudiera descubrirlo y detenerlo. Ni en broma.

Casanova se echó a reír, pero se dominó en seguida, porque el campus de Duke rebosaba de bullicio los domingos por la tarde.

«Nadie tiene una pista, doctor Cross. ¿No lo entiende? ¡Ésa es la pista!».

Capítulo 23

VOLVÍA A SER UN detective «de calle», un sabueso. Pasé casi toda la mañana del lunes entrevistando a personas que conocían a Kate McTiernan.

La última víctima de Casanova trabajaba en su primer año como interna del hospital. La habían secuestrado en su apartamento de las afueras de Chapel Hill.

Trataba de hacerme una idea del perfil psíquico de Casanova, pero no tenía suficiente información. El FBI no ayudaba. Nick Ruskin aún no había contestado a mis llamadas telefónicas.

Un profesor de la Facultad de Medicina de la Universidad de Carolina del Norte me comentó que Kate McTiernan era una de las alumnas más estudiosas que había tenido en veinte años. Y otro profesor me dijo que su dedicación e inteligencia eran muy notables, pero que «lo más extraordinario de Kate era su personalidad».

Había unanimidad en este sentido. Pese a la típica rivalidad entre internos, sus compañeros del hospital convenían en que Kate McTiernan era alguien especial.

—Es una de las mujeres menos narcisistas que he conocido nunca—me dijo una de las internas.

—Kate es una obsesa del trabajo y del estudio. Pero lo sabe y se ríe de sí misma—me comentó otra—. Es una persona extraordinaria. Esto es algo muy triste, un duro golpe para todos en el hospital.

—Es un talento, aunque tenga pinta de leñadora—la catalogó una tercera.

Llamé a Peter McGrath, un profesor de historia, que accedió a verme a regañadientes.

Fue novio de Kate McTiernan durante casi cuatro meses y rompieron bruscamente. El profesor McGrath era un hombre alto, atlético y algo prepotente.

—Podría decir que la pifié a base de bien al perderla—reconoció McGrath—. Porque es la verdad. Pero no habría podido soportar su terquedad mucho tiempo. Es la persona más obstinada que he conocido y, también, la de mayor fuerza de voluntad. Me parece increíble que haya podido sucederle algo así a Kate.

Estaba pálido, visiblemente afectado por su desaparición. Ésa era la impresión que daba.

Terminé comiendo solo en un ruidoso bar de la ciudad universitaria de Chapel Hill atestado de estudiantes. Un grupo disputaba una partida de billar.

Pero yo seguí solo, con mis cervezas, una correosa hamburguesa y mis cavilaciones acerca de Casanova.

El largo día me había agotado. Echaba de menos a Sampson, a mis hijos y mi casa de Washington. Un mundo amable sin monstruos, pero en el que seguía faltando Chispa, al igual que otras jóvenes del sudeste.

No podía quitarme de la cabeza a Kate McTiernan ni lo que me contaron acerca de ella aquel mediodía. Sin embargo, así era como se resolvían los casos, o por lo menos, el modo en que yo los había resuelto siempre:

buscando entre los datos acumulados una relación que aparentemente no tenían.

Casanova no se limita a poseer físicamente a mujeres hermosas, comprendí de pronto. *Trata de poseer a las mujeres más extraordinarias que encuentra. Sólo se ceba en aquellas que quitan el sentido... en las mujeres que todo el mundo desea pero que parecen inaccesibles.*

Y las retiene en algún lugar no muy alejado de aquí.

¿Por qué precisamente mujeres extraordinarias?

Pudiera ser que la explicación fuese sencilla: *Acaso se debiera a que también él se consideraba extraordinario.*

Capítulo 24

ESTUVE A PUNTO DE ir de nuevo a ver a Mary Ellen Klouk. No obstante, cambié de opinión y volví al hostal Duke Inn de Washington.

Habían dejado dos mensajes para mí. Uno era de un amigo del Departamento de Policía de Washington. Se había brindado a procesar los datos que yo necesitaba para trazar un perfil de la personalidad de Casanova.

Yo llevaba un ordenador portátil que confiaba poder utilizar pronto.

El otro mensaje era de un periodista llamado Mike Hart. Había llamado cuatro veces. Trabajaba para el *National Star* de Florida y lo apodaban «el Cruel». Me abstuve de contestar a sus mensajes. En una ocasión me sacó en la portada del *Star*, y con una vez bastaba.

El detective Nick Ruskin había contestado, al fin, a una de mis llamadas y había dejado un breve mensaje: «Nada nuevo por nuestra parte. Le informaré, en caso de haberlo».

Me resultaba difícil de creer. No confiaba en el detective Ruskin ni en su ayudante Davey Sikes.

Me adormecí en un sillón de mi habitación. Pero tuve

un sueño inquieto y una angustiosa pesadilla. Un monstruo, que parecía salido de un cuadro de Edvard Munch, perseguía a Naomi. Yo no podía hacer más que ver la macabra escena horrorizado. No hacía falta ser psicoterapeuta para interpretar ese sueño.

Me desperté con la sensación de que había alguien en mi habitación.

Llevé la mano a la culata de mi revólver y permanecí inmóvil. Me latía el corazón con fuerza. ¿Cómo podía haber entrado alguien en la habitación?

Me levanté lentamente, pero sin enderezarme del todo, adoptando una posición de disparo, semiagachado. Miré en derredor esforzándome por ver en la oscuridad.

Como las cortinas de la ventana no estaban del todo corridas, entraba la suficiente luz para permitirme ver los contornos de las cosas. No notaba más movimiento que el de las sombras de las hojas de los árboles que danzaban en las paredes.

Me asomé al cuarto de baño, con mi revólver Glock por delante. Luego, miré en los armarios. Me sentía ridículo registrando mi habitación empuñando el revólver, pero estaba seguro de haber oído un ruido.

Entonces vi un pedazo de papel bajo la puerta. Aguardé unos segundos antes de encender la luz.

Era una postal con una reproducción fotográfica. Una vieja postal de las que tan en boga estuvieron a principios del siglo XX. Por entonces, se coleccionaban como pseudoobras de arte (de «porno blando», en su mayoría). Hicieron furor entre los hombres en la primera mitad del siglo.

Me agaché para ver mejor la anticuada fotografía.

Era una odalisca que fumaba un cigarrillo turco en

una postura acrobática. Era morena, joven y hermosa. Tendría unos 16 años. Estaba desnuda de cintura para arriba y sus prietos pechos colgaban debido a la pose.

Le di la vuelta a la postal con un lápiz.

Junto al recuadro para el sello se leía: «Las odaliscas más bellas e inteligentes recibían una esmerada educación para ser concubinas. Aprendían a bailar, a tocar instrumentos musicales y a escribir deliciosos poemas líricos. Eran las más apreciadas del harén, acaso el mayor tesoro del emperador».

Llevaba una firma reciente sobre un nombre impreso: *Giovanni Giacomo Casanova de Seignalt.*

Sabía que yo estaba en Durham. Y sabía quién era.

Casanova acababa de dejarme su tarjeta de visita.

Capítulo 25

ESTOY VIVA.

Kate McTiernan abrió trabajosamente los ojos en la oscura estancia.

Por un momento, creyó estar en la habitación de un hotel, que parecía salida de una de las espectrales películas de Jim Jarmusch. Daba igual, pensó. Lo importante era que no estaba muerta.

De pronto recordó que le habían disparado a quemarropa en el pecho. Le vino a la memoria el intruso. Alto... con el pelo largo, de voz suave y pausada... y muy fuerte.

Iba a intentar levantarse pero lo pensó mejor.

—¡Eh! ¡Aquí!—gritó.

Tenía la garganta seca y la lengua como si precisara un afeitado.

«Estoy en el infierno. En uno de los círculos del Infierno de Dante», pensó estremecida.

Su situación era tan aterradora, tan horrible e inesperada, que no podía concentrarse para analizarla.

Tenía las articulaciones agarrotadas y le dolía todo el cuerpo. No hubiese podido levantar ni cincuenta kilos. Tenía la cabeza como un bombo, pero recordaba muy bien a su agresor, un hombre alto, de casi 1,90 m, joven, muy fuerte y de perfecta coordinación de movimientos. La imagen que tenía de él era borrosa, pero estaba completamente segura de que era real.

Y recordaba algo más acerca de la monstruosa agresión sufrida en su apartamento. Había utilizado una pistola o algo parecido para inyectarle un anestésico, además de cloroformo o halotane. Quizá por eso le dolía tanto la cabeza.

La luz estaba encendida y procedía de ojos de buey halógenos instalados en el bajo techo, de poco más de dos metros.

La estancia parecía nueva o reformada. Estaba decorada con gusto, más o menos como la hubiese decorado ella, de haber tenido el dinero y el tiempo suficientes… Una cama de metal. Una cómoda antigua con tiradores metálicos y una coqueta sobre la que había cepillos y peines de mangos de plata. De los postes de los pies de la cama colgaban fulares de *chiffon* de colores, tal como los tenía ella en su casa. Aquello le pareció extraño. Algo muy raro.

—Bonita decoración—musitó Kate.

La puerta del armario estaba entreabierta. Se le hizo un nudo en el estómago al ver lo que había dentro.

El agresor le había traído su ropa a aquel horrible lugar, a aquella singular mazmorra.

Kate sacó fuerzas de flaqueza para tratar de incorporarse. Pero le latía el corazón con tal fuerza que se asustó. Le pesaban los brazos y las piernas como si fuesen de plomo.

Puso los cinco sentidos en concentrarse. Al fijarse mejor en la ropa del armario, se percató de que no era realmente su ropa. Lo que había hecho su secuestrador era comprar ropa *¡idéntica a la que ella llevaba!* De acuerdo a su gusto y a su estilo. Las prendas que había en el armario estaban por estrenar. Podía ver algunas de las etiquetas que colgaban de blusas y faldas: The Limited, The in Chapel Hill. Tiendas en las que ella solía comprar.

Sus ojos se fijaron entonces en la coqueta del otro lado de la habitación. Allí estaban sus perfumes: Obsesión, Safari, Opium.

Todo lo había comprado para ella. Estaba claro, ¿no?

Junto a la cama había un ejemplar de *All the pretty horses*, el libro que compró en la librería de Franklin Street de Chapel Hill.

«¡Lo sabe todo de mí!».

Capítulo 26

LA DOCTORA KATE McTIERNAN dormía. Se despertaba. Dormía un poco más. Había optado por tomarlo a broma. Se llamaba a sí misma «marmota». Desde que ingresó en la Facultad de Medicina no había logrado dormir de un tirón.

Ahora tenía la cabeza más clara, pero había perdido la noción del tiempo. No sabía si era de día o de noche.

Su raptor, quienquiera que fuese el muy cabrón, había estado allí mientras ella dormía. La sola idea la ponía enferma. Había una nota en la mesilla de noche, colocada de modo que la pudiese ver.

Estaba escrita a mano. Se echó a temblar al leer su nombre en el encabezamiento:

Querida doctora Kate:

Deseo que leas esto para que me entiendas mejor y, también, para ponerte al corriente de cuáles son las normas de la casa. Ésta es probablemente la carta más importante que vayas a recibir nunca. De modo que léela con atención. Y, por favor, tómatela muy en serio.

No. No estoy loco. Muy al contrario. Aplica tu gran inteligencia a analizar la situación partiendo de la base de que estoy cuerdo. Sé exactamente lo que quiero. La mayoría de las personas no saben lo que quieren.

¿Lo sabes tú, Kate? Ya hablaremos de ello más tarde. Es un tema interesante que merece tratarse a fondo. ¿Sabes tú lo que quieres? ¿Lo estás consiguiendo? ¿Por qué no? ¿Por el bien de la sociedad? ¿Qué sociedad? ¿De quién es la vida que vivimos?

No pretendo que te sientas feliz aquí, de modo que no te dedicaré falsas palabras de bienvenida. Nada de cestita con fruta fresca y botella de champán. Sin embargo, como pronto verás, o acaso ya hayas visto, he intentado hacerte la estancia lo más cómoda posible, lo que nos conduce a un punto importante, acaso el más importante de este primer intento de comunicación entre nosotros.

Tu estancia aquí será temporal. Saldrás... si... (un SI con mayúsculas), si prestas atención a lo que te digo. Pon atención, Kate.

¿Me escuchas? Por favor, escúchame, Kate. Desecha de ti la justificada ira. No estoy loco ni he perdido el control.

Ahí está precisamente el quid: ¡controlo perfectamente la situación! ¿Ves la diferencia? Por supuesto que la ves. Sé que eres muy inteligente. Premio Nacional al Mérito Escolar y todo eso...

Es importante que sepas que eres alguien muy especial para mí. Por eso no corres aquí ningún peligro. Y ésa es la razón de que, en su momento, salgas de aquí.

Te he elegido entre miles de mujeres para mí, por así decirlo. Imagino que debes de estar diciéndote «¡Qué afortunada soy!». Sé lo sarcástica que puedes ser. También sé que tus humoradas te han creado muchos problemas. Empiezo a conocerte mejor de lo que nadie te haya conocido nunca. Casi tan bien como puedas conocerte tú.

Ahora vayamos a lo negativo. Y ten en cuenta, Kate, que los siguientes puntos son tan importantes como cualquiera de los aspectos positivos que te expongo más arriba.

Éstas son las reglas de la casa que deben ser estrictamente observadas:

1. *La regla más importante: no debes intentar escapar. Si lo intentases, serías ejecutada a las pocas horas, por más doloroso que fuese para ambos. Créelo, porque hay precedentes. No puede haber indulto para un intento de fuga.*

2. *Sólo para ti, Kate, una regla especial: no debes utilizar nunca tus conocimientos de kárate conmigo (he estado a punto de traerte tu kimono blanco de kárate, pero… he pensado que era mejor no alentar tentaciones).*

3. *Nunca debes pedir socorro. Si pides socorro, lo sabré y, en tal caso, serás castigada con desfiguración facial y genital.*

Ya sé que quieres saber más, que desearías saberlo todo en seguida. Pero no funciona así. No te molestes en intentar adivinar dónde estás. No lo adivinarías y no conseguirías más que calentarte la cabeza.

Eso es todo, de momento, más que suficiente para darte en qué pensar. Aquí estás totalmente segura. Te amo más de lo que puedas imaginar. Estoy muy impaciente porque quiero hablar contigo, hablar de verdad.

CASANOVA

«¡Tú estás loco de remate!», pensó Kate McTiernan mientras paseaba de un lado a otro de la estancia, de 3,5 × 4,5 m. Sentía claustrofobia en tan reducido espacio. Era su infierno en la tierra.

Tenía la sensación de flotar, como si un fluido viscoso y caliente fluyese por su interior. Incluso se preguntaba si habría sufrido alguna lesión cerebral durante su forcejeo con el agresor.

Sólo pensaba en una cosa: en fugarse.

Empezó a estudiar la situación desde todos los ángulos imaginables. Le dio la vuelta a los convencionalismos y los analizó en sus menores detalles.

Había sólo una gruesa puerta de madera de doble cerradura.

Sólo se podía salir de allí a través de aquella puerta.

¡No! Ésa era la deducción convencional. Tenía que haber otro medio.

Recordó un problema-acertijo que plantearon en un curso de lógica elemental que había seguido. Se disponían diez cerillas como números romanos en forma de ecuación matemática.

$$XI + I = X$$

El problema estribaba en cómo corregir la ecuación sin tocar ninguna de las cerillas. Sin añadir ni quitar ninguna de las cerillas.

No parecía nada fácil.

No tenía solución aparente.

Muchos estudiantes no supieron solucionar el problema, pero ella lo resolvió con relativa rapidez. La respuesta la tenía delante de los ojos. Solucionó el problema invirtiendo lo convencional. Le dio la vuelta a la hoja, poniéndola cabeza abajo.

$$X = I + IX$$

Pero no podía poner aquella prisión cabeza abajo. ¿O sí? Kate McTiernan examinó las tablas del suelo y los paneles de la pared. La madera olía a nueva. Acaso fuese un constructor, un contratista o un arquitecto.

No había salida.

No había solución aparente.

Pero no podía ni quería aceptar esa respuesta.

Pensó en la posibilidad de seducirlo... si lograba armarse de valor para ello. No. Aquel individuo era demasiado listo. Lo notaría. Peor aún, *ella* lo notaría.

Tenía que haber algún medio. Lo encontraría.

Kate miró la nota que le había dejado en la mesita de noche.

Nunca debes tratar de escapar... o serás ejecutada a las pocas horas.

Capítulo 27

LA TARDE SIGUIENTE FUI a los jardines Sarah Duke, donde seis días antes secuestraron a Naomi.

Necesitaba ir allí, ver el lugar, pensar en mi sobrina, desahogar mi aflicción a solas.

Los jardines, adyacentes al Centro Médico de la Universidad Duke, ocupaban más de veinticinco hectáreas y estaban primorosamente cuidados. Setos, arriates y frondas formaban preciosas retículas rebosantes de flores y de verdor. Había literalmente kilómetros de paseos.

Casanova no podía haber elegido mejor lugar para el secuestro. Lo había hecho todo muy a conciencia. Todo perfecto, hasta el momento. ¿Cómo era posible?

Hablé con varios empleados de la administración y con algunos estudiantes que estaban allí el día que desapareció Naomi.

Los pintorescos jardines estaban abiertos desde primera hora de la mañana hasta que oscurecía. A Naomi la vieron por última vez hacia las cuatro de la tarde. Casanova la secuestró a plena luz del día. No acertaba a imaginar cómo podía haberlo hecho. Tampoco parecían saberlo la policía de Durham ni el FBI.

Merodeé por los jardines durante casi dos horas. Me sublevaba pensar que hubiesen secuestrado a Chispa allí mismo.

El lugar llamado «The Terraces» era uno de los rincones más bonitos. Los visitantes podían acceder a él a través de una pérgola cubierta de wistaria. Unos bonitos escalones de madera conducían hacia un estanque de forma irregular, rodeado de parterres de piedra, que rebosaban de tulipanes, azaleas, camelias, lirios y peonias.

Intuí que aquel lugar debía de encantarle a Chispa.

Me arrodillé junto a unos tulipanes rojos y amarillos. Yo llevaba un traje gris y camisa blanca, con el cuello desabrochado. La tierra estaba húmeda y esponjosa y me manché los bajos de los pantalones. No pude contener el llanto al pensar en Chispa.

Capítulo 28

TICTAC. TICTAC. LA POLVERA de relojería estaba otra vez en condiciones.

El falómetro empezaba a funcionar.

Kate McTiernan creyó haber oído algo. Probablemente, eran figuraciones suyas. No tenía nada de extraño desvariar un poco en aquel lugar.

Ya estaba otra vez. Un leve crujido de las tablas. La puerta se abrió y entró él sin decir palabra.

¡Allí estaba! Casanova. Llevaba otra máscara que le daba aspecto de ídolo siniestro, estilizado y atlético. ¿Sería aquélla la fantaseada imagen que tenía de sí mismo?

Pensando sólo en su tipo, en la universidad lo hubiesen considerado un chico 10. Aunque, con la máscara, más bien lo hubiesen tomado por un cadáver salido de una sala de disección.

Se fijó en su indumentaria: unos ajustados tejanos descoloridos y camperas negras manchadas de tierra. No llevaba camisa. Una máscara cubría su rostro. No cabía duda de que era fuerte. Parecía orgulloso de la musculatura de su pecho.

Kate trataba de recordar los detalles de su físico para... cuando lograse escapar.

—He leído tus reglas—dijo Kate con todo el aplomo que le fue posible, aunque estaba temblando—. Son muy completas y claras.

—Gracias. A pocas personas les gustan las reglas, y a mí menos que a nadie. Pero a veces son necesarias.

Kate no podía apartar los ojos de la máscara, que le recordaba las trabajadas y decorativas máscaras de Venecia, aunque también las máscaras rituales de algunas tribus.

¿Pretendía seducirla?, se preguntó Kate. *¿De eso se trataba?*

—¿Por qué llevas máscara?—preguntó ella en tono sumiso.

—Como digo en mi nota, un día saldrás libre de aquí. Quedarás en libertad. Forma parte de mi plan. No podría soportar que sufrieses ningún daño.

—Si soy buena y obedezco.

—Exacto. Si eres buena. No te será tan difícil, Kate. Me gustas muchísimo.

Kate sintió el impulso de pegarle. «Todavía no—se dijo no obstante—. No hasta que estés muy segura. Sólo podrás tener una oportunidad».

Él pareció leerle el pensamiento. Era muy rápido e inteligente.

—Nada de kárate—comentó él, que pareció sonreír bajo la máscara—. Recuérdalo bien, Kate, por favor. Te he visto combatir en el *dojo*. Te he observado. Eres muy rápida y fuerte. Pero yo también. Conozco las artes marciales.

—No estaba pensando en eso—se excusó Kate, que frunció el entrecejo y miró al techo.

Puso los ojos en blanco. Pensó que era perfectamente legítimo fingir en aquellas circunstancias.

—En tal caso, te pido disculpas—dijo él—. No tenía que haberlo dicho. No lo volveré a hacer. Te lo prometo.

Había momentos en los que parecía cuerdo. Eso era lo que más la aterraba de lo que había ocurrido hasta entonces. Era como si tuviesen una conversación normal en una casa normal, en lugar de en la casa de los horrores.

Kate se fijó en sus manos. Tenía los dedos largos. Incluso podía considerarlos distinguidos. ¿Manos de arquitecto? ¿De médico? ¿Manos de artista? Desde luego, no eran manos de obrero.

—¿Qué piensas hacer conmigo?—preguntó decidida a ser más directa—. ¿Por qué estoy aquí? ¿Por qué esta habitación y esta ropa, todas mis cosas?

—Pues supongo que porque quiero enamorarme. Estar enamorado durante una temporada—contestó él en un tono suave y pausado que parecía indicar que, en efecto, pretendía seducirla—. A ser posible, quiero vivir un romance continuo. Quiero sentir algo especial en mi vida. Quiero experimentar la intimidad con otra persona. No soy tan distinto de los demás. La única diferencia es que, en lugar de fantasear, yo actúo.

—¿Acaso no sientes nada?—volvió a preguntar ella con fingida preocupación.

Kate era consciente de que los sociópatas no podían sentir emociones o, por lo menos, eso era lo que tenía entendido.

Casanova se encogió de hombros. Kate notó que sonreía tras la máscara, que se reía de ella, en realidad.

—A veces, siento intensamente. Creo que soy demasiado sensible. ¿Puedo decirte lo hermosa que eres?

—En estas circunstancias, preferiría que no lo hicieses.

Él volvió a encogerse de hombros y a echarse a reír.

—Bueno, pues dejémoslo correr entonces. Nos dejaremos de lindezas entre los dos. Sin embargo, ten en cuenta que puedo ser romántico. En realidad, es lo que prefiero.

Su rápido movimiento la pilló por sorpresa. El proyectil anestésico la hizo trastabillar hacia atrás al impactar en su pecho. Reconoció el sonido de la percusión y el olor a ozono. Cayó contra la pared y se golpeó en la cabeza.

—Oh, Dios mío—gimió Kate.

Casanova se le echó encima agitando brazos y piernas. La inmovilizó con el peso de su cuerpo. Iba a matarla.

Oh, Dios, no quería morir así, que su vida terminase de esta manera. No tenía sentido, era absurdo y triste.

Sintió una explosiva rabia en su interior. Con un desesperado esfuerzo, logró liberar una de sus piernas, pero no podía mover los brazos. Le ardía el pecho. Notó que le desgarraba la blusa, que la tocaba por todas partes. Estaba en plena erección y se restregaba contra ella.

—No, por favor—musitó en tono quejumbroso.

Le manoseaba los pechos. Notó el sabor del hilillo de sangre que empezó a manar de la comisura de sus labios. Entonces se derrumbó y empezó a llorar. Apenas podía respirar.

—He tratado de ser amable—dijo él rechinando los dientes.

Casanova se detuvo de pronto. Se levantó, se bajó la cremallera de sus tejanos azules y se los dejó caer hasta los tobillos. No se molestó en quitárselos.

Kate alzó la vista hacia él. Tenía el pene grande y estaba en plena erección. Se le echó encima y empezó a restregárselo lentamente por los pechos, por la garganta y luego por la boca y los ojos.

Kate estaba semiinconsciente. Trataba de resistir mentalmente. Necesitaba asirse a algo, aunque sólo fuera a sus pensamientos.

—Mantén los ojos abiertos—le advirtió él con aspereza—. Mírame, Kate. Tienes los ojos preciosos. Eres la mujer más hermosa que he visto nunca. ¿Lo sabes? ¿Sabes lo deseable que eres?

Casanova estaba en trance. La penetraba con potentes embestidas. Se sentó encima de ella y empezó a jugar con sus pechos. Le acarició con suavidad el pelo y el rostro, lo que hacía que aquel momento fuera aún más penoso. Se sentía terriblemente humillada y avergonzada. Lo odiaba.

—Te amo, Kate. Te amo más de lo que soy capaz de expresar. Nunca he sentido nada parecido. Te lo prometo. Nunca como ahora.

Kate comprendió que no iba a matarla. La dejaría vivir. Volvería a poseerla una y otra vez, siempre que lo deseara. Kate estaba tan aterrorizada que terminó por perder el conocimiento.

No sintió nada cuando él se despidió con un suave beso.

—Te amo, dulce Kate. Y siento muchísimo esto. Porque… lo *siento* todo.

Capítulo 29

RECIBÍ UNA LLAMADA TELEFÓNICA urgente de una estudiante de derecho compañera de clase de Naomi. Dijo llamarse Florence Campbell y que tenía que hablar conmigo lo antes posible.

—Necesito hablar con usted urgentemente, doctor Cross. Se trata de algo importantísimo.

Nos encontramos en el campus de Duke, cerca del Centro Universitario Bryan.

Florence resultó ser una joven negra de poco más de veinte años. Fuimos paseando entre los magnolios y los bien cuidados edificios de estilo neogótico. Ninguno de los dos encajábamos muy bien en aquel lugar. Ella era alta y desgarbada y, a primera vista, parecía algo artificial. Llevaba un peinado alto y tieso que me recordó a Nefertiti. Su aspecto era extraño, o acaso sólo resultara anticuado. Me sorprendió que aún existiesen personas como ella en las zonas rurales de Misisipi y Alabama.

La joven había preparado su tesis de licenciatura en la Universidad estatal de Misisipi, que estaba bastante apartada de la Universidad Duke.

—Lo siento muchísimo, doctor Cross—dijo ella tras

sentarnos en un banco de madera y piedra, cubierto de testimonios de las variopintas emociones de los estudiantes, escritas con bolígrafo o grabadas con navaja—. Le pido disculpas a usted y a su familia.

—¿De qué has de disculparte, Florence?—le pregunté sin comprender a qué se refería.

—No me decidí a hablar con usted ayer cuando estuvo aquí. Nadie había dicho claramente aún que Naomi podía haber sido secuestrada. La policía de Durham, por lo menos, no dijo nada. Y estuvieron muy antipáticos y fueron maleducados. No parecían creer que Naomi pudiese tener algún problema.

—¿Y a qué crees que se debe?—dije, porque yo me hacía la misma pregunta.

—Porque Naomi es afroamericana—contestó ella mirándome con fijeza—. La policía de Durham y el FBI no se preocupan de estos casos igual que si se tratase de una joven blanca.

—¿Eso crees?—le pregunté.

—Es la pura verdad. Frantz Fanon sostiene que las superestructuras racistas están permanentemente incrustadas en la psicología, en la economía y en la cultura de nuestra sociedad. Y yo también lo creo así.

Florence daba la impresión de ser una joven muy seria. Llevaba bajo el brazo un ejemplar de *The Omniamericans* de Albert Murray. Y empezaba a caerme bien su talante. Era un buen momento para sondearla acerca de Naomi.

—Cuéntame qué está pasando aquí, Florence. No te cohíbas por el hecho de que yo sea tío de Naomi ni porque sea agente de policía. Necesito que alguien me ayude en la investigación. Sé a lo que te refieres, porque yo también sufro las consecuencias de esa *superestructura* de la que hablas.

Florence sonrió y se echó hacia atrás un mechón que se le venía sobre la cara. Parecía un híbrido de Emmanuel Kant y de la Prissy de *Lo que el viento se llevó*.

—Aquí está lo que sé, doctor Cross. Ésta es la razón de que algunas de las chicas de la residencia estuviesen enfadadas con Naomi—dijo respirando hondo aquel aire con fragancia a magnolia—. Todo empezó a causa de Seth Samuel Taylor. Es asistente social y se ocupa de uno de los barrios de Durham. Yo le presenté a Naomi. Seth es mi primo—añadió un poco titubeante.

—Sigo sin ver dónde está el problema.

—Seth Samuel y Naomi se enamoraron hacia diciembre del año pasado—prosiguió Florence—. Naomi iba por ahí como flotando, embelesada. Y ya sabe usted que ella no es así. Al principio, él venía a la residencia, pero luego ella empezó a ir al apartamento de Seth en Durham.

Me extrañó un poco que Naomi se hubiese enamorado y no se lo hubiese contado a Cilla. ¿Por qué no nos lo había dicho a ninguno de nosotros? Yo seguía sin comprender cuál era la causa del enfado de las chicas de la residencia con Naomi.

—Supongo que Naomi no es la primera estudiante de Duke que se ha enamorado y que ha salido con un hombre—dije.

—No es que *saliese* con un hombre, es que salía con un hombre de raza negra. Seth se presentaba aquí con mono, botas de trabajo y su «chupa». Y Naomi empezó a pasearse por el campus con un sombrero de segadora. A veces, Seth también llevaba un sombrero con la inscripción «Trabajo de esclavo». Además, *osaba* ironizar respecto de la labor social de las monjas y de su «conciencia social». Y ponía de vuelta y media a los conserjes de color por cumplir con su trabajo.

—¿Y qué opinas tú de tu primo Seth?—le pregunté.

—Lo subleva la injusticia racial. Está demasiado radicalizado y, a veces, exagera. Por lo demás, es un tipo formidable. Es de los que predica con el ejemplo. Es un trabajador infatigable. Si no fuese mi primo *lejano*... —dijo Florence guiñándome el ojo.

Tuve que sonreír ante el malicioso sentido del humor de Florence. Era un poco provinciana, pero una personita decente. Incluso empezaba a gustarme su peinado.

—¿Erais íntimas tú y Naomi?—le pregunté.

—Al principio no simpatizamos. Quizá porque ambas nos considerábamos rivales para aparecer en las páginas de *Law Review*. Probablemente, sólo tendría opción una joven negra, ¿comprende? Sin embargo, a medida que avanzó el curso, intimamos. *Adoro* a Naomi. Es la mejor.

De pronto, me pregunté si la desaparición de Naomi tendría algo que ver con su novio, y acaso nada con el asesino que andaba suelto por Carolina del Norte.

—Es una buena persona. No vaya usted a perjudicarlo—me advirtió Florence—. Ni se le ocurra.

—Prometo que sólo le romperé una pierna.

—Es fuerte como un toro—me replicó.

—Pero es que yo soy un toro—le susurré a Florence como quien revela un secreto.

Capítulo 30

MIRÉ A SETH SAMUEL Taylor a los ojos. Y él me devolvió la mirada. Se la sostuve. Sus ojos parecían cuentas de azabache engastadas en almendras.

El novio de Naomi era alto, muy musculoso, un hombre que trabajaba duro. Me recordaba más a un joven león que a un toro. Parecía tan desconsolado que se me hacía cuesta arriba interrogarlo. Tenía el presentimiento de que habíamos perdido a Naomi para siempre.

Seth Taylor iba sin afeitar. Se notaba a ojos vista que llevaba días sin dormir, y dudo de que se hubiese cambiado de ropa. Vestía camisa azul a cuadros muy arrugada, camiseta, tejanos y unas polvorientas botas de trabajo. O era un consumado actor o estaba muy furioso.

Le tendí la mano y me la estrechó vigorosamente (tanto que tuve la sensación de haberla metido en un torno de carpintero).

—Tiene usted un aspecto horrible—me dijo.

Se oía el *Humpty Dance* de Digital Underground desde algún domicilio o local cercano. Como en Washington, sólo que la melodía estaba un poco pasada de moda.

—¡Pues mira que tú!

Seth tenía una sonrisa amable y contagiosa. Rebosaba confianza en sí mismo (exceso de confianza, diría yo), pero sin caer en la fanfarronería.

Reparé en que debían de haberle roto la nariz varias veces. No obstante, su rostro era atractivo. Al igual que Naomi, era como esos actores que, con su sola presencia, dominan el escenario.

Seth Taylor vivía en un barrio obrero al norte de Durham, un barrio en el que, en otros tiempos, vivían los obreros que trabajaban en las fábricas de tabaco. Vivía en un dúplex de una casa convertida en dos apartamentos. En las paredes del pasillo tenía pósters de Arrested Development y de Ice-T. En uno de los pósters decía: «Desde la esclavitud no sufrían tantas calamidades los *hombres* negros».

El salón estaba atestado de amigos y vecinos de Seth, y sonaba una triste canción de Smokey Robinson. Los amigos estaban allí para ayudar a encontrar a Naomi. Pudiera ser que, al fin, hubiese encontrado aliados en el sur.

Todos los presentes se mostraban ansiosos por hablarme de Naomi. Ninguno de ellos albergaba la menor sospecha acerca de Seth Samuel.

Me llamó la atención una joven de mirada inteligente y sensible de piel de color café con leche.

Se llamaba Keesha Bowie y tendría treinta y pocos años. Trabajaba en Correos de Durham. Por lo visto, Naomi y Seth la habían convencido para que reanudase sus estudios en la facultad y se licenciase en psicología. En seguida sintonizamos.

—Naomi es una chica culta y muy coherente, aunque… en fin, eso ya lo sabe usted—dijo Keesha, que me llevó a un lado para hacer un aparte conmigo—. Pero nunca ha utilizado su talento ni su cultura para menospreciar a nadie ni para darse aires de superioridad. Esto nos sorprendió a todas cuando la conocimos. Es muy equilibrada. Y es muy triste que haya tenido que sucederle algo así precisamente a ella.

Seguí hablando un poco más con Keesha y me cayó muy bien. Era lista y bonita. Luego, busqué a Seth y lo encontré solo en el piso de arriba. La ventana del dormitorio estaba abierta y él se había sentado afuera, en un tejadillo inclinado.

A lo lejos se oía un sugestivo blues de Robert Johnson.

—¿Te importa que salga ahí contigo? ¿Crees que este viejo tejadillo soportará nuestro peso?—pregunté desde la ventana.

—Si no resiste y caemos los dos al porche, daremos que hablar—dijo Seth sonriente—. Casi merece la pena caer y romperse la cabeza. Sí, hombre, venga.

Tenía un dulce acento, casi musical. No me extrañó que a Naomi le gustara.

Salí por la ventana y me senté junto a Seth Samuel en la oscuridad, mirando hacia Durham. Oímos la versión provinciana de las sirenas de la policía y el lejano y apagado murmullo del bullicio.

—Naomi y yo solíamos sentarnos aquí—musitó Seth.

—¿Te encuentras bien?—le pregunté.

—No he estado peor en mi vida. ¿Y usted?

—Yo tampoco.

—Después de que llamase usted, pensé en esta visita, en la conversación que tendríamos. Intenté pensar del modo que usted pensaría. Ya sabe... como un detective. Le ruego que deseche cualquier idea acerca de que yo pueda tener algo que ver con la desaparición de Naomi. No pierda el tiempo por ahí.

Lo miré con fijeza. Estaba inclinado hacia delante y reposaba el mentón en su pecho. Tenía los ojos llorosos. Su dolor se podía palpar. Sentí el impulso de decirle que íbamos a encontrar a Naomi y que todo saldría bien, pero no podía convencerle de algo de lo que no estaba seguro.

Terminamos por compadecernos. Los dos echábamos de menos a Naomi, cada uno de un modo distinto. Y los dos la lloramos, allí, en el oscuro tejado.

Capítulo 31

UN AMIGO DEL FBI contestó, al fin, aquella noche a una de mis llamadas telefónicas.

Cuando él llamó yo estaba leyendo *Manual de diagnosis y estadísticas de los trastornos mentales*, como parte de mi trabajo sobre el perfil piscológico de Casanova, aunque sin apenas avanzar.

Conocí al agente especial Kyle Craig durante la larga y difícil caza de Gary Soneji. Kyle no era «territorialista», como la mayoría de los federales. A veces, se me hacía difícil aceptar que perteneciese al FBI. Era demasiado humano.

—Gracias por contestar a mis llamadas—le dije por teléfono—. ¿Por dónde andas estos días?

—Estoy en Durham, Alex—me contestó sorprendentemente Kyle—. Para ser más exacto, estoy en el vestíbulo de tu hotel. Baja a tomar unas copas. Necesito hablar contigo. Tengo un mensaje especial para ti del mismísimo J. Edgar.

—Ahora mismo bajo.

Kyle estaba sentado a una mesa para dos, junto a un amplio ventanal que daba al *green* de entrenamiento para el embocadero del campo de golf de la universidad. Un hombre flaco y desgarbado, con pinta de colegial, le enseñaba a una estudiante a embocar en la oscuridad.

Kyle observaba la lección con expresión risueña. Ladeó la cabeza como si intuyese mi presencia.

—Tienes un gran olfato para los problemas—me dijo a modo de saludo—. He sentido mucho la desaparición de tu sobrina. Pero aunque sea en circunstancias tan tristes, me alegro de verte.

Me senté frente al agente y fuimos en seguida al grano. Estaba tan optimista como siempre, aunque sin pecar de ingenuo. Es un don que posee. Más de uno cree que Kyle podría llegar a ser director del FBI y que eso sería lo mejor que le hubiese ocurrido nunca al legendario cuerpo.

—Primero, Ronald Burns aparece en Durham. Y ahora tú. ¿Se puede saber qué pasa?—le pregunté.

—Dime primero tú qué has averiguado hasta ahora—me contestó—. Procuraré corresponder hasta donde me sea posible.

—Trabajo en el perfil psicológico de las mujeres asesinadas—le dije a Kyle—; concretamente en las que ha «rechazado». En dos de los casos, las mujeres tenían una personalidad muy fuerte. Puede que le creasen demasiados problemas. Ésa pudiera ser la razón de que las matase; para desembarazarse de ellas. La excepción ha sido Bette Anne Ryerson. Tenía hijos, estaba bajo tratamiento psicológico y acaso tuvo una crisis nerviosa.

Kyle se pasó la mano por la cabeza y me dirigió una mirada de escepticismo.

—Por lo visto, no te han dado ninguna información, ningún dato. Sin embargo… a lo tonto a lo tonto… ya vas por delante de los demás. Nadie ha aventurado esta teoría acerca de las «rechazadas». Y tiene bastante lógica, Alex. Sobre todo, si es uno de esos monstruos a los que les funciona perfectamente la cabeza para hacer el mal.

—Podría ser. Tiene que haber alguna buena razón para que se haya deshecho de esas tres mujeres. No obstante... ¿no ibas a decirme algo tú también?

—Quizá, si apruebas un pequeño examen. ¿Qué otra hipótesis se te ha ocurrido?

Miré a Kyle con el entrecejo fruncido a la vez que bebía un trago de cerveza.

—Mira... Creí que eras un tío legal, pero, por lo visto, te mueves en la misma onda que todos los del FBI.

—Me-pro-gra-ma-ron en Quan-ti-co—dijo Kyle con aceptable voz de computadora—. ¿Has trazado un perfil psicológico de Casanova?

—Estoy en ello—le contesté. Me extendí un poco en detalles metodológicos que él conocía ya de sobras—. En fin... es todo lo que puedo hacer sin disponer prácticamente de ninguna información.

Kyle lo quería todo. Luego, tal vez me facilitara algún dato.

—Tiene que ser alguien muy bien integrado en la sociedad—dije—. Nadie ha logrado nada que nos acerque mínimamente a su rastro. Es probable que actúe impulsado por obsesivas fantasías sexuales que tuviese en la adolescencia. Pudo ser víctima de abusos deshonestos, incluso de incesto. A lo mejor era un violador y ahora se ha convertido en coleccionista de mujeres hermosas. Parece elegir sólo a las extraordinarias. Las *investiga*, Kyle. Estoy casi seguro. Posiblemente es un hombre solitario que busca a la mujer perfecta.

—Estás como una cabra—exclamó Kyle meneando la cabeza—. ¡Piensas como él!

—Déjate de coñas. ¿Vas a decirme de una puñetera vez algo que yo no sepa?

—Voy a proponerte un trato, Alex. Es un buen trato. De modo que no te me encabrites.

Llamé al camarero con un ademán.

—Cóbrenos, por favor. Cuentas separadas.

—No, no, espera. Es un buen trato, Alex. Odio decir «ten confianza en mí», pero… *ten confianza en mí*. Para que veas que no quiero engañarte, te anticipo que no podré decírtelo todo ahora mismo. Tienes razón en lo de Burns. El subdirector no ha venido aquí por casualidad.

—Ya supuse que Burns no había venido aquí a visitar los jardines—le dije, aunque con ganas de gritárselo—. Bien, dime una sola cosa que yo no sepa ya.

—No puedo decirte más de lo que sé.

—¡Que te zurzan, Kyle! No me has dicho ni media palabra. ¿En qué consiste el trato que quieres proponerme?

Kyle alzó una mano, como si quisiera tranquilizarme antes de decirme lo que fuese.

—Escucha. Como sabes, o sospechas, se ha producido un conflicto de competencias de aquí te espero. Una auténtica pesadilla. Y todos van a ciegas, Alex.

—¡Vaya, hombre! Me alegro de estar sentado ante semejante revelación—comenté yo fulminándolo con la mirada.

—Mira. Es una excelente oferta para alguien como tú, que estás al margen del conflicto. Mi propuesta es que sigas al margen y trabajes *directamente* conmigo.

—¿Trabajar para el FBI?—dije, casi atragantándome con la cerveza—. ¿Colaborar con los federales?

—Puedo facilitarte el acceso a la información que obtengamos, en cuanto... la tengamos. Te proporcionaré todo lo que necesites: recursos e información.

—¿Y tú no tendrás que compartir con nadie lo que yo averigüe? ¿Ni siquiera con la policía local y la estatal?

—Mira, Alex, se trata de una investigación de envergadura, y muy cara, que de momento no nos está llevando a ninguna parte. Ruedan cabezas de inspectores de distintos cuerpos casi al mismo tiempo que desaparecen mujeres en todo el sur.

—Comprendo el problema, Kyle. Déjame pensarlo.

Kyle y yo hablamos un poco más acerca de su oferta y logré que me dejase traslucir algunos detalles. Si trabajaba con Kyle, tendría el apoyo de un equipo de primer orden.

Pedimos hamburguesas y más cerveza, seguimos hablando y le di los últimos toques a mi pacto con Lucifer. Por primera vez desde que llegué al sur me sentí un poco esperanzado.

—Bueno... Sí que tengo algo más que compartir contigo—le dije para finalizar—. Anoche me dejó una nota. Era una bonita y preocupante nota que me daba la bienvenida al sur.

—Lo sabemos—dijo Kyle sonriente—. Era una postal en la que se ve a una odalisca, una esclava de un harén.

Capítulo 32

AUNQUE AL LLEGAR A mi habitación era ya un poco tarde, llamé a Nana y a los niños.

Cuando estoy de viaje siempre llamo a casa por la mañana y por la noche. No había fallado nunca y no pensaba empezar aquella noche.

—¿Obedeces a Nana y te portas bien para variar, chiquitina?—le pregunté a Jannie cuando se puso al teléfono.

—¡Siempre me porto bien!—protestó Jannie en tono jubiloso.

Le encanta hablar conmigo. Y a mí con ella. Es asombroso que sigamos locamente enamorados después de cinco años. Cerré los ojos e imaginé a mi niña sacando pecho, tratando de poner cara desafiante, a la vez que sonreía y enseñaba sus desportillados dientes.

Hablar con Jannie hizo que me viniera a la memoria Naomi, que de pequeña era tan encantadora como mi hija. Recordaba a Chispa con la misma nitidez como si la tuviese delante.

—¿Y qué hay del grandullón de tu hermano? Porque, según él, se ha portado requetebién. Y me ha dicho que Nana te ha llamado hoy «el terror de los cielos». ¿Es verdad eso?

—No, papi. Se lo ha llamado a él. Es Damon el terror de los cielos de esta casa. Y yo soy el angelito de Nana. Pregúntale y verás.

—No sé… no sé… ¿Seguro que no le has tirado del pelo a Damon hoy cuando habéis ido a comer al Roy Rogers?

—¡No! Él me ha tirado del pelo a mí. Casi me lo arranca, como si fuese Baby Clare…

Baby Clare era la muñeca preferida de Jannie desde que tenía dos años. La muñeca era su «bebé», algo sagrado para ella y para todos nosotros. En una ocasión, fuimos de excursión a Williamsburg y nos la olvidamos allí. Tuvimos que rehacer todo el camino para recuperarla. Milagrosamente, Baby Clare nos esperaba en las taquillas de la entrada, charlando animadamente con uno de los vigilantes de seguridad.

—Además, casi no puedo tirarle del pelo a Damon. Está calvo. Nana se lo ha dejado *así de corto* para el verano. ¡Ya verás cuando lo veas! ¡Está como una bola de billar!

La oía reír. *Veía* reír a Jannie. También oía que Damon quería ponerse al teléfono para desmentir el infundio acerca de su corte de pelo.

Cuando hube terminado con los niños, hablé con Nana.

—¿Qué tal lo llevas, Alex?—me preguntó, siempre tan directa. Habría sido una formidable detective o cualquier otra cosa que se hubiese propuesto ser—. Te pregunto que cómo estás, Alex. ¿No me oyes?

—Estupendamente. Adoro mi trabajo—le contesté—. Y tú, ancianita, ¿qué tal estás?

—Dejémoslo correr. Ni dormida les quito ojo a esos críos. Pero no me gusta tu tono de voz. Apuesto a que no duermes y a que no has avanzado un milímetro.

Cuando se lo proponía, podía ser dura como una piedra.

—No va tan bien como esperaba—le confesé—. No obstante, me parece que esta noche he empezado a ver un poco de luz.

—Lo sé. Por eso has llamado tan tarde. Pero claro... no puedes compartir las buenas noticias con tu abuela. Temes que llame al *Washington Post*.

Nana y yo habíamos tenido más de una trifulca acerca de mi trabajo. Siempre quiere «información privilegiada», y yo no se la puedo dar.

—Te proporcionaré un dato importante: te quiero, Nana. Es todo lo que puedo decirte por ahora.

—Y yo también te quiero, Alex Cross. Es todo lo que puedo decirte yo.

Siempre tenía que ser ella quien tuviese la última palabra.

Cuando hube terminado de hablar con Nana y con los niños, me quedé acostado en la oscuridad, encima de la incómoda cama de mi hotel, que estaba sin hacer. No quería que entrasen las camareras ni ninguna otra persona, aunque el cartel de «No molestar» no servía para disuadir a los agentes del FBI.

Tenía una botella de cerveza en equilibrio sobre mi pecho. Nunca me han gustado las habitaciones de hotel, ni siquiera de vacaciones.

Volví a pensar en Naomi, en cuando era una niña como Jannie y se subía a caballo en mis hombros para ver a lo lejos, «igual que los mayores». Naomi llamaba «Año Nievo» al Año Nuevo (no sé si por falta de práctica con el léxico o para que le dejasen jugar con la nieve).

Finalmente, logré centrarme en el canalla que se había

llevado a Chispa de nuestro lado. De momento, era él quien ganaba. Parecía invencible. No cometía errores ni dejaba rastros. Estaba muy seguro de sí mismo. Incluso se había permitido la insolencia de hacerme llegar una tarjeta postal.

«Puede que haya leído mi libro acerca de Gary Soneji», pensé. Quizá hubiese leído el libro. ¿Habría secuestrado a Naomi para desafiarme?

De ser así, era para echarse a temblar.

Capítulo 33

«ESTOY VIVA, PERO... ¡en el infierno!».

Kate McTiernan estaba sentada en el frío suelo, con el mentón apoyado en las rodillas. Temblaba. Estaba segura de que la habían drogado. Tenía fuertes temblores y continuas náuseas.

No sabía cuánto tiempo había dormido ni qué hora era. ¿Estaría observándola a través de una mirilla? Casi podía sentir sus ojos fijos en ella.

Recordaba los más crudos y odiosos detalles de la violación. La sola idea de que aquel monstruo la tocase le resultaba repulsiva. La ira, la culpabilidad, la violencia de que había sido objeto se agolpaban en su mente. Notaba que una descarga de adrenalina recorría su cuerpo.

—Dios te salve, María, llena eres de gracia, el Señor es contigo...

Creía haber olvidado rezar. Confiaba en que Dios no la hubiese olvidado a ella.

Le daba vueltas la cabeza. Estaba claro que lo que él se proponía era quebrar su voluntad, vencer su resistencia. Ése era su plan, ¿verdad?

Tenía que pensar, obligarse a *pensar*. Lo veía todo

borroso. *Las drogas.* ¿Qué droga le habría administrado? Quizá forane, un potente miorrelajador que se utilizaba antes de la anestesia. Se comercializaba en frascos aspersores de 10 cm³. Se podía rociar el rostro de la víctima o un paño que luego se le aplicase en la boca. Trató de recordar los efectos posteriores a su administración. Temblores y náuseas. Sequedad de boca y garganta. Disminución de la capacidad intelectual durante uno o dos días. ¡Ésos eran los síntomas que tenía!

«¡Es médico!». Aquel pensamiento la estremeció. ¿Quién sino un médico tenía fácil acceso a una droga como el forane?

En el *dojo* de Chapel Hill se enseñaba a controlar las emociones. Había de sentarse uno frente a una pared pintada de blanco del *dojo* y permanecer inmóvil aunque deseara *o necesitara* moverse.

Estaba empapada en sudor, pero decidida a que aquel malnacido no minase su fuerza de voluntad. Podía ser increíblemente fuerte cuando lo necesitaba. Gracias a su fortaleza logró terminar sus estudios de medicina, a pesar de no tener dinero ni facilidades de ningún tipo.

Permaneció en posición de flor de loto durante más de una hora. Respiraba de forma pausada, procurando desechar de su mente el dolor, la náusea y la violación. Se concentró en una sola idea: escapar.

Capítulo 34

KATE SE LEVANTÓ LENTAMENTE después de una hora de meditación. Seguía un poco aturdida, pero se sentía mejor, con mayor dominio de sí misma.

Decidió buscar la mirilla (porque estaba segura de que tenía que haberla). La habitación medía exactamente 3,5 × 4,5 m. Lo había comprobado varias veces. En un pequeño hueco había una taza de retrete.

Kate examinó la pared milímetro a milímetro, en busca de la más pequeña grieta, pero no vio nada. El desagüe del retrete parecía ir a parar directamente al subsuelo. En aquella parte de la casa no había cañerías.

«¿Dónde me tiene encerrada? ¿Dónde estoy?».

Le lloraban los ojos a causa del acre olor que sentía al arrodillarse junto al asiento de madera y asomarse al negro agujero. Había aprendido a soportar los olores más desagradables y, por consiguiente, sólo le produjo una leve arcada.

La abertura parecía dar a una superficie que debía de estar a unos tres o cuatro metros.

¿Qué habría abajo?, se preguntó Kate.

El agujero era demasiado estrecho para poder pasar por allí, aunque se despojase de la ropa.

Aunque... acaso pudiera. No había que darlo por imposible de buenas a primeras.

Entonces oyó su voz. Lo tenía detrás. Se le encogió el corazón y se sintió desfallecer.

Allí estaba otra vez, sin camisa. La musculatura de su plexo solar y de sus muslos era espectacular. Llevaba otra máscara, una máscara de facciones crispadas. Era negra, con rodales de color blanquecino y escarlata. ¿Estaría furioso? ¿Utilizaba las máscaras para expresar sus estados de ánimo?

—Ésa no ha sido una de tus mejores ideas, Kate. Ya lo han intentado otras más delgadas—dijo en tono burlón—. Y yo no voy a bajar ahí para ayudarte a volver a subir. Es... perdona que lo exprese de este modo, una mierda de muerte morir así. Piénsalo bien.

Kate fingió tener dificultades para levantarse y sufrir un acceso de náuseas. Lo hizo lo mejor que pudo para resultar convincente.

—Estoy mareada, tenía ganas de vomitar—le dijo a Casanova.

—No dudo de que estés mareada. Se te pasará. Pero no es ésa la verdadera razón por la cual te has arrodillado junto a la taza. Dime la verdad.

—¿Qué quieres de mí?—le preguntó ella.

A juzgar por su tono de voz, parecía otra persona. Aunque acaso la droga hubiese distorsionado su sentido del oído y fuesen figuraciones suyas, el caso es que parecía otra persona. ¿Sería un esquizofrénico?

—Quiero estar enamorado. Quiero volver a hacer el amor contigo. Quiero que te pongas bonita para mí. Quizá alguno de los preciosos vestidos de Niman Marcus. Tu ropa interior de fantasía y tacón alto.

Kate estaba aterrada y sentía repugnancia, pero procuró no exteriorizarlo. Tenía que hacer o decir algo que lo alejase de ella de momento.

—No estoy de humor, cariño. No me siento con ánimo de vestirme—dijo Kate, sin poder disimular del todo el sarcasmo que entrañaban sus palabras—. Me duele la cabeza. ¿Qué tiempo hace? Porque aquí, sin salir, ni siquiera sé si es de día o de noche.

Casanova se echó a reír.

—Hace uno de esos días radiantes, típicos de Carolina. Estamos a casi treinta grados. Uno de los días que ha hecho mejor tiempo este año.

Súbitamente, la levantó del suelo con una mano, tirando de su brazo derecho con violencia, como si quisiera arrancárselo.

Kate gritó de dolor. Se enfureció tanto que catapultó el brazo izquierdo hacia él y logró moverle la máscara hacia un lado.

—¡Estúpida! ¡Imbécil!—le gritó él—. ¡Es impropio de ti!

Kate vio la pistola con la que le disparaba el anestésico y comprendió que acababa de cometer un grave error. Casanova apuntó a su pecho y le disparó.

Ella trató de mantenerse en pie, pero el cuerpo no le obedecía y se desplomó en el suelo.

Casanova estaba muy furioso. Kate lo miró horrorizada mientras él la emprendía a patadas con ella. Le dio en la boca con tal fuerza que le hizo saltar un diente. Notó el sabor a sangre. Le silbaban los oídos y comprendió que iba a perder el conocimiento de un momento a otro. Procuró retener lo que había visto bajo la máscara.

Casanova sabía que había logrado ver parte de su rostro.

Una suave y sonrosada mejilla, sin barba ni bigote.

Y su ojo izquierdo... *azul*.

Capítulo 35

NAOMI CROSS TEMBLABA, ARRIMADA a la puerta de la habitación en la que estaba encerrada. Acababa de oír gritar a una mujer en aquella casa de los horrores.

Pese a la insonorización que Casanova había instalado, le habían llegado unos gritos espeluznantes. Naomi reparó en que se había mordido la mano con tal fuerza que se la había herido. Estaba segura de que su secuestrador debía de estar matando a alguien. No sería la primera vez.

Cesaron los gritos.

Naomi se arrimó más a la puerta, tratando de oír algo más.

—Oh, no, por favor—musitó—. Que no muera, por favor.

Naomi escuchó inútilmente durante un largo rato, atenazada por una tensión casi insoportable. Luego, se alejó de la puerta, abatida. Nada podía hacer por la pobre mujer. Nadie podía hacer nada por ella.

Naomi era consciente de que «tenía que portarse muy bien» en aquellos momentos. Si incumplía cualquiera de las reglas de Casanova, le pegaría. No quería arriesgarse.

Parecía saberlo todo acerca de ella. La ropa que le

gustaba, la talla de su ropa interior, sus colores favoritos, incluso las tonalidades preferidas. Conocía a Alex y a Seth Samuel e incluso a su amiga Mary Ellen Klouk. «Esa alta y rubia», decía para referirse a ella (*cosita*, la llamaba también, a veces).

Casanova era un «salido», obsesionado con todo tipo de fantasías sexuales. Le encantaba hablar con ella, y con la mayor naturalidad, de números pornográficos: sexo con niñas de corta edad y con animales, sadismo, masoquismo y todo tipo de aberraciones. A veces, se expresaba de un modo casi poético, aunque en realidad era enfermizo. Citaba a Jean Genet, John Rechy, Durrell y Sade. Era obvio que había leído mucho, y probablemente era un hombre culto.

—Eres lo bastante inteligente para comprenderme cuando hablo—le dijo a Naomi en una de sus visitas—. Por eso te elegí, cariño.

Naomi se sobresaltó al oír gritar de nuevo. Corrió a la puerta y aplicó el oído.

¿Era la misma mujer o estaba matando a otra?, se preguntó.

—¡Socorro!—oyó que gritaba una mujer a pleno pulmón, incumpliendo el siniestro reglamento.

—¡Que alguien me ayude, por favor! Me tienen secuestrada. ¡Que alguien me ayude! ¡Me llamo Kate... Kate McTiernan! ¡Socorro!

Naomi cerró los ojos. Era espantoso. A su compañera de cautiverio le convenía más dejar de gritar. Pero no lo hizo. Siguió gritando. Aquello significaba que Casanova no estaba en la casa. Debía de haber salido.

—Que alguien me ayude, por favor—repitió por enésima vez Kate—. Soy la doctora McTiernan del hospital universitario de Carolina del Norte.

Los gritos de auxilio prosiguieron, apenas sin pausa. Sin embargo, daban la sensación de ser no producto del pánico, pensó Naomi, sino de la rabia.

Él no podía estar en la casa. No le habría dejado seguir gritando de aquella manera. Naomi se armó al fin de valor.

—¡*Cállate!*—gritó Chispa tan fuerte como pudo—. ¡Si no dejas de gritar pidiendo auxilio te matará! ¡Cállate! ¡No voy a decirte nada más!

Se hizo el silencio, un bendito silencio. Pero McTiernan no permaneció callada mucho tiempo.

—¿Cómo te llamas?—le preguntó a gritos—. ¿Cuánto tiempo llevas aquí? Háblame, por favor. ¿Me oyes? ¡Dime algo!

Naomi estaba decidida a no contestarle. ¿Acaso había perdido el juicio después de alguna de las palizas de aquel monstruo?

—Escúchame: nos podemos ayudar—le dijo otra vez a gritos McTiernan—. Estoy segura de que podemos ayudarnos. ¿Sabes dónde estás encerrada?

No cabía duda de que era una mujer valiente, aunque también un poco estúpida. Tenía una voz potente que iba enronqueciendo por momentos. *Kate…*

—Por favor, háblame. Él no está aquí ahora, o ya habría entrado con su pistola anestésica. *¡Sabes que no me equivoco!* No va a enterarse de que has hablado conmigo. Por favor… Necesito oír tu voz de nuevo… Por favor. Sólo dos minutos. Te lo prometo. Dos minutos. Por favor. Sólo un minuto…

Naomi siguió sin contestarle. Él podía haber vuelto. Podía estar escuchándolas. Incluso podía estar observándolas.

—Bueno… Dejémoslo en treinta segundos—volvió

Kate a la carga—. Y luego no nos hablaremos más. ¿De acuerdo? Te prometo que dejaré de llamarte. De lo contrario... seguiré gritando hasta que venga.

«Oh, Dios mío, por favor, deja de hablar—imploró en silencio Naomi—. ¡Cállate de una vez! ¡Por lo que más quieras!».

—Me matará—gritó Kate—. ¡De todos modos va a matarme! He visto parte de su rostro. ¿De dónde eres tú? ¿Cuánto tiempo llevas aquí?

Naomi tenía una insoportable sensación de ahogo. No podía respirar, pero permaneció arrimada a la puerta, escuchando lo que Kate decía. Tenía que hacer un esfuerzo casi sobrehumano para no hablarle.

—Es posible que nos esté administrando una droga que se llama forane. Se utiliza en los hospitales. *Podría ser médico.* Por favor... ¿qué podemos temer, más que la tortura y la muerte?

Naomi sonrió. Estaba claro que Kate McTiernan andaba sobrada de valor. Lo cierto, se dijo Naomi, es que el solo hecho de oír su voz le había hecho mucho bien.

—Me llamo Naomi Cross—dijo Chispa—. Creo que llevo aquí unos ocho días. Estoy segura de que nos observa de continuo a través de mirillas camufladas en las paredes. Dudo que duerma. Me ha violado—añadió con voz más clara.

—A mí también me ha violado, Naomi—respondió Kate—. Sé cómo te sientes. ¡Qué alivio oírte! Ahora no me siento tan sola.

—Igual me ocurre a mí, Kate. Pero, por favor, ¡*cállate!*

Abajo, en su habitación, Kate McTiernan se sintió de pronto extenuada. Agotada, pero esperanzada. Se quedó estupefacta al oír otra voz.

—Maria Jane Capaldi. Llevo aquí casi un mes.

—Hola... Soy Kristen Mills.

—Soy Melissa Stanfield, estudiante de enfermería. Llevo aquí nueve semanas.

—Soy Christa Akers, de Carolina del Norte. Llevo dos meses en el infierno.

De modo, pensó Naomi, que aquel canalla tenía secuestradas allí a, por lo menos, otras cinco mujeres.

Segunda Parte

EL JUEGO DEL ESCONDITE

Capítulo 36

LA PERIODISTA DE 29 años de *Los Angeles Times* Beth Lieberman miraba atentamente las pequeñas y borrosas letras verdes de la pantalla de su ordenador.

Leía con ojos cansados el reportaje sobre uno de los casos más sonados en la historia de *Los Angeles Times* y, sin duda, el más importante reportaje de su carrera. Sin embargo, apenas le importaba ya.

—Es tan espantoso y nauseabundo... *pies*. Dios mío... —musitó Beth Lieberman con el corazón encogido—. *Pies*...

La sexta entrada del «diario» del Caballero de la Muerte llegó a su apartamento del oeste de Los Ángeles a primera hora de la mañana. Y al igual que en las ocasiones anteriores, el asesino le informaba del lugar exacto en el que se encontraba el cadáver de la mujer asesinada, antes de pasar a su obsesivo y psicopático mensaje personal.

Beth Lieberman llamó inmediatamente al FBI desde su casa. Luego, cogió el coche y fue a la redacción de *Los Angeles Times*, en South Spring Street. Cuando llegó, los agentes del FBI ya habían comprobado que, en efecto, se había producido un nuevo asesinato.

El Caballero había dejado su firma: flores frescas.

Habían encontrado el cuerpo de una niña japonesa de catorce años en Pasadena. Al igual que las otras cinco víctimas, Sunny Ozawa desapareció sin dejar rastro dos noches antes. Era como si la densa niebla se la hubiese tragado.

Hasta la fecha, Sunny Ozawa era, que se supiese, la víctima más joven del Caballero. Había dejado un ramo de peonias blancas y rosas sobre la parte inferior de su torso.

«Como es natural, las flores me recuerdan los labios de la vulva de una mujer—había escrito en una de las entradas de su diario—. Es un obvio isomorfismo, ¿no?».

A las siete menos cuarto de la mañana, la redacción de *Los Angeles Times* estaba desierta y espectral. «Nadie debería estar levantado a estas horas, salvo los trasnochadores impenitentes que aún no se han acostado», se dijo Lieberman.

El quedo siseo del aire acondicionado, mezclado con el leve murmullo del tráfico, la molestaba.

—¿Por qué precisamente los *pies*?—musitó la periodista.

Allí, frente al ordenador, se sentía como si la hubiesen apaleado. Se arrepentía de haber escrito aquel artículo sobre la venta por correo de pornografía en California. Así era como el Caballero aseguraba haberla «descubierto». Según él, eso lo decidió a que fuese su «contacto con los ciudadanos de Los Ángeles». Aseguraba que ella estaba en su misma «longitud de onda».

Tras interminables reuniones de los más altos cargos de *Los Angeles Times*, la dirección decidió publicar las entradas del diario del asesino. No cabía duda de que habían sido escritas por el Caballero. Sabía dónde se encontraban los cuerpos de las mujeres asesinadas antes que la policía. Además, amenazaba con «algunas muertes extra» si no le publicaban su diario, para que todos los ciudadanos de Los Ángeles pudiesen leerlo a la hora del desayuno.

«Soy el último. Y el más grande», había escrito el Caballero en una de las entradas de su diario.

¿Quién podía disputarle tal honor?, se preguntó Beth. ¿Richard Ramírez? ¿Caryl Chessman? ¿Charles Manson?

De modo que, en aquellos momentos, la «misión» de Beth Lieberman era hacer de portavoz del Caballero. También le tocaba corregir lo escrito por él. Era imposible publicar, tal cual, las notas que le enviaba. Rebosaban expresiones desvergonzadas y obscenas, y describían con violentas descripciones los asesinatos que cometía.

Casi le parecía oír la voz de aquel loco mientras tecleaba su última entrada en su procesador de textos.

Déjame que te hable de Sunny. Pon atención, querido lector. Tenía los pies pequeños, delicados y hábiles. Eso es lo que recuerdo mejor. Eso es lo que siempre recordaré de mi hermosa noche con Sunny.

Beth Lieberman tuvo que cerrar los ojos. No quería prestar atención a aquellas canallescas palabras. Una cosa era cierta: el Caballero le había proporcionado su primer gran éxito en *Los Angeles Times*. Su nombre aparecía ahora al pie del artículo de primera página. El asesino la había convertido en una estrella.

Escúchame con atención. Piensa en el fetichismo, en las asombrosas posibilidades que ofrece para liberar la mente. No seas snob. Abre tu mente. ¡Abre tu mente ahora mismo! El fetichismo brinda placeres que podrías perderte.

No nos pongamos demasiado sentimentales acerca de la «joven» Sunny Ozawa. Estaba ya muy iniciada en los juegos de alcoba. Me lo confesó. Me la ligué en el bar Monkey. Fuimos a mi casa, a mi escondrijo, y allí empezamos a experimentar, a pasar la noche de forma entretenida.

Me preguntó si yo había hecho el amor con una japonesa. Le contesté que no, pero que siempre lo había deseado. Sunny me dijo que yo era «el caballero adecuado». Y, como es natural, me sentí honrado.

Aquella noche me pareció que no había nada más voluptuoso que concentrarse en los pies de una mujer, acariciárselos a la vez que hacía el amor con Sunny. Me refiero a unos pies bronceados, cubiertos con unas lujosas medias de nailon y con unos zapatos de tacón alto de Saks. Me refiero a unos hábiles piececitos. Son unos comunicadores muy refinados.

Escucha. Para apreciar de verdad la gestualidad erótica de los pies de una hermosa mujer, ella debe estar boca arriba y él de pie. Así estábamos Sunny y yo hoy a primera hora de la noche.

Le he levantado sus estilizadas piernas y he fijado la mirada donde se encuentran, de tal manera que la vulva asomase entre las nalgas. He besado el borde de sus medias repetidamente.

Me he fijado en sus bien formados tobillos, en las deliciosas líneas que conducían a su brillante zapatito de charol.

He concentrado toda mi atención en ese coquetón zapatito de charol, mientras nuestras febriles embestidas hacían que el pie se moviese rápidamente.

Sus piececitos me han hablado. Me han excitado tanto que he sentido como si tuviese dentro de mi pecho pájaros que piasen y gorjeasen.

Beth Lieberman dejó de teclear y cerró de nuevo los ojos. Tuvo que hacer un esfuerzo para desechar de la mente las imágenes que la asaltaban. El Caballero había asesinado a la niña.

Los agentes del FBI y de la policía local de Los Ángeles no tardarían en irrumpir en la redacción del periódico. La abrumarían con las habituales preguntas. Porque iban a ciegas. No tenían pistas. Aseguraban que el Caballero cometía «crímenes perfectos».

Los agentes del FBI querrían hablar durante horas acerca de los macabros detalles del crimen de Pasadena. *¡Los pies!* Con un afiladísimo cuchillo, el Caballero le amputó los pies a Sunny Ozawa y se los llevó.

En otros casos, había mutilado los genitales de sus víctimas. A una de ellas la sodomizó y luego le cauterizó el ano. A la empleada de un banco de inversiones le abrió el pecho en canal y le arrancó el corazón.

Era como el Jekyll y Hyde de los noventa.

Beth Lieberman abrió los ojos y vio a un hombre alto y delgado que estaba junto a ella en la redacción.

Suspiró audiblemente y se dominó para no poner mala cara.

Era Kyle Craig, detective del FBI.

Kyle Craig tenía información que ella necesitaba imperiosamente, pero no iba a dársela de buenas a primeras. El agente sabía cuál era la razón por la cual el director del FBI había ido a Los Ángeles la semana anterior.

—Hola, señorita Lieberman ¿Qué tiene usted para mí?—le preguntó Craig.

Capítulo 37

TICTAC. EL FALÓMETRO.

Ésa era la señal para salir de montería. A la caza de mujeres. Ése era siempre el desencadenante. Nunca corría ningún peligro. Ponía el máximo cuidado en evitar cualquier complicación o error humano. Era un apasionado del orden y, sobre todo, de la perfección.

Aquella tarde, aguardó pacientemente en unas galerías de un concurrido centro comercial de Raleigh, en Carolina del Norte. Observaba a atractivas mujeres entrar y salir de la tienda de «neoantigüedades» de la cadena Victoria's Secret. La mayoría iban bien vestidas. En el banco de mármol en el que se había sentado tenía sendos ejemplares doblados de la revista *Time* y del periódico *USA Today*. En la portada del periódico decía: «El Caballero ataca por sexta vez en Los Ángeles».

Se dijo que el Caballero empezaba a desmadrarse. Se quedaba con macabros «souvenirs». Había semanas que asesinaba a dos mujeres y se dedicaba a estúpidos juegos con *Los Angeles Times*, la policía local y el FBI.

Los ojos azules de Casanova volvieron a fijarse en el bullicioso centro comercial. Era un hombre apuesto, como lo fue el verdadero Casanova. La naturaleza dotó a aquel aventurero del siglo XVIII de belleza, sensualidad y una gran pasión por las mujeres. Exactamente igual que él.

Pero, en fin... ¿dónde estaba la encantadora Anna? Había entrado a Victoria's Secret para comprarle algo *camp* a su novio, sin duda.

Anna Miller y Chris Chapin coincidieron en la Facultad de Derecho de la Universidad estatal de Carolina del Norte. Y en la actualidad trabajaban en un bufete. Les gustaba intercambiarse la ropa, travestirse entre ellos para sus juegos eróticos. Lo sabía todo acerca de ellos.

Llevaba dos semanas observando a Anna. Era una morena muy atractiva, de 23 años. Tal vez no fuese tan extraordinaria como la doctora Kate McTiernan, pero poco le faltaba.

Vio al fin salir a Anna del Victoria's Secret y dirigirse casi directamente hacia él. *Se sabía excepcionalmente hermosa*. Rebosaba casi tanta confianza en sí misma como él. Todo su cuerpo era pura armonía. Llevaba medias oscuras y zapatos de medio tacón, casi de rigor en su trabajo de media jornada como pasante de un bufete de Raleigh. Tenía unos esculturales pechos que ansiaba acariciar. Los bordes inferiores de las bragas se le marcaban ligeramente bajo la falda color beige.

También parecía inteligente. Había estado a punto de aparecer en lugar destacado en la revista jurídica *Law Review* (como premio a su gran expediente académico).

Anna era una mujer simpática y cariñosa, agradable con todos. Una mujer de las que enganchan.

Todo lo que tenía que hacer era secuestrarla. Así de fácil.

Otra mujer, también muy atractiva, irrumpió de pronto

en su campo visual y le sonrió. Él le devolvió la sonrisa, se levantó y caminó hacia ella. Iba cargadísima, con paquetes y bolsas.

—Eh, hola, preciosa—le dijo él cuando la tuvo cerca—. ¿Puedo ayudarte? ¿Aliviarte de tu pesada carga, bomboncito?

—Tampoco tú estás mal, y eres muy amable—correspondió ella—. Como siempre. Un romántico.

Casanova besó a su esposa en la mejilla y la ayudó con los paquetes. Era una mujer muy elegante y serena. Llevaba tejanos, una holgada blusa y una chaqueta marrón a cuadros. Sabía llevar la ropa. Tenía muchas virtudes. Casanova se había esmerado en la elección.

«Ni en mil años podrían atraparme—pensó Casanova tras aliviar a su esposa de parte de la carga—. No sabrían por dónde empezar a buscar. Serían incapaces de ver a través de este maravilloso, portentoso disfraz, bajo esta máscara de normalidad y cordura. Estoy al margen de toda sospecha».

—Me he fijado en cómo mirabas a esa jovencita. Tiene unas bonitas piernas—dijo su esposa con una sonrisa de complicidad y los ojos en blanco—. No me importa, siempre y cuando… te limites a mirar.

—Me pillaste. Unas bonitas piernas, sí, pero no tanto como las tuyas—comentó Casanova con su encantadora sonrisa.

Pero no podía dejar de pensar en Anna Miller. Tenía que poseerla.

Capítulo 38

NUNCA ME HABÍA VISTO en una situación tan peliaguda. Todo se me hacía cuesta arriba.

Tragué saliva y sonreí tan convincentemente como pude al cruzar el porche de mi casa de Washington. Necesitaba darme un respiro de un día en aquella caza. Además, le había prometido a mi familia reunirnos para informarles acerca de la situación de Naomi. Pero lo más importante es que echaba de menos a mis hijos y a Nana. Me sentía como si volviera a casa de permiso desde el frente.

Quería evitar a todo costa que Nana y los niños advirtieran mi ansiedad por lo que hubiese podido ocurrirle a Chispa.

—No ha habido suerte hasta ahora—le dije a Nana al inclinarme a besarla en la mejilla—. Aunque hemos hecho algunos progresos.

Para no darle opción a mi abuela a hacerme preguntas en aquellos momentos, fui en seguida al salón y me arranqué con la banda sonora de la mejor película de mi vida, una versión de la canción de los enanitos que vuelven a casa, con una ligera variante en la letra: «Ya estoy. Ya estoy. En casa a descansar (licencia poética)», a la vez

que abría los brazos para acoger los ímpetus filiales de
Damon y Jannie.

—¡Oh, Damon, estás más alto, más fuerte y más guapo
que cuando me fui! ¡Pareces un príncipe! Y tú, Jannie,
estás más alta, más fuerte y más preciosa. ¡Pareces una
princesa!

—¡Y tú también, papá!—exclamaron ambos al unísono, como si lo hubiesen ensayado.

Amenacé a mi abuela con levantarla del suelo para
darle un abrazo. Pero Mamá Nana me miró muy seria y
cruzó ambos dedos índices. Era la señal disuasoria que
utilizábamos en la familia.

—¡Ni se te ocurra!—exclamó mi abuela sonriente.

La volví a besar.

—¿Habéis sido buenos?—les pregunté entonces a
mis hijos—. ¿Habéis ordenado vuestras habitaciones?
¿Habéis hecho los deberes? ¿Os habéis comido las coles
de Bruselas?

—¡Sí, papá!—exclamaron de nuevo al unísono.

Jannie, para darle mayor verosimilitud, añadió:

—¡Hemos sido bueníííííísimos!

—¿No estaréis diciéndome una mentirijilla? ¿Os habéis
comido las coles de Bruselas? ¿Y la coliflor también? ¿No
iréis comido las coles de Bruselas? ¿Y la coliflor también?
¿No iréis a mentirle a papá? La otra noche llamé a las diez
y media y aún estabais levantados. ¡Y me decís que os
habéis portado bien!

—Nana nos dejó ver los dibujos—aseguró Damon
riendo jubilosamente.

Aquel pequeñajo no se cortaba nunca un pelo; algo
que, en cierto modo, me preocupaba un poco. Metí la
mano en mi bolsa de viaje para sacar su ración de regalos.

—Bueno... pues si es verdad eso de que os habéis portado bien, os he traído unas cosas de mi viaje al sur. *Ze me ha pegado un poco eze acento zuyo...*

—¡Zí, zí!—exclamó Jannie siguiéndome la corriente.

Mi pequeña se echó a reír jubilosamente y giró sobre sí misma como una bailarina. Era como un cachorrillo, siempre dispuesta a retozar, siempre alegre. Igual que Naomi de pequeña.

Saqué de la bolsa unas camisetas del equipo de baloncesto de la universidad. El «truco» con mi pareja de granujillas es hacerles siempre idénticos regalos. Si se trata de ropa tiene que ser del mismo diseño y del mismo color. Supongo que esto durará hasta dentro de un par de años. Luego, no querrán nada ni remotamente parecido a lo del otro.

—¡Muchííííízzzimas gracias!

Era una delicia saberse tan querido por aquella parejita, y poder estar tranquilamente en casa, aunque sólo fuese unas horas.

—Seguro que crees que me he olvidado de ti—le dije a Nana.

—A mí no me olvidarás nunca, Alex—aseguró Mamá Nana mirándome con dureza.

—No lo dudes, ancianita.

—Por supuesto que no lo dudo.

Como siempre. La última palabra tenía que ser la suya.

De mi bolsa de las maravillas saqué un paquete primorosamente envuelto. Nana lo desenvolvió y encontró el más precioso jersey hecho a mano que yo había visto en mi vida. Era una prenda de artesanía, tejida por un grupo de mujeres de ochenta y noventa años de una cooperativa de Hillsborough, en Carolina del Norte, que aún tenían que trabajar para ganarse la vida.

Por una vez, Mamá Nana se quedó sin habla. No arrugó la nariz ni hizo ningún comentario irónico. La ayudé a ponerse el jersey y no se lo quitó en todo el día. Parecía enorgullecerse de la prenda que llevaba, sentirse feliz y bonita, y me encantó verla así.

—Éste es el mejor regalo que podías hacerme, Alex— dijo al fin con la voz un poco quebrada—, aparte de haber vuelto a casa. Vas de duro por la vida. Pero estaba muy preocupada al saber que estabas en Carolina del Norte.

Mamá Nana era demasiado lista para hacerme preguntas acerca de Chispa en aquellos momentos. Sabía exactamente lo que significaba mi silencio.

Capítulo 39

A ÚLTIMA HORA DE la tarde, se había congregado una treintena de personas en mi casa de la calle Cinco, entre amigos y parientes.

El tema de conversación era la investigación que se llevaba a cabo en Carolina del Norte. Era natural, aunque todos supiesen perfectamente que, de haber buenas noticias, yo se lo habría dicho de inmediato. Les insinué que, sin embargo, teníamos ciertas pistas esperanzadoras. Era mentira. Sin embargo, era lo único que podía hacer por ellos, de momento.

Al cabo de un rato, Sampson y yo hicimos un aparte en el porche, después de habernos atiborrado de filetes y de cerveza. Sampson necesitaba que le contase algo y yo hablar con mi colega y amigo.

Lo puse al corriente de lo sucedido hasta entonces en Carolina del Norte. Sampson había trabajado conmigo en otros casos en los que no había apenas pistas y sabía lo difícil que era.

—De entrada, se me cerraron en banda. Ni siquiera querían escucharme. Pero en los últimos días, las cosas han mejorado—le dije—. Los detectives Ruskin y Sikes me tienen informado, sobre todo Ruskin. A veces, incluso trata de colaborar. También trabaja en el caso Kyle Craig. Pero los del FBI siguen sin querer proporcionarme información.

—¿Cómo lo ves tú, Alex?—me preguntó Sampson.

—Quizá alguna de las secuestradas tenga relación con alguna personalidad. Quizá el número de víctimas sea muy superior al que reconocen oficialmente. Acaso el asesino esté relacionado con alguien influyente.

—No creo que debas volver al sur—me aconsejó Sampson después de oír los detalles—. Parece que ya tienen bastantes «profesionales» trabajando en el caso.

—Me parece que Casanova disfruta desconcertándonos con sus crímenes «perfectos». Creo que le encanta que *yo* me sienta desconcertado y frustrado. Y hay algo más, pero no acabo de ver de qué se trata. Parece ser que ahora está especialmente excitado.

—Hummm. A lo mejor tú también estás especialmente… excitado. No vuelvas a hacer de un caso algo personal; a convertirlo en una venganza, Alex. No juegues a Sherlock Holmes con ese loco.

No repliqué. Me limité a menear la cabeza.

—¿Y si no lo atrapas?—dijo Sampson—. ¿Y si no puedes resolver este caso? Piénsalo.

Pero… ésa era precisamente la única posibilidad que yo descartaba.

Capítulo 40

CUANDO KATE MCTIERNAN SE despertó, comprendió de inmediato que algo muy grave había ocurrido, que su insostenible situación había empeorado.

No sabía qué hora era, ni qué día, ni dónde estaba. Lo veía todo borroso y tenía el pulso muy acelerado. Todas sus constantes vitales parecían alteradas.

Cuando estaba consciente, pasaba de la depresión al pánico. ¿Qué podía haberle administrado? ¿Qué droga podía producir tales efectos? Si era capaz de contestar a aquellas preguntas querría decir que seguía lo bastante cuerda para pensar con claridad.

Tal vez le había administrado klonopin, se dijo Kate.

Era una ironía que el klonopin fuese un ansiolítico. Pero si le había administrado fuertes dosis, de entre 5 y 10 mg, tendría aproximadamente los mismos efectos secundarios que ahora tenía.

¿Y si había utilizado cápsulas de marinol? Se recetaban para el tratamiento de las náuseas durante la quimioterapia. Kate sabía que el marinol era una bomba. Si le inyectaba 200 mg diarios, no tardaría en tirarse contra las paredes. Producía la sensación de tener algodón en la boca. Desorientación. Períodos de estado maníaco-depresivo. Y una dosis de entre 1.500 y 2.000 mg sería letal.

Con sus potentes drogas, Casanova abortaba su plan de fuga. No podía combatir contra él en estas condiciones. Sus conocimientos de kárate eran inútiles. Casanova se había ocupado de ello.

—¡Cabrón de mierda!—exclamó Kate, pese a que no solía utilizar ese léxico—. Eres un verdadero hijo de puta—añadió entre dientes.

Kate no quería morir. Sólo tenía 31 años. Se preparaba para ser médico, una buena profesional.

«¿Por qué ha tenido que sucederme esto a mí? Este loco, este loco canalla, me va a matar sin ninguna razón».

Tenía temblores, escalofríos y ganas de vomitar. Temía desmayarse.

Hipotensión ortostática, pensó. Era el término médico que se utilizaba para designar el desmayo, o mareo, al levantarse bruscamente de la cama o de una silla.

¡Estaba indefensa!

La quería indefensa y, a juzgar por como se encontraba, lo había conseguido.

Kate se echó a llorar. Eso la enfureció más de lo que ya estaba.

«No quiero morir. No quiero morir. ¿Qué puedo hacer? ¿Cómo impedir que Casanova me mate?».

La casa volvía a estar en silencio. Quizá hubiese salido, pensó Kate, que necesitaba de manera desesperada hablar con sus compañeras de cautiverio. Tenía que sobreponerse y hacer algo.

Quizá Casanova estuviese oculto en la casa. Al acecho. Vigilándola en aquel mismo momento.

—¡Eh! ¿Me oye alguien?—se aventuró a gritar, sorprendida al comprobar la aspereza de su voz—. Soy Kate
McTiernan. Escuchadme, por favor. Me ha administrado
varias drogas. Creo que no tardará en matarme. Me
aseguró que lo haría. Tengo mucho miedo… No quiero
morir.

Kate gritó el mismo mensaje una vez más, palabra por
palabra.

Pero nadie contestó. Tras sus desesperadas llamadas
seguía un silencio absoluto.

También las demás estaban asustadas. Y no les faltaban motivos.

Al poco, se oyó una voz que sonó casi angélica. A Kate
le dio un brinco el corazón. Y escuchó atentamente a su
valiente amiga.

—Soy Naomi. Puede que encontremos el medio de
ayudarnos. A menudo, nos reúne, Kate. Tú estás todavía
a prueba. Al principio, nos tenía a todas en la habitación
de abajo. *¡Por favor, no te resistas a sus peticiones!* No
podremos hablar más. Es demasiado peligroso. Pero no
vas a morir, Kate.

—Por favor, sé valiente, Kate—le gritó otra voz—. Sé
fuerte por todas nosotras. De todas maneras, no pretendas
ser *demasiado* fuerte.

Luego, Kate dejó de oír las voces de sus compañeras
de cautiverio. Se hizo de nuevo el silencio. Y volvió a
sumirse en la más absoluta desolación.

La droga que le había administrado surtía ahora todo
su efecto. Kate McTiernan tuvo la sensación de que se volvía loca.

Capítulo 41

ESTABA SEGURA DE QUE Casanova iba a matarla. Y de que no iba a tardar mucho.

Sola, rodeada de aquel sobrecogedor silencio, Kate sintió la imperiosa necesidad de orar. Dios la escucharía. Aunque estuviese en aquel infierno, Dios la escucharía.

«Siento haber creído poco en Ti en los últimos años. Quizá sea agnóstica, pero soy honrada. Aunque tengo bastante sentido del humor, la verdad es que ahora no bromeo, ni pretendo hacer "tratos" contigo. Pero si me libras de esto, te estaré eternamente agradecida».

«Me parece increíble que pueda sucederme esto a mí, pero... la realidad es que aquí estoy, a merced de un asesino. Ayúdame, por favor. No creo que sea una buena idea que me condenes... ».

Rezaba con tal concentración que no oyó entrar a Casanova, siempre tan sigiloso. Era como un fantasma. Como un espectro.

—Sigues sin hacer caso, ¿eh? No escarmientas, ¿verdad?—le espetó Casanova.

Llevaba una jeringuilla en la mano y una máscara de color malva con rodales de pintura blanca y azul, la más siniestra que le había visto. Estaba claro que las máscaras reflejaban sus estados de ánimo.

Kate sintió el impulso de implorarle que no le hiciese daño, pero no logró articular palabra.

La iba a matar.

Apenas podía tenerse en pie, pero se sobrepuso para esbozar una sonrisa.

—Hola... Me alegro de verte—farfulló atemorizada.

Ni siquiera estaba segura de que se le entendiese.

—Doctora Kate... has hablado con las otras... has quebrantado el reglamento. ¡La mejor! ¡La que podía haber sido la mejor! Pero... ¡te has pasado de lista!

Kate asintió con la cabeza. ¿Había oído bien? ¿Le había dicho que se había pasado de lista? Pues... en aquello tenía razón.

—Necesitaba hablar con alguien—dijo Kate con la voz entrecortada y tan áspera como si fuese de esparto.

En realidad, hubiese querido decirle otra cosa: *Hablemos. Hablemos de todo esto. Tenemos que hablar.*

Pero Casanova no daba la impresión de tener ganas de charlar en aquellos momentos. Parecía *encerrado en sí mismo.* Distante. Glacial. Inhumano. Aquella odiosa máscara... El personaje que representaba en aquel momento era el más siniestro: la Muerte.

Casanova estaba a menos de tres metros de Kate, armado con su pistola anestésica y una jeringuilla.

«Es médico—pensó Kate—. Estoy casi segura de que es médico».

—No quiero morir. Sé bueno—se aventuró a decir Kate—. Me pondré guapa... con tacones altos...

—Eso tenías que haberlo pensado antes, doctora Kate. Si lo hubieses hecho así, no habrías quebrantado el reglamento siempre que has tenido ocasión. Me equivoqué contigo. No suelo cometer errores. Pero contigo me equivoqué. ·

Kate se fijó bien en la pistola. No era como la de anteriores ocasiones. Parecía de verdad. O quizá fuese una de esas que producía descargas eléctricas. En el mejor de los casos la inmovilizaría. Intentó concentrarse en qué hacer para salvarse. Pensaba con el piloto automático, por así decirlo. *Una certera patada…* Aunque en su estado parecía imposible conseguirlo, persistió en su esfuerzo para concentrarse, para canalizar todo lo aprendido en sus clases de kárate durante años, para dar con alguna idea salvadora.

La última oportunidad.

En el *dojo* enseñaban a concentrarse en un solo golpe y, acto seguido, utilizar la fuerza y la energía del adversario *contra él.*

Casanova se le acercó apuntando a su pecho con la pistola. Avanzaba muy decidido.

—¡*Ki-ai!*—gritó Kate con la voz tan deformada que casi se asustó.

Lanzó una patada con toda su alma, con la intención de darle en los riñones. Un golpe que podía dejarlo a su merced. Lo mataría, si tenía ocasión.

Pero erró el golpe. No le dio en los riñones, como había pretendido, sino en un muslo. Daba igual. El caso es que Casanova acusó el golpe y aulló como un perro atropellado.

Kate reparó en que Casanova estaba no sólo dolorido sino perplejo. Y dio un salto atrás. Kate se abalanzó entonces sobre él y lo golpeó con el antebrazo en el cuello. Sintió el impulso de gritar de alegría al ver que Casanova perdía el conocimiento.

Capítulo 42

YA ESTABA DE NUEVO en el sur, para reanudar la investigación sobre aquel repugnante caso de secuestros y horribles asesinatos.

Sampson tenía razón. Yo había hecho del caso algo personal. Además, era un caso «imposible», uno de aquellos casos que podían quedar sin resolver durante años.

Y no es que no se hiciese nada. Al contrario: once sospechosos se hallaban bajo vigilancia en Durham, Chapel Hill y Raleigh. Había entre ellos pervertidos de todas clases, pero también profesores, médicos e incluso un ex policía de Raleigh. Dada la «perfección» de los crímenes, los agentes de la policía local de los tres condados habían sido investigados por el FBI.

Me desentendí de ese grupo de sospechosos. Yo debía indagar donde nadie lo hacía. Ése era mi trato con Kyle Craig y los federales. Había leído centenares de detallados informes del FBI sobre los casos más graves y recientes: homosexuales asesinados en Austin, en el estado de Texas; ancianas en Michigan, y asesinos en serie en Chicago, North Palm Beach, Long Island, Oakland y Berkeley.

Se me irritaron los ojos de tanto leer informes. Y se me revolvió el estómago.

Había un horrible caso que acaparaba titulares de prensa a nivel nacional: el Caballero de la Muerte, en Los Ángeles. También me hice con sus «diarios». Los venía publicando *Los Angeles Times* desde principios de año. Me quedé sin aliento al leer la penúltima «entrada» del diario. No podía dar crédito a lo que acababa de ver en la pantalla del ordenador.

Volví a pasar por la pantalla la historia y aquella penúltima entrada. La releí varias veces, palabra por palabra. Se refería a una joven secuestrada por el Caballero en California. La joven se llamaba Naomi C. Su ocupación: estudiante de segundo curso de Derecho. Descripción: negra, muy atractiva, 22 años.

Naomi tenía 22 años... y estudiaba segundo curso de Derecho...

¿Cómo podía aquel salvaje y pervertido asesino de Los Ángeles conocer a Naomi Cross?

Capítulo 43

LLAMÉ INMEDIATAMENTE A LA periodista que firmaba los artículos sobre el diario del asesino. Beth Lieberman estaba en aquellos momentos en la redacción y se puso al teléfono sin demora.

—Soy el inspector de policía Alex Cross. La llamo acerca de los asesinatos de Casanova en Carolina del Norte—le dije, bastante nervioso por tener que explicarle mi atípica situación oficial y personal respecto del caso.

—Sé muy bien quién es usted, doctor Cross—me atajó Beth Lieberman—. Escribe un libro acerca de esto. Yo también. Y, por razones obvias, no creo que tenga nada que decirle. Mi agente literaria negocia ya la publicación con editores de Nueva York.

—¿Que escribo un libro? ¿Quién le ha dicho eso? No escribo ningún libro—desmentí, sin lograr disimular del todo mi crispación—. Investigo la serie de secuestros y asesinatos que se están produciendo en Carolina del Norte.

—No es eso lo que me ha asegurado el jefe de la brigada de homicidios de Washington, doctor Cross. Lo llamé al leer que tenía usted relación con el caso.

«El jefe ataca de nuevo», pensé. Mi antiguo jefe de la brigada de homicidios de Washington era un verdadero imbécil que no figuraba entre los miembros de mi club de fans.

—Escribí un libro sobre Gary Soneji—le dije a la periodista—. Lo publiqué… *después* de resolver el caso. Créame, yo no…

—Lo siento, pero no estoy para historias—replicó Beth Lieberman, que me colgó el teléfono sin darme opción a decir nada más.

—¡Será zorra!—musité.

Volví a marcar el número de la periodista y se puso una secretaria.

—Beth Lieberman ha salido y ya no volverá en todo el día—me dijo en tono impertinente.

—Ha debido de salir en los diez segundos que he tardado en volver a marcar, después de que… se interrumpiese la comunicación—repliqué un poco sulfurado—. Por favor, dígale a Beth Lieberman que vuelva a ponerse al teléfono. Sé que está ahí.

Pero la secretaria también me colgó.

—¡Y tú también eres una zorra!—le espeté al teléfono—. ¡Que os zurzan!

En dos de las ciudades relacionadas con el caso se me negaba toda cooperación. Lo que más me sublevaba era el presentimiento de tener una pista. ¿Podía haber alguna extraña conexión entre Casanova y el asesino de California? ¿Cómo llegó a conocer a Naomi el Caballero? ¿Me conocería también a mí?

Era sólo una corazonada, pero demasiado fuerte para desecharla. Entonces llamé al jefe de redacción de *Los Angeles Times*. Resultó ser una persona más accesible que su periodista. El subjefe de redacción tenía voz de persona diligente y agradable.

Le dije quién era, que participé en la investigación del caso Soneji y que tenía información importante sobre el caso del Caballero. O sea, casi toda la verdad.

—Se lo comunicaré al señor Hills—me dijo el subjefe de redacción, como si se alegrase de oírme.

Pensé que tener un ayudante como él debía de ser una delicia. El jefe de redacción no tardó en ponerse al teléfono.

—¡Hombre…! Alex Cross. Soy Dan Hills—me saludó—. Lo recuerdo muy bien por lo del caso Soneji. Me alegra que me haya llamado, sobre todo si he entendido bien que tiene usted algo acerca de ese tremendo caso.

Mientras hablaba con Dan Hills, lo imaginé como un hombre alto y fornido de 45 a 50 años. Un tipo bastante duro pero, al mismo tiempo, con el característico desenfado de los californianos, con una camisa remangada hasta los codos y corbata pintada a mano. Me dijo que lo llamase Dan y me dio la impresión de ser un buen tipo. Además, tenía la vaga idea de que había ganado algún premio Pulitzer.

Le hablé de Naomi y de mi relación con el caso de Carolina del Norte. También le comenté la referencia a Naomi en el «diario» del Caballero que publicaba el periódico californiano.

—Lamento la desaparición de su sobrina—me dijo Dan Hills—. Imagino lo que debe de estar pasando usted.

Por un momento, temí que Dan Hills se limitase a mostrarse correcto y diplomático conmigo.

—Beth Lieberman es una buena periodista—prosiguió—. Es dura, pero buena profesional. Este caso es, periodísticamente, muy importante para ella, y para nosotros también.

—Escuche—lo atajé—. Naomi me escribía una carta casi todas las semanas cuando estaba en la facultad. Las conservo todas. Ayudé a criarla. Tenemos una relación muy estrecha. Y significa mucho para mí.

—Lo entiendo. Y veré lo que puedo hacer, aunque no le prometo nada.

Fiel a su palabra, Dan Hills me llamó a la oficina del FBI al cabo de una hora.

—Bien… Hemos tenido una reunión—me anunció—. He hablado con Beth. Y como puede imaginar, esto nos pone a los dos en una situación delicada.

—Lo comprendo—dije, preparándome a encajar el golpe, aunque fuese con guante de terciopelo.

Pero no fueron por ahí los tiros.

—En las versiones literales del «diario» que el Caballero le envía a Beth se menciona a Casanova. Da la impresión de que ambos están en contacto y de que incluso celebran sus mutuos éxitos. Como si fuesen amigos. Parece que, por alguna extraña razón, se comunican.

¡Bingo!

Los monstruos estaban en contacto.

Ahora comprendía tanto secretismo por parte del FBI. Temía que, si trascendía que dos asesinos en serie actuaban de costa a costa, cundiese el pánico en el país.

Capítulo 44

«¡SAL DE AQUÍ! ¡SAL como sea de este infierno, sin perder un momento!».

Kate McTiernan cruzó tambaleante la gruesa puerta de madera que Casanova dejó abierta. No sabía la gravedad de las heridas que debía de haberle producido ni el tiempo que podía permanecer inconsciente. Pero tenía que intentar huir de todas maneras.

«¡Corre! ¡Sal de aquí, ahora que puedes!».

Estaba aturdida. No lograba coordinar sus ideas. La droga debía de estar surtiendo efecto. Estaba desorientada.

Kate se tocó la cara y se la notó húmeda. ¿Estaría llorando? Ni siquiera de eso estaba segura. Le costó lo indecible subir por la empinada escalera de madera que partía de la puerta. ¿Conducía a otro piso? ¿Bajó sólo aquel tramo al llegar?

No lo recordaba. No recordaba nada.

Estaba perpleja y muy abatida. ¿De verdad había dejado inconsciente a Casanova o era una alucinación?

¿La perseguía? Le silbaban los oídos como si le fuesen a estallar los tímpanos. Estaba tan aturdida que temía llegar a desplomarse de un momento a otro.

Naomi, Melissa Stanfield, Christa Akers. ¿Dónde las tendría encerradas?

Kate avanzaba casi a ciegas por la casa, como si estuviese ebria. Al llegar a lo alto de la escalera, se vio en un largo pasillo. ¡Qué extraña casa! Porque parecía una casa. Las paredes eran nuevas, pero...

—¡Naomi!

Intentó gritarlo, pero sólo le salió un hilillo de voz. No podía concentrarse en nada más de dos segundos. *¿Quién era Naomi?* No podía recordarlo.

Se detuvo y tiró con fuerza del pomo de una puerta, pero no pudo abrir. ¿Por qué estaba cerrada? ¿Qué puñeta estaba buscando? ¿Qué hacía allí? Las drogas no la dejaban pensar con claridad.

Estaba entumecida y aterida de frío. Su confusión mental era absoluta.

«Va a venir a matarme. Me dará alcance y me matará. ¡Huye! —se ordenó—. Busca la salida. Concéntrate sólo en eso. Y vuelve con ayuda para las demás».

Llegó al pie de otro tramo de escalera, de una vieja escalera que parecía salida de otra época. En los escalones había fragmentos de vidrio y piedra incrustados en dos dedos de mugre. Era una escalera muy vieja, a diferencia de las del resto de la casa que había visto, que eran completamente nuevas.

Kate perdió el equilibrio. Se venció hacia delante y estuvo a punto de golpearse el mentón contra el canto de uno de los peldaños. Sin embargo, logró rehacerse un poco y arrastrarse escaleras arriba. ¿Hacia dónde? ¿Hacia una azotea? ¿Adónde iría a parar? ¿Y si la aguardaba arriba con su pistola paralizante y la jeringuilla?

Pero de pronto… *¡Estaba fuera!* ¡Había logrado salir de la casa! Lo había conseguido.

Aunque deslumbrada por los rayos del sol, Kate McTiernan tuvo la sensación de asomar al más hermoso de los mundos. Aspiró la dulce fragancia de la resina de los árboles: robles, sicomoros y los enormes pinos de Carolina, sin ramas más que en la copa.

Kate dirigió la mirada hacia el bosque y levantó los ojos al cielo. Se echó a llorar y las lágrimas rodaron por su rostro.

Volvió a fijar la mirada en los altísimos pinos. Las ardillas voladoras saltaban de copa en copa. Ella se había criado rodeada de bosques como aquél.

«¡Aléjate de aquí!», se apremió al pensar de nuevo en Casanova. Echó a correr, pero volvió a caer a los pocos metros. Entonces recurrió a gatear durante un corto trecho y volvió a enderezarse.

«¡Corre! ¡Aléjate de aquí!».

Kate empezó de pronto a girar sobre sí misma como una bailarina, hasta que estuvo a punto de caer.

«¡No, no, no!», clamó una voz en su interior. No podía dar crédito a sus ojos. No podía dar crédito a ninguno de sus cinco sentidos.

Se quedó estupefacta. Era como vivir una angustiosa pesadilla, pero despierta. ¡No había casa! Por más que miraba no veía ninguna casa en todo el derredor.

La casa, el lugar en el que la habían tenido secuestrada, había *desaparecido*.

Capítulo 45

«¡CORRE! ¡CORRE CON TODA tu alma! ¡Aléjate de él! ¡No sigas aquí ni un momento más!».

Kate intentó concentrarse en buscar un camino que la sacase de aquel oscuro y denso bosque. Las copas de los altos pinos de Carolina eran como sombrillas que filtraban la luz que llegaba al robledal. A los jóvenes sicomoros no les llegaba suficiente luz. Parecían esqueletos en pie.

Presentía que Casanova iba ya tras ella. No tenía más remedio que tratar de darle alcance. Y si la alcanzaba, la mataría. Estaba casi segura de no haberlo herido de demasiada gravedad, aunque bien sabía Dios que lo había intentado.

Kate logró coger un poco de ritmo en su carrera, pese a que seguía trastabillando de trecho en trecho. La tierra del bosque era suave y esponjosa, una alfombra de hojas y pinaza. Un alto zarzal se alzaba en busca de la luz del sol. Así se sentía ella: como una zarza.

—Deberías descansar… esconderte… aguardar que pase el efecto de las drogas—musitó Kate—. Y luego buscar ayuda… Eso es lo lógico. Llamar a la policía.

Entonces lo oyó pisar la hojarasca por detrás de ella.

—¡Kate! ¡Kate! ¡Detente!—oyó que le gritaba.

Si no temía que lo oyesen, es que no debía de haber nadie en kilómetros a la redonda; que no había nadie que pudiese ayudarla en aquel bosque dejado de la mano de Dios. Había conseguido escapar de su encierro, pero ahora estaba sola en el bosque.

—¡Te alcanzaré, Kate! Es inútil que corras. ¡Te alcanzaré!

Kate gateó por un escarpado repecho que, en su estado de agotamiento, se le antojó el monte Everest. Una negra culebra tomaba el sol sobre la lisa superficie de una roca. Parecía una rama de árbol. Y Kate estuvo a punto de agacharse a cogerla, para utilizarla como bastón. La sorprendida culebra se escabulló.

«Quizá sea una pesadilla. O una alucinación».

—¡Kate! ¡Kate! ¡Estás perdida! ¡Estoy muy furioso contigo!

Volvió a tropezar y cayó en una maraña de madreselvas y puntiagudas rocas. Se hizo una herida en el muslo izquierdo que le dolía horriblemente.

«Olvídate de la sangre y del dolor y sigue corriendo. Tienes que alejarte de aquí. Tienes que buscar ayuda para las demás. No dejes de correr. Eres más lista, más rápida y más hábil de lo que crees. ¡Vas a conseguirlo!».

Lo oyó seguirla cuesta arriba. Lo tenía ya muy cerca.

—¡Ya te tengo, Kate! ¡Ya te tengo! ¡Estoy pisándote los talones! ¡Justo detrás de ti!

Kate se dio la vuelta. La curiosidad y el pánico pudieron más que su voluntad de seguir adelante. Lo vio remontar la cuesta con facilidad. Su larga melena rubia y su luminosa camisa blanca destacaban bajo las oscuras copas de los árboles.

¡Casanova!

Aún llevaba la máscara, la pistola paralizante y... otra pistola.

Reía a carcajadas.

Kate dejó de correr. De pronto, abandonó toda esperanza de alejarse. La atenazó la angustia. Estaba convencida de que iba a morir allí mismo.

—Hágase Tu voluntad—musitó Kate, que no podía hacer ya más que dejarlo todo en manos de Dios.

Al final de la cuesta se abría un abrupto desfiladero. Una pared de roca viva descendía hasta más de treinta metros. Sólo unos cuantos pinos asomaban de algunos salientes. No había dónde ocultarse ni adónde correr. A Kate le pareció el más desolado de los parajes para morir.

—¡Pobre Kate!—le gritó Casanova—. ¡Pobrecita *niña*!

Kate se dio de nuevo la vuelta. ¡Allí lo tenía! A no más de ocho o diez metros. La pintada máscara negra parecía inmóvil, con los ojos fijos en ella.

Kate le dio la espalda a la muerte y se asomó a la profunda garganta de roca y pinos. «Debe de haber unos treinta metros», pensó. El aturdimiento que sentía se le antojaba casi tan aterrador como la mortal alternativa que le pisaba los talones.

—¡No, Kate!—lo oyó gritarle.

Pero ella no volvió a mirar atrás.

Kate McTiernan saltó.

Se sujetó las rodillas. «Imagina que haces tu salto "estilo bomba" en la piscina», se dijo.

Por el fondo discurría un arroyo. La plateada cinta de agua se acercaba a ella a una increíble velocidad. El murmullo del agua sonaba como un rugido en sus oídos.

No tenía ni idea de la profundidad de aquel arroyo. Pero ¿qué profundidad podía tener un arroyo tan pequeño? ¿Medio metro? ¿Metro y medio? Tres metros a lo sumo, si es que aquél era su día de suerte, algo que dudaba mucho.

—¡Kate!—lo oyó gritar de nuevo—. ¡Estás muerta!

Vio cabrillear el agua. Y aquello significaba que había rocas en el lecho del arroyo.

«No, Dios mío, no quiero morir».

Kate se estrelló contra la fría superficie del agua.

Tocó fondo tan pronto como si hubiese caído a un cauce seco. Sintió un fuerte dolor, un terrible dolor en todo su cuerpo. Tragó agua. Comprendió que iba a ahogarse. Iba a morir. Ya no le quedaban fuerzas.

«Hágase Tu voluntad».

Capítulo 46

EL DETECTIVE NICK RUSKIN, de la brigada de homicidios de la policía del condado de Durham, llamó para decirme que acababan de encontrar a otra mujer, pero que no era Naomi sino una médica residente de Chapel Hill, de 31 años de edad. La habían sacado del río Wykagil dos muchachos, a quienes el destino cruel jugó la mala pasada de que se descubriese que habían hecho novillos.

El Saab de color verde brillante del detective Ruskin me recogió frente al hostal Duke Inn de Washington. Tanto él como Davey Sikes se mostraban últimamente más predispuestos a colaborar. Sikes se había tomado el día libre (el primero en dos meses, según su jefe).

Tuve la sensación de que Ruskin se alegraba de verme. Bajó del coche frente al hostal y me estrechó la mano tan calurosamente como si fuésemos amigos. Como de costumbre, iba hecho un figurín: camiseta y chaqueta de *sport* negras de Armani.

El panorama pintaba un poco mejor para mí en el sur. Intuí que Ruskin estaba al corriente de mi conexión con el FBI y que acaso pensara sacar partido de ello. El detective Nick Ruskin era, sin duda, el equivalente policial del «ejecutivo agresivo». Y aquél era uno de esos casos que ayudan a escalar a quienes se lo proponen.

—Nuestro primer gran paso adelante—me dijo Ruskin.

—¿Qué ha averiguado usted de la doctora?—pregunté mientras nos dirigíamos al hospital universitario de Carolina del Norte.

—La tienen ingresada. Por lo visto, bajaba por el curso del Wykagil como un pez. Dicen que ha sido un milagro. No se ha roto nada, pero ha sufrido un fuerte *shock*, o algo peor. No puede o no quiere hablar. Los médicos hablan de estado catatónico y de *shock* postraumático. En fin, lo importante es que está viva.

Ruskin rebosaba entusiasmo. Estaba claro que quería utilizar mis conexiones.

Bueno... me dije. A lo mejor podía yo, a cambio, utilizar las suyas.

—No se sabe cómo llegó al río, ni cómo logró escapar del secuestrador—me dijo Ruskin cuando llegamos a la ciudad universitaria de Chapel Hill.

Sobrecogía pensar que Casanova se dedicaba a acechar a las estudiantes allí mismo. Porque el lugar era muy vulnerable, de puro apacible.

—Si es que era con Casanova con quien estaba— aventuré—. No podemos saberlo a ciencia cierta.

—Lo único que se sabe a ciencia cierta en esta vida es que hemos de morir—apostilló Nick Ruskin al girar por una bocacalle—. Pero le diré algo: este caso va a causar una verdadera conmoción en la opinión pública, en cuanto trascienda en toda su dimensión. Me temo que esto no haya hecho más que empezar. Fíjese en la que tienen organizada ya.

Ruskin no se equivocaba. Los alrededores del hospital universitario eran un hormiguero de periodistas. El parking, el césped y la entrada del edificio estaban atestados de reporteros de televisión y de la prensa escrita.

Nada más bajar del coche, nos recibieron con una lluvia de *flashes*. Ruskin seguía siendo la «estrella» de los detectives locales. Parecía ser bastante estimado, y yo era una pequeña celebridad (los canales de televisión del condado habían emitido reportajes sobre mi participación en el caso Soneji). Se referían a mí como al doctor-detective Cross, «un experto en monstruos llegado del norte».

—Cuéntennos qué ocurre—quiso indagar la periodista que nos abordó—. Una primicia, Nick. ¿Qué ha ocurrido, en realidad, con Kate McTiernan?

—Con un poco de suerte, podrá contárnoslo ella—contestó Ruskin sonriente, aunque sin detenerse hasta que hubimos traspasado la puerta del hospital.

No estábamos en los primeros lugares de la lista, pero se nos permitió ver a la doctora horas más tarde, ya anochecido. Kyle Craig se ocupó de ello. Habían llegado a la conclusión de que Katelya McTiernan no era una sicótica, pero que sufría el síndrome característico del estrés postraumático. Parecía un diagnóstico bastante razonable.

Yo no podía hacer absolutamente nada aquella noche. Sin embargo, no me marché con Ruskin sino que me quedé a leer las gráficas médicas, las anotaciones de las enfermeras y los partes. Examiné detenidamente los informes de la policía local. Describían que la habían encontrado dos muchachos de 12 años, que aquel día decidieron hacer novillos para ir a pescar y fumar junto al río.

Me pareció adivinar por qué me había llamado Nick Ruskin. El detective era listo. Debió de pensar que el estado en que se encontraba Kate McTiernan se prestaba a que yo interviniese como psicólogo, pues ya me había ocupado antes de otros casos de estrés postraumático.

Katelya McTiernan. Superviviente. Por los pelos.

La primera noche permanecí junto a su cama cosa de media hora. Tenía el gotero conectado a un monitor. Las barandillas laterales de la cama estaban levantadas. Ya le habían enviado varios ramos de flores.

Recordé un poema de Sylvia Plath, de gran fuerza expresiva y muy triste, titulado «Tulips». Se refería a la reacción, tan poco sentimental, que tuvo ante las flores que le enviaron al hospital tras un intento de suicidio.

Intenté recordar qué aspecto tenía Kate McTiernan antes de que le pusieran la cara como un mapa. Había visto fotos. Tenía la cara tan hinchada que parecía que llevase gafas de aviador o una máscara antigás. También tenía varios hematomas en la mandíbula.

Según el parte del hospital, había perdido un diente. Al parecer, lo perdió de forma traumática dos días antes de que la encontrasen en el río. De modo que Casanova, el autoproclamado *amante*, debía de haberle dado una paliza.

Me apenó verla en aquel estado. Sentí el impulso de decirle que ya había pasado todo. Posé mi mano con suavidad en la suya y repetí una y otra vez las mismas frases: «Ahora está entre amigos, Kate. Está en el hospital de Chapel Hill. Ya está a salvo, Kate».

No sé si me oía ni si me entendía. Sólo quise decirle algo antes de marcharme, por si podía servirle de consuelo.

Mientras estaba allí, junto a la cabecera de su cama, se me representó la imagen de Naomi. No podía imaginarla muerta.

¿Está bien Naomi, Kate McTiernan? ¿Ha visto a Naomi Cross?, pensé preguntarle. Pero no hubiese podido contestarme aunque hubiera querido.

—Ahora está a salvo, Kate. Duerma tranquila. Está a salvo.

Kate McTiernan no podía decir una palabra acerca de su espantosa pesadilla.

Había visto a Casanova, y él la había dejado en estado catatónico, incapaz de articular palabra.

Capítulo 47

TICTAC. EL FALÓMETRO. *TICTAC*. Ya estaba de nuevo en marcha su polvera de relojería.

Un joven abogado llamado Chris Chapin había llevado a casa una botella de Chardonnay de Beaulieu, y él y su prometida, Anna Miller, bebían en la cama aquel buen vino californiano, de cepa de raigambre francesa.

Por fin había llegado el fin de semana y la vida les sonreía de nuevo.

—Gracias a Dios ha terminado esta espantosa semana de trabajo—dijo el rubio abogado de 24 años.

Trabajaba en un prestigioso bufete que, sin ser el más importante ni permitirle comprarse un descapotable alemán, era un buen principio para su carrera.

—Sí, pero por desgracia el lunes he de presentar un escrito sobre unos contratos—se lamentó, con una mueca de contrariedad, Anna, que cursaba tercero de Derecho—. Además, es para el sádico de Stacklum.

—Esta noche, no, Anna «Banana». Stacklum que se vaya a hacer puñetas. Nosotros haremos otra cosa más entretenida.

—Gracias por traer el vino—dijo Anna con una radiante sonrisa que dejó ver su bonita dentadura.

Chris y Anna se llevaban de maravilla, según sus amigos y compañeros. Se complementaban muy bien. Tenían una visión del mundo muy parecida y, sobre todo, eran lo bastante hábiles para no tratar de cambiar al otro. Chris era un obseso de su trabajo. Anna no podía pasar sin ir a ver tiendas de antigüedades, por lo menos dos veces al mes. Se gastaba el dinero como si no tuviese que pensar en el mañana. Pues... muy bien.

—Creo que este vino necesita respirar un poco más—dijo Anna con una maliciosa sonrisa—. Hummm... Mientras esperamos... —añadió bajándose los tirantes de su sujetador de blonda blanca, comprado en el Victoria's Secret del centro comercial.

—Sí... *Gracias a Dios* llegó el fin de semana—suspiró Chris Chapin.

Se fundieron en un abrazo todoterreno, jugando a desnudarse mutuamente; besándose y acariciándose. Mientras hacían el amor, Anna Miller tuvo la extraña sensación de que había alguien más en el dormitorio, y se apartó de Chris.

¡Había alguien a los pies de la cama!

Llevaba una siniestra máscara con dragones rojos y amarillos pintados; grotescas figuras de feroz mirada en actitud de combate.

—¿Quién es usted?—exclamó Chris aterrado, a la vez que inclinaba el cuerpo sobre el borde de la cama y sacaba el bate de béisbol que tenían debajo—. ¿Qué hace aquí?

El intruso rugió como un animal herido.

—Aquí está mi respuesta—dijo Casanova, que levantó el brazo derecho empuñando una Luger.

Hizo un disparo que alcanzó de pleno en la frente a Chris Chapin. El desnudo cuerpo del joven abogado se estampó en la cabecera. El bate de béisbol cayó al suelo.

Casanova se movió con rapidez. Sacó otra pistola y le disparó a Anna al pecho una descarga paralizante.

—Lo siento—musitó mientras la bajaba de la cama—. Lo siento. Pero te prometo que te compensaré.

Anna Miller sería el siguiente gran amor de Casanova.

Capítulo 48

EN EL HOSPITAL UNIVERSITARIO de Carolina del Norte todos estaban perplejos, y especialmente yo. El problema médico que se planteaba era desconcertante.

Kate McTiernan empezó a hablar a primera hora de la mañana. Yo no estaba. Por lo visto, Kyle Craig llevaba en su habitación desde el amanecer. Por desgracia, las palabras de nuestra testigo no tenían el menor sentido. Había momentos en que se expresaba como una auténtica sicótica. Tenía temblores, convulsiones y síntomas de calambres abdominales.

La visité a última hora de la tarde. Aún no se descartaba que hubiese sufrido daños cerebrales. Casi todo el tiempo que estuve en su habitación permaneció pasiva, sin reaccionar a los estímulos externos. Intentó hablar, pero sólo le salió un grito.

La doctora que se ocupaba de ella llegó mientras yo estaba en la habitación. Ya había hablado con ella un par de veces a lo largo del día. La doctora Maria Ruocco no tenía el menor interés en ocultarme ninguna información acerca de su paciente. Era una persona amabilísima que me aseguró querer ayudar a descubrir a quienquiera que le hubiese hecho *aquello* a la joven médica.

Intuí que Kate McTiernan debía de creer que aún estaba cautiva. Me pareció evidente que libraba una terrible lucha interna.

Nadie me disputaba el deber de velarla. Pensé que acaso dijese algo. Una frase o quizá una sola palabra podían constituir una pista importante que ayudase a capturar a Casanova.

—Ahora está a salvo, Kate—le susurraba yo de vez en cuando.

Aunque ella no parecía oírme, yo insistía en decírselo.

Hacia las nueve y media de aquella noche, una idea empezó a martillear en mi cabeza con no menor insistencia. El equipo médico asignado a Kate McTiernan ya había terminado su turno. Sin embargo, yo necesitaba hablar de mi idea con alguien. Llamé al FBI y los convencí para que me dejasen telefonear a la doctora Maria Ruocco a su casa, que estaba cerca de Raleigh.

—¿Sigue usted ahí en el hospital, Alex?—me preguntó la doctora Ruocco.

Me pareció más sorprendida que irritada por recibir aquella llamada nocturna. Ya habíamos hablado largo y tendido durante el día. Ambos habíamos pasado por el John Hopkins y charlamos acerca de nuestra respectiva experiencia profesional. Dijo estar muy interesada en el caso Soneji y haber leído mi libro.

—Estaba sentado aquí, sin parar de darle vueltas a la cabeza, tratando de entrever cómo puede tener sometidas a sus víctimas… —le expliqué a Maria Ruocco—. Y me he dicho que acaso las drogue. He pedido a su laboratorio el resultado del análisis de Kate McTiernan. Le han encontrado marinol en la orina.

—¿Marinol?—exclamó la doctora Ruocco—. Hummm. ¿De dónde iba a sacar el marinol? Es una droga muy fuerte, sometida a un rigurosísimo control a todos los niveles. Aunque es una gran idea. El marinol es una sustancia idónea, si lo que él quiere es anular su voluntad.

—¿Y no podría explicar eso los episodios sicóticos que ha tenido hoy la paciente?—le pregunté—. Los temblores, las alucinaciones...

—Puede que tenga razón, Alex. Marinol... Dios mío... Tras dejar de administrarle marinol a un paciente, los efectos que produce son similares a los ataques más graves de delírium trémens. Pero ¿cómo iba a saber él tanto acerca del marinol y cómo utilizarlo? Dudo de que un profano pueda tener los conocimientos suficientes.

Yo me hacía la misma pregunta.

—¿Y si hubiese estado sometido a quimioterapia? Podría tratarse de un enfermo de cáncer. Acaso el marinol le haya producido algún tipo de... deformación... y esto sea una especie de venganza.

—Podría ser... médico o farmacéutico—aventuró la doctora Ruocco.

Yo también pensaba en esas posibilidades. Incluso podía ser un médico del hospital universitario.

—Verá... Creo que nuestra paciente predilecta no tardará en poder decirnos algo que nos conduzca a su secuestrador. ¿Existe algún medio para hacer que supere más rápidamente el síndrome de... abstinencia, por así decirlo?

—Estaré ahí dentro de veinte minutos—dijo Maria Ruocco—. A ver qué podemos hacer para librar a la pobre chica de esa pesadilla... Creo que a ambos nos interesa *hablar* con Kate McTiernan.

Capítulo 49

MEDIA HORA DESPUÉS, LA doctora Maria Ruocco estaba conmigo en la habitación de Kate McTiernan.

Yo no le había comunicado mi probable descubrimiento a la policía de Durham ni al FBI. Primero quería hablar con Kate. Podía dar un gran paso adelante para el esclarecimiento del caso, el más importante conseguido hasta entonces.

Maria Ruocco examinó a fondo a su paciente durante más de una hora. La doctora era una profesional concienzuda y amable, y una mujer muy atractiva. Llevaba el pelo de color rubio ceniza y tendría unos 37 años. Hacía honor a la mítica belleza de las sureñas. Me pregunté si Casanova habría reparado también en ella.

—La pobre chica lo está superando—me dijo la doctora—. Pero le han administrado una dosis casi mortal.

Kate McTiernan parecía estar dormida. Muy inquieta, pero dormida. Sin embargo, en cuanto notaba el contacto de las manos de la doctora Ruocco, gemía. Su amoratado rostro se contorsionaba como si fuese una máscara. Era casi como verla en su encierro. Estaba aterrorizada.

A pesar de que la doctora Ruocco le hablaba con la mayor amabilidad, Kate McTiernan no dejaba de sollozar ni de gemir.

—¡No me toque! ¡No se atreva a tocarme, hijaputa!— estalló de pronto con los ojos cerrados.

—¡Menuda boca tienen estas jóvenes!—exclamó la doctora Ruocco de buen talante—. En grupo no hay quien las aguante. ¡Qué lenguaje!

Ver a Kate McTiernan en aquellos momentos era como ver a alguien a quien estuviesen torturando. Volví a pensar en Naomi. ¿Dónde estaría, en realidad? ¿En California o en Carolina del Norte? Me sobrecogía pensar que pudiera pasar por lo mismo. Sin embargo, deseché la idea. No quería abrumarme con dos problemas a la vez.

La doctora Ruocco le administró a Kate una dosis de librium y volvió a conectarla al monitor cardíaco. Cuando hubo terminado, Kate se sumió en un sueño aún más profundo. Por lo menos aquella noche no iba a revelarnos nada de lo que sabía.

—Me gusta su manera de trabajar—le susurré a la doctora Ruocco—. Lo ha hecho usted muy bien.

Maria Ruocco me indicó con un ademán que saliese con ella al pasillo, que estaba en semipenumbra, tan silencioso y espectral como suelen estar los pasillos de los hospitales por la noche.

Una y otra vez me asaltaba la idea de que Casanova pudiera ser alguno de los médicos del hospital. No era descartable que estuviese allí en aquellos momentos.

—Ya hemos hecho por ella todo lo que podemos hacer, de momento, Alex. Dejemos que el librium surta efecto. Tres federales y dos de los mejores agentes de la policía de Durham velan para que nadie atente contra la doctora

McTiernan durante la noche. ¿Por qué no vuelve a su hotel y duerme un poco? Yo que usted me tomaría un Valium.

—No voy a moverme de esta habitación. Dudo de que Casanova intente venir aquí y acercarse a ella. Pero nunca se sabe. No es imposible—dije. «Sobre todo si es un médico de este hospital», pensé, aunque me abstuve de exteriorizarlo—. Además, aquí noté una especial conexión con Kate. La he percibido desde el primer momento que la vi. Puede que conociese a Naomi.

La doctora Maria Ruocco alzó la vista hacia mí. Yo le sacaba casi un palmo de estatura.

—Parece usted una persona cuerda—me dijo con una mirada inexpresiva—. No obstante, creo que está de atar—añadió sonriente, sin dejar de mirarme con sus chispeantes ojos azules.

—Y, además, voy armado y soy peligroso.

—Bueno… pues buenas noches, doctor Cross—se despidió Maria Ruocco enviándome un beso con la mano.

—Buenas noches, doctora Ruocco. Y gracias—dije, devolviéndole el beso.

En cuanto la doctora hubo salido, dispuse convenientemente dos sillas y me acosté con la intención de dormir un poco, aunque con mi revólver en el regazo. Pero no me hacía ilusiones. Difícilmente podría conciliar el sueño.

Capítulo 50

—¿QUIÉN ES USTED? ¿QUIÉN demonios es usted?

Una voz aguda me despertó. La tenía muy cerca, casi pegada a mi cara.

—Soy policía—le contesté en tono tranquilizador a la traumatizada Kate—. Me llamo Alex Cross. Está usted en el hospital universitario de Carolina del Norte. Ya no tiene nada que temer.

Tuve la impresión de que Kate McTiernan iba a echarse a llorar, pero al momento se rehízo. Al ver su reacción, comprendí por qué había logrado sobrevivir en su encierro y no perecer en el río. Era obvio que era una mujer con una gran fuerza de voluntad.

—¿En el hospital?—preguntó con voz entrecortada.

—Sí, está en el hospital—le contesté cogiéndole una mano con la palma boca arriba—. Ya está a salvo. Déjeme que vaya a llamar al médico, por favor. Volveré en seguida.

—Espere un momento. *Yo soy médico*. Antes de llamar a nadie, déjeme organizar mis ideas. ¿Es usted policía?

—En efecto.

Sentí el impulso de abrazarla, de coger su mano,

de hacer algo para confortarla, después de todo lo que había pasado en los últimos días. También tenía muchas preguntas importantes que hacerle.

—Creo que me drogaba—dijo Kate McTiernan desviando la mirada—. A no ser que todo haya sido una pesadilla.

—No, no ha sido una pesadilla. Ha utilizado una potente droga llamada marinol.

—He debido de estar realmente «colocada»—exclamó Kate, que intentó silbar, aunque le salió un extraño sonido porque le faltaba un diente.

Tenía la boca seca y los labios hinchados, especialmente el superior.

Por extraño que parezca, sonreí.

—Todo un «viaje astral». Parece que haya pasado usted una temporada en el Planeta de los Simios. Me alegro de que esté de vuelta.

—Pues… imagine cuánto me alegro yo—me susurró llorosa—. Lo siento… Me impuse no derramar una lágrima en aquel horrible lugar. Pero ahora lo necesito.

—Desahóguese—le susurré a mi vez.

También yo tenía dificultades para contener el llanto. Sentía una fuerte opresión en el pecho. Me acerqué a la cama, tratando de consolar a Kate mientras lloraba.

—No parece usted del sur—me dijo Kate McTiernan al cabo de unos momentos, un poco más tranquila, luchando por sobreponerse con increíble energía.

—No, soy de Washington. Mi sobrina desapareció de la Facultad de Derecho de Duke hace diez días. Por eso estoy aquí. Soy detective.

Parecía como si fuese la primera vez que me viese.

—Había otras mujeres en la casa en la que me

han tenido secuestrada. Casanova nos tenía terminantemente prohibido hablar entre nosotras, pero… me salté el reglamento. Hablé con una tal Noemi…

Se me hizo un nudo en la garganta.

—Mi sobrina se llama Naomi Cross—la atajé—. ¿Está viva? ¿Está bien? Dígame lo que recuerde, Kate, por favor.

—Hablé con Naomi. No recuerdo su apellido. También hablé con una tal Kristen. Las drogas… Oh, Dios mío… ¿Es su sobrina? Empieza a nublárseme la vista—añadió como si alguien la estuviese vaciando de energía.

—Sí, sí—le dije apretándole la mano—. Quizá aún quepa una esperanza. Casi la había perdido ya.

Kate McTiernan me miró con fijeza, muy seria. Parecía querer recordar algo horrible que, a la vez, deseaba olvidar.

—Hay muchas cosas que no recuerdo en estos momentos. Creo que empiezo a notar los efectos secundarios del marinol. Iba a ponerme otra inyección. Le di una patada y lo dejé bastante conmocionado. Me vi en un denso y oscuro pinar. Recuerdo… se lo juro por Dios, que la casa en la que nos tenían secuestradas… *desapareció*.

Kate McTiernan meneó lentamente la cabeza. Estaba perpleja, atónita ante su propia versión de los hechos.

—Eso es lo que recuerdo—prosiguió—. ¿Cómo es posible? ¿Cómo puede desaparecer una casa?

Me percaté de que, en aquellos momentos, Kate McTiernan revivía las espantosas horas que acababa de pasar. Yo era el primero en oírle la historia de su fuga; el primero en escuchar a nuestra testigo.

Capítulo 51

CASANOVA SEGUÍA FURIOSO Y encolerizado por la fuga de Kate McTiernan. Llevaba horas muy inquieto y desvelado. No hacía más que dar vueltas en la cama. Era mala cosa. Un peligro. Había cometido su primer error.

De pronto, alguien le susurró en la oscuridad:

—¿Estás bien? ¿Te encuentras bien?

Era una voz de mujer que lo sobresaltó. Él *había sido* Casanova. Ahora, se transmutaba en su otra personalidad: *el buen esposo.*

Alargó la mano y acarició con suavidad el hombro desnudo de su esposa.

—Me he desvelado, pero estoy bien.

—Lo he notado. ¿Cómo no lo iba a notar?—dijo ella con voz adormilada.

Era una buena persona, y lo quería.

—Lo siento—pidió perdón Casanova besándole el hombro.

Le acarició el pelo mientras pensaba en Kate McTiernan, que tenía una melena castaña mucho más larga.

Siguió acariciando el pelo de su esposa, pero volvió a sumirse en sus torturados pensamientos. Ya no tenía a nadie con quién hablar, ¿verdad? Desde luego en Carolina del Norte, no.

Se levantó y bajó con paso cansino a la planta inferior. Se metió en su despacho y cerró la puerta por dentro. Miró el reloj. Eran las tres de la madrugada, es decir, las doce de la noche en Los Ángeles.

Haría una llamada. Porque, en realidad, sí tenía alguien con quién hablar. Sólo una persona en todo el mundo.

—Soy yo—dijo Casanova al oír la voz familiar que contestó al teléfono—. Esta noche estoy que me subo por las paredes. Y he pensado en ti, claro está.

—¿Quieres decir que llevo una vida desenfrenada y enloquecida?—preguntó con sorna el Caballero.

—Por supuesto—contestó Casanova más animado, ya que, por lo menos, con el Caballero podía hablar y compartir sus secretos—. Ayer cogí a otra. Déjame que te hable de Anna Miller. Es encantadora, amigo mío.

Capítulo 52

CASANOVA HABÍA VUELTO A la carga: otra estudiante, una inteligente y preciosa joven llamada Anna Miller, había sido secuestrada en el apartamento de una urbanización que compartía con su novio, un joven abogado, cerca de la Universidad estatal de Carolina del Norte, en Raleigh.

El novio había sido asesinado en la cama. Aquello era una novedad en el *modus operandi* de Casanova, que no dejó ninguna nota ni el menor rastro en el lugar del crimen. Después del error cometido con Kate McTiernan, quiso demostrar a la opinión pública que seguía en forma, que era capaz de actuar con su acostumbrada perfección.

Pasé varias horas con Kate McTiernan en el hospital. Sintonizábamos, y tenía la sensación de que empezábamos a intimar. Además, era obvio que quería ayudarme a trazar el perfil psicológico de Casanova. Me contaba todo lo que sabía de él y de su harén.

Según Kate, Casanova tenía secuestradas a por lo menos cinco mujeres. Casanova estaba muy bien organizado. Lo planeaba todo con muchas semanas de antelación. Estudiaba a sus presas con una excepcional capacidad para el detalle.

Daba la impresión de haber construido su casa de los horrores con sus propias manos. Había instalado sistemas de insonorización y de acondicionamiento de aire, aparentemente para mayor comodidad de sus cautivas.

Pero como Kate sólo había visto la casa bajo los efectos de la droga, no podía hacer una descripción precisa y fiable.

Según ella, Casanova era sexualmente activo y capaz de tener varias erecciones en una noche. Estaba obsesionado con el sexo y con el apremiante apetito sexual del varón.

A su manera, podía considerarse una persona reflexiva. Y también podía ser «romántico», según sus propias palabras. Le gustaba acariciar y besar a sus víctimas, y hablar con ellas durante horas. Las amaba, *según él*.

A mediados de semana, el FBI y la policía local de Durham acordaron habilitar un espacio en el hospital, rodeado de especiales medidas de seguridad, para que Kate McTiernan pudiese hablar con los representantes de los medios informativos.

El lugar elegido fue el amplio vestíbulo de su planta, completamente pintado de blanco y atestado de periodistas, fotógrafos y cámaras de televisión.

Varios agentes armados formaron un cinturón de seguridad en derredor, por si acaso.

Los detectives de la brigada de homicidios, Nick Ruskin y Davey Sikes, no se separaron de Kate durante la filmación de la entrevista para la televisión.

Los estadounidenses tendrían ahora ocasión de

conocer a la mujer que había escapado de la casa de los horrores. No me cabía duda de que también Casanova vería la entrevista, aunque confiaba en que no estuviese allí mismo en el hospital.

Un fornido enfermero condujo a Kate hacia el atestado y ruidoso vestíbulo, porque la dirección del hospital quiso que Kate compareciese ante los medios informativos en silla de ruedas.

Llevaba unos holgados pantalones de deporte de la Universidad de Carolina del Norte y una sencilla camiseta blanca de algodón. Su larga melena castaña resplandecía. Los hematomas del rostro se habían reducido de forma considerable.

—Casi parezco yo—me dijo—. Sin embargo, por dentro, me siento como si fuese otra persona, Alex.

Mientras el enfermero empujaba la engorrosa silla hacia el estrado, Kate sorprendió a todo el mundo: se levantó de la silla y continuó por su propio pie hasta el estrado.

—Bueno, como ya habrán adivinado, soy Kate McTiernan. Haré sólo una breve declaración y luego me pondré a salvo de ustedes—dijo con voz vibrante y fuerte.

Daba la impresión de estar muy serena.

Su leve pincelada humorística fue bien acogida y arrancó espontáneas risas. Un par de reporteros se adelantaron con sendas preguntas, pero el ruido había aumentado y era difícil oírlos. Cámaras y fotógrafos empezaron a filmar y a disparar sus *flashes*.

En cuanto Kate dejó de hablar, todo quedó casi en silencio. Al principio, pensaron que la conferencia de prensa era demasiado para lo que ella estaba en condiciones de afrontar en aquellos momentos. No obstante, al ver que un médico se le acercaba, ella lo alejó con elocuentes ademanes.

—Estoy bien. Me encuentro perfectamente, de verdad. Gracias. Si me mareo, me sentaré en la silla como una paciente modelo. Se lo prometo. No teman que vaya a hacerme la valiente.

Estaba muy serena. Miró de manera escrutadora en derredor del vestíbulo, como si estuviese un poco desconcertada.

—Trataba de organizar mis ideas. Les diré lo que pueda… Pero no me pidan más por hoy. No contestaré a ninguna pregunta. Me gustaría que respetasen mi decisión. ¿Les parece bien?

Daba la impresión de tener un gran aplomo frente a las cámaras. Kate McTiernan parecía sorprendentemente relajada y serena, dadas las circunstancias.

—En primer lugar, querría decir algo a los familiares y amigos de otras mujeres desaparecidas. Por favor: no desesperen. Pueden salvar la vida. Si no lo desobedecen, pueden salvar la vida. Yo lo desobedecí, y me dio una paliza. Sin embargo, logré escapar. Hay otras mujeres secuestradas en el mismo lugar en el que yo he estado. Mi pensamiento está con ellas, y no saben hasta qué punto. Tengo el convencimiento de que siguen sanas y salvas.

Los periodistas se acercaban cada vez más a Kate McTiernan que, pese a su estado, irradiaba magnetismo y una gran energía interior. Daba bien en televisión. Estaba convencido de que caería bien.

Durante los momentos que siguieron, Kate hizo todo lo posible por disipar los temores de los familiares de las mujeres desaparecidas. Volvió a subrayar que Casanova le había pegado sólo porque había quebrantado el reglamento impuesto por él. Pensé que acaso esto fuese también una forma de enviarle un mensaje a él.

Cébate conmigo, no con las demás.

Mientras observaba a Kate hablar, me hice varias preguntas: *¿Secuestra sólo a mujeres extraordinarias? ¿No sólo bellezas, sino mujeres excepcionales en todo? ¿Qué significado tenía esa actitud? ¿Qué se proponía realmente Casanova? ¿A qué jugaba?*

Sospeché que el asesino estaba obsesionado con la belleza física, pero que no podía soportar tener a su lado mujeres menos inteligentes que él. E intuí que ansiaba también la intimidad.

Cuando Kate hubo terminado tenía los ojos llorosos. Sus lágrimas parecían perfectas cuentas de vidrio.

—Ya he terminado—dijo con voz queda—. Gracias por llevarles mi mensaje a las familias de las mujeres desaparecidas. Confío en que sirva de algo. Por favor, tal como les he pedido, no me hagan preguntas de momento. Sigo sin poder recordar con precisión lo que me ha sucedido.

Los periodistas guardaron silencio. No le hicieron una sola pregunta. Kate lo había dejado perfectamente claro. Luego, los periodistas y el personal médico aplaudieron. Al igual que Casanova, sabían que Kate McTiernan era una persona extraordinaria.

Me asaltó un temor: ¿estaría Casanova aplaudiendo allí también?

Capítulo 53

A LAS CUATRO DE la madrugada, Casanova empaquetó un saco de dormir Land's End nuevo de trinca, de color gris verdoso, y lo metió en una bolsa junto a un buen surtido de provisiones.

Se dirigió a su escondrijo para pasar la mañana entregado a unos placeres largamente acariciados. Incluso había acuñado una frase para consumo personal que designaba sus juegos prohibidos: «*Kiss the girls*».

Durante el trayecto en coche, y a lo largo del trecho que recorrió a pie a través del bosque, fantaseó acerca de lo que iba a hacer aquel día con Anna Miller, su más reciente adquisición.

Recordó unas maravillosas y apropiadas palabras de F. Scott Fitzgerald: «El primer beso se originó cuando el primer reptil macho lamió a la primera hembra, dando por sentado, a modo de cumplido, que ella era tan suculenta como el pequeño reptil del que había dado cuenta la noche anterior para cenar».

Era algo biológico, ¿no?

El atavismo que ponía en marcha el falómetro.

Cuando al fin llegó a su escondrijo, puso un compacto de los Rolling Stones a todo volumen: el incomparable álbum *Beggar's Banquet*. En aquellos momentos, necesitaba escuchar una música estridente y antisocial.

Mick Jagger era ya cincuentón, ¿verdad? En cambio, él sólo tenía 36 años. Era *su* momento.

Se contempló desnudo frente a un espejo de cuerpo entero y admiró su estilizado y musculoso físico. Se peinó. Luego, se puso un fino batín de seda pintado a mano, que compró mucho tiempo atrás en Bangkok, sin ceñírselo, para exhibir sus atributos.

Eligió para aquella ocasión una máscara distinta, una preciosa máscara veneciana, comprada especialmente para la ocasión.

Ya estaba dispuesto para ver a Anna Miller.

Era muy engreída, inaccesible, deseable. Tenía que dominarla pronto.

Su organismo bombeaba adrenalina, el corazón le latía aceleradamente. Estaba exultante.

Casanova había llenado una jarra de cristal con leche caliente. Y en una cesta de mimbre llevaba una sorpresa especial para Anna.

A decir verdad, la había reservado para la doctora Kate. Era con ella con quien habría deseado hacerlo.

Puso el rock a todo volumen para que Anna supiese que había llegado el momento. Era una señal. Ya lo tenía todo preparado: la jarra llena de leche caliente, un largo tubo de goma con una boquilla y un delicado obsequio en la cesta de mimbre.

Ya podía empezar el juego.

Capítulo 54

CASANOVA NO PODÍA APARTAR los ojos de Anna Miller. El aire circundante parecía rugir. Estaba muy excitado, casi fuera de sí, como le ocurría al Caballero.

Miró su obra de arte, su creación. «Anna no ha tenido nunca este aspecto para nadie», pensó.

Anna Miller yacía sobre las tablas del dormitorio de la planta inferior. Estaba desnuda y no llevaba más que sus joyas, tal como él le ordenó. Tenía las manos atadas a la espalda con una tira de cuero. Bajo las nalgas le había colocado un cómodo almohadón.

Las perfectas piernas de Anna colgaban de una cuerda atada a una viga del techo. La quería en aquella postura. Así era exactamente como la había imaginado en innumerables ocasiones.

«Puedes hacer con ella lo que quieras», pensó.

Y eso fue lo que hizo.

Ya le había introducido casi toda la leche caliente en el ano, utilizando el tubo de goma y la boquilla.

Le recordaba un poco a Annette Bening, con la única diferencia de que Anna era suya. No era una imagen fugaz que apareciese en la pantalla de un Cineplex.

Lo ayudaría a superar lo de Kate McTiernan, y cuanto antes mejor.

Anna ya no se mostraba tan engreída. Tampoco era inaccesible. Casanova siempre sintió curiosidad por saber cuánto se tardaba en anular la voluntad de una persona. Por lo general, no demasiado. Por lo menos, no en esta época de cobardes y de consentidas mocosas.

—Por favor, quítamelo. No me hagas esto. He sido buena, ¿verdad?—le suplicó Anna.

Tenía una cara preciosa e interesante cuando sonreía, pero más aún cuando sufría. Casanova memorizó los detalles de aquel momento tan especial (detalles con los que podría fantasear después, como la exacta colocación de su trasero).

—No va a hacerte ningún daño, Anna—le dijo él sin mentirle—. Tiene la boca cosida. Se la cosí yo mismo. La serpiente es inofensiva. Yo nunca te haría daño.

—Eres malvado y estás enfermo—le espetó Anna—. ¡Eres un sádico!

Él se limitó a asentir con la cabeza. Quería ver a la verdadera Anna, y allí la tenía: otro agresivo dragón.

Casanova observaba mientras la leche rezumaba lentamente desde el ano. Igual que la pequeña serpiente negra. La dulce fragancia de la leche la atraía. Era un espectáculo. Era una escena real de la Bella y la Bestia.

La cautelosa serpiente negra se detuvo y, de pronto, proyectó la cabeza hacia adelante, la introdujo en el cuerpo de Anna y avanzó hacia sus entrañas.

Casanova vio que Anna abría desmesuradamente sus preciosos ojos. ¿Cuántos hombres habrían visto o sentido algo semejante? ¿Cuántos seguían aún con vida?

La primera vez que oyó hablar de esta práctica sexual

fue en un viaje que hizo a Tailandia y Camboya. Lo hacían para ensanchar el ano. Ahora lo hacía él. Así se sentía mucho mejor. Lo consolaba de la pérdida de Kate y de tantas otras cosas.

Aquélla era la deliciosa y sorprendente belleza de los juegos que había elegido jugar en su escondrijo. Le encantaban. No habría podido detenerse aunque hubiera querido.

Ni nadie podría detenerlo. Ni la policía, ni el FBI ni Alex Cross.

Capítulo 55

KATE SEGUÍA SIN PODER recordar gran cosa de los detalles de su fuga del infierno. Pero accedió a que la hipnotizase o, por lo menos, a dejarme intentarlo, aunque temía que sus defensas naturales fuesen demasiado potentes.

Decidimos intentarlo a última hora de la noche en el hospital, cuando ya estuviese cansada y fuese más influenciable.

La hipnosis puede ser un proceso relativamente sencillo. En primer lugar, le pedí a Kate que cerrase los ojos. Luego, que respirase lentamente y de manera regular. Pudiera ser que, al fin, lograse contactar con Casanova aquella noche. Quizá a través de los ojos de Kate pudiese ver cómo operaba.

—Inspire el aire positivo y exhale el negativo—dijo Kate con su acostumbrado sentido del humor—. O algo así, ¿verdad, doctor Cross?

—Trate de poner la mente en blanco, Kate.

—No estoy muy convencida de que funcione—comentó Kate sonriente—. Tengo la cabeza como un bombo, como una buhardilla atestada de armarios con los cajones cerrados—añadió en tono ya algo adormilado. Era una buena señal.

—Ahora, empiece a contar desde cien hacia atrás.

Se adormeció con facilidad. Quizá se debiera a que confiaba un poco en mí. Y esa confianza me responsabilizaba más.

Kate era ahora una persona vulnerable. No quise herirla en aquellas circunstancias. Durante los primeros minutos, hablamos como de costumbre, como cuando estaba despierta. Desde el primer momento nos había gustado charlar.

—¿Recuerda haber sido secuestrada por Casanova?— me decidí al fin a preguntarle.

—Sí, ahora recuerdo muchas cosas. Recuerdo la noche que entró en mi apartamento. Lo veo conducirme por un bosque hacia mi encierro. Me llevaba como si fuese una pluma.

—Hábleme del bosque.

Aquél era el primer momento delicado. Estaba de nuevo con Casanova, en su poder, secuestrada. Y de pronto me percaté del silencio que había en el hospital.

—Estaba demasiado oscuro. El bosque era muy espeso. Llevaba una linterna colgada del cuello. Es... *extraordinariamente* fuerte; hasta el punto de llegar a hacerme pensar que su fuerza era más propia de un animal. Se comparaba con Headcliff de *Cumbres Borrascosas*. Tiene una visión muy romántica de sí mismo y de lo que hace. Aquella noche me susurraba como si fuésemos amantes. Me dijo que me amaba. Y parecía... *sincero*.

—¿Qué más recuerda de él, Kate? Cualquier detalle puede ser muy útil. Tómese el tiempo que quiera.

Kate McTiernan ladeó la cabeza como si mirase a alguien que estuviese a mi derecha.

—Siempre llevaba una máscara distinta. En una de las ocasiones era una máscara de «reconstrucción». Es la que más me sobrecogió. Las llaman «máscaras de la muerte» porque, en los hospitales y en las funerarias, las utilizan a veces para ayudar a identificar a víctimas de accidentes que han quedado irreconocibles.

—Siga, por favor, Kate. Esto va a ayudarnos mucho.

—Sé que esas máscaras pueden hacerlas de una calavera humana, prácticamente de cualquier calavera. La fotografían... cubren la foto con un papel especial y graban las facciones. A partir del dibujo hacen la máscara. En una película... que se titula *Gorky Park*, aparece una de esas máscaras. No suelen hacerse para que se las ponga nadie. Me pregunto de dónde la habrá sacado.

«Muy bien, Kate—pensé—. Siga hablándome de Casanova».

—¿Qué ocurrió el día de su fuga?

Por primera vez pareció sentirse incómoda con una pregunta. Entreabrió un poco los ojos, como si tuviese el sueño ligero y yo la hubiese despertado. Luego, los volvió a cerrar. Movía el pie derecho convulsivamente.

—Apenas recuerdo nada de ese día, Alex. Creo que me administró tantas drogas que me dejó totalmente... «colocada».

—No importa. Cualquier detalle que recuerde me basta por el momento. Lo está haciendo muy bien. Antes me dijo que le dio una patada.

—Sí, le di una patada, gritó de dolor y se desplomó.

Kate empezó a llorar desconsoladamente. Tenía el rostro bañado en sudor. Pensé que había llegado el momento de sacarla del estado hipnótico. Me asusté un poco.

—¿Qué ocurre, Kate?—le pregunté en tono tranquilizador—. ¿Le sucede algo? ¿Está bien?

—Dejé a las demás allí. No pude localizarlas. Estaba tan aturdida que dejé a las demás allí.

Kate abrió entonces los ojos. Los tenía llenos de lágrimas. Era obvio que seguía muy asustada.

—¿Por qué estoy tan asustada?—me preguntó—. ¿Qué me ha pasado?

—No lo sé—le contesté.

Ya hablaríamos después de ello. En aquellos momentos no me pareció oportuno.

Noté que rehuía mi mirada. No era normal en ella.

—¿Podría quedarme un momento sola?—musitó—. ¿Podría dejarme ahora sola, por favor?

Salí de la habitación del hospital con la vaga sensación de haberla traicionado. Pero no hubiese sabido hacer las cosas de otra manera. Se trataba de una investigación acerca de una ola de asesinatos. Había que intentarlo todo. Aunque hasta el momento nada funcionaba.

¿Cómo era posible?

Capítulo 56

KATE FUE DADA DE alta a finales de aquella semana. Me pidió que durante una temporada hablásemos cada día un rato, y accedí encantado.

—No lo considero una terapia en ningún aspecto—me dijo.

Sólo quería desahogarse con alguien acerca de algunos temas espinosos. En parte debido a Naomi, habíamos trabado algo parecido a una fuerte amistad.

No disponíamos de más información. No teníamos más pistas sobre la vinculación que pudiera existir entre Casanova y el Caballero.

Beth Lieberman, la periodista de *Los Angeles Times*, se negó a hablar conmigo. Estaba negociando su sensacional reportaje con editores de Nueva York.

Pensé en ir a California a verla, pero Kyle Craig me pidió que no lo hiciera. Me aseguró que yo ya sabía todo lo que Beth Lieberman podía decirme sobre el caso. Y lo creí.

Un lunes por la tarde, Kate y yo fuimos a pasear por los bosques de las inmediaciones del río Wykagil, donde la encontraron los dos muchachos. Aunque no lo exteriorizásemos, estaba claro que ambos nos sentíamos ahora como un equipo investigador en aquel caso. Desde luego, nadie sabía más que ella de Casanova. Si lograba recordar más detalles avanzaríamos mucho.

En cuanto nos adentramos en los oscuros y densos bosques del este del río Wykagil, Kate se mostró más taciturna que de costumbre. El monstruo podía merodear por allí. Incluso podía estar observándonos.

—Antes me encantaba pasear por estos bosques, entre los morales y los fragantes sasafrás, mientras los cardenales y los arrendajos azules picotean de mata en mata. Me recuerda mi infancia—me dijo Kate mientras caminábamos—. Mis hermanas y yo solíamos ir a nadar todos los días a un río como éste. Nadábamos desnudas, pese a que nuestro padre nos lo tenía prohibido. Pero siempre intentábamos hacer lo que él nos prohibía.

—Le ha sido muy útil su conocimiento de los ríos. Quizá gracias a esa experiencia logró salir viva del Wykagil.

—No. Eso no fue más que producto de mi terquedad. *Me juré* que no iba a morir de *aquella* manera. No podía darle esa satisfacción a ese canalla.

Trataba de no dejar traslucir lo incómodo que me sentía en aquel bosque. Parte de mi inquietud se debía a la desgraciada historia de aquellos parajes y de las haciendas de la comarca. En otros tiempos, hubo por allí innumerables plantaciones de tabaco; granjas de esclavos; «*la sangre y los huesos de mis antepasados*». La gigantesca operación de secuestro y sometimiento de más de cuatro millones de africanos traídos a América. Porque eso es lo que fue: un secuestro. Los trajeron contra su voluntad.

—No recuerdo estos parajes, Alex.

Antes de bajar del coche, me colgué del hombro

la pistolera. Kate hizo una mueca de aprensión al verla y meneó la cabeza. Pero debió de pensar que yo era algo así como el legendario héroe destinado a acabar con el dragón. Porque era consciente de que un verdadero dragón merodeaba por allí. Se había enfrentado a él.

—Recuerdo que eché a correr por un bosque parecido a éste. Un denso pinar. Apenas se filtraba la luz y estaba oscuro como boca de lobo. Recuerdo claramente cuándo desapareció la casa, pero poco más. Me siento bloqueada. Ni siquiera sé cómo llegué al río.

Estábamos a unos tres kilómetros de donde habíamos dejado el coche. Íbamos en dirección norte, sin alejarnos de la orilla del río en el que Kate flotó tan milagrosamente en su «terca» fuga.

Los pinos se alzaban indómitos en pos de la luz.

—Lo más patético de que Casanova se salga con la suya es que equivale al triunfo de la barbarie sobre la civilizada razón humana—añadió Kate con una irónica sonrisa.

Daba la impresión de que nos dirigiésemos hacia una alta e implacable marea de vegetación.

Noté que Kate trataba de hablarme de Casanova y de la aterradora casa en la que tenía secuestradas a las demás. Intentaba comprender mejor a aquel sátiro. Ambos lo intentábamos.

—Se niega a ser civilizado—prosiguió Kate—. Hace lo que se le antoja. Es un canallesco hedonista de nuestro tiempo. Me gustaría que lo oyese hablar. Es muy inteligente, Alex.

—Nosotros también—le recordé—. Cometerá un error. Puede estar segura.

Empezábamos a conocernos a fondo. Habíamos

hablado de mi esposa, Maria, muerta en un absurdo tiroteo en Washington. Y le había hablado también de mis hijos Damon y Jannie.

Kate sabía escuchar. Tenía magníficas condiciones para ser lo que antes llamaban médico de cabecera. La doctora Kate sería, sin duda, una gran profesional.

Hacia las tres de la tarde, debíamos de haber caminado ya unos siete kilómetros. Empezaba a estar un poco cansado. Kate no se quejaba, pero debía de estar dolorida, porque su convalecencia estaba lejos de haber terminado.

No encontramos ni rastro del camino que recorrió durante su fuga. No recordaba nada que pudiera servirle de punto de referencia. No había ni rastro de casa, ni de Casanova. Ninguna pista. Nada en absoluto.

—¿Cómo demonios puede actuar con tal perfección? —musité mientras rehacíamos el camino hacia el coche.

—Cuestión de práctica—dijo Kate con sorna—. Todo es cuestión de práctica.

Capítulo 57

FUIMOS A CENAR AL Spansky's de Franklin Street. Estábamos extenuados y, sobre todo, sedientos.

Todos conocían a Kate en el popular bar-restaurante, y se formó un considerable alboroto en cuanto nos vieron. Un musculoso y rubio camarero, llamado Hack, rompió el fuego con una unánime ovación.

Una camarera amiga de Kate nos acompañó hasta la mesa de honor, junto a una ventana que daba a Franklin Street. La camarera se llamaba Verda y aspiraba a doctorarse en Filosofía, me dijo Kate.

—¿Qué tal lleva la fama?—le pregunté a Kate en son de broma en cuanto nos hubimos sentado.

—La detesto. La odio—me contestó apretando los dientes—. ¿Qué le parece si esta noche nos emborrachásemos hasta caer redondos?—me preguntó Kate—. Me apetece un tequila, una jarra de cerveza y un poco de coñac—le dijo a Verda.

La camarera-filósofa arrugó la nariz ante tan explosiva combinación.

—Yo tomaré lo mismo—añadí—. Como hacíamos en la residencia de estudiantes.

—Esto no es una terapia—dejó claro Kate en cuanto Verda se hubo alejado—. Sólo que esta noche vamos a desmadrarnos.

—Pues suena a terapia—le dije.

—Si es así, ambos estamos en el diván.

Estuvimos más o menos una hora hablando de cuestiones que no tenían ninguna relación con el caso: de coches, de la diferencia entre los hospitales de las zonas rurales y los de las grandes ciudades, de la esclavitud, de la educación de los niños, de los sueldos de los médicos, de la crisis de la seguridad social, de las letras del rock en comparación con las del blues y de un libro que nos había interesado a ambos: *El paciente inglés.*

La comunicación entre nosotros había sido muy fácil desde el principio. Desde que nos vimos en el hospital notamos buenas vibraciones.

Después de nuestra explosiva primera ronda, empezamos a beber con más calma (yo cerveza y ella vino de la casa). Estábamos ya un poco entonados, pero no ebrios. Kate tenía razón en una cosa: necesitábamos imperiosamente descargarnos de la tensión de todo lo relacionado con Casanova.

Cuando llevábamos ya tres horas en el bar, Kate me contó algo de sí misma que fue para mi tan sorprendente como su secuestro. Sus grandes ojos marrones chispeaban a la tenue luz del bar.

—Déjeme que le diga una cosa: a los sureños nos encanta contar historias, Alex. Somos los depositarios de la sagrada historia oral de Estados Unidos.

—Cuénteme la historia, Kate. Me encanta que me cuenten historias. Hasta el punto de que lo he convertido en mi profesión.

Kate posó su mano en la mía y respiró hondo.

—Érase una vez una familia llamada McTiernan que vivía en Birch—empezó a decir Kate con voz queda—. Éramos felices, Alex. Estábamos muy unidos, sobre todo las chicas: Susanne, Marjorie, Kristin, Carole Anne y yo. Kristin y yo éramos las más jóvenes, y gemelas. Mi madre se llamaba Mary, y mi padre Martin. No le hablaré demasiado de mi padre. Mi madre lo echó de casa cuando yo tenía cuatro años. Era un hombre muy dominante y podía ser muy desagradable y terco como una mula. Al demonio con él. Ya hace mucho que paso de mi padre.

Kate prosiguió durante un rato, pero de pronto se detuvo y me miró a los ojos.

—¿Nunca le han dicho que es una persona que sabe escuchar... como nadie? Da la impresión de que todo lo que yo digo le interesa. Eso me impulsa a hablar con usted. Nunca le he contado a nadie esto... del todo, Alex.

—Bueno... la verdad es que me interesa lo que dice. Es una satisfacción saber que confía en mí.

—Es verdad. Confío en usted. No es una historia muy alegre. Si no confiase en usted no se la contaría.

—Supongo.

Cuanto más la miraba más me impresionaba su belleza. Tenía unos ojos grandes y preciosos. Sus labios no eran ni demasiado finos ni demasiado carnosos. Comprendía perfectamente que Casanova la hubiese elegido.

—Como entraba poco dinero en casa, siempre había mucho que hacer: conservas de frutas y verduras, pasteles e incluso el pan. Lavábamos la ropa y la planchábamos. Nunca entraban en casa el fontanero, el carpintero ni el cerrajero. Pero nos sentíamos afortunadas, porque nos queríamos. Siempre estábamos riendo y cantando los éxitos que daban por la radio. Leíamos mucho y hablábamos de todo, desde el derecho al aborto hasta las recetas de cocina. Nunca nos faltaba el buen humor. Nuestro santo y seña hogareño era: «Nunca malas caras».

Kate me contó al fin lo que le sucedió a la familia McTiernan. Su historia, su secreto, afloró entrecortadamente. Su semblante se oscureció.

—Marjorie fue la primera en enfermar. Le diagnosticaron cáncer de matriz y murió a los veintiséis años. Dejó tres hijos. Luego, murieron Susanne, mi gemela Kristin y mi madre, por este orden. Todas ellas de cáncer de matriz o de mama. Sólo quedamos mi hermana Carole Anne y mi padre. Carole Anne y yo bromeamos diciendo que, como heredamos el carácter colérico de mi padre, estamos destinadas a morir de un infarto.

Kate bajó la cabeza. Al momento, alzó la vista y me miró a los ojos.

—Iba a decir que... no sé por qué le cuento todo esto. Pero lo cierto es que sí que lo sé. Me gusta usted. Quiero ser su amiga. Y quiero que usted sea mi amigo. ¿Es posible?

Fui a decir algo acerca de cómo me sentía, pero Kate me atajó sellándome los labios con las yemas de los dedos.

—No vaya a ponerse sentimental. No me pregunte nada más de mis hermanas en estos momentos. Sólo... cuénteme algo que nunca cuente a los demás. Y cuéntemelo en seguida, antes de que cambie de opinión. Confíeme sus secretos, Alex.

No reflexioné sobre lo que iba a decirle. Me dejé llevar por la espontaneidad. Parecía lo justo, después de lo que Kate acababa de contarme. Además, quería confiar en ella o, por lo menos, intentarlo.

—Pues... llevo hecho polvo desde que murió mi esposa—le dije, porque aquél era uno de mis secretos, una de las cosas que guardaba siempre para mí—. En cuanto me levanto por la mañana, pongo al mal tiempo buena cara, pero... me siento vacío por dentro. Después de la muerte de María, tuve una relación que no funcionó. Es más, terminó de mala manera. Y ahora no me siento con ánimo de empezar otra vez.

—Oh, Alex, eso es un error—quiso animarme Kate mirándome a los ojos.

Buenas vibraciones.

Amigos...

—A mí también me gustaría que fuésemos amigos—le dije al fin, pese a que era algo que rara vez decía y menos aún tan rápido.

Al dirigir la mirada hacia Kate, entre las temblorosas llamas de dos velas, volví a pensar en Casanova. No cabía duda de que tenía buen gusto para las mujeres.

Capítulo 58

EL HARÉN AVANZÓ CON paso cansino y cauteloso hacia un amplio salón, situado al fondo de un sinuoso pasillo.

La misteriosa y horrible casa tenía dos plantas. En la inferior sólo había un dormitorio; en la superior había diez.

Naomi Cross iba en el grupo. Les habían ordenado dirigirse al salón. Desde que ella estaba allí, siempre había habido entre seis y ocho mujeres. A veces, una chica se marchaba, o desaparecía, pero siempre la reemplazaba otra.

Casanova las aguardaba en el salón, con un batín de seda, bordado en oro, sin nada debajo. Llevaba una de sus máscaras, pintada a mano, con rodales blancos y verde brillante. Era una máscara festiva.

El salón era espacioso y estaba amueblado con gusto. El suelo estaba cubierto con una alfombra oriental y las paredes recién encaladas.

—Adelante, adelante. No seáis tímidas. No seáis vergonzosas—les dijo desde el fondo del salón.

Casanova empuñaba su pistola paralizante y un revólver.

Naomi supuso que sonreía bajo la máscara. Habría dado cualquier cosa por verle la cara, aunque sólo fuese una vez, para luego borrarla para siempre, hacerla añicos, y convertir los añicos en polvo.

A Naomi se le encogió el corazón al entrar en el atractivo salón. Su violín estaba encima de la mesa, junto a Casanova, que se había ocupado de traérselo a aquel horrible lugar.

Casanova iba de un lado para otro, como si fuera el anfitrión de una sofisticada fiesta de disfraces. Sabía comportarse con elegancia.

Encendió un cigarrillo con un encendedor de oro y fue deteniéndose frente a cada una de sus «odaliscas». Les dirigía unas palabras; tocaba un hombro desnudo, una mejilla, acariciaba una larga y rubia melena.

Todas parecían perplejas. Llevaban su propia ropa y se habían maquillado y pintado primorosamente. La fragancia de sus perfumes llenaba la estancia. Si todas se abalanzasen sobre él a la vez... pensó Naomi. Algún medio tenía que haber para reducir a Casanova.

—Como algunas quizá habréis adivinado—dijo él alzando la voz—, tenemos una bonita sorpresa para la fiesta de esta noche. Una pequeña velada musical.

Casanova le indicó por señas a Naomi que se acercase. Siempre tenía mucho tacto cuando las reunía. No obstante, en ningún momento dejaba de empuñar su pistola paralizante.

—Tócanos algo, Naomi, por favor—volvió a decir él con sorna—. Lo que prefieras. Naomi toca muy bien el violín. Anda, no seas tímida, cariño.

Naomi no podía apartar la vista de Casanova. Como no se había ceñido el batín, podía ver sus atributos. A veces, hacía que tocasen algún instrumento, cantar, leer poesía o hablar de sus intimidades. Aquella noche le tocaba a Naomi, que era consciente de no tener elección. Estaba resuelta a no acobardarse, a conservar la calma.

La joven Cross cogió el violín. La asaltaron dolorosos recuerdos. «Échale valor... Muéstrate segura de ti misma...», se repitió.

Como joven negra, había aprendido el arte de aparentar calma.

—Intentaré tocar la sonata número uno de Bach—anunció con aplomo—. Éste es el adagio, el primer movimiento. Es muy bonito. Confío en hacerle justicia.

Naomi cerró los ojos al llevarse el violín al hombro. Luego, los abrió, apoyó el mentón en la madera, y empezó a afinar el instrumento lentamente.

«Valor... Confianza...», se repitió.

Empezó a tocar. No era un dechado de perfección, pero tocaba con el corazón. El estilo de Naomi siempre había sido muy personal. Se concentraba más en el aspecto creativo de la interpretación que en la técnica. Tenía ganas de llorar, pero se tragó las lágrimas. Sólo desahogaba sus sentimientos con la música, con la hermosa sonata de Bach.

—¡Fantástica! ¡Fantástica!—exclamó Casanova cuando Naomi hubo terminado.

Las demás aplaudieron (una expansión que Casanova no tenía prohibida). Naomi miró los hermosos rostros de sus compañeras. Percibía su dolor. Ansiaba hablar con ellas. Pero cuando Casanova las reunía, era sólo para mostrarles su poder, que las dominaba por completo.

Casanova tocó ligeramente el brazo de Naomi. Le ardía.

—Tú te quedarás conmigo esta noche—le susurró—. Ha sido precioso, Naomi. Tanto como tú, que eres la más hermosa. ¿Lo sabes, cariño? Por supuesto que lo sabes.

«Valor, fortaleza, confianza», se dijo Naomi. Era una Cross. No iba a darle la satisfacción de verla asustada. Encontraría el medio de vencerlo.

Capítulo 59

KATE Y YO ESTÁBAMOS trabajando en su apartamento de Chapel Hill. Habíamos vuelto a hablar de la casa fantasma, tratando de encontrarle alguna lógica a algo que la mente se negaba a aceptar.

Poco después de las ocho llamaron a la puerta y Kate fue a ver quién era.

Vi que hablaba con alguien, aunque no pude precisar de quién se trataba. Instintivamente, llevé la mano a la culata de mi revólver. Sin embargo, al momento me di cuenta de que Kate le franqueaba la entrada al visitante.

Era Kyle Craig. Me sorprendió verlo tan serio y ceñudo. Algo debía de haber ocurrido.

—Dice Kyle que tiene algo que le interesará ver—me anunció Kate al llegar junto a mí con el agente del FBI.

—No me ha sido muy difícil localizarlo—dijo Kyle, que se sentó en el brazo del sofá, a mi lado.

—Le he dicho al recepcionista del hostal y a la telefonista dónde estaría hasta eso de las nueve: No ha sido un descuido.

—Fíjese bien en la cara de Alex, Kate, y comprenderá

por qué sigue siendo un detective. Es un apasionado de los grandes enigmas y de los no tan grandes.

Sonreí y meneé la cabeza. En parte, Kyle tenía razón.

—Me encanta mi trabajo, básicamente porque me permite tratar a personas de mente ágil y cultivada, como la suya, Kyle. ¿Qué ha ocurrido? Dígamelo ya.

—El Caballero se ha cargado a Beth Lieberman. Le ha seccionado los dedos, Alex. Después de matarla, ha incendiado su apartamento de Los Ángeles. Su apartamento y medio edificio...

Beth Lieberman no había hecho oposiciones a caerme bien, pero su muerte me entristeció. Me dije que acaso no tenía que haber creído en la opinión de Kyle de que no merecía la pena que yo viajase a Los Ángeles, porque Beth Lieberman no tenía nada nuevo que mereciese la pena.

—Quizá el Caballero supiese que Beth tenía en su apartamento algo que le convenía quemar. Puede que tuviese algo importante.

Kyle miró a Kate con fijeza.

—¿Ve con qué perfección actúa?—le dijo—. Efectivamente, ella tenía algo para inculparlo—añadió dirigiéndose a los dos—. Sólo que... lo tenía en su ordenador de la redacción del periódico. Y ahora está en nuestro poder.

Kyle me pasó un largo fax. Me señaló unos párrafos casi al pie de la hoja. Era un fax de la oficina del FBI en Los Ángeles.

¡¡¡Posible Casanova!!! Un más que posible sospechoso.

El doctor William Rudolph, que es un auténtico cabrón.

Señas: Beverly Comstock. Lugar de trabajo: Centro Médico Cedars-Sinaí.

Los Ángeles.

—Al fin tenemos una verdadera pista—dijo Kyle—. El Caballero podría ser este médico. Este cabrón, como lo llama el comunicante.

Kate nos miró. Ya nos había dicho ella que Casanova podía ser un médico.

—¿No había nada más entre las notas de Beth Lieberman?—le pregunté a Kyle.

—No hemos encontrado nada más—contestó Kyle—. Por desgracia, no podemos preguntarle a Lieberman nada acerca del doctor William Rudolph, ni de por qué archivó el fax en el ordenador. Déjenme que les exponga dos nuevas hipótesis de nuestros analistas californianos—prosiguió—. ¿Está dispuesto a una pirueta mental un tanto extravagante, amigo mío?

—Por supuesto. Oigamos la más extraordinaria y reciente hipótesis de los federales californianos.

—La primera hipótesis es que el asesino se envía las entradas de su «diario» *a sí mismo*, que Casanova y el Caballero son la misma persona. Podría tratarse de un único asesino, Alex. «Ambos» son especialistas en crímenes «perfectos». Hay otras similitudes. Los federales californianos, como los llama usted, querrían que la doctora McTiernan volase a Los Ángeles inmediatamente. Quieren hablar con ella.

No me gustó nada aquella primera hipótesis, pero no podía descartarla.

—¿Y cuál es la segunda hipótesis?—le pregunté a Kyle.

—La otra es que, en efecto, se trata de dos asesinos— me contestó—. Pero que no se limitan a comunicarse sino que *compiten* entre sí. Y de ser así, sería para echarse a temblar, Alex. Podría ser una especie de juego de rol inventado por ellos. Para echarse a temblar.

Tercera Parte

EL CABALLERO DE
LA MUERTE

Capítulo 60

HABÍA SIDO UN CABALLERO del sur. Un erudito. Y ahora era el más refinado caballero de Los Ángeles. Siempre un caballero, un personaje de novela rosa.

El anaranjado sol describía su larga y lenta curva hacia el océano Pacífico. El doctor William Rudolph se maravilló al verlo mientras paseaba por la Melrose Avenue de Los Ángeles.

Aquella tarde iba «de compras», embebiéndose de todo lo que veía y oía, de la febricitante actividad consumista de las inmediaciones.

El ambiente de la calle le recordó una expresión de un autor de novelas policíacas (tal vez fuese Raymond Chandler, pero no estaba seguro): *California, esos grandes almacenes*. Le cuadraba a la perfección.

La mayoría de las mujeres atractivas en las que se fijaba tenían entre 20 y 25 años. Acababan de salir de sus embrutecedores empleos en el mundo de las agencias publicitarias, asesorías financieras y bufetes de abogados de los alrededores de Century Boulevard. Muchas llevaban tacón alto, minifaldas o ajustadísimos vestidos.

Escuchaba el sensual frufrú de la seda, el marcial

taconeo de los zapatos de diseño y de camperas que costaban más que todo lo que Wyatt Earp ganó en su vida.

Empezaba a ponerse cachondo. Estaba enervado. *Deliciosamente enervado.*

En California se vivía bien. Eran los grandes almacenes de sus sueños.

Los prolegómenos de su elección era lo que más le gustaba. La policía de Los Ángeles seguía desconcertada con él. Quizá algún día lo descubriesen todo, pero no era probable. Lo hacía muy bien. Era el Jekyll y Hyde de su tiempo.

Mientras paseaba entre La Brea y Fairfax, aspiraba la fragancia del almizcle y de los fuertes perfumes florales, un aire impregnado de aromas a manzanilla y limón. También los bolsos y las faldas de piel desprendían una especial fragancia.

Era todo como una gigantesca broma, pero la adoraba. Era una ironía que aquellas encantadoras zorras californianas se burlasen y lo provocasen, como se burlaban y provocaban a la gente.

Él era el encantador muchachito de pelo alborotado que merodeaba por los estantes de la confitería, ¿verdad? ¿Qué prohibidos bomboncitos iba a elegir aquella tarde?

¿Aquella joven majadera con tacones rojos y sin medias? ¿La Juliette Binoche de aquel pobre hombre? ¿Aquella provocadora del vestido estampado?

Varias de aquellas mujeres le dirigieron miradas de aprobación al doctor Will Rudolph al entrar y salir de sus tiendas favoritas: Exit I, Leathers and Treasures, La Luz.

Rudolph era extraordinariamente apuesto, incluso comparándolo con los más atractivos actores de Hollywood.

Se parecía a Bono, el cantante del grupo irlandés de rock U2. En realidad, tenía el mismo aspecto que habría tenido Bono de haber elegido triunfar como médico en Dublín o en Cork, o allí mismo en Los Ángeles.

Y aquél era uno de los secretos más celosamente guardados por el Caballero: *casi siempre eran las mujeres quienes lo elegían a él.*

Will Rudolph entró en Nativity, una de las tiendas que estaban más de moda en Melrose. Nativity era el lugar idóneo para comprar un sujetador de diseño, una chaqueta de piel forrada de armiño o un reloj de pulsera Hamilton «antiguo».

Mientras observaba los gráciles y jóvenes cuerpos en la concurrida tienda, pensaba en las fiestas, los restaurantes y los almacenes más lujosos de Hollywood. La ciudad estaba a merced de su propia superficialidad.

Tenía muy claro lo que significaba el rango social. Por supuesto.

El doctor Will Rudolph era el hombre más poderoso de Los Ángeles.

Se refocilaba al pensar en la sensación de seguridad que le daba, en las confortadoras portadas de los periódicos que acaparaba y que le decían que existía de verdad, que no era un retorcido brote de su imaginación.

Pasó cerca de una irresistible muchacha de unos veinte años, rubia, muy elegante, que miraba con displicencia las joyas de Incan. Parecía consumida por el tedio. Era la más atractiva de las mujeres que estaban en aquellos momentos en Nativity. Pero no fue eso lo que lo atrajo.

Era totalmente *inaccesible*. Acababa de enviarle una clara señal: *Soy intocable. Quítatelo de la cabeza. Seas quien seas, eres indigno de mí.*

Se crispó. De buena gana se hubiese puesto a gritar allí mismo.

¡Puedo tenerte! ¡Puedo tenerte! ¡Si supieras que soy el Caballero de la Muerte, no pensarías así!

La rubia tenía la boca carnosa y arrogante. Era consciente de no necesitar carmín ni sombra de ojos. Era estilizada y tenía cintura de avispa. Poseía la característica distinción sureña. Llevaba un descolorido chaleco de algodón, falda y mocasines. Su bronceado le daba un aspecto saludable.

Lo miró. «Te fulmina», pensó el doctor Will Rudolph.

¡Dios mío, qué ojos! Los quería para él. Le habría gustado jugar con ellos como si de cuentas de colores se tratase, llevarlos encima a modo de amuletos.

Lo que *ella* vio fue a un hombre alto y estilizado, un hombre interesante de poco más de 30 años. Era ancho de hombros y tenía complexión de atleta o de bailarín. Tenía el pelo castaño, recogido en coleta, y los característicos ojos azules de los irlandeses. Will Rudolph llevaba un *blazier*, camisa azul celeste, corbata a rayas blancas y azules y unas caras botas de Martens (las «indestructibles»). Irradiaba confianza en sí mismo.

Fue ella la primera en hablar. *Era ella quien lo elegía a él, ¿no?* Tenía los ojos de un intenso azul, profundos, serenos y sensuales.

—¿Acaso le ha molestado que no lo haya piropeado? —preguntó ella jugueteando con uno de sus pendientes de oro.

Rudolph se echó a reír, encantado con aquel maduro sentido del humor acerca del coqueteo. «Iba a ser una noche entretenida», pensó. Estaba seguro.

—Perdone. No suelo mirar con tanto descaro. O por lo

menos, nunca me sorprenden mirando así—contestó él, que apenas podía contener la risa.

Tenía la risa fácil. Era una moderna herramienta del oficio, sobre todo en Hollywood, Nueva York, París: sus cotos de caza predilectos.

—Por lo menos es usted sincero—comentó ella con expresión risueña.

El colgante de oro que llevaba al cuello rozó el nacimiento de sus pechos. El Caballero sintió el impulso de lamérselos.

Estaba perdida, si... así lo deseaba él, si le apetecía, si se le antojaba. ¿Debía seguir adelante? ¿O seguir buscando?

Le latía el corazón con fuerza. Tenía que decidir. Miró a los desenfadados ojos de la rubia y vio la respuesta.

—No la conozco—dijo él dominando su excitación—. Sin embargo, creo haber encontrado aquí lo que me gusta.

—Pues... yo también creo haber encontrado lo que necesito. ¿De dónde es usted? Porque... de por aquí no es.

—Soy de Carolina del Norte—contestó él, que le abrió la puerta y salieron de aquella tienda especializada en ropa de moda antigua—. Me he esmerado en perder mi acento.

—Pues lo ha conseguido.

Aquella mujer no era precisamente tímida. Irradiaba confianza en sí misma. Pero no tardaría en dominarla.

¡Cómo la deseaba!

Capítulo 61

ACABABA DE SALIR DE Nativity con la rubia. Iban por Melrose Avenue.

Utilizábamos prismáticos para observar el increíble encuentro a través del adornado escaparate delantero de Nativity. Varios vehículos del FBI, camuflados y dotados de micrófonos direccionales, vigilaban al doctor Will Rudolph y a la rubia con la que acababa de salir de la tienda.

Era un servicio en el que sólo participaba el FBI. Ni siquiera habían avisado a la policía de Los Ángeles. Ni una palabra. Era bastante característico de las tácticas del FBI, aunque en esta ocasión, gracias a Kyle Craig, yo estaba en su equipo.

El FBI había querido hablar con Kate en Los Ángeles. Kyle dispuso lo necesario para que yo fuese también, después de ponerlo verde por haberme disuadido de ir a ver a Beth Lieberman.

Eran poco más de las cinco y media, una ruidosa y caótica hora punta de un exuberante y soleado día californiano. La temperatura era de unos 24°C. Las pulsaciones en el interior de nuestro coche rondaban el infarto.

Al fin empezábamos a cercar a uno de los monstruos o, por lo menos, eso esperábamos. El doctor Will Rudolph se me antojaba una especie de vampiro moderno. Había pasado la tarde merodeando displicentemente por las tiendas más lujosas: Ecru, Grau, Mark Fox. Incluso las jovencitas congregadas frente a la hamburguesería Johnny Rocket, estilo años cincuenta, eran objetivos potenciales. Estaba claro que había salido de caza. Iba al acecho de carne fresca. Pero ¿era de verdad el Caballero de la Muerte?

Yo estaba con dos expertos agentes del FBI en el interior de una pequeña furgoneta, aparcada en una de las calles perpendiculares a Melrose Avenue. Nuestra radio estaba conectada a los sensibles micrófonos direccionales, instalados en dos de los otros cinco vehículos que seguían al sospechoso de ser el Caballero.

La función estaba casi a punto de empezar.

—Pues... yo también creo haber encontrado lo que necesito—le oímos decir a la rubia, que me recordaba a las preciosas estudiantes que Casanova había secuestrado en el sur.

¿Podía tratarse del mismo monstruo? ¿De un asesino de ámbito nacional, por así decirlo? ¿De un caso de doble personalidad?

Los expertos del FBI californianos creían tener la respuesta. En su opinión, era un mismo individuo el autor de aquellos «crímenes perfectos». En ninguno de los casos habían secuestrado o matado a dos mujeres el mismo día. Lamentablemente, se barajaba más de una docena de hipótesis acerca del Caballero y de Casanova. Y ninguna me convencía.

—¿Cuánto tiempo lleva en Hollywood?—oímos que

la joven le preguntaba al Caballero, en un tono seductor y sensual.

Era obvio que coqueteaba con él.

—Lo bastante para haber llegado a encontrarla—dijo él de forma cortés, apoyando ligeramente su mano derecha en el codo izquierdo de la rubia.

¿Era el Caballero? No tenía pinta de asesino, pero sí se parecía al Casanova que Kate McTiernan describió. Era muy apuesto, sin duda atractivo para las mujeres, y además era médico. Tenía los ojos azules, del mismo color que Kate le vio a Casanova bajo la máscara.

—Con esa planta, el muy cabrón puede ligarse a la tía que quiera—me dijo uno de los agentes del FBI.

—Pero no para hacer lo que él quiere hacer con ella—le contesté.

—Ésa es la cuestión.

El agente, John Asaro, era de origen mexicano. Ya calveaba, pero tenía un poblado mostacho. Debía de tener casi 50 años. El otro agente se llamaba Raymond Cosgrove. Eran buenos elementos, profesionales del FBI de alto nivel. Kyle Craig no me estaba tratando nada mal.

Yo no podía apartar la vista de Rudolph y de su rubio «ligue». Ella acababa de señalar hacia un Mercedes negro, que llevaba la capota bajada. En aquel lado de la acera había otras famosas tiendas: Eyeworks, Gallay Melrose... Una llamativa valla publicitaria, en la que se veían unas botas vaqueras de más de dos metros de altura, enmarcaba su melena rubia agitada por el viento.

Los escuchábamos mientras hablaban en la bulliciosa calle. Los micrófonos direccionales lo captaban todo. Ninguno de los agentes que iban en los vehículos hacía el menor ruido.

—Ese coche de ahí es el mío, el deportivo. Y la pelirroja del asiento del acompañante es mi... novia. ¿De verdad creía que iba a ligar conmigo así por las buenas?—le dijo la rubia, que hizo castañetear los dedos, y los brazaletes resonaron casi en pleno rostro de Rudolph—. ¡Anda y no me taladres más, imbécil!

—¡Joder! ¡Cómo se ha quedado con él! ¡Cojonudo! Esto sólo puede pasar en Los Ángeles—exclamó John Asaro.

Raymond Cosgrove golpeó el salpicadero con el carpo de la mano derecha.

—¡Qué cabrona!—dijo—. ¡Que se va! ¡Vuelve con él, cariño! Dile que era sólo una broma.

Casi lo teníamos. Me ponía enfermo pensar que pudiera escapársenos. Tenía que atraparlo haciendo algo ilegal, pues, de lo contrario, no podríamos detenerlo.

La rubia cruzó Melrose Avenue y subió al negro y reluciente Mercedes. Su amiguita era pelirroja y llevaba el pelo corto. Sus largos pendientes de plata reflejaban la luz del sol. La mujer se inclinó y besó a su novia.

El doctor Will Rudolph no parecía enfadado. Seguía en la acera con las manos en los bolsillos de su *blazier*, tan tranquilo. Inexpresivo. Como si nada hubiese ocurrido. ¿Sería ésa la máscara del Caballero?

Las amantes del descapotable saludaron con la mano al pasar con el Mercedes frente a él. Rudolph correspondió al saludo desenfadadamente y se encogió de hombros.

—*Ciao*, jovencitas—lo oímos musitar a través de los micrófonos—. Me gustaría haceros picadillo y echaros a las gaviotas de Venice Beach. Pero... no desesperéis, imbéciles bolleras, que no olvidaré la matrícula de *vuesas Mercedes*.

Capítulo 62

SEGUIMOS AL DOCTOR WILL Rudolph hasta su lujoso ático de Beverly Comstock.

El FBI tenía su dirección exacta, pero no se la habían facilitado a la policía de Los Ángeles. La tensión y la decepción se podían palpar en el interior de nuestro vehículo. El FBI estaba jugando a un peligroso juego: dejar al margen a la policía de Los Ángeles.

Dejé el servicio de vigilancia hacia las once. Rudolph llevaba dentro más de cuatro horas. Tenía la cabeza como un bombo. Yo seguía con mi horario de la costa Este. Para mí eran las dos de la madrugada y estaba muerto de sueño.

Los agentes del FBI me prometieron llamar si se producía alguna novedad o si el doctor Rudolph volvía a salir de caza aquella noche. Lo de Melrose Avenue tenía que haberle sentado como un tiro y pensé que no tardaría en volver a la carga.

Si de verdad se trataba del Caballero.

Me acompañaron en el coche hasta el hostal Holiday Inn de Sunset esquina Sepúlveda. Kate McTiernan también se hospedaba allí. El FBI la había trasladado en avión a California, porque ella sabía de Casanova más que cualquiera de los agentes asignados al caso. Había sido secuestrada por aquel canalla y vivía para contarlo. Kate podría identificar al asesino, si Casanova y el Caballero eran la misma persona. Había pasado casi todo el día hablando con los agentes en la oficina del FBI en Los Ángeles.

Su habitación estaba unas puertas más allá de la mía. Era la número 26. Llamé con los nudillos y me abrió sin demora.

—No podía dormir. Y me he levantado a esperar— dijo ella—. Cuénteme qué ha ocurrido.

Supongo que debió de verme cara de circunstancia, tras el fracasado intento.

—Por desgracia, no ha ocurrido nada—le dije a modo de resumen y conclusión.

Kate asintió con la cabeza, como si esperase más detalles. Llevaba un top azul celeste, unos *shorts* de color caqui y unas chinelas amarillas. Era obvio que estaba desvelada y... pasada de revoluciones. Me alegró verla, aunque fuese a las dos y media de la madrugada, después del inútil servicio.

Entré y hablamos de la operación de vigilancia que había montado el FBI en Melrose Avenue. Le conté que habíamos estado muy cerca de echarle el guante al doctor Will Rudolph. Recordaba cada una de sus palabras, cada uno de sus gestos.

—Se expresa como un perfecto caballero. Y sus modales son también de todo un caballero... hasta que la rubia lo enfureció.

—¿Qué aspecto tiene?—preguntó Kate, que ardía en deseos de ayudar.

Me hacía cargo, porque, después de haberla traído a toda prisa desde Los Ángeles, los federales la habían dejado enclaustrada en el hostal.

—Imagino cómo se siente, Kate. He hablado con ellos. Mañana vendrá usted conmigo. Probablemente, por la mañana pueda verlo.

Kate asintió con la cabeza, pero noté que estaba dolida, contrariada por no haber podido intervenir aún.

—Creo que será mejor que durmamos. Y mañana será otro día. Acaso un gran día.

—Sí. Mañana puede ser un gran día, Kate.

—Ojalá—dijo ella sonriente—. Dulces sueños. Mañana le echaremos el guante a Jekyll y luego a Hyde.

Ya en mi habitación, me dejé caer en la cama y pensé en Kyle Craig. Había podido «venderles» mi poco ortodoxo estilo a sus compañeros del FBI porque en otras ocasiones había sido eficaz. Yo tenía la cabellera de un monstruo colgada de mi cinturón. Y no me ceñí al reglamento para conseguirla. Kyle entendía y respetaba los resultados. Y, en general, también los respetaba el FBI. Estaba claro que, en Los Ángeles, actuaban de acuerdo a sus propias reglas.

Antes de quedarme dormido, imaginé a Kate con sus pantalones cortos color caqui. Quitaban el sentido. Fantaseé con la idea de que saliese de su habitación, llegase frente a la mía y llamase a la puerta. «Esto es Hollywood», me dije. ¿No era así como sucedían las cosas en las películas?

Pero Kate no llamó a la puerta de mi habitación. Incluso para las fantasías de Clint Eastwood y René Russo hubiese sido demasiado.

Capítulo 63

AQUÉL IBA A SER un gran día en Tinseltown. El monstruo de los monstruos jugueteaba en Beverly Hills. Igual que el día que atraparon allí al estrangulador Richard Ramírez.

Hoy le echamos el guante a Jekyll.

Eran poco más de las ocho de la mañana. Kate y yo estábamos sentados en el interior de un Taurus azul claro, aparcado a media manzana del Centro Médico Cedars-Sinaí de Los Ángeles. Había electricidad en la atmósfera, como si la ciudad se alimentase de un único y gigantesco generador. Recordé una estrofa de la letra de una vieja canción: *El infierno es una ciudad muy parecida a Los Ángeles.*

Estaba tenso y nervioso. Tenía los miembros entumecidos y el estómago me daba vueltas. Agotamiento. Falta de sueño. Demasiado estrés durante demasiado tiempo. Siempre a la caza de monstruos, de costa a costa.

—Ese que baja del BMW es el doctor Will Rudolph— le dije a Kate.

Estaba tan molido como si unas gigantescas manos me hubiesen estrujado.

—Muy guapo—musitó Kate—. Muy seguro de sí mismo, también, a juzgar por su lenguaje corporal. El *doctor* Rudolph.

Kate guardó silencio mientras observaba atentamente a Rudolph. ¿Era el Caballero? ¿Era también Casanova? ¿O estábamos a merced de la mente de un psicópata que no lográbamos entender?

Aquella mañana la temperatura era de unos 16°C. El aire tenía una especial transparencia, como en otoño en el noreste. Kate llevaba una vieja sudadera de la facultad, zapatillas de deporte y gafas oscuras. Se había hecho cola de caballo. Una indumentaria adecuada para una vigilancia.

—Lo vigila el FBI a todas horas, ¿verdad, Alex?—me preguntó sin dejar de mirar a través de los prismáticos—. Están por aquí ahora mismo, ¿no? ¿No irá a escapar ese canalla, eh?

—Si hace cualquier cosa, *lo más mínimo* que nos indique que es el Caballero, lo detendrán. Quieren apuntarse el tanto de la detención.

Aunque lo cierto era que el FBI me permitía participar al máximo. Hasta el momento, Kyle Craig había cumplido su promesa.

Kate y yo seguimos con la mirada al doctor Will Rudolph al bajar de su BMW. Acababa de dejarlo en un parking privado frente al sector oeste del hospital. Vestía un traje de corte europeo, color marengo. Un traje caro. Llevaba coleta, de acuerdo a la moda...

Un médico de una clínica de lujo de Beverly Hills. Daba la impresión de ser un engreído. *Pero ¿era el maldito Caballero que tenía aterrorizada a la ciudad?*

Sentí el impulso de correr hacia el otro lado del parking

y dejarlo seco allí mismo. Tuve que apretar los dientes hasta dolerme las mandíbulas. Kate no podía apartar la vista del doctor Will Rudolph. ¿Sería también Casanova? ¿Sería aquélla una de las cabezas del monstruo bicéfalo?

Ambos seguimos con la mirada a Rudolph mientras cruzaba el parking. Caminaba con largas, rápidas y decididas zancadas. Parecía despreocupado. Finalmente, desapareció a través de una puerta lateral de la clínica, pintada de color gris.

—Es médico—dijo Kate meneando la cabeza—. Qué extraño, Alex. Estoy temblando *por dentro*.

Los parásitos de la radio del coche nos sobresaltaron; no obstante, pudimos oír la grave y áspera voz del agente Asaro.

—¿Lo han visto ustedes, Alex? ¿Lo han visto bien? ¿Qué opina Kate? ¿Cuál es el veredicto sobre nuestro escurridizo doctor?

Miré a Kate. En aquellos momentos, no aparentaba ser más joven, como de costumbre. No se la veía con tanta confianza en sí misma. Nuestra principal testigo era consciente de la trascendencia de su testimonio.

—No creo que sea Casanova—titubeó Kate—. No tiene la misma complexión. Es más delgado y su porte es distinto. No estoy del todo segura, pero no creo que sea él—añadió decepcionada—. Estoy casi segura de que no es Casanova, Alex. Deben de ser dos. Dos monstruosos tipos.

De modo que eran dos. ¿Competían entre sí? ¿De qué iba aquel macabro juego que jugaban los dos de costa a costa?

Capítulo 64

EN TODO SERVICIO DE vigilancia se combatía el tedio charlando de banalidades. Ya estaba acostumbrado.

Sampson y yo solíamos citar un dicho acerca de la vigilancia policial: ellos consuman el delito y nosotros nos consumimos vigilando.

—¿Cuánto puede ganar ejerciendo con éxito la medicina en Beverly Hills, Kate?—le pregunté a mi improvisada compañera de servicio.

Aún seguíamos vigilando el parking del doctor en Cedars-Sinaí. No podíamos hacer otra cosa que no quitarle ojo al BMW de Rudolph y aguardar, y charlar como dos viejos amigos frente a un portal de Washington.

—Debe de cobrar entre ciento cincuenta y doscientos dólares la visita. Lo cual nos puede llevar a la bonita cifra de quinientos o seiscientos mil dólares al año. Eso sin contar con las operaciones, Alex.

Meneé la cabeza con incredulidad y me froté el mentón con la palma de la mano derecha.

—Tendré que volver a ejercer la medicina privada. Mis hijos necesitan zapatos nuevos.

—Los echa usted de menos, ¿verdad, Alex?—dijo

Kate sonriente—. Habla usted muy a menudo de ellos. De Damon y de Jannie.

—Sí, desde luego—reconocí, también sonriente.

Kate se echó a reír. Me gustaba hacerla reír. Pensé en las agridulces historias que me contó acerca de sus hermanas, en especial de su gemela Kristin. La risa es una buena medicina.

El negro BMW seguía allí; resplandecía bajo el sol de California. «La vigilancia agota—pensé—, aunque se haga bajo un espléndido cielo californiano».

Kyle Craig me daba mucha «cancha» aquí en Los Ángeles (mucha más de la que tenía en el sur). Y también a Kate, aunque por algo lo hacía. Aplicaba la vieja máxima del *quid pro quo*. Kyle quería que yo interrogase al Caballero cuando lo detuviesen, y esperaba que lo informase de todo. Intuí que Kyle pretendía reservarse la detención de Casanova.

—¿De verdad cree que ambos asesinos compiten entre sí?—me preguntó Kate.

—Desde el punto de vista psicológico, tiene cierta lógica—le contesté—. Puede que sientan la necesidad de superar al otro. El «diario» del Caballero sería su manera de decir: ¿lo ves? Soy mejor que tú. Más famoso. Aunque la verdad es que aún no lo tengo claro. Confiarse sus fechorías puede ser para ellos más una diversión que un deseo de comunicarse. A ambos les gusta que los exciten.

—¿No le hace sentirse como si también usted fuese un canalla al imaginar todo esto?—quiso saber Kate mirándome a los ojos.

—Bueno… pues por eso quiero detener a esos dos criminales, para dejar de sentirme así.

Al cabo de un rato, vimos salir a Rudolph. Eran casi las dos de la tarde. Se dirigió directamente a su consulta privada de North Bedford, al oeste de Rodeo Drive.

La mayoría de los pacientes que visitaba allí eran mujeres. El doctor Rudolph era un especialista en cirugía plástica y, como tal, podía *crear y modelar*. Las pacientes confiaban en él y, efectivamente, todas sus pacientes… *lo elegían*.

En torno a las siete, seguimos a Rudolph hacia su casa. Seiscientos mil dólares al año, pensé. Era más de lo que podía ganar yo en una década. ¿Era lo que necesitaba ganar para ser el Caballero de la Muerte? ¿Sería también Casanova alguien con grandes medios económicos? ¿Era también médico? ¿Sería así como cometían sus crímenes «perfectos»?

Estas y otras preguntas martilleaban una y otra vez en mi cabeza.

Saqué una ficha que llevaba en el bolsillo de atrás del pantalón. Había empezado a llevar una breve lista de características de Casanova y del Caballero.

Casanova	Caballero
Coleccionista	*Deja flores. ¿Símbolo sexual?*
Harén	*Muy violento y peligroso*
Artista, organizado	*Bellezas de todas clases*
Diferentes máscaras.	*Muy organizado*
* ¿Para representar*	*Crímenes «no artísticos»*
* estados de ánimo*	*Médico*
* o personajes?*	*Frío e impersonal como un*
Asegura «amar» a sus	* matarife, un carnicero*
* víctimas*	*Ansía reconocimiento y fama*
Me conoce	*Posiblemente rico*
¿Compite con Gary Soneji?	*Vive en un ático*
¿Compite con el	*Graduado en Duke en 1986*
* Caballero de la Muerte?*	*Criado en Carolina del Norte*

Seguí reflexionando sobre la conexión entre Rudolph y Casanova mientras Kate y yo paseábamos nerviosamente frente al apartamento. Pensé en uno de los estados mentales descritos por la psicología: el llamado *síndrome G* (síndrome de los gemelos). Ahí podría estar la clave. El síndrome G podría explicar la extraña relación entre los dos monstruos. Aquel síndrome lo causaba el apremiante impulso de vincularse, por lo general entre dos personas solitarias, y una vez vinculadas se convertían en un «todo»; se hacían tan interdependientes que llegaban a obsesionarse. Y a veces, como ocurría en la realidad, los gemelos competían entre sí.

El síndrome G era como una adicción al *emparejamiento*. Como pertenecer a una secta secreta. Formada sólo por dos personas y sin contraseñas de acceso. En su forma negativa, se caracterizaba por la fusión de dos personas para satisfacer necesidades enfermizas.

Se lo comenté a Kate que, como gemela, debía de tener una opinión formada al respecto.

—A menudo, en la relación entre gemelos, domina uno de ellos. ¿Fue éste el caso entre usted y su hermana?

—Probablemente, yo fuese la figura dominante respecto de Kristin—contestó Kate—. Yo sacaba mejores notas en el colegio y era un poco mandona. En el instituto incluso me llamaban «chula». Y cosas peores, la verdad.

—La figura dominante puede asumir un rol semejante, debido a su conducta, al del modelo del varón tradicional—le dije a Kate de «médico a médico»—. Pero la figura dominante puede no ser la más hábil en cuanto a capacidad manipuladora.

—Como puede imaginar, he leído un poco acerca de este fenómeno—comentó Kate sonriente—. El síndrome

G crea una poderosísima estructura vinculante que da lugar a comportamientos muy complejos. Es algo así, ¿no?

—En efecto, doctora McTiernan. En el caso del Caballero y de Casanova, se apoyarían mutuamente. Ésa podría ser la razón de que actúen con tal precisión. Crímenes perfectos. Ambos poseen mecanismos de apoyo emocional muy eficaces.

Pero... *¿cómo se habían conocido?*, me preguntaba yo una y otra vez. ¿En Duke? ¿Habría estudiado Casanova también allí? Tendría lógica. También me recordó el caso Leopold-Loeb de Chicago. *Dos chicos muy listos, excelentes, que se entregaban a cometer actos prohibidos. Compartían ideas perversas y sucios secretos, porque se sentían solos y no tenían a nadie más con quien poder hablar... es decir, el síndrome G en su versión más destructiva.*

¿Estaría allí el principio de la solución del rompecabezas?, me pregunté. ¿Habían establecido una relación de «mentes gemelas» el Caballero y Casanova? ¿Colaboraban? ¿Qué sentido podía tener para ellos su siniestro juego? ¿En qué consistía, en realidad?

—Vamos a aguarles la fiesta a esos canallas—dijo Kate, segura de que yo estaba tan dispuesto como ella a luchar, a retirar de la circulación a los dos monstruos.

Capítulo 65

SE HABÍAN ESTABLECIDO DOS turnos de vigilancia de doce horas, de ocho a ocho.

Cabía la posibilidad de que el doctor Will Rudolph no fuese el Caballero. La periodista de *Los Angeles Times*, Beth Lieberman, quizá se equivocó. Pero ya nada podían preguntarle.

Kate y yo estuvimos charlando acerca de unos Lakers sin Magic Johnson ni Kareem; del más reciente álbum de Aaron Neville; de la relación matrimonial entre Hillary y Bill Clinton, y de qué facultad de medicina era mejor, la del John Hopkins o la estatal de Carolina del Norte.

Seguía notando entre nosotros unas extrañas vibraciones. Había sometido a Kate McTiernan a informales sesiones de terapia y, en una ocasión, la hipnoticé. Yo era consciente de mi temor a que prendiese la llama entre nosotros. ¿Por qué? Ya era hora de rehacer mi vida, de superar la pérdida de mi esposa. Sin embargo, tiempo atrás, creí haber establecido una prometedora relación con una mujer llamada Jezzie Flanagan, que terminó por dejar en mí un vacío que no me sentía con ánimo para llenar.

Kate y yo hablamos luego de temas más cercanos a nuestros sentimientos. Me preguntó por qué rehuía yo las relaciones afectivas *(porque mi esposa había muerto; porque mi última relación había fracasado; porque tenía dos hijos).* Y yo le pregunté por qué recelaba de las relaciones profundas *(temía morir de cáncer como sus hermanas; que una hipotética pareja muriese o la abandonase…; por temor a seguir perdiendo a seres queridos).*

—Tal para cual—dije meneando la cabeza.

—Quizá a ambos nos aterre perder de nuevo a un ser querido. Pero quizá sea preferible amar y perder, que vivir con temor.

Antes de que nos diese tiempo a adentrarnos por tan espinosos derroteros, vimos salir al doctor Will Rudolph. El reloj del salpicadero marcaba las 10.20 h.

Rudolph vestía completamente de negro, como si fuese a una fiesta de compromiso, con un *blazier*, jersey de cuello de cisne, pantalones ceñidos y botas. Subió a un Range Rover blanco en lugar de al BMW. Parecía recién salido de la ducha. Probablemente habría dado una cabezada. Lo envidiaba.

—El doctor de negro—dijo Kate con una irónica sonrisa—. ¿Vestido para matar?

—Quizá vaya a cenar con alguien. No es una idea muy tranquilizadora. Posiblemente primero cene con ellas y luego las mate.

—Lo que podría darnos la oportunidad de sorprenderlo en su apartamento. Menudo canalla. Menudo par de monstruos andan sueltos.

Puse en marcha el coche y fuimos tras Rudolph. No me pareció que nos siguiera ningún vehículo de apoyo del FBI, pero estaba seguro de que tenía que haberlo.

Los federales no le habían facilitado la menor información sobre el caso a la policía de Los Ángeles. Era un juego peligroso, pero bastante habitual en el FBI. Los federales se consideraban los mejores para cualquier servicio policial y la suprema autoridad. Habían decidido que aquello era una ola de crímenes de ámbito nacional y que, por lo tanto, era de su exclusiva competencia. Alguien del FBI tenía un interés muy especial en aquel caso.

—Los vampiros siempre cazan de noche—dijo Kate mientras cruzábamos Los Ángeles en dirección sur—. Ésa es la impresión que da. Un personaje que parece sacado de los horrores de Bram Stoker.

—Es un monstruo. Sólo que él se ha creado a sí mismo. Igual que Casanova. Es otra de las similitudes que hay entre ambos. Bram Stoker y Mary Shelley no hacían sino escribir sobre monstruos humanos que merodeaban por el mundo. Ahora, en cambio, tenemos psicópatas empeñados en hacer reales sus más viles fantasías. ¡Qué país!

—Pues... ya sabe: ámelo o déjelo—ironizó Kate.

Al principio de mi carrera en el cuerpo, cumplí con tantos servicios de vigilancia como para acabar harto. Y me «doctoré» en vigilancia durante el caso Soneji/Murphy. Tenía que reconocer que los federales californianos no lo hacían nada mal.

Los agentes Asaro y Cosgrove se comunicaron con nosotros por radio en cuanto volvimos a arrancar. Formaban la unidad de seguimiento de Will Rudolph. *Pero seguíamos sin saber si el doctor Rudolph era el Caballero.* No teníamos pruebas. Aún no podíamos hacer nada contra él.

Al llegar a Sunset Drive, el Range Rover de Rudolph siguió hacia el enlace con la autopista Pacific Coast.

Luego, enlazó con la N-1. Reparé en que ponía mucho cuidado en no rebasar el límite de velocidad dentro del área metropolitana de Los Ángeles. Pero en cuanto hubo rebasado la divisoria, pisó a fondo.

—¿Adónde puñeta va a tal velocidad? Voy a echar hasta la primera papilla—confesó Kate.

—Ir a esta velocidad de noche asusta a cualquiera. En fin, no tendré más remedio que seguirlo, pero con cuidado.

Daba la impresión de que estuviésemos «a solas» con él. ¿Adónde iba? ¿De caza? Si se ajustaba a su hipotético *modus operandi*, iría a matar a alguien. Tenía que estar furioso.

Resultó ser un largo trayecto. Las estrellas iluminaban la noche californiana. Seis horas después aún íbamos por la N-1. El Range Rover se detuvo al fin frente a una señal de madera que, entre otros lugares, indicaba el Parque Estatal Big Sur.

Como para confirmar que estábamos realmente en Big Sur, pasamos frente a una vieja camioneta en cuyo parachoques había un adhesivo que decía: «Vean el colapso industrial».

—Vean al doctor Will Rudolph fulminado por un infarto—masculló Kate.

Miré el reloj al dejar la autopista.

—Son más de las tres. A este paso, se le va a hacer tarde a nuestro Caballero para crearse serios problemas esta noche—dije, confiando en que así fuese.

—Esto podría *probar* que es un vampiro—musitó Kate, que llevaba horas con los brazos cruzados, visiblemente tensa—. Va a dormir en su féretro favorito.

—Exacto. Y entonces le clavaremos una estaca en el corazón.

Estábamos medio adormecidos. Yo me tomé una aspirina durante el trayecto, pero Kate la rechazó. Dijo que le habían administrado tantas drogas que sentía aprensión ante la más inofensiva de las pastillas.

Llegamos a un cruce en el que había numerosas señales: Point Sur, Pfeiffer Beach, Big Sur Lodge, Ventana, Esalen Institute.

Will Rudolph enfiló en dirección a Big Sur Lodge, Sycamore Canyon y Bottchers Gap Campgrounds.

—Confiaba en que fuese hacia Esalen—ironizó Kate—. Así aprendería a meditar, a olvidarse de su empanada mental o, por lo menos, a comérsela él solito.

—¿Qué diantre debe de querer hacer esta noche?—me pregunté en voz alta.

¿Qué se proponían él y Casanova? No acertaba a comprenderlo.

—Acaso su escondrijo esté aquí en este bosque, Kate—aventuré—. Puede que tenga una casa de los horrores como Casanova.

Volví a pensar en el síndrome de los gemelos. Cada vez lo veía más lógico. Debían de apoyarse. Pero ¿dónde se reunían? ¿Salían juntos de caza? Sospeché que sí.

El blanco Range Rover caracoleaba por una sinuosa carretera secundaria. Viejas y umbrías secuoyas se alzaban a ambos lados de la autopista. Una pálida luna llena parecía seguir al Rover.

Dejé que me ganase un poco más de delantera... hasta perderlo de vista. Los enormes abetos parecían huir de nosotros por ambas cunetas. Los faros iluminaron una gran señal de color amarillo brillante: «Firme muy peligroso. Impracticable con lluvia».

—¡Está ahí mismo, Alex!—exclamó Kate demasiado tarde—. ¡Se ha detenido!

El Caballero fulminó con la mirada nuestro coche cuando rebasamos su Range Rover.

Nos había visto.

Capítulo 66

EL DOCTOR WILL RUDOLPH giró por un desigual camino de tierra y gravilla que apenas se veía desde la carretera.

Estaba agachado dentro del Rover recogiendo quién sabe qué del asiento trasero. Le dirigió una fría e inquisitiva mirada a nuestro coche al verlo pasar.

Seguí por la carretera asfaltada, flanqueada por retorcidas ramas que le daban un lóbrego aspecto. A poco menos de un kilómetro, después de una pronunciada curva, reduje la velocidad y me detuve en la cuneta. Una señal indicaba «curvas peligrosas».

—Se ha detenido frente a una cabaña—les comuniqué a los federales a través de la radio—. Ha bajado del Rover y va a pie.

—Lo hemos visto. Lo tenemos, Alex—contestó John Asaro—. Estamos al otro lado de la cabaña, que parece estar a oscuras. Pero… ahora enciende las luces. *Tierra grande del sur*, llamaron los españoles a esta región cuando llegaron. Un bonito lugar para cazar a ese cabrón.

Kate y yo bajamos del coche. Ella estaba un poco pálida, y no era de extrañar. Debíamos de estar a unos 7 °C, o incluso menos. El aire que llegaba de la montaña era cortante. Kate temblaba, pero no sólo de frío.

—Pronto lo atraparemos—le dije—. Empieza a cometer errores.

—Podría ser otra casa de los horrores. Tenía usted razón—me dijo ella con voz queda. Miraba con fijeza hacia adelante. No la había visto nunca tan inquieta desde que hablé por primera vez con ella en el hospital—. Tengo la misma sensación que allí, Alex... Casi idéntica. Es horrible. No soy muy valiente, ¿verdad?

—Si he de serle sincero, Kate, tampoco yo me siento muy valiente en estos momentos.

La densa bruma parecía prolongarse sin solución de continuidad. Se me hizo un nudo en el estómago al adentrarnos por la espesa vegetación, en dirección a la cabaña. El viento aullaba entre las copas de las secuoyas y de los abetos.

—¡Mierda!—musitó Kate a modo de definición de la nochecita que hacía.

—Eso como mínimo—ironicé.

Tierra grande del sur... a las tres de la madrugada. Rudolph había elegido un lugar tan solitario que parecía estar en el más remoto confín de la Tierra. También Casanova tenía una casa en el corazón de un bosque, en el sur. Una casa «fantasma» en la que coleccionaba jóvenes mujeres.

Pensé en el siniestro «diario» de *Los Angeles Times.* ¿Y si *aquellos* psicópatas habían trasladado a Naomi allí o a cualquier otro lugar semejante de las inmediaciones? Me detuve. El sonido de las campanillas del porche, agitadas por el viento, sobrecogía en aquellas circunstancias. La cabaña estaba pintada de rosa, con las puertas y las ventanas blancas. Parecía una apacible casita de veraneo.

—Nos ha dejado una luz encendida—musitó Kate detrás de mí—. Recuerdo que Casanova solía poner música «rockera» cuando estaba en la casa.

Me percaté de que le resultaba doloroso volver a pensar en su secuestro, tener que revivirlo.

—¿Le recuerda algo esa cabaña?—le pregunté.

Yo trataba de serenarme, de prepararme por si teníamos que enfrentarnos a Casanova.

—No. Sólo la vi por dentro, Alex. Confiemos en que no desaparezca.

—La verdad es que, en estos momentos, confío en muchas cosas. Añadiré ésa a mi lista.

La cabaña tenía forma de A y, probablemente se había construido como casa de verano o segunda residencia para los fines de semana. A juzgar por su aspecto, debía de tener tres o cuatro dormitorios.

Cuando ya estábamos bastante cerca desenfundé mi Glock, un arma concebida para las grandes ciudades, porque pesaba apenas medio kilo, cargada, y se podía ocultar con facilidad.

Kate me siguió hacia un claro que hacía las veces de patio trasero de la cabaña. Había dos luces encendidas. Una era la del porche delantero. La otra estaba en la parte trasera de la cabaña, y hacia allí me encaminé. Le indiqué a Kate con un ademán que no se moviera de donde estaba.

«Este tipo podría ser realmente el Caballero—me alerté—. Tómatelo con calma. También podría ser una trampa. Aquí podría ocurrir cualquier cosa. No cabe aventurar nada de ahora en adelante».

Miré por la ventana de un dormitorio. Yo estaba a menos de diez pasos de la cabaña y, probablemente, del asesino en serie que aterrorizaba a la costa Oeste del país.

Y entonces lo vi.

El doctor Will Rudolph paseaba de un lado a otro del pequeño dormitorio de paredes de madera. Hablaba solo. Parecía muy nervioso. *Se abrazaba* con fuerza. Al acercarme más, advertí que sudaba profusamente. No daba la impresión de encontrarse muy bien. La escena me recordó a las «habitaciones tranquilas» de los hospitales psiquiátricos, en las que, a veces, se instala a los pacientes para que se desahoguen de sus problemas y de sus erráticas emociones.

De pronto, Rudolph le gritó a alguien... *Pero no había nadie más en el dormitorio.*

Estaba rojo como un tomate y seguía gritándole enfurecido a... nadie. No había nadie.

Más que gritar, vociferaba. Parecía que fuesen a estallarle las venas. Verlo en aquel estado me estremeció y empecé a retroceder lentamente.

Aún podía oír su voz. Sus palabras retumbaban en mis oídos:

—¡Maldito Casanova! *¡Kiss the girls! ¡Kiss the girls* tú mismo de ahora en adelante!

Capítulo 67

—¿QUÉ HACE CROSS?—LE preguntó el agente Asaro a su compañero.

Estaban ambos en el espeso bosque, al otro lado de la cabaña de Big Sur. A Asaro la cabaña le recordó el primer álbum de The Band, «Music from Big Pink». No le hubiese extrañado que, de un momento a otro, surgiesen de la bruma hippies e «hijas de las flores».

—Puede que Cross sea un *voyeur*, Johnny. ¿Qué coño quieres que sepa yo? Es un gurú sicoanalista, un psicoanalista. Y uno de los hombres de confianza de Kyle Craig—dijo Ray Cosgrove encogiéndose de hombros.

—¿Significa eso que puede hacer lo que se le antoje?

—Probablemente—admitió Cosgrove volviendo a encogerse de hombros. Había sido testigo de demasiados «tratos especiales» desde que estaba en el FBI para escandalizarse—. Por lo pronto, nos guste o no, tiene las bendiciones de Washington.

—Odio Washington con tan arrebatada pasión, que dudo de que se extinga nunca—soltó Asaro.

—Todo el mundo odia Washington, Johnny. En segundo lugar, te confesaré que Cross me parece un gran profesional. No es de los que sólo pretenden colgarse medallas. Y en tercer lugar—prosiguió Cosgrove, que era mayor y tenía más experiencia que su compañero—, lo más importante: no tenemos ninguna prueba concluyente de que el doctor Rudolph sea el escurridizo asesino que buscamos. De lo contrario, ya habríamos llamado a la policía de Los Ángeles, al Ejército, a la Armada y a los marines.

—Puede que la difunta Beth Lieberman cometiese un error al archivar su nombre en el ordenador.

—Está claro que algún error cometió, Johnny. A lo mejor, su intuición le falló.

—¿Y si Will Rudolph hubiese sido su amante y no hubiera hecho más que juguetear con su nombre?

—Lo dudo. De todas maneras, es una posibilidad—dijo Cosgrove.

—Así que hemos de dedicarnos a vigilar al doctor Rudolph y a observar cómo el doctor Cross vigila a su vez al doctor Rudolph, ¿no?—comentó el agente Asaro.

—Ya veo que lo captas.

—Puede que el doctor Cross y la doctora McTiernan nos proporcionen un poco de diversión.

—Bueno… en estas cosas nunca se sabe—dijo sonriente Raymond Cosgrove, quien tenía la sensación de que no hacían más que dar palos de ciego, pero no sería la primera vez.

Se trataba de un caso tan importante como desagradable. Se había convertido en un caso federal, y cualquier pista sería seguida sin desmayo. Dos asesinos en serie, que colaboraban de costa a costa, era como para movilizar a todos los agentes. De modo que él, Asaro y otros dos compañeros del FBI merodearían por los bosques del

Big Sur durante la noche, hasta la madrugada si era necesario. Vigilarían la cabaña de un cirujano plástico de Los Ángeles que podía ser un asesino pero, también, sólo un cirujano.

Observarían a Alex Cross y a la doctora McTiernan y aventurarían opiniones acerca de ambos. Sin embargo, Cosgrove no estaba de humor para nada de todo aquello. Por otro lado, el caso era muy importante. Por consiguiente, si detenía al Caballero podía verse convertido en un héroe. Y si lo llevaban a la pantalla, pediría que lo encarnase Al Pacino, todo un especialista en personajes de origen hispano, ¿verdad?

Capítulo 68

KATE Y YO RETROCEDIMOS hasta situarnos a una prudente distancia de la cabaña. Luego, nos ocultamos detrás de una fronda de gruesos abetos.

—Lo he oído gritar. ¿Qué ha visto usted, Alex?

—Al diablo—dije sin mentir—. He visto a un tipo maligno y fuera de sí que hablaba solo. Si no es el Caballero, lo imita muy bien.

Durante las horas que siguieron, nos turnamos para vigilar la cabaña de Rudolph. Así pudimos descansar los dos un poco. Hacia las seis de la madrugada me encontré con los federales, que me dieron un *walkie-talkie* de bolsillo, por si necesitábamos comunicarnos con urgencia. Yo aún seguía preguntándome hasta qué punto me habrían contado todo lo que sabían.

Vimos aparecer de nuevo al doctor Will Rudolph en el porche delantero de su cabaña a la una de la tarde del sábado.

La azulenca bruma se había disipado. Los arrendajos chillaban. En otras circunstancias, habría sido un precioso paraje para pasar un fin de semana.

El doctor Rudolph se duchó en un encalado cobertizo

de la parte trasera de la casa. Era un tipo atlético. Tenía los músculos del estómago muy marcados (parecía una de aquellas viejas tablas que se usaban para frotar la ropa de la colada). Además, daba la impresión de ser muy ágil y estar en plena forma. Bailaba bajo la ducha con cierta elegancia de movimientos, pese a su desnudez. *El Caballero.*

—Tiene una increíble confianza en sí mismo, Alex— dijo Kate al ver a Rudolph desde el bosque—. Mírelo.

Todo parecía muy extravagante y ritual. ¿Sería aquella danza parte de sus cruentas ceremonias?

Cuando hubo terminado de ducharse, cruzó el patio hasta un parterre de flores silvestres. Cogió una docena de flores y volvió al interior de la casa.

¡Ya tenía el Caballero sus flores! ¿Y ahora qué?

A las cuatro de la tarde, Rudolph volvió a salir por la puerta de tela metálica de la parte trasera de la cabaña. Llevaba unos tejanos negros muy ceñidos, una camiseta blanca corriente con bolsillo y sandalias negras de piel.

Rudolph subió al Range Rover y se dirigió hacia la N-1.

A cosa de tres kilómetros de la carretera de la costa, se detuvo frente a un café-restaurante llamado Nepenthe. Kate y yo aguardamos en la arenosa cuneta de la carretera y luego seguimos al Range Rover hasta un atestado parking. Desde unos altavoces camuflados entre los árboles nos llegaban las notas de *Electric Ladyland* de Jimi Hendrix.

—Puede que sólo sea un excéntrico médico de Los Ángeles—dijo Kate mientras buscábamos un hueco libre en el parking.

—No. Es el Caballero. Es nuestro matarife californiano—dije, convencido de que así era, después de haberlo observado desde la noche anterior.

Nepenthe estaba muy concurrido. La mayoría era «gente guapa» de entre veinte y treinta años, pero también había algunos hippies ya entrados en años (incluso más de un sesentón). Vaqueros descoloridos, bañadores de moda y calzado carísimo por todas partes.

Había muchas mujeres atractivas, jóvenes, esbeltas, menuditas y de todas las etnias...

Kiss the girls.

Yo había oído hablar de Nepenthe. Hizo furor en los sesenta. Pero ya antes de que se hiciese famoso, Orson Wells compró aquel precioso local para Rita Hayworth.

Kate y yo observamos cómo se comportaba el doctor Rudolph en la barra. Se mostraba educado. Sonreía al barman y pasaba concienzuda revista a las mujeres hermosas. Sin embargo, ninguna debía de parecerle lo bastante atractiva. Luego, se aventuró a salir a una terraza que daba al mar. La ambientación musical recordaba el rock de los años setenta y ochenta: The Grateful Dead, The Doors, The Eagles. En aquellos momentos sonaba *Hotel California*.

—No ha podido elegir un lugar más bonito, sea lo que sea lo que se proponga.

—Lleva seis y busca a la séptima—dije.

A lo lejos, en una inaccesible cala, se veían pelícanos, cormoranes y leones marinos. Me hubiese gustado que Damon y Jannie estuviesen allí para verlo (en circunstancias distintas a las que ahora me encontraba, claro está).

Salimos a la terraza y cogí de la mano a Kate.

—Así pareceremos una pareja—le dije guiñándole el ojo.

—A lo mejor lo somos—correspondió ella risueña.

Vimos que Rudolph se acercaba a una rubia bellísima. Era su tipo, el tipo del Caballero. De poco más de veinte años. Estilizada. Cara bonita. «Pero también es el tipo de Casanova», me dije.

Su ondulada y resplandeciente melena rubia le llegaba a la cintura. Llevaba un vestido rojo y amarillo con flores estampadas. El bajo le llegaba hasta unas rústicas botas de estilo europeo. Llevaba una copa de champán en la mano derecha y parecía flotar.

Empezaba a ponerme nervioso el no haber visto aún a los agentes Cosgrove y Asaro.

—Es bonita, ¿verdad? Preciosa—me susurró Kate—. No podemos permitir que le haga daño, Alex. Hemos de impedir que haga con ella lo que ha hecho con las demás.

—Y no se lo vamos a permitir, pero tenemos que atraparlo in fraganti y poderlo acusar, como mínimo, de secuestro. Necesitamos tener pruebas de que es el Caballero.

Al fin vi a John Asaro en la atestada barra principal. Llevaba una ajustada camiseta Nike, de vivo color amarillo. No vi a Ray Cosgrove ni a los demás agentes, y me dije que era una buena señal.

Rudolph y la joven rubia parecían haber sintonizado de inmediato. Ella daba la impresión de ser una persona amante del bullicio. Tenía una dentadura perfecta que relucía cada vez que sonreía. Llamaba la atención.

Estábamos viendo al Caballero metido en faena, ¿no?

—Sale de caza y… se las liga, así por las buenas—dijo Kate haciendo un chasquido con los dedos—. Se las lleva de calle. Así de sencillo… Con esa planta, consigue lo que quiere, Alex—añadió—. Tiene pinta de elegante inconformista, y es guapísimo. Una combinación irresistible para ciertas mujeres. Ella deja que crea que ha sido su agradable conversación lo que la ha atraído, pero en realidad es pura y simplemente porque es un guaperas.

—O sea, que es *ella* quien se lo liga, ¿no?

—Sí—contestó Kate, que no les quitaba ojo—. Es ella quien se ha ligado al Caballero, aunque a él también le guste, claro. Apuesto a que es siempre así como procede, y la razón de que nunca lo atrapen.

—Pues... no es así como actúa Casanova.

—Quizá porque Casanova no sea un hombre apuesto—dijo Kate mirándome—. Eso podría explicar que lleve siempre máscaras. A lo mejor es feo, está desfigurado o se avergüenza de su aspecto.

Yo tenía otra hipótesis acerca de Casanova y de sus máscaras, pero preferí no decir nada todavía.

El Caballero y su nuevo «ligue» pidieron hamburguesas a la ambrosía (la especialidad de la casa). Kate y yo comimos lo mismo. Hacia las siete se dispusieron a marcharse.

Nosotros pedimos la cuenta. En otras circunstancias, habría sido una tarde deliciosa. Nuestra mesa daba al mar. Oíamos el agua batir los negros bloques del rompeolas y a los leones marinos ladrar.

Reparé en que el Caballero y la rubia no se tocaban mientras se dirigían al parking. Supuse que uno de los dos se sentía algo cohibido.

El doctor Will Rudolph le abrió cortésmente la puerta del Rover a la rubia, que reía divertida al subir. Él le dirigió una leve y elegante inclinación de cabeza. *El Caballero.*

«Ha sido ella quien se lo ha ligado a él—pensé—. De modo que, de momento, no hay secuestro que valga. La rubia sube al coche por propia voluntad».

No teníamos nada en qué basarnos para acosarlo.

Crímenes perfectos.

De costa a costa.

Capítulo 69

SEGUIMOS AL RANGE ROVER a prudente distancia, de vuelta a la cabaña.

Cuando ellos se detuvieron, seguimos por la carretera y aparqué a unos quinientos metros. Me latía el corazón con fuerza. Era la hora de la verdad.

Kate y yo retrocedimos a pie por el bosque y nos apostamos tras unos árboles. Estábamos a menos de cincuenta metros del escondrijo del doctor Rudolph. Empezaba a espesarse la bruma. Yo tenía los pies helados.

El Caballero estaba en la cabaña que tenía a tiro de piedra. ¿Qué haría?

Se me hizo un nudo en la garganta. Sentí el impulso de ir a por él de mala manera. No quería ni pensar cuántas veces podía haber hecho lo mismo el doctor Rudolph: atraer a una joven hacia un determinado lugar, mutilarla y llevarse a casa los pies, los ojos o el corazón. «Souvenirs» de su montería.

Miré el reloj. Rudolph llevaba en la cabaña sólo unos minutos con la rubia del Nepenthe. Vi movimiento al otro lado de la casa. Los federales estaban allí.

—¿Y si la mata, Alex?—preguntó Kate, arrimada a mí.

Notaba el calor de su cuerpo. Ella sabía muy bien cómo se sentía una mujer prisionera en la casa de los horrores. Comprendía mejor que nadie el peligro que corría aquella joven.

—No apresa a sus víctimas y las mata inmediatamente. El Caballero tiene un característico *modus operandi*—le expliqué a Kate—. Ha mantenido a todas sus víctimas con vida durante un día. Le gusta jugar. No creo que empiece ahora a cambiar de modo de actuar.

Se lo dije así porque así lo creía, aunque no estaba seguro. Acaso el doctor Rudolph supiera que lo vigilábamos... Acaso quisiera que lo detuviésemos. Todo se reducía a eso: quizá, acaso, pudiera ser que...

Recordé la operación de vigilancia que montamos en el caso Gary Soneji/Murphy. Era difícil dominarse para no irrumpir por las bravas en la cabaña. Jugárnosla en aquel momento. Dentro podíamos encontrar pruebas de otros asesinatos. A lo mejor, las partes del cuerpo que faltaban en los cadáveres hallados estaban allí. Quizá fuese aquella cabaña de Big Sur el lugar en el que mataba a sus víctimas. O posiblemente nos reservara una sorpresa. El drama se desarrollaba a menos de cincuenta metros de donde nosotros estábamos.

—Voy a intentar acercarme un poco más. He de ver qué ocurre.

—Uff... creí que no iba a decidirse—exclamó Kate aliviada.

Antes de que me diese tiempo a dar un paso, oímos gritos sobrecogedores procedentes de la cabaña.

—¡Socorro! ¡Socorro! ¡Que alguien me ayude!

Era una voz de mujer. Sin duda era la rubia.

Eché a correr hacia la puerta más cercana. Y lo

mismo hicieron Asaro, Cosgrove y otros tres agentes desde el otro lado de la cabaña. *FBI*. Las impermeables letras amarillas destacaban sobre el azul marino de la tela.

La refriega sería inevitable. Estábamos a punto de enfrentarnos al Caballero.

Capítulo 70

FUI EL PRIMERO EN llegar o, por lo menos, eso creí. Cargué contra la puerta de madera de la parte de atrás de la cabaña, pero no cedió. Mi segunda embestida astilló el marco y la puerta se abrió entonces con un sordo crujido.

Pistola en mano, me asomé a la pequeña cocina y seguí por un estrecho pasillo que conducía a un dormitorio.

La rubia del Nepenthe estaba desnuda, acurrucada sobre el lado izquierdo, encima de una antigua cama metálica. El cuerpo estaba semicubierto de flores silvestres. Tenía las muñecas esposadas a la espalda. Se quejaba de dolor.

El Caballero se había esfumado.

Sonó un disparo en el exterior y luego varios más en rápida sucesión, como una traca.

—¡No lo maten!—grité saliendo a todo correr de la cabaña.

Todo el derredor era un caos. El Range Rover parecía un animal enloquecido. Dos de los agentes del FBI yacían en el suelo. Uno de ellos era Cosgrove. Los otros disparaban sin cesar al Range Rover. Una de las ventanillas reventó. La chapa parecía un colador. El todoterreno daba bruscos bandazos. Los neumáticos proyectaban una ascendente lluvia de polvo y grava.

—¡No lo maten!—volví a gritar.

Era tal la confusión que los agentes ni siquiera me miraron. Tal vez ni me oyesen. Corrí en perpendicular en dirección al todoterreno, con la idea de dar caza a Rudolph en el recodo que había antes del tramo asfaltado que enlazaba con la autopista.

Llegué al recodo justo en el momento en que el Rover cogía la curva haciendo rechinar los neumáticos. Un disparo de los federales reventó la ventanilla del lado del acompañante. ¡Maravilloso! ¡Ahora me disparaban a mí también!

Agarré la manecilla de la puerta del Rover y tiré con fuerza. No se abrió. Rudolph pisó el acelerador, pero no me solté. El Rover dio un bandazo, todavía en el tramo de grava. Aquello me permitió agarrarme al portaequipajes con la mano izquierda y auparme al techo del vehículo.

Al llegar al tramo asfaltado, Rudolph aceleró y, a menos de cien metros, frenó en seco.

Yo ya contaba con ello y, por consiguiente, no me pilló desprevenido. Pegué la cara a la chapa metálica, que aún estaba caliente, tras varias horas bajo el sol en el descubierto parking del Nepenthe. Me aferré al portaequipajes con todas mis fuerzas.

No iba a bajar de allí a menos que explotase el vehículo. Aquel canalla había matado, por lo menos, a seis mujeres en los alrededores de Los Ángeles. Tenía que averiguar si Naomi seguía con vida. Además, Rudolph conocía a Casanova.

Rudolph dio otro acelerón. El motor rugía como si compartiese la rabia de su conductor por no poder deshacerse de mí. Iba haciendo eses.

Los árboles y los viejos postes del tendido telefónico parecían abalanzarse sobre mí a toda velocidad: pinos, secuoyas y sicomoros formaban dos caleidoscopios laterales. Sentí vértigo. Tuve que hacer acopio de toda mi energía para no soltarme de las barras del portaequipajes.

Rudolph conducía a una velocidad temeraria por la sinuosa carretera. Iba a más de 130 km/h pese a que rebasar los 80 km/h ya era un serio peligro.

Los agentes del FBI (los que quedaban) no habían podido alcanzarlo. Era imposible, ya que habrían tenido que correr a sus vehículos, que estaban bastante más lejos de la cabaña que el Rover. Debíamos de llevarles varios minutos de delantera.

Otros coches nos rebasaron a medida que nos acercábamos a la autopista Pacific Coast. Los conductores nos dirigían miradas de asombro. Me pregunté qué debía de pensar Rudolph, porque ya no le hacía dar bandazos al vehículo con la idea de hacerme salir despedido del portaequipajes. ¿Qué opciones tenía? Lo que más me preocupaba era lo que planease hacer a continuación.

Estábamos provisionalmente uno a merced del otro, aunque uno de los dos no tardaría en perder. Will Rudolph había actuado siempre con suficiente inteligencia para que no lo atrapasen. Debía de confiar en que tampoco esta vez lograrían detenerlo. Sin embargo, yo no acertaba a comprender cómo pensaba librarse.

Oí el sordo ruido del motor diésel de una furgoneta y *vi* que la parte trasera del vehículo se precipitaba hacia nosotros. Pero con un medido golpe de volante, Rudolph la esquivó y la rebasamos como una exhalación.

Se veía muy poco tráfico en dirección contraria a medida que nos acercábamos a la N-1. Casi todos eran jovencitos que iban a divertirse por los alrededores. Varios señalaban hacia el Rover, seguramente pensando que se trataba de una broma. Algún «carroza» harto de tequila o algún joven atiborrado de pastillas. Y no era para menos pensar así, viendo a un tipo en el portaequipajes de un Rover que iba a más de 130 km/h.

¿Qué demonios pensaría hacer Rudolph?

El doctor no reducía la velocidad. Los motoristas que circulaban por el carril contrario tocaban furiosamente la bocina. Sin embargo, nadie hizo nada para detenernos. ¿Qué podían hacer? ¿Y qué podía hacer yo?

Seguir aferrado a las barras del portaequipajes y... rezar.

Capítulo 71

UN BRILLANTE DESTELLO GRIS azulado, procedente del océano, se filtró por la densa malla de ramas de secuoyas y de abetos.

Oía música de rock que atronaba desde la lenta caravana formada por los vehículos que nos precedían. Un *collage* musical impregnaba el aire: música pop que estuvo de moda treinta años atrás.

Otro destello del azul Pacífico me dio en los ojos. El sol poniente extendía su dorado resplandor por los abetales. Las golondrinas y las gaviotas sobrevolaban las frondas. De pronto, avisté la ancha franja de la autopista Pacific Coast.

¿Qué demonios se proponía Rudolph? No podía volver a Los Ángeles de aquella manera. ¿O estaba lo bastante loco como para intentarlo? Tarde o temprano tendría que detenerse para repostar. ¿Qué haría entonces?

En dirección norte, el tráfico por la autopista era muy fluido, pero muy denso en dirección sur. El Rover seguía a más de 100 km/h, una velocidad temeraria en las proximidades del ramal que enlazaba con la autopista.

Pero Rudolph seguía sin reducir la velocidad. Yo veía

furgonetas familiares, descapotables, vehículos todo-terreno… Otra febril noche de sábado en la costa norte californiana. Una noche febril que estaba a punto de serlo bastante más de lo habitual.

Estábamos ya a cincuenta metros de la autopista, y no sólo no había reducido la velocidad sino que la había aumentado. Yo tenía los brazos entumecidos y agarrotados. Y la boca seca de tanto respirar el humo de los tubos de escape. No sabía cuánto tiempo iba a poder seguir resistiendo allí arriba.

No obstante, de pronto creí adivinar lo que Rudolph se proponía hacer.

—¡Maldito cabrón!—grité como si pudiera oírme, a la vez que me aferraba aún con más fuerza a las barras del portaequipajes.

Rudolph había improvisado un plan de huida. Estaba ahora a menos de quince metros del tráfico de la autopista. Justo al llegar a la pronunciada curva del ramal de entrada, frenó en seco. Los neumáticos chirriaron de un modo sobrecogedor (especialmente sobrecogedor para mí).

—¡Reduce, imbécil!—gritó un barbudo que conducía una furgoneta multicolor.

¿A qué imbécil se refería?, me dije. ¿Al de arriba o al de abajo? Porque el de arriba, más que «reducir» lo que quería era *parar*.

El Rover mantuvo la estabilidad durante unos metros. Pero al momento empezó a colear, a izquierda y derecha. En cuestión de segundos, se formó un verdadero caos. Sonaban bocinas por todas partes. Los conductores y los pasajeros miraban atónitos el número circense del Rover y sus «ocupantes», por así decirlo.

Rudolph cometía una imprudencia tras otra a propósito. Quería que el Rover perdiese el control. Más que rechinar, los neumáticos parecían chillar como cerdos degollados.

¡Íbamos en dirección contraria y marcha atrás!

Nos estrellaríamos. Y nos íbamos a matar los dos. La imagen de Damon y de Jannie se me representó como en el fotograma de una película.

No tengo ni idea de a qué velocidad íbamos al chocar con una furgoneta de color gris plateado. Ni siquiera intenté seguir aferrado a las barras del portaequipajes. Me concentré en relajarme, prepararme para un inminente impacto, probablemente mortal.

Grité, pero mi grito quedó ahogado por los gritos de quienes presenciaron el aparatoso choque y por el clamoreo de las bocinas.

Salí catapultado del portaequipajes y remonté el vuelo hacia el río del tráfico, entre ensordecedores gritos y un concierto de bocinas. Volaba por la bruma adensada por el humo de los tubos de escape, en dirección a la franja que separaba la autopista del mar. Me detuvieron las ramas de un abeto, y mientras caía por las ramas inferiores, desgarrándome la piel, tuve la certeza de que el Caballero lograría escapar.

Capítulo 72

ESTABA MAGULLADO Y LLENO de hematomas a causa de mi aterrizaje forzoso en el abetal, pero no parecía tener ningún hueso roto.

Un equipo de primeros auxilios me atendió en el lugar del accidente en la N-1. Quisieron llevarme a un hospital cercano para someterme a un reconocimiento y tenerme en observación, pero les aseguré que tenía otros planes para la velada.

El Caballero andaba suelto. Habían encontrado el Rover, pero no al doctor Rudolph.

Al llegar al lugar del accidente, Kate se enfureció. También quería a toda costa que me llevasen al hospital, en el que estaba ingresado el agente Cosgrove. Tuvimos una acalorada discusión, pero al fin Kate y yo cogimos el puente aéreo de la Airwest en Monterrey, de vuelta a Los Ángeles.

Yo había hablado ya un par de veces con Kyle Craig. Los agentes del FBI estaban en el apartamento del doctor Rudolph en Los Ángeles, aunque nadie esperaba que Rudolph volviese allí. Lo estaban registrando de arriba abajo y yo quería estar presente. Necesitaba ver cómo vivía el Caballero.

Durante el vuelo, Kate continuó preocupada por mi estado físico, casi como si fuese mi médico de cabecera, amable y solícita, pero también firme, ante un paciente tan rebelde como yo.

—Tiene que ir al hospital en cuanto lleguemos a Los Ángeles—me dijo posando su mano delicadamente bajo mi mentón, como para obligarme a mirarla a los ojos—. En serio. Iremos al hospital en cuanto aterricemos. ¡Eh! Escúcheme, por lo menos...

—La escucho, Kate. Y estoy de acuerdo, pero...

—Nada de peros. Ha de ir al hospital.

Era consciente de que Kate tenía razón. Sin embargo, por lo menos aquella noche, yo no tenía tiempo para reconocimientos médicos. El rastro del doctor Will Rudolph estaba todavía fresco. Cabía la posibilidad de detenerlo en las próximas horas. Era una remota posibilidad, pero si aguardábamos un día más acaso perdiésemos del todo su rastro.

—Podría tener una hemorragia interna, aunque no note nada en estos momentos—persistió Kate—. Podría morir aquí mismo en el avión.

—Estoy magullado. Tengo varios hematomas y contusiones. Y me duele todo. No voy a negarlo. Pero he de ver ese apartamento antes de que lo destrocen, Kate. He de ver cómo vive ese cabrón.

—¿Con más de medio millón al año? Créame: vive muy bien—replicó Kate—. En cambio, usted podría tener algo grave. Incluso a los aviones se les dan mal los aterrizajes forzosos.

—Tenga en cuenta que soy negro. Tuvimos que aprender a salir... despedidos. Aprendimos a rebotar.

No me rió la gracia. Cruzó los brazos y miró por

la ventanilla del avión. Era la segunda vez que se enfadaba conmigo en pocas horas. Eso debía de significar que yo le importaba.

Kate sabía que tenía razón y no iba a desistir. Me gustaba que se preocupase por mí. *Éramos amigos*. La amistad entre hombres y mujeres era casi una fantasía en los noventa. Kate McTiernan y yo nos habíamos hecho amigos en momentos en que ambos lo necesitábamos.

—Me gusta que seamos amigos—le dije a Kate en tono confidencial.

No me daba miedo hablarle en tono cariñoso, casi como si lo hiciese con mis hijos.

Ella no apartó la vista de la ventanilla. Seguía cabreada conmigo. Y probablemente con razón.

—Si de verdad fuese amigo mío, me escucharía cuando lo que le digo es porque estoy muy preocupada por usted. ¿Es que no se da cuenta de que hace sólo unas horas ha tenido un accidente... de aviación? ¿Sabe cuántos metros había desde el abetal al fondo del barranco en el que lo encontraron? Más de diez.

—Pero *reduje* en el abeto.

Kate ladeó la cabeza y me apuntó al corazón con el índice de la mano derecha.

—Está bien, *Alex*. Estoy muy preocupada por ti, tanto que tengo el corazón en un puño.

Era la primera vez que me tuteaba. Y me sonó muy bien. Tendría que corresponder.

—Es lo más bonito que me ha dicho nadie desde hace meses. En una ocasión, me hirieron de un disparo y Sampson estuvo preocupadísimo por mí... durante un minuto.

Sus bonitos ojos castaños se fijaron en los míos.

—Yo me dejé ayudar en Carolina. Dejé que me

hipnotizases. ¿Por qué no me dejas que te ayude yo ahora, Alex?

—Estoy en ello—le dije sonriente, y no le mentía—. *Los* policías nos empeñamos en dar siempre la imagen de duros. Detestamos que nos ayuden. En esto somos muy clásicos. Y a la mayoría nos gusta ser así.

—¡Vamos, Alex! ¡Déjate de rigodones psicológicos! Con eso no haces más que alimentar tu ego. Tú no eres así.

—Cierto. *No soy así, con este aspecto.* Pero es que he tenido un accidente aeroterrestre, ¿lo recuerdas?

Seguimos por el mismo tenor durante el resto del vuelo a Los Ángeles. No obstante, cuando ya faltaba poco para llegar, me adormecí con la cabeza apoyada en el hombro de Kate. Me sentó estupendamente. Así, sin complicaciones. Sin el engorro del equipaje. Me sentó de maravilla.

Capítulo 73

POR DESGRACIA, LA NOCHE era todavía joven en California y, probablemente, muy peligrosa para todos los que, de un modo u otro, tenían que ver con el caso.

Cuando llegamos al ático del doctor Will Rudolph en Beverly Comstock, había agentes de la policía de Los Ángeles por todas partes. Y también agentes del FBI, es decir, un auténtico pandemónium policial.

Desde varias manzanas de distancia vimos los destellos de las luces rojas y azules de emergencia. La policía local estaba comprensiblemente furiosa, al haber sido marginada de la operación por el FBI. Era una situación muy desagradable, pura política corporativa, que tenía a todos con los nervios a flor de piel. No era la primera vez que el FBI actuaba de aquella manera con la policía local. A mí me había ocurrido en Washington en muchas ocasiones.

Los medios informativos de Los Ángeles también estaban allí: prensa escrita, radio y televisión; incluso varios productores cinematográficos se habían acercado a olfatear. No me hacía ninguna gracia que muchos de los periodistas nos conociesen a Kate y a mí de vista.

En cuanto nos vieron cruzar el cordón policial empezaron a acosarnos.

—¡Eh, Kate, concédanos unos minutos!

—¡Díganos qué ha ocurrido!

—¿Es Rudolph el Caballero, doctor Cross?

—¿Qué ha pasado en Big Sur?

—¿Es éste el apartamento del asesino?

—No contestaré a ninguna pregunta ahora—dije sin dirigirme a nadie en concreto, agachando la cabeza para que no me fotografiasen en aquel estado.

—Yo tampoco—secundó Kate.

Los agentes nos dejaron entrar en el apartamento del doctor Rudolph. Varios compañeros de la sección pericial recorrían las habitaciones del lujoso ático.

Había tan pocos muebles en las habitaciones que daba la impresión de que allí no viviese nadie. Los sofás y los sillones estaban tapizados en piel. Y había pequeños objetos de decoración cromados y de mármol. Todo eran ángulos rectos, sin curvas. Los cuadros de las paredes eran modernos y algo deprimentes. Pinturas de Jackson Pollock y de Mark Rothko, y de otros pintores de estilo similar. Parecía un museo, aunque con demasiados espejos y superficies brillantes.

Tomé notas y procuré memorizarlo todo. Había algunos detalles interesantes: cubertería de plata y servilletas de hilo en los cajones de la cómoda del comedor, y servicio de café de porcelana.

El Caballero sabía cómo se ponía una mesa.

En el escritorio había papel de carta y sobres con filete plateado *(siempre el Caballero)*, y encima de la mesa de la cocina, un ejemplar de la *Enciclopedia de los vinos*, de Hugh Jackson.

En un armario ropero pequeño, estrecho y muy ordenado, había una docena de caros trajes y dos esmóquines. Más que un armario parecía un templo para su ropa.

Nuestro misterioso Caballero.

Tras escudriñar el apartamento durante una hora y leer los informes redactados por los agentes locales, me acerqué a Kate. De momento, no tenían nada concluyente. A todos nos pareció increíble. Habían traído el mejor equipo de láser de Los Ángeles. Rudolph tenía que haber dejado algún rastro. Pero no lo había. Tampoco Casanova dejaba rastro alguno.

—Perdona... —le dije a Kate.

Llevaba una hora tan absorto en escudriñar el apartamento que apenas la había mirado.

Estábamos frente a una ventana que daba a Wilshire Boulevard y al Club Deportivo de Los Ángeles. Relucientes coches y gran profusión de focos rodeaban los dieciocho hoyos del campo de golf. Una valla publicitaria de Calvin Klein, intensamente iluminada, producía un desagradable contraste. En el anuncio se veía a una jovencita desnuda en un sofá. No aparentaba más de catorce años. «Obsesión—decía el anuncio—. Para hombre».

—Es increíble, Alex—dijo Kate—. Parece una pesadilla. ¿De verdad no han encontrado nada?

—No—contesté mirando nuestra imagen reflejada en el cristal de la ventana—. También Rudolph comete crímenes «perfectos». Quizá los técnicos saquen alguna conclusión, comparando las fibras de sus ropas con las encontradas en los lugares de sus crímenes. Pero, por lo visto, Rudolph tiene mucho cuidado. Da la impresión de saber cómo trabajan los forenses.

—No me extraña. Se escriben continuamente libros que están al alcance de todos. Cualquier médico está en condiciones de entender las técnicas forenses, Alex.

No le faltaba razón. Yo pensaba lo mismo. Kate habría podido ser una buena detective. La noté agotada y me pregunté si tendría yo aspecto de estar tan agotado como ella.

—Ni lo pienses —me adelanté a decirle, por si acaso—. No voy a ir al hospital *ahora* —añadí sonriente.— Me temo que habremos de dar por terminada la noche aquí. Necesitamos dormir. Se nos ha escapado. Se nos han escapado los dos.

Capítulo 74

SALIMOS DEL ÁTICO DEL doctor Will Rudolph pasadas las dos y media de la madrugada, o sea, las cinco de la madrugada de acuerdo con mi reloj corporal. Yo estaba a punto de caerme de sueño. Y Kate también.

Aturdimiento, extenuación y posibles heridas internas. No recordaba haberme sentido nunca tan mal. En cuanto llegamos al hostal Holiday Inn fuimos derechos a mi habitación.

—¿Estás bien? Porque a mí no me lo parece—dijo Kate, que tenía una manera de fruncir el entrecejo que le daba aspecto de persona reflexiva, prudente y muy profesional.

—No me estoy muriendo. Sólo estoy muerto... de cansancio—gemí dejándome caer lentamente en el borde de la cama—. Es que he tenido otro de esos horribles días en la oficina—añadí imitando la coletilla del esposo cansado.

—¡Pero mira que eres testarudo, Alex! ¡El duro detective urbanita! Pues muy bien: te reconoceré yo misma. Y no trates de impedírmelo o te rompo un brazo. No olvides que sé hacerlo, ¿eh?

Kate sacó un estetoscopio y un tensiómetro de una de sus bolsas de viaje.

—No voy a dejar que me reconozcas... y menos aún aquí—protesté suspirando, aunque con tanta determinación como pude.

—Ya. ¿De veras?—dijo Kate, que puso los ojos en blanco y frunció de nuevo el entrecejo.

Luego sonrió. Y en fin... No era fácil resistirse a una doctora sonriente y con sentido del humor...

—A ver: quítese la camisa, detective Cross—me ordenó Kate—. Arriba esas manos y nada de tonterías—añadió imitando la jerga policial.

Empecé a quitarme la camisa por la cabeza, mascullando por lo bajo en tono quejumbroso. El roce de la tela me dolía como si me despellejasen.

—Oh, estás... estupendamente; como una rosa—comentó Kate guiñándome el ojo—. No puedes ni quitarte la camisa como es debido.

Kate empezó a auscultarme. No sé qué oiría ella, pero yo podía oír su respiración sin ayuda de la técnica. Me gustó oír latir su corazón tan cerca. Me palpó el omóplato derecho y me movió el brazo hacia atrás y hacia delante. Me dolía. Debía de estar más magullado de lo que creía. Aunque lo más probable es que lo hiciese un poco a lo bruto para asustarme. Después me palpó el abdomen y las costillas. Me hizo ver las estrellas, pero no me quejé.

—¿No te duele?—preguntó con distanciado tono profesional.

—No. Bueno... un poco. O, mejor dicho, bastante... ¡Ay!

—El vuelo sin motor ni fuselaje no es un buen ejercicio para mantenerse en forma—dijo ella volviendo a tocarme las costillas, aunque con mayor suavidad que antes.

—Fue involuntario. Lo juro.

Y me esforcé por sonreír.

—¿Pero qué te proponías?

—No dejarlo escapar. Supuse que podía saber dónde está Naomi. Encontrarla a ella es lo que más me importa.

Kate me palpaba el tórax con ambas manos. Presionaba pero sin hacerme daño. Me preguntó si me dolía al respirar.

—A decir verdad, esta parte del reconocimiento me gusta bastante. Tocas de una forma muy agradable.

—Hummm. Bájate los pantalones.

—¿Los pantalones?

—Si, hombre, también te has podido herir por ahí, ¿no crees?

—Me parece que te estás quedando conmigo...

Se me pasó el sueño como por ensalmo. Sentí un agradable cosquilleo. Al quitarme los pantalones, noté que no llegaba con las puntas de los dedos a los calcetines.

—Bueno... no está mal—dijo en tono deliberadamente ambiguo.

Yo tenía calor. Más calor que con los pantalones.

Kate aplicó una suave presión en mis caderas y luego en la pelvis. Me dijo que levantase lentamente los pies, primero el derecho y luego el izquierdo, mientras ella seguía presionando la cadera. A continuación, con mucho cuidado, me palpó toda la pierna, desde la ingle hasta los dedos. Delicioso.

—Tienes muchas abrasiones. Tendría que ponerte una pomada antibiótica, pero no tengo nada aquí.

Kate dejó al fin de manosearme y se apartó. Enarcó

las cejas, arrugó la nariz y frunció los labios. Aun así seguía pareciéndome muy profesional.

—Tienes la presión un poco alta, en el límite de la normalidad, pero no creo que te hayas roto nada. Lo malo es que no me gusta la palidez de tu abdomen y de tu muslo izquierdo. Mañana te sentirás dolorido y agarrotado. Tendremos que ir al Cedars-Sinaí a que te hagan radiografías. ¿Trato hecho?

La verdad es que me sentí mejor después de que Kate me reconociese y me asegurase que no iba a morir de repente en plena noche.

—Sí. Echaría de menos que no saliésemos a diario. Gracias por el reconocimiento, doctora. Gracias, Kate...

—De nada. Ha sido un placer—contestó sonriente—. Te pareces un poco a Mohamed Alí, ya sabes, Casius Clay.

—Al Casius Clay de su mejor momento. No eres la primera que me lo dice—bromeé—. Además, bailo mejor.

—No lo dudo—dijo ella arrugando de nuevo la nariz.

Era un tic, pero le favorecía.

Kate se echó boca arriba en la cama. Yo seguí a su lado, cerca, pero sin tocarnos. Quedaba un hueco de por lo menos un palmo entre los dos. Por extraño que parezca, en seguida eché de menos el contacto de sus manos.

Permanecimos en silencio durante cosa de un minuto. Luego, la miré. Quizá fue algo más que una mirada. Kate llevaba una falda negra, panties negros y blusa camisera. Los hematomas de su cara habían desaparecido. Contuve un suspiro al pensar en el resto de su cuerpo.

—No soy de hielo, ¿eh?—me dijo quedamente—. Créeme, soy la mar de normal. Más bien fogosa, juguetona y un poco alocada. O, por lo menos, así era hasta hace un mes.

No me había pasado por la cabeza que fuese una mujer fría sino todo lo contrario.

—Me parece que eres extraordinaria, Kate. Me gustas muchísimo.

Ya estaba. Ya se lo había soltado. No obstante, me había quedado corto.

Nos besamos con suavidad. Un breve beso. Me gustó el contacto de sus labios, de su boca con la mía. Volvimos a besarnos, como para demostrarnos que el primer beso no había sido un error o... todo lo contrario.

Me sentí como si pudiera estar besando a Kate toda la noche, pero en seguida nos separamos con suavidad. Probablemente, ninguno de los dos estábamos en condiciones de pasar de allí en aquellos momentos.

—¿A que es admirable mi dominio de mí misma?— bromeó Kate.

—Según se mire—repliqué.

Volví a ponerme la camisa. Me costó bastante, porque el más leve roce me producía un mortificante dolor. Desde luego, le haría caso e iría a que me hiciesen radiografías por la mañana.

Kate rompió de pronto a llorar y hundió la cara en la almohada. Me acerqué a ella y posé la mano en su hombro.

—Eh... ¿qué te ocurre?

—Perdona... —musitó tratando de tragarse las lágrimas—. Es que... Ya sé que puede dar otra impresión, pero estoy aterrorizada, Alex. He visto cosas tan horribles... ¿Es este caso tan espantoso como el de aquel secuestro de Washington?

La abracé. En ningún momento la había visto tan vulnerable, tan abierta conmigo. De pronto, todo pareció más relajado entre nosotros.

—Nunca me he visto ante un caso tan terrible como éste—musité—. Además, la desaparición de Naomi y lo que ha pasado contigo hacen inevitable que lo considere algo personal. Tengo más interés en detener al asesino, si cabe, que en el caso Soneji. Al asesino o a los asesinos. Quiero detener a esos dos monstruos.

—Cuando yo era muy pequeña—susurró Kate—. Cuando empezaba a hablar, es decir, hacia los cuatro meses—añadió sonriendo ante la exageración—. O bueno, no, hacia los dos años. Cuando tenía frío y quería que me abrazasen, combinaba las dos ideas a mi manera y decía: «Cógeme *frierte*». Los amigos están para estas ocasiones: cógeme *frierte*, Alex.

—Cierto. Para eso están los amigos.

Nos abrazamos y volvimos a besarnos, hasta quedarnos dormidos. Un sueño piadoso.

Me desperté antes que ella, a las 5.11 h según el reloj de la habitación del hostal.

—¿Estás despierta, Kate?—le susurré.

—Hmmm, *ahora* sí.

—Vamos a volver al apartamento del Caballero.

Antes de salir llamé por teléfono al agente del FBI que estaba de guardia. Le dije qué tenía que buscar y dónde.

Capítulo 75

EL PULCRO Y ORDENADO ático del doctor Will Rudolph había dejado de existir como tal apartamento pulcro y ordenado.

Su ático de tres dormitorios parecía un laboratorio de la policía atestado de los más modernos instrumentos. Eran poco más de las seis de la mañana cuando Kate y yo llegamos. Yo estaba exultante con mi corazonada.

—¿Has soñado con el Caballero?—me preguntó Kate—. ¿Se debe a eso tu corazonada?

—Hummm. Más bien a que he analizado las cosas. Y creo haber llegado a una conclusión.

Media docena de agentes del FBI y de la policía local de Los Ángeles seguían en el ático. Desde la radio de un vecino nos llegaba el último éxito de Pearl Jam, que parecía quejarse más que cantar. El televisor de pantalla grande del doctor Rudolph estaba encendido, pero con el sonido a cero. Uno de los agentes estaba comiendo un sándwich de huevo duro.

Pregunté por un agente llamado Phil Becton, uno de los especialistas del FBI en perfiles psicológicos. Lo habían hecho venir desde Seatle para que comparase la información de que se disponía sobre Rudolph con la relativa a otros psicópatas. Los especialistas como Becton eran de una inestimable ayuda en casos como aquél. Le había oído comentar a Kyle Craig que Becton era «extraordinario» (ex profesor de sociología en Stanford antes de incorporarse al FBI).

—¿Está ya lo bastante despierto para oír lo que puedo decirle?—me preguntó Becton cuando fui a su encuentro en el dormitorio principal.

Era un hombre altísimo, de más de 1,90 m, a lo que había que sumar más de siete centímetros de enmarañada cabellera pelirroja. Por todo el dormitorio había bolsas de plástico transparente y sobres que contenían elementos de prueba. Becton llevaba unas gafas puestas y otras colgadas del cuello.

—No estoy muy seguro—contesté—. Le presento a la doctora Kate McTiernan.

—Encantado—saludó Becton.

Se estrecharon la mano. Me fijé en que Becton le dirigía una escrutadora mirada. Para él, Kate no era más que un dato. Parecía un tipo misterioso, muy a tono con su trabajo.

—Fíjese en eso—dijo Becton señalando hacia el otro lado del dormitorio. Los agentes ya se habían encargado de destrozar el armario del Caballero—. Ha dado usted en el clavo. Hemos encontrado un doble tabique que el doctor Rudolph «Hess» construyó detrás de su ropero. Hay casi medio metro más de espacio.

Claro. Su armario ropero era demasiado pequeño y extraño.

Reparé en ello en ese extraño estado de lucidez que se produce a veces en la duermevela. El armario estaba destinado a ser su escondrijo. Era como un templo... pero no precisamente para su ropa.

—¿Es ahí donde guardaba sus «souvenirs»?—me permití aventurar.

—Exacto. Tenía un pequeño frigorífico. Ahí guardaba las partes del cuerpo que coleccionaba—dijo Becton señalando a varios *tapers*—. Los pies de Sunny Ozawa. Dedos. Dos orejas con pendientes diferentes, de dos víctimas distintas.

—¿Qué más tenía en su colección?—le pregunté a Phil Becton, sin la menor prisa por ver los macabros restos, sus trofeos de los asesinatos de tantas jóvenes en Los Ángeles.

—Bueno, como podía esperar después de haber leído los informes sobre el lugar del asesinato, también le gustaba coleccionar ropa interior. Pantis recién usados, sostenes, medias, una camiseta en la que se lee «Aturdida y Confusa» y que huele a perfume Opium. También le gusta guardar fotografías y mechones. Es muy *ordenado*. Guarda cada uno de los trofeos en distintas bolsas. Tiene treinta y una. Las numera.

Becton sonrió como un ufano adolescente. Kate nos miró a los dos como si fuésemos un par de chiflados (no andaba muy equivocada).

—Me gustaría que viese algo más. Le va a interesar.

Encima de una tabla de madera, al lado de la cama, estaban algunos de los tesoros y «souvenirs» del Caballero. La mayoría estaban ya marcados. Se necesitaba un equipo muy organizado para atrapar a un asesino tan ordenado.

—Ya verá... Todo un hallazgo—comentó Becton, que abrió uno de los sobres y dejó caer una fotografía en la tabla.

Era de un joven de poco más de veinte años. Las características de la foto y la ropa del joven sugerían que se había tomado hacía años; ocho o diez, por lo menos, aventuré.

Sentí un escalofrío y me aclaré la garganta.

—¿Quién es?—pregunté.

—¿Conoce a este hombre, doctora McTiernan? —preguntó Becton mirando a Kate . ¿Lo ha visto alguna vez?

—Pues... no lo sé... —contestó Kate tragando saliva.

El dormitorio del Caballero estaba en silencio. El anaranjado resplandor del amanecer impregnaba ya las calles de Los Ángeles.

Becton sacó unas pinzas metálicas del bolsillo superior de la chaqueta y me las tendió.

—Dele la vuelta. Tiene su «leyenda», igual que los cromos de béisbol que coleccionábamos de pequeños. Por lo menos en Portland los coleccionábamos.

Me dije que Becton había coleccionado algo más que cromos a lo largo de su vida profesional. Le di la vuelta a la foto.

El dorso estaba escrito con una pulcra letra. Me recordó la manera que Mamá Nana tenía de identificar todas las viejas fotos de la casa.

—Con el tiempo, se olvida a las personas, Alex, aunque aparezcan en fotografías con uno. Créeme.

Me pareció improbable que Will Rudolph olvidase a la persona de la fotografía, pero lo había escrito de su puño y letra. Me daba vueltas la cabeza. Al fin habíamos dado un gran paso adelante en la investigación. Lo tenía cogido con pinzas delante de los ojos.

«Dr. Wick Sachs», decía al dorso de la foto.

«Nada menos que otro médico», pensé.

«Durham, Carolina del Norte», se leía también al dorso de la foto.

Era del sur.

«Casanova», había escrito Rudolph.

Cuarta Parte

EL SÍNDROME G

(Sicosimbiosis patológica)

Capítulo 76

NAOMI CROSS SE DESPERTÓ sobresaltada. Sonaba un rock a todo volumen a través de los altavoces instalados en las paredes.

Reconoció a los Black Crowes. Las luces del techo se apagaban y encendían. Saltó de la cama. Se puso unos arrugados tejanos y un jersey de cuello de cisne y corrió hasta la puerta del dormitorio.

La estridente música y el guiño de las luces eran la señal de que anunciaba una «reunión».

«Ha debido de ocurrir algo terrible», pensó estremecida.

Casanova abrió la puerta de una patada. Llevaba unos tejanos ajustados, botas de media caña y chaqueta de piel negra. Había elegido una máscara que llevaba pintados unos quebrados trazos blancos que parecían la representación del relámpago. Estaba frenético. Naomi no lo había visto nunca tan furioso.

—¡Al salón! ¡Inmediatamente!—le gritó a la vez que la agarraba del brazo y la sacaba a viva fuerza del dormitorio.

Naomi iba descalza. No le había dado tiempo a ponerse

las sandalias, pero apenas notó el desagradable contacto del húmedo y frío suelo. Iba casi pisándole los talones a otra mujer, que se volvió de pronto a mirarla. Tenía unos grandes ojos verdes. Y así la había llamado Naomi para referirse a ella mentalmente: *Ojos Verdes*.

—Soy Kristen Milles—le susurró la joven—. Tenemos que hacer algo para ayudarnos. Hemos de arriesgarnos. Y... *sin pérdida de tiempo.*

Naomi no contestó, pero alargó el brazo y rozó ligeramente el dorso de la mano de Ojos Verdes. No parecía acobardada, sino dispuesta a rebelarse. Eso quería decir que, por lo menos en cierta medida, ambas conservaban la entereza.

Las compañeras de cautiverio que aguardaban frente al salón le dirigieron una furtiva mirada a Naomi, que se sobrecogió al verlas tan desmejoradas.

Desde que Kate McTiernan logró escapar, la situación había empeorado.

Casanova acababa de incorporar a otra joven a su harén: Anna Miller, que se rebelaba contra las reglas impuestas por su secuestrador al igual que hizo Kate. Naomi la había oído pedir socorro a gritos, y también debió de oírla Casanova, aunque era casi imposible saber si había salido o seguía en la casa.

Últimamente, Casanova espaciaba cada vez más los contactos. No iba a dejarlas salir de allí. Ésa era una de sus mentiras. Naomi comprendió que cada vez era mayor el peligro que corrían. Notaba como si la desesperación de sus compañeras se materializase y adensara el aire que se respiraba.

En su conflictivo barrio de Washington había visto cosas horribles (cuando ella tenía 16 años asesinaron a dos de sus mejores amigas), pero personalmente no tuvo nunca el menor tropiezo. Tuvo que hacer acopio de todo su aplomo para no dejarse vencer por el pánico.

—Vamos, jovencitas, no sean tímidas—dijo Casanova en tono crispado y estridente—. No se queden ahí en la puerta. Entren, entren. Únanse a la fiesta, a la velada danzante.

Casanova gritaba tanto que su voz ahogaba la acústica testosterona del rock que atronaba por los pasillos. Naomi cerró los ojos un momento. Trató de sobreponerse.

«No quiero ver esto, sea lo que sea. Pero no tengo más remedio».

Naomi estuvo a punto de desmoronarse al entrar en el salón. Lo que presenció era muchísimo peor que todo lo que hubiese podido ver en su barrio. Tuvo que morderse un puño para no chillar.

Un estilizado cuerpo, colgado de una viga del techo, describía lentos círculos. La joven estaba desnuda. No llevaba más que unas medias de color azul plateado y un zapato de tacón alto semidesprendido del pie derecho. El otro zapato estaba en el suelo.

La joven tenía los labios amoratados, la lengua fuera y los ojos desorbitados. Un rictus de dolor y pánico deformaba su rostro.

«Debe de ser Anna», pensó Naomi.

La había oído pedir socorro (desobedecer a su secuestrador). Le había dicho que se llamaba Anna Miller.

«Pobre Anna, quienquiera que seas».

Casanova apagó la música y habló en tono reposado tras su máscara.

—Se llama Anna Miller, y ha sido ella misma quien se ha hecho esto. ¿Comprenden lo que les digo? Conspiraba a través de las paredes. Conspiraba para fugarse. ¡Nadie logrará nunca huir de aquí!

«No, no hay quien pueda huir del infierno», pensó Naomi estremecida. Miró a Ojos Verdes y asintió con la cabeza. Tenían que intentarlo, aunque se jugasen la vida.

Capítulo 77

EL CABALLERO SE DETUVO a cazar en la zona del lago Stoneman, en Arizona.

Hacía una hermosa mañana para ir de caza. El aire era transparente y fresco y olía a leña quemada.

Aparcó entre unas peñas del bosque, muy cerca de una carretera comarcal. Nadie podía verlo. Se había sentado allí a pensar cómo podía hacer las cosas, mientras miraba una bonita casa pintada de blanco. Ya rugía la bestia que alentaba en su interior.

La transformación.

Jekyll y Hyde.

Vio a un hombre salir de la casa y subir a un plateado Ford. Parecía tener prisa. Probablemente, temía llegar tarde al trabajo. Sin duda era el marido. Su esposa debía de seguir en la cama. Se llamaba Juliette Montgomery.

Poco después de las ocho, fue hacia la casa con una lata de gasolina vacía. Si alguien lo veía, no había problema: se había quedado sin gasolina e iba a pedir un poco.

Pero nadie lo vio. Quizá no hubiese nadie en kilómetros a la redonda.

El Caballero subió los escalones del porche delantero.

Se detuvo un momento y luego hizo girar lentamente el pomo de la puerta. Era increíble que la gente no cerrase las puertas con llave en un lugar tan apartado como el lago Stoneman.

Qué deliciosa sensación... Era su vida... No había nada que pudiera compararse a encarnar a Hyde.

Juliette estaba preparándose el desayuno. La oía tararear mientras él se adentraba en el salón. El aroma del *beicon* que chisporroteaba en la sartén lo retrotrajo a su infancia en Asheville.

Su padre era un arrogante y engreído coronel del Ejército (un imbécil tan inflexible que nunca estaba satisfecho con nada de lo que hiciese su hijo). Era un ardoroso partidario de recurrir al cinturón para... meterlo en cintura, como decía él. Vociferaba como un animal cada vez que le daba una paliza. Así logró criar un hijo perfecto, un destacado estudiante en el instituto y un gran atleta. Se doctoró en la Facultad de Medicina de la Universidad Duke con un sobresaliente *cum laude*.

Humanamente, había criado un monstruo.

Observó a Juliette Montgomery desde la puerta de su inmaculada cocina. La persiana de la ventana estaba subida y la luz entraba a raudales. Aún seguía tarareando (una vieja canción de Jimi Hendrix titulada *Castles Made of Sand*, que resultaba un poco sorprendente en labios de la bella casadita).

Le encantaba mirarla sin que ella se supiese observada, cantando algo que, probablemente, no se habría atrevido a cantar ante un extraño. Acababa de colocar tres lonchas de *beicon* recién fritas en papel de cocina blanco como las paredes.

Juliette debía de tener unos 25 años. Llevaba un *negligé*

blanco de algodón que dejaba ver sus muslos al moverse de los fogones a la mesa. Tenía las piernas largas y deliciosamente bronceadas. Iba descalza pero ya se había peinado. Tenía una reluciente melena de color castaño.

Encima de la repisa había un tajo de cocina, varios cuchillos y una cuchilla de carnicero.

El Caballero cogió la cuchilla, que hizo un leve ruido al rozar una cacerola de acero inoxidable.

Juliette se dio la vuelta al oírlo. Tenía un perfil precioso. Recién lavada. Estaba radiante.

—¿Quién es usted? ¿Qué hace en mi casa?

La joven esposa lo dijo con voz entrecortada. Se quedó blanca como su *negligé*.

«No pierdas tiempo», se ordenó el Caballero, que agarró a Juliette y la amenazó con la cuchilla a la altura de la garganta.

—No me obligue a hacerle daño. Todo depende de usted—le dijo él quedamente.

Juliette contuvo el grito que iba a salir de su boca, pero sus ojos eran la viva estampa del terror. Le encantaba verla así. Aquello era... su vida.

—No le haré daño si no trata usted de hacérmelo a mí. ¿Entendido? ¿Me he expresado con claridad?

Juliette asintió con leves movimientos de cabeza. Lo miraba aterrorizada con sus bonitos ojos azul verdosos. No se atrevía a mover mucho la cabeza por miedo a herirse con la cuchilla. Suspiró. Asombroso. Parecía confiar algo en él. Su tono de voz solía causar ese efecto en los demás. Era una voz persuasiva. Sus buenos modales también lo ayudaban.

Hyde... El Caballero.

Ella lo miraba fijamente, como pidiéndole

una explicación. Había visto aquella mirada muchas veces. *¿Por qué?*, venía a decir.

—Te voy a bajar los pantis Como ya te los habrán bajado muchas veces, no hay razón para que te asustes. Tienes una piel suave, preciosa. De verdad... —dijo el Caballero a la vez que hundía la cuchilla en su cuello—. Me gustas, Juliette, de verdad...; tanto como pueda gustarme cualquiera—musitó el Caballero en tono sarcástico.

Capítulo 78

KATE MCTIERNAN ESTABA DE nuevo en casa. Hogar, dulce hogar… Maravilloso…

Lo primero que hizo fue llamar a su hermana Carole Anne, que ahora vivía en Maine. Luego, llamó a varias de sus amistades de Chapel Hill. Los tranquilizó a todos diciéndoles que se encontraba perfectamente.

Era mentira, por supuesto. Sabía muy bien que se encontraba fatal. Pero ¿para qué preocuparlos? No era su estilo abrumar a los demás con problemas que sabía insolubles.

Alex no quería que volviese a casa, pero no había tenido más remedio que volver. Era *su casa*.

Trató de tranquilizarse. Bebió un poco de vino y vio parte de la programación nocturna de televisión. Hacía años que no se podía permitir tal «lujo».

Ya echaba de menos a Alex, más de lo que quería reconocer. Quedarse en casa a ver la televisión era un recurso para distraerse. Sin embargo, no lo conseguía. Siempre había sido muy torpe para «desconectar».

Quizá se hubiese enamorado de Alex como una colegiala. Era un hombre fuerte, listo, divertido y amable.

Le encantaban los niños, y él no había perdido del todo ese niño que aseguran que todos llevamos dentro. Y tenía un cuerpo de ensueño. Sí: estaba loquita por Alex Cross.

Era comprensible. Y era bonito. Sólo que... era algo más que un flechazo.

Kate sintió el impulso de llamarlo a su hotel de Durham. Había cogido el teléfono un par de veces, pero lo había vuelto a dejar. *¡No!* No podía permitírselo. Entre ella y Alex Cross nunca podría haber nada.

Ella era una médica residente y pronto dejaría de ser joven. Él vivía en Washington con sus dos hijos y su abuela. Además, se parecían demasiado, y no funcionaría. Él era negro y muy terco, y ella era igualmente terca, pero blanca. Alex era un detective de homicidios... pero también un hombre sensible, atractivo y generoso. El color de su piel le tenía sin cuidado. Le hacía reír. Le hacía sentirse tan feliz como una niña en una juguetería.

Pero no. Nunca habría nada entre ellos.

Seguiría allí, rumiando su soledad en su lóbrego apartamento y bebiendo vino malo. Vería un chapucero melodrama por televisión. Se tragaría su miedo y su mal humor E iría de mal en peor. Cada vez más amargada.

Cada vez tenía más miedo en casa. Habría dado cualquier cosa por poder detener aquella locura. Pero nada podía hacer. Dos monstruos seguían sueltos.

No hacía más que oír extraños ruidos en la casa. La vieja madera crujía. Los goznes de los postigos rechinaban. Las campanillas que colgaban del viejo olmo, frente a la casa, sonaban con el viento. Le recordaban a las de la cabaña de Big Sur.

Se le presentarían por la mañana, o acaso antes.

Kate se adormeció con el vaso de vino en el regazo

(más que un vaso parecía un tosco recipiente salido del mundo de los Picapiedra). Era una reliquia de su casa de Virginia, que a menudo se disputaba con sus hermanas a la hora del desayuno.

El vaso terminó por volcarse y el vino se derramó en la colcha. No importaba. Kate había dejado de existir para el mundo. Por lo menos por aquella noche.

Como no estaba acostumbrada a beber, el vino le había hecho demasiado efecto. Le retumbaba la cabeza como si oyese pasar los mercancías que atronaban a su paso por Birch, cuando vivía allí de pequeña. Se despertó a las tres de la madrugada con una horrible jaqueca y tuvo que correr al cuarto de baño para vomitar.

Se le representaron fotogramas de una película de psicópatas que había visto hacía tiempo. Imaginó que Casanova volvía a irrumpir en su apartamento. Estaba en el cuarto de baño, ¿verdad?

No... Allí no había nadie... Por favor... Que termine esto de una vez... Por favor... ¡Que alguien acabe con esto!

Volvió a la cama y se acurrucó bajo la colcha. Oía chirriar los postigos y el repiqueteo de aquellas estúpidas campanillas. Pensó en la muerte: su madre, Susanne, Marjorie, Kristin. Todas habían muerto.

Kate McTiernan se tapó la cabeza con la colcha. Volvía a sentirse como una niña pequeña que temía al lobo. Aquello no era tan malo, ¿verdad? Podía sobrellevarlo.

Lo peor era ver la máscara de Casanova cada vez que cerraba los ojos. *Iba a volver a por ella, ¿verdad?*

A las siete de la mañana sonó el teléfono. Era Alex.

—He estado en su casa, Kate —le dijo.

Capítulo 79

HACIA LAS DIEZ DE la noche regresamos de California y me acerqué con el coche a la zona residencial Hope Valley de Durham.

No quise que me acompañase nadie a ver a Casanova. El doctor-detective Alex Cross cabalgaba de nuevo en solitario.

Había tres claves que consideraba esenciales para resolver el caso. Y les pasé revista a las tres mientras conducía. En primer lugar, ambos cometían crímenes «perfectos». En segundo lugar, una sicosimbiosis patológica parecía afectar y unir a Casanova y al Caballero (el síndrome G). Y, en tercer lugar, la casa «fantasma», que según Kate desaparecía.

Alguna cosa tenía que salir de la combinación de aquellas claves. Quizá algo estuviese a punto de ocurrir en Hope Valley. En eso confiaba.

Conduje con lentitud por Old Chapel Hill Road hasta llegar a la ostentosa entrada (dos arcos de ladrillo pintados de blanco por los que se accedía a las urbanizaciones de Hope Valley).

Tuve el presentimiento de que cualquiera me hubiese

considerado un intruso allí, de que posiblemente era el primer negro que entraba en aquel lugar sin llevar un mono de trabajo.

Sabía que era arriesgado, pero tenía que ver dónde vivía el doctor Wick Sachs. Necesitaba tantear su terreno, palpar su vida, para conocerlo mejor. Y sin pérdida de tiempo.

Las calles de Hope Valley no eran precisamente rectas. La que yo recorría en aquellos momentos no tenía bordillos, cloacas ni apenas farolas. Las cuestas eran demasiado empinadas. Si en coche resultaba incómodo, a pie debía de serlo aún más. A medida que me adentraba, crecía mi sensación de haberme perdido, de moverme en círculo. Las casas eran casi todas de un ostentoso estilo neogótico, tan viejas como caras. No costaba trabajo imaginar a un asesino en aquellas inmediaciones.

El doctor Wick Sachs vivía en una majestuosa casa de ladrillo rojo, que se alzaba en una de las lomas más altas. Los postigos exteriores de las ventanas estaban pintados de blanco. Parecía una mansión demasiado cara para un profesor, aunque fuese de la Universidad Duke (la Harvard del sur).

No se veía más luz que la de una lámpara que colgaba del dintel de la puerta principal.

Yo ya había averiguado que el doctor Wick Sachs vivía allí con su esposa y dos hijos de corta edad. Su esposa era enfermera del hospital universitario de Duke. El FBI había comprobado sus datos. Tenía una excelente reputación y todo el mundo hablaba muy bien de ella. La hija de los Sachs, Faye Anne, tenía 7 años y su hijo, Nathan, 10.

Pensé que probablemente los federales me vigilasen mientras me dirigía a casa de los Sachs. Pero no me importaba demasiado. Me dije que acaso Kyle Craig fuese con ellos, porque estaba tan interesado en aquel sórdido caso como yo. Kyle había estudiado en Duke. ¿Sería aquel caso algo personal, también para él?

Recorrí con la mirada el derredor de la casa. Todo estaba muy ordenado y era realmente bonito.

La experiencia me había enseñado que los monstruos humanos podían vivir en cualquier parte; que los más astutos elegían casas de lo más corriente, o muy características del estilo de vida estadounidense.

Hay monstruos por todas partes. Es como si una epidemia asolase Estados Unidos. Las estadísticas son aterradoras. Concentramos casi tres cuartas partes de los cazadores de seres humanos. El resto corresponde casi exclusivamente a Europa, con el Reino Unido, Alemania y Francia a la cabeza. En todas las poblaciones estadounidenses, los asesinos en serie están obligando a la policía a cambiar de métodos.

Examiné detenidamente el exterior de la casa. El lado que daba al sureste tenía lo que llamaban un salón estilo colonial. Y había un patio de dimensiones equivalentes a un dormitorio. El césped estaba cuidadísimo. No había musgo, ni zarzas ni malas hierbas.

El trazado del sendero de acceso a pie, de adoquín y ladrillo, era perfecto. No asomaban hierba ni hojas por las intersecciones.

Perfecto.

Meticuloso.

Me dolía la cabeza de tanta tensión acumulada. Mantuve el motor en marcha por si acaso la familia Sachs volvía de pronto a casa.

Sabía lo que quería hacer, lo que tenía que hacer, lo que durante las pasadas horas había planeado hacer.

Tenía que entrar en la casa.

Un allanamiento de morada en toda regla, que acaso los federales tratasen de impedirme. Aunque presentí que no iban a inmiscuirse. No me hubiese extrañado que quisieran que lo hiciese. Sabíamos muy poco del doctor Wick Sachs. Y como yo no estaba oficialmente asignado al caso, podía permitirme hacer cosas que otros no podían hacer. Yo desempeñaba el papel de «incontrolado». Aquél fue mi trato con Kyle Craig.

Chispa tenía que estar por allí. Rezaba para que así fuese... Que estuviese cerca y con vida. Y lo mismo deseaba para las demás secuestradas.

Su harén. Sus odaliscas. Su colección de mujeres hermosas y excepcionales.

Cerré el contacto y respiré hondo antes de bajar del coche. Crucé el césped semiagachado. Recordé lo que Satchel Paige solía decir: «Si quieres que tus cinco sentidos estén siempre en plena forma no dejes de curiosear». Pues bien, eso hacía yo: curiosear.

Airosos bojes y azaleas se alzaban frente a la fachada. Una bicicleta de niño roja y plateada estaba recostada en el porche.

«Bonito—pensé mientras pasaba frente a la entrada—. Demasiado bonito».

La bicicleta del hijo de Casanova.

La respetable mansión de Casanova en una zona residencial.

La falsa perfecta vida de Casanova. Su perfecta tapadera. Su burla de todos nosotros. Allí mismo, en Durham. Haciéndole un corte de mangas al mundo entero.

Recorrí con precaución el derredor del patio. El suelo era de mosaico blanco. Estaba bordeado de ladrillo, igual que el acceso y el porche. Reparé en que una enredadera de zarcillos había invadido las paredes de ladrillo rojo. A lo mejor Casanova no fuese tan perfecto.

Crucé rápidamente el patio, en dirección al salón colonial. Ya había allanado más de un domicilio en cumplimiento del deber. Aquello no lo hacía más lícito pero sí más fácil.

Rompí el cristal de una de las puertas, abrí por dentro y me colé. Nada. Ni un ruido. Wick Sachs no debía de tener especial interés en disponer de un sistema de alarma (ni en que la policía realizase un posible allanamiento).

En lo primero que reparé fue en el familiar olor a pulimento de muebles «al limón». Respetabilidad. Orden. Todo era una tapadera, una perfecta máscara.

Estaba en la casa del monstruo.

Capítulo 80

EL INTERIOR DE LA casa estaba tan pulcro y ordenado como el exterior. Tal vez incluso más.

Bonito, muy bonito, demasiado bonito.

Yo estaba nervioso y tenía miedo, pero poco importaba ya. Estaba acostumbrado a vivir en permanente zozobra. Recorrí las estancias, los dormitorios. Nada parecía fuera de lugar, pese a vivir allí dos niños de corta edad.

Extraño, muy extraño.

La casa me recordó un poco el apartamento de Rudolph en Los Ángeles. Daba la impresión de que nadie viviese allí.

«¿Quién eres? ¡Déjate ver, cabrón! Esta casa no te representa, ¿verdad? ¿Te conoce alguien sin tus máscaras? ¿Te conoce el Caballero?».

La cocina parecía sacada de la revista *Country Living*. Había antigüedades y objetos de decoración en casi todas las estancias.

En un pequeño despacho había papeles desperdigados por mesas y sillas.

«¿Un hombre tan pulcro y ordenado? —me dije, tratando de asimilar la contradicción—. ¿Cómo es, en realidad? ¿Quién es?».

Yo buscaba algo concreto, pero no sabía dónde mirar. Bajé por una escalera que conducía al sótano y vi una pesada puerta de roble. No estaba cerrada con llave. Conducía al cuarto de la caldera. Miré en derredor. Al fondo había otra puerta que parecía de un armario, de un pequeño e insignificante armario. Estaba cerrada con un pestillo que descorrí con tanto sigilo y precaución como pude. ¿Y si por allí se accedía a otras habitaciones? ¿Acaso a un sótano? ¿A la cámara de los horrores? ¿A un túnel?

Abrí la puerta. Estaba oscuro como boca de lobo. Encendí la luz y entré a una estancia rectangular que no debía de tener menos de 100 m². Se me encogió el corazón, me temblaron las piernas y creí marearme.

No había allí ninguna mujer, ningún harén. Sin embargo, acababa de encontrar el salón de las fantasías de Wick Sachs. Estaba en su misma casa, oculto tras un oscuro rincón de su planta baja. No encajaba con el resto de la casa.

Había construido aquella estancia exclusivamente para él. Le gustaba construir cosas, ser creativo, ¿verdad?

La amplia estancia tenía aspecto de biblioteca. Había un antiguo escritorio de roble flanqueado por dos grandes sillones de piel rojiza. Las cuatro paredes estaban cubiertas del suelo al techo por estanterías atestadas de libros y revistas. Yo debía de tener la presión a punto de estallar. Trataba de tranquilizarme, pero no podía.

Era una verdadera biblioteca de pornografía y temas eróticos de no menos de un millar de libros. Los títulos no podían ser más escabrosos: *Las humillaciones de Anastasia y Pearl, El ómnibus del harén, Hasta que ella grite, El himen, Estudio médico-jurídico de la violación.*

Me concentré en lo que necesitaba hacer allí. No obstante, antes que nada traté de ahuyentar mi dolor de cabeza, como si bastase la voluntad para hacerlo desaparecer.

Quería dejarle a Wick Sachs una señal para que supiera que había estado allí, que conocía aquel repugnante espacio privado, que su secreto había sido descubierto. Quería que experimentase la misma angustia, el mismo desasosiego y el mismo temor que sufríamos nosotros. Quería hacerle daño al doctor Wick Sachs. Lo odiaba.

Encima del escritorio había un folleto de un distribuidor de libros y revistas eróticos: «Nicholas J. Soberhagen. 1115 Victory Boulevard. Staten Island, NY».

Tomé nota. También quería hacerle daño a Nicholas Soberhagen.

Sachs u otra persona había marcado varios títulos en las páginas del folleto. Lo hojeé, aunque pendiente de cualquier ruido procedente de la calle.

> *Disciplina conventual. ¡No se lo pierda! Facsímil de una rarísima edición de 1880. Explica el correcto uso del flagelo.*
>
> *La maestra del amor. Las apasionantes aventuras sexuales de una bailarina en Berlín con los maníacos sexuales con quienes se relacionaba. ¡Ningún verdadero coleccionista debe perdérselo!*
>
> *Novedad: una primera novela basada en la vida del asesino en serie francés Gilles de Rais.*

Eché un vistazo por las estanterías que estaban justo detrás del escritorio. Tenía la sensación de llevar mucho tiempo allí. Sachs y su familia podían llegar en cualquier momento.

Me quedé sin aliento al ver varios libros sobre Casanova. Leí los títulos: *Memorias de Casanova, Casanova. 102 grabados eróticos, Las más maravillosas noches de amor de Casanova.*

Pensé en los niños que vivían en aquella casa, Nathan y Faye Anne, y sentí mucha pena por ellos. Su padre, el doctor Wick Sachs, tenía en aquella secreta estancia su inframundo de delirantes fantasías. Estimulado por aquellos libros, por aquella colección pornográfica, ponía en práctica sus fantasías. Podía palpar la presencia de Sachs en aquella estancia. Al fin empezaba a conocerlo.

¿Tendría secuestrado a su harén por las inmediaciones? ¿Estaría allí mismo, en aquella respetable zona residencial de Durham?

¿Estaría Naomi cerca, rezando para que alguien fuese a rescatarla? Cuanto más tiempo estuviese secuestrada, más peligrosa se hacía su situación.

Oí ruido procedente de la planta superior y apliqué el oído. Pero no percibí nada. Quizá fuese un electrodoméstico, el viento o… figuraciones mías.

No podía seguir allí ni un minuto más. Corrí escaleras arriba y crucé el patio. Había sentido la tentación de trazar una cruz en el folleto que Sachs tenía en el escritorio, a modo de señal. Sin embargo, me contuve. Él me conocía. Me dejó una postal bajo la puerta de mi habitación del Holiday Inn nada más llegar a Durham.

Llegué a la habitación de mi hotel poco después de la medianoche. Estaba embotado y como si me hubiesen vaciado. Mi organismo segregaba adrenalina a un ritmo frenético.

Apenas hube cerrado la puerta sonó el teléfono.

—¿Quién puñeta será?—masculló.

Estaba fuera de mí. De buena gana habría salido a recorrer como un loco los alrededores en busca de Naomi. Habría dado cualquier cosa por tener delante al doctor Sachs y ensañarme con él hasta que confesase la verdad.

—Sí. ¿Quién es?—dije con aspereza.

Era Kyle Craig.

—Bueno... ¿Qué ha averiguado?—me soltó sin preámbulos.

Capítulo 81

POR LA MAÑANA SEGUÍAMOS igual. Nada se había avanzado en la investigación del siniestro caso.

Kate continuaba a mi lado, empeñada en ayudarme en la investigación. Y la verdad es que a mí me venía muy bien su ayuda. Porque ella sabía de Casanova mucho más que nosotros.

Nos apostamos en un pinar contiguo a Old Chapel Hill Road, desde el que se veía perfectamente la hermosa mansión de Sachs. Ya habíamos visto una vez a Sachs aquella mañana.

La Bestia parecía exultante. Tenía pinta de profesor. Era alto y rubio. Llevaba el pelo alisado y gafas con montura de concha. Parecía fuerte.

Hacia las siete, salió al porche a recoger el periódico de Durham. El titular decía: «Prosigue la búsqueda de Casanova».

El editor del periódico local no sabía hasta qué punto era acertado el titular.

Sachs miró la portada, dobló el periódico y se lo puso bajo el brazo con talante desenfadado, como si ninguna de las noticias de portada de aquel día tuviese para él

325325325325

325325325325325

el menor interés. Otro tedioso día en la «oficina» del asesino en serie.

Poco antes de las ocho, volvió a salir seguido de sus hijos. El buen padre los llevaba al colegio. Los pequeños parecían salidos del escaparate de la tienda más sofisticada y relamida de ropa infantil. Parecían adorables muñequitos.

Los federales siguieron a Sachs y a sus hijos hasta el colegio.

—¿No es un poco atípico, Alex? ¿Dos servicios de vigilancia paralelos en un caso como éste?—me preguntó Kate.

Era una mujer reflexiva que analizaba las cosas desde todos los ángulos. Estaba tan obsesionada como yo con aquel caso. Aquella mañana se había vestido como de costumbre: raídos tejanos, camiseta azul marino y zapatos de lona. Su belleza era tan radiante como siempre. No podía ocultarla.

—Toda investigación acerca de asesinos en serie es atípica. Aunque ésta lo es más—reconocí.

Volví a hablarle entonces del síndrome G, de aquel fenómeno de sicosimbiosis patológica, y de la hipótesis de que pudiera tratarse de dos personas trastornadas, incapaces de comunicarse verdaderamente con nadie, salvo entre sí. Podía haberse creado un fuerte vínculo entre los dos asesinos.

Kate era gemela, pero no parecía que el síndrome G le hubiese afectado. Casanova y el Caballero presentaban los peores síntomas del síndrome de los gemelos, aunque no lo fuesen.

Wick Sachs regresó a la casa después de haber dejado a sus hijos en el colegio. Bajó del coche silbando alegremente mientras se dirigía a la entrada.

La comprobación de sus datos por parte del FBI había aclarado un equívoco: era *doctor* ciertamente, pero no en medicina sino en filosofía.

Durante más de dos horas, ni Sachs ni su encantadora esposa dieron señales de vida. A las once, Sachs volvió a salir. Por lo visto, aquel día hacía «novillos», porque a las 10.00 h tenía tutoría, de acuerdo al horario que me facilitó el decano Lowell.

¿Por qué no había ido a la facultad?

Frente al garaje había dos coches, un Jaguar descapotable XJS de doce cilindros y un Mercedes negro. No estaba nada mal para un profesor universitario.

Sachs subió al Jaguar.

¿Iría a pasarle revista a su harén?

Capítulo 82

SEGUIMOS AL JAGUAR DEPORTIVO de Wick Sachs por Old Chapel Hill Road. Dejamos atrás Hope Valley pasando frente a lujosas mansiones de los años veinte y treinta. Sachs no parecía tener prisa.

De momento, era él quien dominaba el juego, y sólo él sabía a qué jugaba y cuáles eran las reglas.

Casanova.

La Bestia del sureste.

Kyle Craig indagaba en las declaraciones de la renta de Sachs en colaboración con Hacienda. Además, Kyle tenía a seis agentes analizando todo dato que pudiese relacionar a Wick Sachs y a Will Rudolph en el pasado. Ambos coincidieron en la Universidad Duke. Fueron alumnos con excepcionales expedientes académicos. Por entonces, tuvieron ocasión de conocerse, pero no llegaron a intimar, que se supiese.

Kyle también estudió en Duke, aunque en la Facultad de Derecho.

¿Cuándo tuvo lugar la... «simbiosis»? ¿Cuándo se formó entre ellos el monstruoso vínculo? Había algo que no encajaba en la hipotética simbiosis entre Rudolph y Sachs.

—¿Y si pisa a fondo con ese Jaguar?—dijo Kate mientras seguíamos discretamente al monstruo hacia lo que confiábamos fuese su guarida del bosque, a la casa «fantasma» en la que tenía a su harén.

Lo perseguíamos en mi viejo Porsche.

—No creo que quiera llamar mucho la atención—comenté. Lo cierto, no obstante, era que tener un Jaguar y un Mercedes no contribuía mucho a abonar mi opinión—. Además, un Jaguar no tiene nada que hacer con un Porsche.

—¿Ni siquiera con un Porsche del siglo pasado? —preguntó Kate.

—Pues...

La verdad es que no supe qué replicar.

Sachs enlazó con la interestatal 85 y luego cambió a la 40, que dejó por la salida de Chapel Hill. Lo seguimos a lo largo de tres kilómetros por la ciudad hasta que aparcó en Franklin Street, cerca del campus de la Universidad de Carolina del Norte.

—Es desconcertante, Alex. Un profesor de la Universidad Duke, casado y con dos hijos preciosos. La noche que me secuestró, probablemente me siguió desde el campus. Debía de vigilarme. Fue aquí mismo donde *me eligió*.

—¿Te encuentras bien? Si no te sientes con ánimo para seguir...

Kate me miró angustiada.

—Acabemos con esto de una vez. Detengámoslo hoy. ¿Trato hecho?

—Trato hecho.

—No te nos vas a escapar, canalla—le espetó Kate al parabrisas.

La pintoresca Chapel Hill Street estaba ya muy

concurrida a las doce menos cuarto. Estudiantes y profesores entraban y salían de la cafetería Caroline, de la pizzería Peppers y de la reformada librería Intimate. Los dueños de las tiendas y de los bares y restaurantes de Franklin Street no podían quejarse. El ambiente era muy atractivo en aquella ciudad universitaria. Me retrotrajo a mis tiempos en el John Hopkins y a la Cresmont Avenue de Baltimore.

Me dije que Sachs podría despistarnos fácilmente por las calles del centro. Y en cuanto nos diese esquinazo, ¿adónde iría? ¿A la casa del bosque a ver a su harén? ¿Seguiría Naomi allí?

Podía entrar en el bar Record o en el restaurante Spansky's de la esquina, salir por una puerta lateral y desaparecer. Era como jugar al gato y el ratón, pero con sus reglas, para... variar.

—Parece demasiado ufano y pagado de sí mismo—me dijo Kate mientras lo seguíamos a prudente distancia.

Ni siquiera había vuelto la cabeza para ver si lo seguían. Daba la impresión de buscar un restaurante que anunciase algo caprichoso para almorzar.

—¿Te encuentras bien?—volví a preguntarle a Kate.

Ella miraba hacia Sachs como un perro callejero con una cuenta pendiente que saldar. Recordé que iba a clases de kárate no muy lejos de allí.

—Hummm. Todo esto me trae muy malos recuerdos— musitó Kate.

Wick Sachs se detuvo frente a la entrada del viejo y bonito cine Universitario del centro de Chapel Hill. Justo al lado de la cartelera, había un tablón cubierto de anuncios escritos a mano, casi todos dirigidos a estudiantes y profesores.

—¿No irá ese canalla a ver una película?—masculló Kate más furiosa que nunca.

—Cualquiera sabe...

—De buena gana iría a cargármelo ahora mismo—dijo Kate.

—Yo también, Kate. Yo también.

Ya me había fijado en aquel tablón de anuncios en uno de mis paseos por el centro. Había sencillas notas con los nombres de algunas de las jóvenes desaparecidas en la zona de Chapel Hill. Me sublevaba ante aquella ola de crímenes que nadie parecía capaz de detener.

Wick Sachs daba la impresión de esperar a alguien.

—¿Con quién demonios irá a encontrarse aquí en Chapel Hill?—musité.

—Con Will Rudolph—comentó Kate como si tal cosa—. Con su antiguo condiscípulo. Su mejor amigo.

Tampoco yo descartaba que Rudolph volviese a Carolina del Norte. El síndrome G, la sicosimbiosis patológica, podía crear adicción física, una fuerte dependencia, una imperiosa necesidad de colaborar con el otro. Ambos secuestraban mujeres hermosas y luego las torturaban o las mataban. ¿Era ése el secreto que compartían? ¿O había algo más?

—Tiene un aspecto parecido al que tendría Casanova sin la máscara—dijo Kate.

Entramos en una bonita tienda de ropa infantil llamada School Kids.

—Tiene el pelo del mismo color. Lo que no entiendo es que no se lo tiña o se lo cubra—musitó Kate—. ¿Por qué sólo la máscara?

—¿Y si la máscara no fuese un disfraz? Acaso signifique algo en su mundo de delirantes fantasías—aventuré—.

Podría haber terminado por creerse el personaje que interpreta.

Sachs seguía plantado frente al tablón de anuncios contiguo a la cartelera del cine. ¿A quién aguardaba? ¿Qué esperaba? Tuve la corazonada de que podía estar dando esa impresión deliberadamente. Lo miré un momento con los prismáticos.

No parecía en absoluto preocupado. Lo vi tan tranquilo que incluso pensé que podía haber tomado alguna droga. Era un experto en tranquilizantes.

En el tablón de anuncios se leían toda clase de mensajes. Los veía perfectamente con los prismáticos.

Desaparecida: Carolyn Eileen Devito.
Desaparecida: Robin Schwartz.
Desaparecida: Susan Pyle.
Mujeres a favor de las candidaturas de Jim Hunt·para gobernador y de Laurie Garnier para subgobernador.
Las Mind Sirens en «The Cave».

De pronto reparé en una posible clave: *los mensajes.*

Casanova nos enviaba un cruel mensaje... a todos nosotros, a cualquiera que lo vigilase, a quien se atreviese a seguirlo.

Di una fuerte palmada en el alféizar de la ventana de la tienda.

—Ese cabrón se permite juegos psicológicos con nosotros—dije, aunque me faltó poco para gritarlo, allí en la atestada tienda desde la que vigilábamos a Wick Sachs.

La vieja dependienta me miró como si me creyese peligroso. No se equivocaba.

—¿Qué ocurre?—me preguntó Kate, arrimándose a mí y mirando escrutadoramente hacia la calle, intentando ver lo que me había sulfurado.

—El tablón de anuncios que está detrás de él. Sachs lleva ahí plantado más de diez minutos. Ése es su mensaje, Kate, para quienquiera que lo siga. Ahí, en ese tablón de anuncios lo dice todo.

Le pasé los prismáticos. Entre los anuncios del tablón había un llamativo póster de color amarillo anaranjado. Kate lo leyó en voz alta:

—*Muchas mujeres y niños mueren de hambre... mientras ustedes pasean con los bolsillos repletos. Piénsenlo bien. Pueden salvar vidas.*

Capítulo 83

—OH, DIOS MÍO, ALEX—exclamó Kate con voz queda—. Quiere decir que, si se le impide ir a la casa, ellas morirán de hambre; y que, si lo siguen, no irá a la casa. ¡Eso es lo que nos dice! Mujeres que mueren de hambre... Que lo pensemos bien...

Sentí el impulso de salir de estampida y vaciarle el cargador a Sachs, allí en plena calle. Pero legalmente no podíamos hacer nada contra él. No teníamos ninguna prueba. Ninguna base razonable.

—Mira, Alex—dijo Kate alarmada, pasándome los prismáticos.

Una mujer acababa de acercarse a Sachs. El sol de mediodía, reflejado en las lunas de los escaparates de Franklin Street, me deslumbraba.

La mujer era estilizada y atractiva, pero mayor que las mujeres secuestradas hasta entonces. Iba vestida totalmente de negro, con blusa, pantalones de piel muy ajustados y zapatos de tacón alto. Llevaba una cartera de la que asomaban libros y revistas.

—No es su tipo—le dije a Kate—. Debe de tener casi cuarenta años.

—La conozco. Sé quién es, Alex—me susurró Kate.

—¿Ah, sí? ¿Quién es? ¿De qué la conoces?

—Es profesora del departamento de inglés. Se llama Suzanne Wellsley. Algunos alumnos la llaman Sue *la Salida*. Se burlan de ella diciendo que si tirase sus bragas contra la pared se quedarían pegadas.

—Pues lo mismo podrían decir del doctor Sachs.

Sachs tenía fama de disoluto en el campus (la tenía desde hacía años). Pero nunca se habían tomado medidas disciplinarias contra él.

Wick Sachs y Suzanne Wellsley se besaron frente al póster de la campaña contra el hambre. Fue un beso de los «de tornillo», como pude ver muy bien a través de los prismáticos. Se abrazaron con pasión, sin que aparentemente les preocupase lo más mínimo estar en la vía pública.

Pensé en otra posible explicación para el «mensaje». Quizá no fuese más que una coincidencia, aunque hacía tiempo que había dejado de creer en las coincidencias. Quizá Suzanne Wellsley tuviese algo que ver con la casa que utilizaba Sachs. Acaso utilizase más de una. Tal vez perteneciese a una secta de adictos al sexo «duro». Existían. Me constaba que en Washington había varias y... florecientes.

Sachs y Wellsley echaron a caminar y fueron paseando tranquilamente por Franklin Street. No parecían tener prisa. Venían hacia nosotros. Pero se detuvieron frente a la taquilla del cine Universitario, cogidos de la mano como una parejita.

—Maldito sea. Sabe que lo vigilamos—dije—. ¿A qué juega?

—Ella mira hacia aquí. Puede que también Wellsley lo sepa. Eh, Suzanne. ¿A qué juegas, putón?

Sacaron las entradas y desaparecieron tras la puerta del cine. Proyectaban *Roberto Begnini es Johnny Stecchino... Hilarante comedia.*

Me pregunté cómo era posible que Wick Sachs estuviese de humor para ver una comedia italiana. Había que tener una increíble sangre fría. Sobre todo si aquello formaba parte de un plan.

—¿Y si el título de la película entraña también un mensaje? ¿Qué nos dice, Alex?

—¿Que todo esto no es más que una «hilarante comedia» para él? Podría ser—admití.

—Se burla de nosotros, Alex.

Entré en la heladería Ben & Jerry's y llamé desde el teléfono público a Kyle Craig. Le conté lo del póster de la campaña contra el hambre. Kyle admitió que podía tratarse de un mensaje; que todo era posible, tratándose de Casanova.

Al salir de la heladería, Sachs y Suzanne Wellsley seguían en el cine, probablemente riendo a carcajadas con las gracias de Roberto Begnini. Lo más probable es que se riesen de nosotros.

Mujeres y niños mueren de hambre...

Poco después de las 14.30 h, Sachs y Suzanne Wellsley salieron del cine y volvieron por Franklin hacia la esquina de Columbus. Se me antojó que tardaban casi diez minutos en recorrer aquella media manzana. Luego entraron al popular Spansky's y almorzaron.

—Qué romántico, amorcito—masculló Kate visiblemente crispada—. Maldito sea. Malditos sean los dos. Y maldito sea Spansky's por darles de comer y beber.

Se habían sentado cerca de la ventana delantera del restaurante. ¿A propósito? Se cogían de la mano y se besaban continuamente. ¿La amante de Casanova? ¿Un proteico ligue con una profesora? No le veía el sentido por ninguna parte.

A las 15.30 h salieron del restaurante y volvieron hasta el tablón de anuncios. Se besaron de nuevo de un modo más recatado y se despidieron. Sachs volvió a su coche y regresó a su casa de Hope Valley. Estaba claro que Wick Sachs lo pasaba en grande jugando con nosotros como el gato con el ratón.

Capítulo 84

KATE Y YO FUIMOS a cenar al Frog and the Redneck de Durham. Según ella, necesitábamos distraernos un poco, y me pareció bien.

Quiso ir primero a su casa y me pidió que la pasase a recoger al cabo de un par de horas. Yo no estaba preparado para la Kate que abrió la puerta de su apartamento. No iba tan desaliñada como de costumbre. Se había puesto una falda de tubo de color beige (se notaba a la legua que era de hilo de calidad) y una floreada blusa a modo de chaqueta. Se había recogido la melena por detrás con un pañuelo de brillante color amarillo.

—Es mi indumentaria para la velada del domingo— dijo Kate con un guiño de complicidad—, aunque, con mi sueldo, no puedo permitirme cenar fuera de casa. Sólo muy de vez en cuando voy al KFC o al Arby's.

—Y esta noche tienes ligue, ¿no?—bromeé, aunque preguntándome si no sería ella quien bromeaba.

—Pues en realidad, sí—repuso cogiéndose de mi brazo—. Estás muy guapo esta noche. Estás muy elegante. Estupendo.

Yo también había dejado a un lado mi usual desaliño y me había esmerado en mi aspecto.

Apenas recuerdo nada del trayecto hasta el restaurante de Durham, porque no paramos de hablar. Siempre nos resultaba muy fácil comunicarnos. Y de lo que cenamos, sólo recuerdo el pato a la moscovita, con arándanos y ciruelas en salsa de leche.

Lo que me viene a la memoria con mayor claridad es que Kate apoyaba el codo izquierdo en la mesa y la mejilla en el dorso de la mano. Estaba «de fotografía». También recuerdo que, durante la cena, se quitó el pañuelo amarillo.

—Uff, he cenado demasiado—me dijo—. Me he encariñado con una nueva teoría acerca de nosotros. ¿Te la cuento?

Estaba de buen humor, a pesar de lo angustiosa y decepcionante que venía siendo nuestra investigación. También yo lo estaba.

—No sé, no sé... Casi mejor que no—dijo mi lado más prudente, ese que siempre teme implicarse demasiado emocionalmente, por lo menos, en los últimos tiempos.

Kate ignoró mi tibia y risueña negativa.

—Verás, Alex... creo que a ambos nos da pánico embarcarnos en una relación en este momento de nuestras vidas. Es obvio, por lo que parece, que los dos estamos muy asustados.

Tomaba la iniciativa, pero con prudencia. Intuía que aquél era un terreno muy difícil para mí, y no se equivocaba. Vacilé, pero opté por no rehuir el tema.

—Apenas te he hablado de Maria, Kate... Estábamos muy enamorados cuando ella murió. Después de seis años, seguíamos como el primer día. Yo solía decirme: «Oh, Dios, qué afortunado soy por haber encontrado a esta persona». Y María sentía lo mismo—le dije sonriente—. O, por lo menos, eso me decía. De modo que sí, tengo miedo a implicarme. Sobre todo, por temor a volver a perder a alguien a quien pueda amar.

—A mí me ocurre lo mismo, Alex—me susurró Kate, tan bajito que apenas la oí.

A veces, daba la impresión de timidez, y me resultaba conmovedor.

—Hay una frase mágica en *El prestamista*, o eso es lo que a mí me parece: «Me arrebataron todo lo que amaba, y sobreviví».

Le cogí la mano y se la besé. Sentía una gran ternura hacia Kate en aquellos momentos.

—Sí, conozco ese fragmento.

Noté ansiedad en sus oscuros ojos castaños. Quizá ambos necesitábamos aventurarnos, olvidarnos de los riesgos.

—¿Puedo decirte otra cosa? ¿Una de esas confesiones que no se hacen fácilmente?

—Por supuesto. Dime lo que sea.

—Temo morir como mis hermanas, de cáncer. No me atrevo a que nadie tenga que cargar conmigo—dijo Kate suspirando.

Era obvio que no le había resultado fácil decirlo.

Seguimos cogidos de la mano un buen rato en el restaurante, bebiendo oporto. Habíamos logrado relajarnos y dejar aflorar nuestros sentimientos.

Después de cenar volvimos al apartamento de Chapel Hill. Lo primero que hice fue registrarlo para evitar sorpresas. Durante el trayecto, traté de convencer a Kate para que fuésemos a un hotel y, como de costumbre, no quiso. Pero yo no podía dejar de lado la realidad de que

Casanova seguía libre. Podía volver a las andadas en cualquier momento.

—¡Mira que eres testaruda!—le dije mientras comprobábamos que las puertas y las ventanas estuviesen bien cerradas.

—Más que testaruda, ferozmente independiente—replicó Kate—. Por algo soy «cinturón negro». O sea, que... cuidadito conmigo.

—Peso cuarenta kilos más que tú—repliqué sonriente.

—Dudo que basten.

—Quizá tengas razón.

No teníamos a ningún intruso en el apartamento del «Callejón de las Solteronas».

—No te marches en seguida, por favor—me pidió en la cocina—. Quédate un rato.

—No he de ir a ninguna parte que me seduzca más—dije con las manos en los bolsillos, un poco nervioso.

—Tengo una botella de Château de la Chaisse. No es caro pero es muy bueno. Lo compré especialmente para esta noche, aunque entonces no lo supiera. Hace tres meses.

Fuimos a sentarnos al sofá del salón. Estaba todo pulcro, pero resultaba triste. En las paredes tenía fotografías enmarcadas de sus hermanas y de su madre. Tiempos más felices para Kate. También tenía una sorprendente fotografía suya, con un uniforme de color de rosa del Big To Truck Stop en el que trabajó de camarera para pagarse la carrera. Haber tenido que hacer aquel trabajo era una de las razones de que la facultad significase tanto para ella.

Pudiera ser que el alcohol me hiciese hablarle a Kate demasiado de Jezzie Flanagan, que había sido mi único intento serio de establecer una nueva relación después de la muerte de Maria.

Kate me habló de Peter McGrath, profesor de Historia en la Universidad de Carolina del Norte. Y mientras me hablaba de él, tuve la inquietante sensación de que podía haberlo descartado demasiado pronto como sospechoso.

Estaba visto que no podía olvidarme del caso ni por una sola noche. O quizá tratase de refugiarme en mi trabajo para rehuir la relación. Sin embargo, mentalmente tomé nota de indagar un poco más acerca de Peter McGrath.

Kate se arrimó a mí en el sofá y nos besamos. Ya nos habíamos besado antes, pero no de una manera tan entregada.

—¿Te quedas? Quédate, por favor—me susurró Kate—. Sólo esta noche, Alex. No tenemos nada que temer, ¿no crees?

—No, claro que no tenemos nada que temer—repuse.

Me sentía como un colegial. No sabía cómo comportarme. No obstante, el suave siseo de su respiración me impulsó a dejar que todo fluyese de forma natural.

Volvimos a besarnos. No recordaba haber besado a nadie con tanta suavidad. Ambos sentíamos el apremio del deseo. Pero aunque fuimos a su habitación y dormimos juntos, no hicimos el amor aquella noche.

Quizá temimos estropear nuestra amistad.

Capítulo 85

NAOMI TEMIÓ HABERSE VUELTO loca. *Acababa de ver que Alex mataba a Casanova.*

Tenía que haber sido una alucinación. Pero había visto el tiroteo. Continuamente le asaltaban las imágenes y las ideas más disparatadas.

A ratos, hablaba sola. Le confortaba oír su propia voz.

Estaba inmóvil y pensativa, sentada en un sillón de su siniestro encierro. Allí tenía el violín, pero hacía días que no lo tocaba.

Un nuevo temor la asaltaba ahora una y otra vez: *que Casanova no volviese nunca más.*

¿Y si lo detenían y se negaba a decirle a la policía dónde tenía secuestradas a sus víctimas? Podría hacerle chantaje a la policía. Aquélla podría ser su última carta.

Podía haber muerto en un tiroteo. ¿Cómo iba la policía a encontrarlas, a ella y a las demás, si él estaba muerto?

«Estoy segura de que algo ha ocurrido—pensó—. Lleva dos días sin aparecer por aquí. Algo ha cambiado».

Necesitaba desesperadamente ver la luz del día; ver de nuevo el sol, el cielo azul, el césped y las agujas neogóticas de los edificios de la universidad; las terrazas rebosantes de flores de los jardines Sarah Duke; el Potomac, con su enlodada y grisácea gloria, allá en Washington.

Naomi se levantó del sillón, que había colocado junto a la cama. Fue sigilosamente hasta la puerta y aplicó el oído a la fría madera.

«¿No estaré haciendo una locura?—se preguntó—. ¿No estaré firmando mi propia sentencia de muerte?».

Naomi contenía el aliento mientras escuchaba con atención los ruidos de la misteriosa casa. La insonorización instalada por Casanova sólo era eficaz para un nivel acústico normal. No aislaba de los gritos.

Repasó mentalmente lo que quería decir:

Me llamo Naomi Cross. ¿Dónde estás, Kristen? ¿Y tú, Ojos Verdes? He llegado a la conclusión de que tienes razón. Hemos de hacer algo… Hemos de hacer algo entre todas… Él no va a volver.

Naomi creía haber elegido el momento oportuno. Pero no podía decir aquello en voz alta. Estaba segura de que conspirar contra él podía costarle la vida.

Durante las pasadas veinticuatro horas, Kristen Mills la había llamado varias veces, pero Naomi no le había contestado. Tenían prohibido hablar, so pena de la más brutal represalia. Casanova no amenazaba en vano. Días atrás ahorcó a una de ellas: a la pobre Anna Miller, otra estudiante de Derecho.

En aquellos momentos no oía nada. Sólo el susurro del silencio. El vacío que musitaba la eternidad. No oían el ruido de motores de coches, de los tubos de escape ni de las bocinas; tampoco el atronador estruendo de los aviones que sobrevolaban la zona.

Había llegado a la conclusión de que estaban en

un subsótano, más bien, porque parecía haber otra planta antes de la que quedase a ras de tierra.

Tal vez Casanova hubiese construido la casa especialmente para su harén. Incluso que empezase por fantasear con ello y acabase por ponerlo en práctica.

Naomi se preparaba mentalmente para romper el silencio. Tenía que hablar con Kristen y con Ojos Verdes. Se humedeció los labios y tragó saliva.

—Daría cualquier cosa por una Coca-Cola. Lo mataría por una Coca-Cola. Si se me presentase la ocasión, lo mataría. Cometería un asesinato. ¿Hasta ese punto he llegado?—masculló.

Tenía la lengua como un estropajo.

—¡Kristen! ¿Me oyes? ¡Kristen! ¡Soy Naomi Cross!— dijo al fin a gritos.

Temblaba. Rodaban lágrimas por sus mejillas. Acababa de desobedecer a aquel canalla.

Ojos Verdes le contestó al momento. Sintió un gran alivio al oír su voz.

—¡Te oigo, Naomi! Creo que estoy sólo unas puertas más allá de tu habitación. Te oigo bien. Sigue hablando. Estoy segura de que él no está aquí.

Naomi desechó de pronto todo temor. Poco importaba ya que Casanova estuviese o no en la casa.

—Nos va a matar—contestó—. Algo ha cambiado en su actitud. Estoy convencida de que va a matarnos. Si hemos de hacer algo, hemos de hacerlo en la primera oportunidad.

—¡Naomi tiene razón!—intervino Kristen. Su voz sonaba ahogada y lejana, como si estuviese en el fondo de un pozo—. ¡Escuchadla!

—Tengo una idea. Oídme bien y pensadlo—dijo Naomi alzando la voz aún más que antes.

Quería que aquella comunicación no se interrumpiese. Todas tenían que poder oírla; todas las secuestradas.

—La próxima vez que nos reúna—prosiguió Naomi—, tenemos que atacarlo. Si nos abalanzamos todas a la vez sobre él, puede que hiera a alguna. ¡Pero no podrá con todas! ¿Qué os parece?

Justo en aquel momento la pesada puerta de madera del dormitorio de Naomi se entreabrió.

Naomi observó horrorizada que la puerta seguía abriéndose. Se quedó paralizada, sin habla. Le latía el corazón con tal fuerza que no podía respirar. Se sintió morir. Casanova se había quedado allí, al acecho, escuchándola.

La puerta se abrió al fin del todo.

—Hola, soy Will Rudolph—dijo desde la entrada el alto y apuesto Caballero, con su agradable tono de voz—. Me gusta mucho su plan, pero dudo de que funcione. Déjeme que le diga por qué.

Capítulo 86

POCO DESPUÉS DE LAS nueve de la mañana del miércoles, llegué al aeropuerto internacional Raleigh-Durham a esperar a Sampson (llegaba la caballería, tropas de refresco).

Pese al pánico que había cundido en Durham y Chapel Hill, los madrugadores ejecutivos que iban y venían por la terminal del aeropuerto, con sus impecables trajes oscuros o sus estampados vestidos de Neiman Marcus y Dillard, parecían despreocupados de todo peligro.

Mejor, pensé. Tanto mejor para ellos. Negarse a aceptar que pueda ocurrirnos algo malo es una manera de ahuyentar el mal.

Vi a Sampson asomar por la puerta de USAir y adentrarse en la terminal con largas y resueltas zancadas. Le hice señas agitando el periódico. Sampson se limitó a corresponder con una inclinación de cabeza, tan leve como si temiera herniarse.

En cuanto hubimos subido al coche, fuimos a Chapel Hill a mayor velocidad de la que aconsejaba la prudencia. Yo estaba impaciente por inspeccionar la zona del río

Wykagil. Era otra de mis corazonadas, que acaso condujese a una pista o quién sabía si a la casa «fantasma» en la que Casanova tenía recluido a su harén.

Me había agenciado la ayuda de Louis Freed, mentor y ex profesor de Seth Samuel. Freed era un reputado historiador negro especializado en la guerra civil, un período en el que también yo estaba muy interesado, sobre todo por cómo se desarrolló en Carolina del Norte y, muy especialmente, en el ferrocarril subterráneo utilizado para transportar a los esclavos al norte.

Al llegar a Chapel Hill, Sampson quiso ver sobre el terreno cómo había afectado a la tranquila ciudad universitaria la ola de secuestros y asesinatos.

Los viandantes que circulaban por las pintorescas calles del centro rehuían las miradas, especialmente de los desconocidos. El pánico se había apoderado de la apacible vida de la pequeña ciudad.

—¿Crees que Casanova disfruta del halo de misterio que lo rodea?—me preguntó Sampson mientras recorríamos las calles adyacentes al campus.

Me irritaba pensar que aquella universidad de Carolina del Norte, que había visto acrecentada su fama por ser la cuna deportiva de Michael Jordan y de otras estrellas del baloncesto profesional, llegase a ser más célebre debido a los crímenes de Casanova.

—Sí. Me parece que le ha cogido gusto a ser una celebridad local. Le gusta jugar. Debe de sentirse orgulloso de su criminal habilidad.

—¿Y no aspirará a metas más ambiciosas, a un escenario y a un auditorio más grandes?—dijo Sampson mientras remontábamos una suave pendiente.

—Eso todavía no lo sé. Podría ser un asesino muy

«apegado» a su territorio, como Richard Ramírez, el Hijo de Sam y el asesino de Green River.

Le expuse entonces a Sampson mi teoría de los gemelos, que cada vez me parecía más lógica. Incluso el FBI empezaba a tomarla en serio.

—Deben de compartir algún importante secreto. El hecho de que secuestren a jóvenes hermosas es sólo una parte. Uno de ellos se considera un gran «amante» y un gran artista. El otro es un asesino brutal, mucho más representativo de los asesinos en serie. Se complementan, compensan sus mutuas deficiencias. Juntos son casi imparables. Lo peor es que también ellos lo creen así.

—¿Y cuál de los dos lleva la voz cantante, según tú?

Era una buena pregunta. Sampson solucionaba casi todos los problemas por pura intuición.

—Creo que Casanova. Es el más imaginativo de los dos. Todavía no ha cometido ningún error importante. Pero el Caballero no se siente muy cómodo con su papel de segundón. Probablemente, se trasladó a California para ver si lograba «triunfar» por sí solo. Y no ha podido.

—¿Es Casanova ese excéntrico y rijoso profesor universitario? ¿El doctor Wick Sachs? ¿Ese fanático de la pornografía? ¿Es nuestro hombre?

—Por un lado, creo que es Sachs—le contesté—; y que es tan endemoniadamente listo que se puede permitir el lujo de dejar que sepamos quién es. Disfruta sabiéndonos impotentes. Ése podría ser el sentido profundo de su juego...

—... y, por otro lado... ¿qué?—me atajó Sampson—. ¿Cuál es la alternativa?

—A veces, pienso que no es descartable que alguien trate de incriminar a Sachs, de convertirlo en cabeza de turco. Porque Casanova es muy inteligente y, hasta el momento, ha tenido mucho cuidado. Podría dejar que accediésemos a pistas falsas para desorientarnos. Incluso Kyle Craig está desconcertado.

Sampson dejó ver sus grandes y blancos dientes (no sé si sonreía o si quería morderme).

—Me temo que he llegado aquí en el momento oportuno... —dijo Sampson con el entrecejo fruncido.

Al reducir la velocidad para detenerme ante el semáforo, un hombre que estaba junto a un coche aparcado avanzó hacia nosotros empuñando una pistola. Ni Sampson ni yo podíamos hacer nada para detenerlo. El pistolero me apuntó a la cabeza con su Smith & Wesson.

«Se acabó», pensé.

—Policía de Chapel Hill—me gritó a través de la ventanilla abierta—. ¡Bajad inmediatamente del coche! ¡Vamos, contra la pared!

Capítulo 87

—SIN DUDA HAS LLEGADO en el momento oportuno—le susurré a Sampson al bajar del coche.

—Así parece—dijo él—. Tranquilo. No vayas a hacer ninguna bobada y nos peguen un tiro, Alex. No tendría ninguna gracia.

Creí adivinar lo que ocurría y me enfurecí. Sampson y yo éramos «sospechosos». ¿Por qué éramos sospechosos? Porque éramos negros y circulábamos por calles poco concurridas a las diez de la mañana. Noté que también Sampson estaba furioso, aunque a su manera. Sonreía y movía la cabeza hacia atrás y hacia adelante.

—Vaya, hombre. Debe de ser nuestro día de suerte—comentó Sampson riendo.

Entonces apareció el compañero del policía que nos encañonaba. Eran jóvenes y con pinta de duros. Media melena, bigote y cuerpos bien musculados a base de gimnasio. Parecían émulos de Ruskin y Davey Sikes que hubiesen salido de «maniobras».

—¿Qué te hace tanta gracia?—le dijo a Sampson uno de ellos, en voz tan baja que apenas lo oí—. Te crees muy gracioso, ¿eh, matón?—añadió empuñando una pequeña porra cerca de su cadera, dispuesto a golpearlo.

—No lo sé hacer mejor—contestó Sampson sin dejar de sonreír, nada impresionado por la porra.

Me sudaba tanto la cabeza que ya tenía la espalda empapada. Los malos presagios que tuve al llegar a la ciudad se confirmaban, y no porque Carolina del Norte ni el sur tuviesen la exclusiva de maltratar a los negros.

—Me llamo...

Iba a decirles a los policías quiénes éramos, pero uno de los agentes me atajó.

—¡Calla la boca, imbécil!—me gritó golpeándome en la rabadilla.

No me dio tan fuerte como para hacerme un hematoma, pero me dolió. Y no sólo por el golpe en sí.

—Me parece que éste es un drogata. Tiene los ojos inyectados en sangre—dijo en voz baja uno de los policías—. Está colocado—añadió refiriéndose a mí.

—¡Soy Alex Cross, detective de la policía, cabrón de mierda!—le espeté de pronto—. Estoy de servicio. Participo en la busca y captura de Casanova. ¡Llame inmediatamente a los detectives Ruskin y Sikes! ¡Y llame también a Kyle Craig, del FBI!

Me giré de pronto y golpeé en el cuello al policía que tenía cerca. El agente cayó al suelo como un saco. Su compañero fue a abalanzarse sobre mí, pero Sampson lo inmovilizó en la acera para evitar que hiciese una tontería aún mayor. Entonces le quité el revólver al que me había atacado (con más facilidad que a cualquier adolescente pandillero de los que pululaban por Washington).

—¿Contra la pared habéis dicho?—le gritó Sampson a su «sospechoso»—. ¿A cuántos de nuestros hermanos habéis maltratado? ¿A cuántos jóvenes habéis humillado de esta manera? ¡Como si supieseis algo de cómo es su vida! Me dais ganas de vomitar.

—Sabéis perfectamente que Casanova, el asesino que buscamos, no es negro—les dije a los dos desarmados policías de Chapel Hill—. Y esto no va a quedar así. Tenedlo por seguro.

—Ha habido muchos robos últimamente en las inmediaciones—habló el policía de voz grave, que ahora era la viva imagen de la contrición, digno representante de la America Limited, experta en lágrimas de cocodrilo.

—¡Déjate de bobadas!—le espetó Sampson esgrimiendo su pistola, para que supiesen lo que era verse humillados.

Sampson y yo volvimos a nuestro coche con los revólveres de los agentes. «Souvenirs» del día. A ver qué explicación le daban a su jefe cuando regresasen a la comisaría.

—¡Cabrones!—les gritó Sampson al alejarnos.

Le di una palmada al volante. El desagradable incidente me había afectado más de lo que creía, acaso porque ya estaba un poco quemado con el caso que investigábamos.

—... por otro lado—dijo Sampson—, les hemos dado una buena lección a ese par. Esos abusos puramente racistas me sublevan. Pero me vendrá bien estar más en tensión.

—Me alegro de ver de nuevo tu fea cara—le espeté a Sampson, que sonrió al fin.

—Encantado de verte, morenito. Te comunico que sigues teniendo el mismo aspecto. No pareces muy cansado. Así que... ¡a trabajar! Compadezco a ese desgraciado como lo atrapemos hoy. Algo bastante probable, permíteme que te diga.

También Sampson y yo sufríamos del síndrome G. Pero a nosotros nos sentaba estupendamente.

Capítulo 88

ENCONTRAMOS AL DECANO BROWNING Lowell en el nuevo gimnasio de la facultad, en el polideportivo «Allen» del campus de Duke.

El gimnasio estaba equipado con los más modernos aparatos.

Sampson y yo observamos a Lowell mientras hacía una dura serie de flexiones laterales de cintura. Incluso nosotros, que éramos ratas de gimnasio, hubiésemos terminado molidos.

Lowell tenía un físico impresionante.

—De modo que ése es el aspecto que tiene un dios del Olimpo visto de cerca, ¿no?—dije mientras cruzábamos el gimnasio en dirección al decano.

A través de los altavoces se oía a Whitney Houston.

—No olvides que vas en compañía de un dios del Olimpo—me recordó Sampson.

—Es fácil olvidarlo cuando la grandeza va acompañada de la humildad—repliqué sonriente.

Al oír las pisadas de nuestros zapatos de calle en el suelo del gimnasio, el decano Lowell dirigió la mirada hacia nosotros. Su sonrisa era amable y cordial. Un tipo simpático el tal Browning Lowell. Parecía de verdad un buen tipo, al margen de que se notase que quería dar esa impresión.

Necesitaba con urgencia que me proporcionase datos que él debía de conocer muy bien. En algún rincón de Carolina del Norte tenía que estar la pieza clave para resolver el rompecabezas, la que diese sentido a la ola de asesinatos.

Presenté a Sampson y fuimos directamente al grano. Le pregunté a Lowell qué sabía de Wick Sachs.

El decano me pareció tan predispuesto a colaborar como en nuestra primera entrevista.

—Sachs es la vergüenza de nuestro campus. Por lo visto, no hay universidad que se libre de tener por lo menos un cerdo como él—dijo el decano Lowell con cara de circunstancias—. Lo llaman «Doctor Guarro». Pero sabe dominarse y nunca lo han pillado in fraganti. Supongo que yo debería concederle a Sachs el beneficio de la duda, pero no se lo concedo.

—¿Ha oído hablar de la colección de películas y libros «exóticos» que tiene en su casa? ¿De su colección de pornografía enmascarada de erotismo?—se me adelantó Sampson a preguntar.

Lowell interrumpió su tanda de ejercicios. Nos miró a ambos con fijeza antes de contestar.

—¿Consideran al doctor Sachs un claro sospechoso de las desapariciones de las jóvenes?

—Son muchos los sospechoso, decano Lowell. Es lo único que puedo decirle, por el momento—le contesté.

—Respeto su opinión, Alex—dijo el decano—. Permítame que le diga algunas cosas acerca de Sachs que podrían ser importantes.

El decano empezó a secarse el sudor del cuello y de los hombros con una toalla. Su cuerpo parecía bronce bruñido.

—Empecemos por el principio—prosiguió Lowell mientras se secaba meticulosamente—. Hace tiempo, asesinaron aquí del modo más infame a una joven pareja. Fue en el ochenta y uno. Por entonces, Wick Sachs aún no se había licenciado. Era un estudiante de Filosofía y Letras que destacaba por su brillante inteligencia. Yo daba cursos de doctorado. Cuando me nombraron decano, me enteré de que Sachs fue uno de los sospechosos del asesinato de la pareja. Pero no había ninguna prueba de que él hubiese tenido algo que ver en los crímenes y se olvidaron de él. Ignoro los detalles, pero pueden acceder ustedes a ellos y comprobarlos en el departamento de policía de Durham. Fue en la primavera del ochenta y uno. Los estudiantes asesinados fueron Roe Tierney y Tom Hutchinson. Causó una gran impresión. A principios de los ochenta, un solo asesinato, en cualquier población, todavía conmocionaba a la opinión pública. Y el caso sigue abierto.

—¿Por qué no me contó esto antes, decano Lowell?— le pregunté.

—Porque supuse que usted lo sabía de sobra. El FBI estaba al corriente de todo, Alex. Yo mismo se lo conté. Y sé que, hace unas semanas, los federales hablaron con el doctor Sachs. Pensé que lo habían descartado como sospechoso, que la actual ola de crímenes no tenía relación con aquel asesinato de la joven pareja.

—Comprendo—le dije al decano.

Entonces le pedí a Lowell que me hiciese otro favor. ¿Podría facilitarme a mí todos los datos, acerca del doctor Sachs, que el FBI le hubiese pedido? También le expresé mi interés por ver los anuarios de la universidad de aquellos años, durante los que Sachs y Rudolph coincidieron en la universidad. Tenía que hacer un importante trabajo en casa sobre el curso del ochenta y uno.

Hacia las siete de aquella tarde, Sampson y yo volvimos a vernos con la policía de Durham. Los detectives Ruskin y Sikes nos pusieron al día sobre el curso de la investigación. También ellos estaban abrumados por la presión del caso. Quizá por eso estuviesen más amables.

—Bueno... ustedes han trabajado antes en casos tanto o más difíciles... —dijo Ruskin que, como de costumbre, era quien llevaba la voz cantante.

A Davey Sikes parecíamos seguir cayéndole tan mal como el primer día.

—Sé que no les dimos muchas facilidades al principio. Pero no duden de que, por encima de todo, queremos que cese esta carnicería.

—Tenemos tanto interés como quien más en detener a Sachs—secundó Sikes—. Pero los federales nos pisan el terreno.

Ruskin y yo sonreímos. La rivalidad entre los distintos cuerpos policiales era tan comprensible como negativa. La verdad es que yo tampoco confiaba en la brigada de homicidios de Durham. Estaba convencido de que Ruskin y Sikes nos utilizaban. Además, tenía el presentimiento de que nos ocultaban elementos de prueba.

Nos dijeron estar «empantanados» en una investigación acerca de médicos de Durham y de los condados limítrofes; sobre médicos que tuviesen antecedentes penales, como autores materiales, cómplices o encubridores de delitos graves. Wick Sachs era el principal sospechoso, pero no el único.

Aún existían muchas probabilidades de que Casanova resultara ser alguien en el que nadie hubiese pensado hasta entonces. Ocurría muy a menudo con los asesinos en serie. Era alguien que no estaba lejos… lo que no significaba que tuviese la certeza de quién era. Aquello era lo más terrible del caso, y lo más frustrante.

Nick Ruskin y Sikes nos mostraron su lista de sospechosos. Eran diecisiete. Cinco eran médicos. Kate había creído, en principio, que Casanova era médico. Y también lo creyó así Kyle Craig.

Leí los nombres de los médicos:

Dr. Stefan Romm.
Dr. Francis Constantini.
Dr. Richard Dilallo.
Dr. Miguel Fesco.
Dr. Kelly Clark.

Volví a considerar la posibilidad de que fuesen varias las personas implicadas, lo que no significaba que mis sospechas acerca del doctor Sachs se hubiesen disipado lo más mínimo.

—Usted es el gran gurú—me dijo Davey Sikes, casi susurrándomelo—. ¿Quién es el malo de la película? Ande, sea bueno y ayude a estos pobres palurdos. Detenga al hombre del saco, doctor Cross.

Capítulo 89

YA BASTANTE ENTRADA AQUELLA noche, Casanova volvió a salir de caza. Llevaba días sin entrenarse, pero aquélla iba a ser una noche importante.

Burló sin problemas el control de seguridad del Centro Médico de la Universidad Duke, pasando por una puerta lateral, muy poco utilizada, que daba al parking reservado para el personal facultativo.

De camino a su punto de destino, pasó frente a varias enfermeras parlanchinas y jóvenes médicos de serio semblante. Varios lo saludaron con una leve inclinación de cabeza e incluso le sonrieron.

Como de costumbre, Casanova encajaba perfectamente con el entorno. Tenía entrada en cualquier parte, y la utilizaba.

Iba por los asépticos pasillos del hospital con paso resuelto, dándole vueltas a la cabeza acerca de su futuro. Tanto en aquella región como en el sureste había logrado «triunfar». Pero tenía que dar por terminadas sus operaciones. Y a partir de aquella noche mismo.

Alex Cross y los otros «intrigantes» rondaban demasiado cerca de él. La policía de Durham empezaba a ser también un peligro. Se había convertido en una presa codiciada. Terminarían por encontrar la casa. O peor aún: alguien podía tener un golpe de suerte, descubrirlo y detenerlo.

De modo que había llegado el momento de marcharse.

Quizá él y Will Rudolph pudiesen trasladarse a Nueva York. O a la soleada Florida, que tanto atrajo a Ted Bundy. También Arizona podía ser un lugar agradable; pasar el otoño en Tempe o en Tucson, en las zonas universitarias rebosantes de caza. O acaso pudieran establecerse en alguno de los campus de Texas; el de Austin parecía estar muy bien. ¿En el de Urbana, en Illinois? ¿En el de Madison, en Wisconsin? ¿En el de Columbus, en Ohio?

Pero la verdad era que, personalmente, se inclinaba por Europa: Londres, Múnich o París (su versión del *grand tour*). Quizá ésa fuese la mejor alternativa, dadas las circunstancias. Un *grand tour* para sus cerebritos.

Se preguntaba si lo habría seguido alguien hasta el hospital. Quizá Alex Cross. Era una posibilidad. El doctor Cross tenía un historial impresionante. Logró detener a aquel pederasta, a aquel psicópata asesino de Washington de la variedad dominguera.

Cross tenía que ser eliminado antes de que él y Will Rudolph dejasen la zona para emprender más ambiciosos proyectos. De lo contrario, Cross lo seguiría hasta el mismo infierno.

Casanova entró en el edificio 2 de aquel hospital de laberíntica estructura. Por allí se iba al depósito de cadáveres y a la sección de mantenimiento. Los pasillos que conducían a aquel sector estaban siempre menos concurridos.

Miró hacia atrás. No lo seguían. Ya no había gente con suficientes agallas ni ingenio para arriesgarse tanto.

Quizá aún no sabían nada de él. A lo mejor no sospechaban. Pero era consciente de que acabarían por sospechar. Podían llegar a relacionarlo con lo de Roe Tierney y Tom Hutchinson; con el asesinato de aquella pareja, que aún no habían sido capaces de resolver.

Aquél fue el principio para él y Will Rudolph.

¡Cómo se alegraba de que su amigo hubiese vuelto! Se sentía mejor sabiendo que Rudolph estaba cerca. Porque Rudolph entendía de verdad lo que era el deseo y la libertad. Rudolph lo comprendía a él mejor que nadie.

Casanova empezó un ligero trote por el pasillo del edificio 2. Sus pasos resonaban en el casi vacío edificio. Minutos después estaba en el edificio 4, en el ala noroeste del hospital.

Miró de nuevo hacia atrás.

Nadie lo seguía. Nadie lo había descubierto. Y pudiera ser que nunca lo descubriese nadie.

Casanova llegó al parking, muy iluminado con una luz anaranjada, y subió resueltamente a un jeep negro aparcado cerca del edificio.

El vehículo llevaba matrícula de Carolina del Norte y la placa que lo identificaba como médico. Otra de sus máscaras.

Volvía a sentirse fuerte y seguro de sí mismo; maravillosamente vivo y libre. Estaba exultante. Podía ser uno de sus momentos más gloriosos. Se sentía como si pudiese volar por la sedosa tiniebla de la noche.

Iba a la caza de su víctima.

La doctora Kate McTiernan *volvería* a ser su siguiente víctima.

La echaba mucho de menos.

La amaba.

Capítulo 90

EL CABALLERO HABÍA TOMADO una decisión. El doctor Will Rudolph había acechado a su presa durante toda la noche.

Se le hacía la boca agua. Iba a visitar un domicilio, como era lo propio de un buen médico, de un médico de... *cabecera* que se preciase.

Casanova no quería que merodease por las calles de Durham ni de Chapel Hill. Se lo tenía prohibido. Era comprensible. Y loable. Pero... no podía obedecerlo en este caso. Volvían a trabajar juntos. Además, el peligro era mínimo por la noche, y la recompensa superaba con creces al riesgo.

Aquel nuevo episodio tenía que realizarse a la perfección y él era el más adecuado para hacerlo. Will Rudolph estaba seguro de ello. No lo lastraban los sentimientos. No tenía ningún talón de Aquiles. Casanova sí lo tenía: Kate McTiernan.

De un modo un tanto extraño, pensaba Rudolph, ella se había convertido en competidora suya. Casanova había establecido un lazo especial con ella, que estaba muy cerca de ser la «amante» que él aseguraba buscar obsesivamente. Y, por lo tanto, Kate McTiernan era peligrosa para sus relaciones con Casanova.

Durante el trayecto hacia Chapel Hill pensó en su «amigo». Había ahora entre ellos algo distinto y más satisfactorio. Estar separados durante más de un año había hecho que valorase más su relación. Su vínculo era más fuerte que nunca. Con nadie más podía hablar de sus éxitos.

«Qué triste», pensó Rudolph.

Qué curioso.

Durante el año que había pasado en California, Will Rudolph había recordado con demasiada frecuencia la lacerante soledad en que vivió de niño. Se crió en Fort Bragg, en Carolina del Norte, y luego en Asheville. Era el hijo de un ufano coronel, un verdadero hijo del sur; educado, solícito y adornado de todas las virtudes castrenses. Un perfecto caballero. Nadie adivinaba sus más inconfesables deseos y necesidades… De ahí que su soledad hubiese sido tan insoportable.

Recordaba muy bien cuándo dejó de sentirse solo. Exactamente cuándo y dónde. Recordaba su primera y alucinante entrevista con Casanova, allí mismo en el campus de Duke (un peligroso encuentro para ambos).

El Caballero recordaba la escena con absoluta nitidez.

Vivía en una pequeña habitación, como tantos otros estudiantes del campus. Casanova se presentó casi a las dos de la madrugada y le dio un susto de muerte. Parecía muy seguro de sí mismo cuando Rudolph abrió la puerta.

—¿No vas a invitarme a entrar? No creo que quieras que te diga lo que he de decirte aquí en pleno pasillo.

Rudolph lo dejó entrar y cerró la puerta. Le latía el corazón aceleradamente.

—¿Qué quieres? Son casi las dos de la madrugada...

De nuevo aquella sonrisa. Siempre tan ufano y seguro de dominar la situación.

—Tú has matado a Roe Tierney y a Thomas Hutchinson. Hacía un año que la acechabas. Y tienes aquí guardado un recuerdo suyo: su lengua, ¿verdad?

Fue el momento más dramático en la vida de Will Rudolph. Alguien sabía quién era. Alguien lo había descubierto.

—Pero no te preocupes—prosiguió Casanova—. También me consta que jamás podrá probar nadie que has sido tú. Has cometido dos crímenes perfectos o, mejor dicho, casi perfectos. Te felicito.

Rudolph fingió lo mejor que supo y se burló de sus acusaciones.

—Estás completamente loco. Sal de aquí inmediatamente. Jamás he oído nada tan disparatado.

—Cierto: es un disparate—dijo su acusador—, pero estabas deseando oírlo. Déjame que te diga algo más que deseas oír. *Comprendo* lo que hiciste y por qué. Yo también lo he hecho. Me parezco mucho a ti, Will.

Rudolph sintió de inmediato una fuerte afinidad con él. Era la primera vez que lograba sintonizar con alguien en toda su vida. ¿Sería amor? ¿Tenían las personas corrientes más sentimientos que él? ¿O se engañaban? ¿No forjarían grandilocuentes fantasías románticas acerca de lo que no era más que sexo?

En cuanto llegó a su destino, detuvo el coche bajo un enorme olmo y apagó los faros. Dos negros estaban frente al porche de la casa de Kate McTiernan.

Uno de ellos era Alex Cross.

Capítulo 91

POCO DESPUÉS DE LAS diez, Sampson y yo descendíamos por una oscura y sinuosa calle de las afueras de Chapel Hill.

Había sido un largo día de servicio para ambos, sin apenas poder bajar del coche.

A última hora de la tarde fui con Sampson a ver a Seth Samuel Taylor. También hablamos con uno de los ex profesores de Seth, el doctor Louis Freed, a quien le expuse mi hipótesis acerca de la casa «fantasma». Freed accedió a ayudarme en la investigación para intentar localizarla.

Yo apenas le había hablado aún a Sampson de Kate McTiernan. Y pensé que ya era hora de que se conociesen. La verdad era que yo aún no sabía qué podía significar mi amistad con ella, y creo que tampoco Kate. Quizá Sampson pudiese ayudarme a ver más claro. Porque no me cabía duda de que le faltaría tiempo para darme su opinión.

—¿Haces todas las noches tantas horas extras?— preguntó Sampson cuando llegamos a la calle de Kate, al «Callejón de las Solteronas», como decía ella.

—Haré las que haga falta hasta que encuentre a Chispa

o tenga que rendirme a la evidencia—le contesté—. Luego, te prometo tomarme una noche libre.

—Una canita al aire, ¿eh?

Bajamos del coche, enfilamos hacia la puerta del edificio y llamé al timbre.

—¿No tienes llaves?—preguntó Sampson con sorna.

Kate encendió la luz del dintel. Me extrañó que la tuviese apagada. ¿Para ahorrar unos centavos cada mes? ¿Porque la luz atraía a los mosquitos? ¿Porque era tan terca que confiaba en atraer a Casanova? Esto era lo más probable, conociendo a Kate como creía haber llegado a conocerla. Kate tenía tantas ganas de atraparlo como yo.

Salió a abrirnos con una raída sudadera gris, tejanos descoloridos y rozados y descalza, con las uñas de los pies pintadas de rojo. Llevaba el pelo suelto, por los hombros, y estaba preciosa.

—Esta condenada casa mía atrae a los bichos— comentó Kate en tono irónico, a la vez que miraba hacia un lado y otro del porche.

Me abrazó y me besó en la mejilla. Recordé nuestra casta noche en la cama. ¿Dónde iría a parar iría a parar nuestra relación? Aunque, por otro lado, pensé que no tenía por qué conducir a nada especial.

—Hola, John—lo saludó ella con un enérgico apretón de manos—. Sé algunas cosillas de ti, de cuando teníais diez años. Puedes contarme el resto mientras tomamos unas cervezas. Así tendrás la oportunidad de darme… tu versión—añadió sonriente.

—De modo que tú eres la famosa Kate—dijo Sampson reteniéndole la mano y mirando con fijeza a sus profundos ojos marrones—. Tengo entendido que te pagaste los estudios trabajando de camarera en un hostal de carretera. Y que eres nada menos que cinturón negro—remató con una risueña reverencia.

—Me temo que Alex nos ha estado poniendo verdes a nuestras espaldas. Lo vamos a zurrar... ¿Me ayudas?

—Ya ves cómo es Kate—le dije a Sampson al traspasar la puerta—. ¿Qué te parece?

—No sé qué habrá visto en ti, pero le gustas—me contestó—. Aunque también parezco gustarle yo, que es bastante más lógico.

Pasamos a la cocina y nos sentamos a charlar desenfadadamente. Sampson y yo bebimos cerveza y Kate se preparó un té. Al momento me percaté de que Kate y Sampson se caían bien. Y no era de extrañar porque eran los dos muy agradables. Ambos eran independientes, listos y generosos.

La puse al corriente de la marcha de la investigación; de nuestra decepcionante entrevista con Ruskin y Sikes. Ella nos habló de su día en el hospital e incluso nos citó literalmente notas que había tomado sobre el caso.

—Parece que, además de un cinturón negro, tienes una memoria visual prodigiosa—dijo Sampson enarcando las cejas—. No me extraña que Alex esté tan impresionado.

—Vaya... ¿así que te impresiono, eh?—exclamó Kate mirándome—. Pues eso se dice, hombre.

—Aunque no lo creas, Kate no es demasiado egocéntrica—le hice saber a Sampson—. Una rara enfermedad en este fin de siglo. Debe de ser porque no ve la televisión. Prefiere leer.

—No es de buena educación analizar a los amigos delante de otros amigos—me reprendió Kate dándome una palmada en el brazo.

A continuación pasamos a hablar del doctor Wick Sachs y de sus enfermizos juegos, de harenes, de máscaras y de la casa «fantasma». Y de la nueva hipótesis que le había expuesto a Louis Freed.

—Estaba leyendo un libro cuando habéis llegado—nos dijo Kate—. Es un ensayo sobre el apremio sexual de los varones, la belleza natural y el poder que ejerce. Aborda el tema de los hombres modernos que tratan de distanciarse de sus madres, de la asfixiante madre «cosmológica». Sostiene que muchos hombres desean la libertad para afirmarse en su identidad masculina, pero que la sociedad contemporánea frustra continuamente ese intento. ¿Qué opináis?

—Los hombres serán siempre hombres—confirmó Sampson enseñando sus blancos dientes—. Es un buen tema. En el fondo de nuestro corazón seguimos siendo como los tigres y los leones. De todas maneras, como nunca he conocido a una madre «cosmológica», me abstendré de comentar esa parte de tu ensayo.

—¿Y tú, Alex?—me preguntó Kate—. ¿Eres un tigre o un león?

—Nunca me han gustado algunas de las características comunes a muchos hombres. *Somos* increíblemente reprimidos y, por lo tanto, monocromáticos, carecemos de matices. Somos inseguros, defensivos. Lo que hacen Rudolph y Sachs es llevar al extremo la afirmación de la masculinidad. Se niegan a dejarse reprimir por las costumbres y las leyes de la sociedad.

—Alex *dixit*—se burló Sampson.

—Se creen más listos que nadie—dijo Kate—. Por lo menos, Casanova cree ser poco menos que un genio. Se ríe de nosotros. Es un verdadero cabrón.

—Por eso estoy aquí—replicó Sampson—. Para atraparlo, meterlo en una jaula y tirar la llave.

Pasamos el rato así y se nos fue el tiempo «en un suspiro», como dice mi abuela. Teníamos que marcharnos. Y, como de costumbre, traté de convencer a Kate para que pasase la noche en un hotel. Pero fue tan inútil como en ocasiones anteriores.

—Gracias. No quiero—dijo mientras nos acompañaba hasta el porche—. No puedo correr el riesgo de que me cace fuera de mi casa. De eso ni hablar. Si vuelve, me enfrentaré a él.

—Deberías hacer caso a Alex. Es un buen consejo—le recomendó Sampson.

Kate meneó la cabeza con su característica terquedad. Era inútil discutir con ella.

—De ninguna manera. No sufráis, no va a ocurrirme nada. Lo prometo.

No le pregunté a Kate si podía quedarme, aunque lo deseaba. Pero no estaba seguro de que ella quisiera que me quedase. Era un poco complicado con Sampson allí. Podía haber dejado que volviese en mi coche, pero ya eran más de las nueve y media y los tres necesitábamos dormir. De modo que optamos por marcharnos sin más dilación.

—Es muy *maja*. Muy *interesante*. Y muy *lista*. O sea, que no es tu tipo—me dijo Sampson en cuanto arranqué—. Es... *mi tipo*—añadió.

Al llegar a la esquina, volví la cabeza y miré hacia la casa. Había refrescado. Debíamos de estar a poco más de 15°C. Kate había vuelto a apagar la luz del dintel y había entrado. Era terca, pero lista. Gracias a eso logró terminar la carrera y superar la muerte de tantos seres queridos. No iba a ocurrirle nada.

Pero... en cuanto llegué a mi habitación del hostal, llamé a Kyle Craig.

—¿Qué sabe de Sachs?—le pregunté.

—Tranquilo. Ya está en su casa. No hay por qué preocuparse.

Capítulo 92

DESPUÉS DE QUE ALEX y Sampson se hubieron marchado, Kate pasó revista a todas las habitaciones de la casa y cerró bien puertas y ventanas.

Sampson le había caído muy bien. Era simpático, amable, enorme y… amedrentador. Se alegraba de que Alex le hubiese presentado a su mejor amigo.

Mientras recorría el apartamento, inspeccionando las caseras medidas de seguridad de su hogar, le daba vueltas a la cabeza a la posibilidad de empezar una nueva vida, lejos de Chapel Hill.

«Es como si viviese una película de Hitchcock—se dijo—. Como si Alfred Hitchcock hubiese vivido lo bastante para ver la locura y el horror de los noventa».

Agotada, se metió al fin en la cama. ¡Vaya…! Estaba llena de migas de pan y de bizcocho. No la había hecho aquella mañana. Últimamente dejaba muchas cosas por hacer, y aquello la sublevaba.

Kate se tapó con la colcha hasta el mentón, pese a que no hacía frío (estaban ya a primeros de junio). Pura y simplemente, tenía miedo. Su ansiedad no cesaría mientras Casanova andase suelto. Fantaseaba con la idea de matarlo. Se imaginaba yendo a la casa de Wick Sachs. Ojo por ojo. Lo decía la Biblia.

Le hubiese gustado que Alex se quedase; hablar con él como siempre lo hacían; que estuviese con ella en aquellos momentos. Pero no había querido violentarlo delante de Sampson.

Aquella noche deseaba estar entre los brazos de Alex. Y pudiera ser que algo más. Quizá ya estuviese preparada para algo más. Aunque en el fondo no estaba segura de nada. Últimamente, le había dado por rezar. O sea que, a lo mejor, sí creía en algo. No eran plegarias muy personales, pero eran plegarias. *Padre nuestro... Ave María...*

Quizá no fuese la única en reaccionar así en momentos de apuro.

—Me gustaría que existieras, Dios mío—musitó—. Ojalá te guste a ti que yo... siga existiendo.

No podía dejar de obsesionarse con Casanova, con el doctor Wick Sachs, con la misteriosa casa «fantasma» y las otras mujeres que seguían allí secuestradas. Pero estaba tan acostumbrada a sufrir pesadillas que terminó por dormirse.

Y no lo oyó entrar.

Capítulo 93

TICTAC. DE NUEVO EL falómetro. La polvera de relojería estaba otra vez a punto de estallar.

Kate oyó un ruido. Una tabla del suelo del dormitorio crujió a su derecha.

Fue un crujido leve, pero inconfundible.

No soñaba ni eran figuraciones suyas. Notó que él volvía a estar en su habitación.

No, por favor… Que fuera una alucinación. Que fuera una pesadilla. Que todo lo que había ocurrido desde hacía un mes fuera una pesadilla.

«¡Oh, Dios mío!», exclamó Kate para sí.

¡Estaba en su habitación! ¡Había vuelto! Era tan espantoso que le parecía irreal.

Contuvo el aliento. En el fondo, nunca había creído que volviese. Y ahora comprendía su terrible error (el más grave de su vida, aunque confiaba en que no fuese el último).

¿Quién era aquel loco? ¿La odiaba tanto como para jugárselo todo por ella? ¿O creía de verdad amarla, aquel patético y enfermo cabrón?

Se sentó en el borde de la cama, muy tensa, alerta a

cualquier nuevo ruido. Estaba lista para abalanzarse sobre él.

Cric.

El mismo ruido de antes. Lo había oído a su derecha.

Al instante vio su silueta y tragó saliva. Casi no podía respirar.

Allí estaba aquel maldito.

Una potente energía, producto del odio, brotó entre ellos como una descarga eléctrica. Se miraron. La fulminaba con la mirada. Recordaba muy bien aquellos ojos.

Kate trató de esquivar su primer golpe, pero no pudo. Fue tan rápido como la vez anterior. Sintió un fuerte dolor en el hombro y en el costado izquierdos. Gracias a su entrenamiento logró mantener el equilibrio. Afirmó los pies en el suelo y se dispuso a hacerle frente. Sus ganas de vivir redoblaban sus energías.

—Un error—susurró ella—. Esta vez lo has cometido tú.

Se fijó en la silueta del cuerpo del intruso, que ahora se veía iluminado por la luz de la luna que penetraba por la ventana.

Kate tragó saliva y le lanzó una potente patada. El pie impactó en la cara. Oyó crujir el hueso y un grito agudo.

«Golpéalo de nuevo, Kate».

Le lanzó una nueva patada en la oscuridad. Lo alcanzó en el plexo solar y lo oyó gruñir de dolor.

—¿Qué? ¿Te gusta?—le gritó Kate—. ¿Te gusta?

Lo tenía. Se juró que esta vez no iba a poder con ella. Iba a detener a Casanova ella sola. Lo tenía a su merced. Pero antes de inmovilizarlo quería herirlo de muerte.

Lo volvió a golpear. Fue un golpe en corto, seco, potente y rápido como el rayo.

Kate estaba exultante. Casanova se tambaleaba y aullaba de dolor. Se le venció la cabeza hacia atrás. Pero deseaba rematarlo. Lo quería en el suelo, a sus pies. Insconsciente. Luego encendería la luz y lo volvería a golpear.

—Esto sólo han sido caricias—le cspctó clla—. Falta lo mejor.

Trastabilló. Estaba a punto de desplomarse.

Pero de pronto… sintió un fuerte golpe en la cabeza por detrás, tan fuerte que le cortó la respiración.

No podía creer que la hubiesen sorprendido por la espalda. Sintió un dolor tan intenso como si le hubiesen pegado un tiro.

Esta vez, Casanova no iba solo.

Capítulo 94

AUNQUE MUY DOLORIDA, KATE seguía en pie. Y entonces vio al otro hombre que había irrumpido en su dormitorio.

El nuevo agresor la golpeó en la frente. Kate oyó un ruido metálico y notó que se desplomaba, que perdía el mundo de vista. Había dos monstruos en su dormitorio. Sus voces parecían flotar encima de ella.

—No tenías que haber venido.

Reconoció la voz de inmediato. Era Casanova. Le hablaba al otro intruso. ¿Sería Will Rudolph?

—Soy yo precisamente quien tenía que venir. Yo no tengo nada que ver con esta zorra. No me importa lo más mínimo. Piénsalo bien.

—De acuerdo, Will, de acuerdo. ¿Qué quieres hacer con ella?—preguntó Casanova.

—Personalmente, me gustaría comérmela a bocaditos—contestó el doctor Will Rudolph—. ¿O te parece excesivo?

Se echaron a reír como si hubiesen oído un chiste especialmente gracioso en la barra de un bar. Kate estaba a punto de desvanecerse.

Will Rudolph dijo que le había traído *flores*. Y ambos volvieron a reír. De nuevo cazaban juntos. Nadie podría detenerlos. Kate notaba su olor corporal, a almizcle, un fuerte vaho que parecía adoptar forma humanoide.

Permaneció consciente largo rato. Luchó con todas sus fuerzas, con una tenacidad y un valor temerarios. Pero al fin se apagó como la pantalla de un viejo televisor. Vio una imagen borrosa, luego un puntito luminoso. Después nada. Fue así de simple, así de prosaico.

Cuando hubieron terminado encendieron las luces, para que los admiradores de Kate McTiernan pudiesen ver bien lo que habían hecho con ella.

Capítulo 95

NO PODÍA CONTROLAR EL temblor de brazos y piernas mientras trataba de recorrer los ocho kilómetros que separaban Durham de Chapel Hill. Me castañeteaban los dientes.

Tuve que parar en una perpendicular a Chapel Hill-Durham Boulevard por miedo a estrellarme. No podía dominar el volante. Me recosté en el asiento con las luces de los faros encendidas, viendo danzar las motas de polvo y los minúsculos insectos en los haces de luz, que casi se confundían ya con la incipiente claridad de la mañana.

Respiré hondo varias veces, tratando de serenarme. Eran poco más de las cinco y ya se oían los trinos de los pájaros. Pero no quise oírlos y me tapé los oídos con las manos.

Sampson se había quedado durmiendo en el hotel. Era tal mi desesperación al salir que debí de quedarme en blanco, olvidar que mi amigo estaba allí conmigo.

Kate nunca le había tenido miedo a Casanova. Se creía capaz de defenderse por sí misma, incluso después de haberla secuestrado.

Sabía que era absurdo culparme por lo ocurrido, pero

me culpaba. No sé cuándo ni por qué, pero hacía tiempo que había dejado de comportarme como un verdadero policía. Quizá aquello tuviera un lado positivo, pero no encajaba con mi profesión. Si uno dejaba que los sentimientos lo dominasen, se sufría demasiado. Era el medio más rápido y seguro para «quemarse».

Al cabo de unos minutos volví a la carretera, y un cuarto de hora después estaba frente a la destartalada casa de la apartada calle de Chapel Hill.

El «Callejón de las Solteronas», la llamaba Kate.

Aún podía ver su cara, su dulce y serena sonrisa; el entusiasmo y la convicción que irradiaba por todo lo que le importase. Aún podía oír su voz.

Hacía menos de tres horas que Sampson y yo habíamos estado en aquella casa. Yo tenía los ojos llenos de lágrimas y la cabeza a punto de estallar. Estaba fuera de mí.

«Si vuelve, me enfrentaré a él», fue una de las últimas cosas que le oí decir.

Los coches patrulla de la policía local, las ambulancias y las furgonetas de la televisión atestaban la estrecha calle. Ver el lugar de un crimen siempre me había revuelto el estómago. Más aún en aquel caso. Parecía que todo Chapel Hill se hubiese congregado frente al apartamento de Kate.

A la tibia luz de la madrugada, todos parecían pálidos y taciturnos. Estaban perplejos y furiosos.

La ciudad había destacado siempre por su apacible ambiente universitario y liberal. Era un seguro refugio del enloquecido caos del resto del mundo. Ésa era la razón por la que muchos habían elegido vivir allí.

Pero todo había cambiado. Casanova había cambiado la ciudad para siempre.

Abrí la guantera y rebusqué a ciegas unas gafas que debían de estar pringosas, porque rara vez me las ponía. En realidad, eran de Sampson, que se las regaló a Damon para que tuviese aspecto de duro como él si tenía que vérselas... conmigo.

Era yo quien necesitaba tener aspecto de duro en aquellos momentos.

Capítulo 96

ME TEMBLABAN LAS PIERNAS al encaminarme hacia la entrada de la casa de Kate. No sé si tendría aspecto de duro, pero por dentro me sentía muy débil.

Los reporteros de prensa disparaban sus *flashes* una y otra vez hacia mí. Me sonaban a ahogados disparos. Varios periodistas se me acercaron, pero les indiqué con elocuentes ademanes que no iba a detenerme.

—¡Apártense!—tuve que espetarles a dos especialmente insistentes—. Ahora no. ¡He dicho que ahora no!

Pero reparé en que los reporteros y los fotógrafos estaban tan perplejos y confusos como yo.

Había agentes del FBI y de la policía de Chapel Hill en el lugar de la incalificable y cobarde agresión. Nick Ruskin y Davey Sikes habían llegado desde Durham. Sikes me fulminó con la mirada, como si me reprochase estar allí.

También había llegado Kyle Craig. Él era quien me llamó al hostal para darme la terrible noticia. Nada más verme, se me acercó y posó su mano en mi hombro.

—Está muy mal, Alex, pero resiste. Debe de tener unas enormes ganas de vivir. La sacarán de un momento a otro. Quédese aquí conmigo. No entre. Hágame caso en esto, por favor.

Al oír a Kyle, temí desplomarme frente a las cámaras, frente a conocidos y extraños. Estaba tan descompuesto, tan fuera de mí, que hice caso omiso del consejo de Kyle Craig, entré en la casa y miré todo lo que fui capaz de soportar.

Casanova había vuelto a entrar en su dormitorio... Había estado allí mismo...

Pero... había algo raro... Algo no encajaba... No acertaba a ver qué era...

Dos médicos que habían llegado en la ambulancia del Centro Médico de la Universidad Duke colocaron a Kate en una camilla (de las que utilizaban cuando se presumía que la víctima tenía fracturas en la espalda o heridas graves en la cabeza). No recordaba haber visto nunca transportar a alguien tan delicadamente. Los médicos estaban pálidos. Quienes se agolpaban frente a la puerta guardaron un absoluto silencio.

—Van a llevarla al Centro Médico de la Universidad Duke. Puede que no les guste nada a los del hospital universitario, pero el Centro Médico tiene las mejores instalaciones del estado—me dijo Kyle, que trataba de confortarme, y la verdad es que lo conseguía.

«Algo no encaja—me repetí—. Aquí hay algo muy raro... ¡Piensa! ¡Concéntrate!».

Sin embargo, no lograba coordinar mis ideas. No había manera.

—¿Qué hay de Wick Sachs?—le pregunté a Kyle.

—Llegó a casa antes de las diez. Y allí sigue... Aunque no podemos estar completamente seguros de que no haya vuelto a salir. No es imposible que haya burlado la vigilancia. A lo mejor tiene alguna salida secreta, pero no lo creo.

Dejé a Kyle y me acerqué a uno de los médicos. Los reporteros volvieron a disparar sus *flashes*.

—¿Puedo ir con ella en la ambulancia?

—No, no señor—contestó el médico en tono amable y abatido—. Sólo los familiares podrían acompañarla. Lo siento, doctor Cross.

—Esta noche, su familia soy yo—repliqué.

Ignoré por completo al médico y subí a la parte de atrás de la ambulancia. El médico no intentó impedirlo, aunque no lo habría conseguido.

Yo tenía los músculos agarrotados. Kate yacía flanqueada por los aparatos de reanimación. Temí que ya hubiese muerto. Me senté a su lado y cogí con sumo cuidado su mano izquierda por la punta de los dedos.

—Soy Alex—le susurré—. Resiste, Kate, resiste. Eres fuerte. Ahora necesitas más que nunca tu fortaleza.

El mismo médico que acababa de decirme que no podía subir se sentó a mi lado. Se había sentido obligado a recordarme cuáles eran las normas, pero no se preocupó por aplicarlas. Vi en su placa de la bata blanca que era el doctor B. Stringer de urgencias del Centro Médico de la Universidad Duke. Le debía un gran favor.

—¿Cómo lo ve usted, doctor?—le pregunté mientras la ambulancia arrancaba.

—Es una pregunta muy difícil de contestar. El solo hecho de que esté viva ya es un milagro—me dijo en tono grave y susurrante—. Tiene múltiples fracturas, contusiones, varias heridas abiertas, los dos pómulos fracturados y probables desgarros en los músculos del cuello. Ha debido de luchar con él como una fiera. No sé cómo, pero ha tenido la suficiente presencia de ánimo para engañarlo.

Kate tenía la cara hinchada y tumefacta. Estaba casi irreconocible, y, por lo que me acababan de decir, igual debía de estar el resto de su cuerpo.

Seguí sin soltarle la mano mientras la ambulancia aceleraba hacia el Centro Médico.

¿Qué había tenido la suficiente presencia de ánimo para engañarlo?

Tratándose de Kate, no me sorprendía.

De pronto me asaltó otra perturbadora idea. En realidad, cruzó por mi mente frente a la casa.

Creí adivinar qué había ocurrido en la habitación de Kate.

Will Rudolph había estado en su dormitorio, ¿verdad? El Caballero había participado en la agresión. Tenía que haber sido él. Era su estilo: la brutalidad. *La rabia.*

No había nada que apuntase a Casanova. Faltaba su toque… «artístico». Había sido una agresión desmesuradamente violenta, pero… ¡colaboraban! Dos monstruos unidos para el crimen.

Quizá Rudolph sintiese celos de Kate porque Casanova se hubiese enamorado de ella. Quizá, en su mente enferma, la viese como un obstáculo que se interponía entre los dos. Acaso hubiese dejado a Kate con vida a propósito… para que vegetara el resto de su vida.

Ahora actuaban juntos, ¿verdad? De modo que eran dos los asesinos que había que detener.

Capítulo 97

EL FBI Y LA policía de Durham decidieron citar al doctor Wick Sachs para que se presentase en el Departamento de Policía, al objeto de interrogarlo. Era un paso crucial para el esclarecimiento del caso.

Un agente especial llegó desde Virginia para dirigir el delicado interrogatorio. Era uno de los mejores detectives del FBI, un hombre llamado James Heekin, que sometió a Sachs a un largo interrogatorio que duró toda la mañana.

Kyle Craig, los detectives Nick Ruskin y Davey Sikes, Sampson y yo los observamos a través de un falso espejo. Me sentí como un indigente con la nariz pegada a la ventana de un caro restaurante.

El agente Heekin era un buen profesional, paciente y tan hábil como un experto fiscal de distrito. Pero también lo era Wick Sachs, que se mostró coherente y frío ante el fuego graneado que, en forma de preguntas, le lanzó James Heekin. Estuvo incluso arrogante.

—Ese cabrón es muy escurridizo—dijo Davey Sikes desde nuestro punto de observación.

Tranquilizaba ver que, por lo menos, la policía local parecía mostrar verdadero interés en el caso. En cierto modo, yo me hacía cargo de su difícil posición, porque, hasta entonces, se habían visto reducidos casi al papel de meros espectadores.

—¿Qué pueden utilizar contra Sachs? Si nos han ocultado algo, me gustaría que nos lo dijesen—le comenté a Nick Ruskin junto a la máquina del café.

—Lo hemos llamado para interrogarlo porque nuestro jefe es un imbécil—me contestó Ruskin—. Aún no tenemos nada con qué incriminarlo.

No estaba muy seguro de poder confiar en que lo que Ruskin me decía fuese cierto.

Después de casi dos horas de tensa esgrima, el agente Heekin apenas sacó en limpio más que Wick Sachs era un coleccionista de revistas y libros eróticos, y que, en los once años que llevaba en la universidad, había mantenido relaciones sexuales con profesoras y estudiantes (consentidas, en todos los casos).

Pese a lo mucho que deseaba ver a Sachs entre rejas, la verdad era que no acababa de comprender por qué lo habían llamado para interrogarlo y, sobre todo, ¿por qué precisamente en aquel momento?

—Hemos averiguado de dónde procede su dinero—me comunicó Kyle—. Sachs es propietario de una agencia de señoritas de compañía que opera en Raleigh y Durham. Es la agencia Kissmet. Anuncia «modelos de lencería» en las Páginas Amarillas. Esto significa que, como mínimo, el doctor Wick Sachs tendrá serios problemas con Hacienda. Washington ha ordenado que lo presionemos. Temen que desaparezca de un momento a otro.

—No estoy de acuerdo con los de Washington—le dije a Kyle.

Me constaba que muchos agentes del FBI llamaban

al cuartel general la Disneylandia del este. Y entendía por qué. Podían echar a perder toda la investigación con su... mando a distancia.

—¿Y quién cree que está de acuerdo con Washington?—exclamó Kyle encogiéndose de hombros. Era su manera de reconocer que ya no controlaba del todo la situación. El caso había adquirido demasiada envergadura—. Por cierto... ¿cómo está Kate?

Yo había hablado ya tres veces por teléfono con el Centro Médico aquella mañana. Tenían mi número de contacto en la jefatura de Durham, por si se producía alguna variación en el estado de Kate.

—Sigue grave, pero resiste.

Tuve oportunidad de hablar con Wick Sachs poco antes de las once de aquella mañana. Fue una concesión que me hizo Kyle.

Intenté no pensar en Kate antes de verme a solas con Wick Sachs entre cuatro paredes. Estaba tan furioso que tendría que hacer un gran esfuerzo para dominarme.

—Deja que entre contigo, Alex—me dijo Sampson cogiéndome del brazo antes de entrar.

Pero no le hice caso y entré solo a hablar con Wick Sachs.

—Me lo voy a cargar—dije.

Capítulo 98

—BUENOS DÍAS, DOCTOR SACHS.

La iluminación en el pequeño e impersonal cuarto de interrogatorios era más intensa y deslumbrante de lo que parecía desde el otro lado del falso espejo.

Sachs tenía los ojos enrojecidos y noté que estaba tan tenso como yo. Sin embargo, se mostró tan arrogante y seguro de sí mismo conmigo como con el agente Heekin.

Me pregunté si eran los ojos de Casanova los que tenía delante. ¿Podía ser aquél el monstruo que tenía que detener?

—Me llamo Alex Cross—le dije nada más sentarme en la despintada silla metálica que me correspondió—. Naomi Cross es mi sobrina.

—Sé muy bien quién es usted—me contestó entre dientes con ligero acento sureño, algo que, de entrada, me contrarió porque, según Kate, Casanova no tenía acento—. Leo los periódicos, doctor Cross—añadió—. No conozco a su sobrina. Leí que la han secuestrado.

—Bien. Si lee los periódicos, también debe de estar al corriente de las canalladas de un malnacido que se hace llamar Casanova.

Sachs sonrió con desdén. O así me lo pareció. Sus ojos azules estaban llenos de desprecio. No era difícil adivinar por qué se le detestaba tanto en la universidad. Llevaba su cuidado pelo rubio alisado hacia atrás. Sus gafas de montura de concha le daban un aspecto impertinente y achulado.

—No hay el menor precedente de violencia por mi parte en toda mi vida. Jamás podría cometer esos horrendos crímenes. Soy incapaz de matar a un mosquito. Mi aversión a la violencia está bien probada.

«Por supuesto—pensé—. Todas sus fachadas, todos sus camuflajes están perfectamente estudiados, ¿verdad? Una buena esposa, que es, además, enfermera. Dos hijos. Su "bien probada" aversión a la violencia».

Me froté el rostro con ambas manos. Tenía que hacer un gran esfuerzo para no pegarle. Él seguía tan arrogante y digno como al principio.

—Le he echado un vistazo a su biblioteca de pornografía—le susurré inclinándome hacia delante—. He estado en su sótano, doctor Sachs. Su colección está llena de perversiones y violencias sexuales. Abundan temas de degradación física de hombres, mujeres y niños. Puede que esto no signifique un «precedente» violento, pero me permite hacerme una idea de su carácter.

—Soy un destacado filósofo y sociólogo—dijo Sachs con un desdeñoso ademán—. Y, ciertamente, estudio el erotismo… igual que usted estudia la mente criminal. No soy un psicópata, doctor Cross. Mi colección de temas eróticos es clave para entender muchas de las fantasías de la cultura occidental, de la escalada en el enfrentamiento entre hombres y mujeres—afirmó en un tono profesoral—. No obstante, la verdad es que no tengo por qué comentar con usted nada que pertenezca a mi vida privada. No he infringido ninguna ley. Estoy aquí por propia voluntad. Usted, en cambio, ha entrado en mi casa sin un mandamiento judicial.

—¿A qué cree usted que se debe su gran éxito con las mujeres?—le pregunté, tratando de desconcertarlo—. Sabemos que ha hecho muchas conquistas entre las estudiantes de la universidad; muchachas jóvenes y bonitas; alumnas suyas, en algunos casos. Sobre esto sí existen *precedentes*.

Por un momento, me pareció que se sulfuraba. Pero en seguida se rehízo y reaccionó de un modo extraño, y tal vez muy revelador. Dejó traslucir su necesidad de dominar la situación, de ser la estrella, incluso ante mí, por más insignificante que me considerase.

—¿Que por qué tengo éxito con las mujeres, doctor Cross?—dijo Sachs sonriente, pasándose la lengua entre los dientes.

El mensaje era sutil pero claro. Me decía saber cómo dominar sexualmente a la mayoría de las mujeres. Siguió sonriendo: una obscena sonrisa de un hombre obsceno.

—Muchas mujeres desean liberarse de sus inhibiciones sexuales—prosiguió—, especialmente las jóvenes, las estudiantes. Y yo las libero. Libero a tantas como puedo.

Aquello acabó con mi paciencia. Me abalancé sobre él, la silla se volcó hacia atrás y yo me eché encima de él, que gruñó de dolor. Lo inmovilicé, aunque me contuve para no machacarlo a puñetazos. Me percaté de que era absolutamente incapaz de poder conmigo. No sabía luchar. No era muy fuerte, ni muy atlético.

Nick Ruskin y Davey Sikes irrumpieron en el cuarto

como un rayo, seguidos de Kyle y Sampson. Trataron de quitarme a Sachs de las manos. Lo solté por propia voluntad. No le había hecho daño ni había tenido intención de hacérselo.

—No es físicamente fuerte. Casanova sí. Este hombre no es el monstruo que buscamos. *No es Casanova.*

Capítulo 99

AQUELLA NOCHE, SAMPSON Y yo cenamos en un buen restaurante de Durham que, curiosamente, se llamaba Nana's.

Ninguno de los dos tenía mucho apetito. No les hicimos debidamente los honores a los dos enormes filetes, con chalotes y una montaña de puré de patata con ajo.

Hablamos de Kate. En los cuidados intensivos del hospital me habían dicho que seguía grave y que, si salvaba la vida, tenía pocas probabilidades de recuperarse por completo; ni siquiera de estar en condiciones para ejercer la medicina.

—¿Sois sólo amigos?—me preguntó Sampson con todo el tacto de que es capaz cuando quiere.

—Exacto. Sólo amigos. Podía hablar con ella de cualquier cosa, con una espontaneidad que casi tenía olvidada. Nunca me he sentido tan cómodo con una mujer... tan pronto, salvo con Maria.

Sampson optó por limitarse a escuchar, a dejar que fuese yo quien de manera espontánea se lo contase. Me conocía bien.

Mientras porfiábamos con las sobreabundantes

raciones sonó mi «busca». Era Kyle Craig. Al momento fui a llamarlo desde el teléfono de la planta baja del restaurante. Lo localicé en su coche. Iba de camino a Hope Valley.

—Vamos a detener a Wick Sachs por los asesinatos de Casanova—me dijo.

Por poco se me cae el teléfono de la mano.

—¿Cómo ha dicho?—le grité sin dar crédito a lo que acababa de oír—. ¿Cuándo? ¿Cómo? ¿Cuándo se ha tomado esa decisión? ¿Quién la ha tomado?

—Dentro de un par de minutos entraremos en su casa—me contestó Kyle con su acostumbrada frialdad—. Es cosa del jefe de la policía de Durham. Encontró algo en la casa. *Una prueba material.* Será una detención conjunta: FBI y policía local de Durham. He querido que lo supiese, Alex.

—Ese hombre no es Casanova. No detengan a Wick Sachs—casi le grité.

Hablaba desde un teléfono público que estaba en un estrecho pasillo del restaurante. Continuamente pasaban clientes que entraban y salían de los comedores. Me miraban con una hostilidad no exenta de temor.

—Ya está acordado—dijo Kyle—. Yo también lo siento.

Kyle interrumpió la comunicación. No me dio opción a más.

Sampson y yo salimos de estampida del restaurante en dirección a la casa de Sachs.

—¿Podrían tener pruebas contra él, que tú desconozcas, suficientes para detenerlo?—me preguntó Sampson.

Era una pregunta dura para mí, porque venía a decirme hasta qué punto podían tenerme al margen de todo.

—Dudo que Kyle tenga algo consistente para detenerlo todavía. Me lo habría dicho. ¿La policía de Durham? No sé a qué juega. Lo que sí sé es que Ruskin y Sikes van a lo suyo. También nosotros nos hemos visto en la posición en la que se encuentran ellos ahora.

Cuando llegamos a Hope Valley, descubrimos que no éramos los únicos a quienes se había avisado de la detención. La apacible calle de aquella zona residencial estaba atestada de vehículos. Había coches patrulla y coches de las brigadas de paisano por todas partes.

—La han jodido. Parece una fiesta campestre—dijo Sampson al bajar del coche—. Nunca he visto semejante metedura de pata.

—Se veía venir. Ese enconado conflicto de competencias tenía que conducir a una pesadilla—comenté temblando como un vagabundo en invierno.

Me encontraba con un tropiezo tras otro. Ya no le veía sentido a nada. ¿Hasta qué punto me habían tenido al margen?

Al verme, Kyle Craig se me acercó y me cogió firmemente del brazo. Tuve la sensación de que, si lo consideraba necesario, recurriría a la violencia para contenerme.

—Sé lo furioso que está. Y también yo lo estoy. No ha sido cosa nuestra, Alex. En esta ocasión, la policía local nos ha ganado por la mano. Ha sido una decisión personal del jefe de la policía. La presión política ha sido tan fuerte que ha llegado hasta el mismo Senado estatal. Esto huele tan mal que echa para atrás.

—¿Qué han encontrado en la casa? ¿De qué prueba material se trata? ¿No serán los libros?

—Ropa interior femenina—contestó Kyle—. Tenía un escondrijo lleno. Han encontrado una camiseta de la universidad que pertenece a Kate McTiernan. Y, por lo visto, también Casanova guarda esta clase de «souvenirs». Igual que el Caballero de Los Ángeles.

—Él no haría eso. No es como Casanova—repliqué—. Tiene a las chicas y su ropa en una casa secreta. Es de una meticulosidad obsesiva. No, Kyle, esto es una barbaridad. Así no se va a solucionar el caso. Es un grave error.

—No esté tan seguro. Aunque sus argumentos sean lógicos, no va a conseguir evitar la detención.

—O sea, ¿que la lógica y el sentido común no importan?

—Me temo que ahora no.

Nos encaminamos hacia el porche trasero de la casa de Sachs. Las cámaras de televisión filmaban todo lo que se movía. Allí estaba el gran circo de los medios informativos. Un verdadero desastre para la investigación.

—Han registrado la casa a última hora de esta tarde—me explicó Kyle mientras caminábamos—. Han traído perros de Georgia, especialmente entrenados.

—¿Y por qué habrían de hacer algo así? ¿A qué venía registrar de pronto la casa de Sachs?

—Han recibido una información, y tenían buenas razones para creer que era cierta. Esto es lo que he conseguido que me digan. A mí también me han dejado fuera de juego, Alex. Y estoy tan soliviantado como usted.

Estaba tan extenuado y furioso que se me nublaba la vista. Sentí el impulso de gritar, de emprenderla a patadas con todo.

—¿Le han dicho algo acerca del anónimo comunicante? ¡Por Dios, Kyle! ¡Un comunicante anónimo! ¡Por Dios bendito!

Wick Sachs se hallaba en aquellos momentos

prisionero en su hermosa mansión. La policía de Durham quería que el acontecimiento se televisase a todo el país. A eso se reducía todo para ellos: un sonado triunfo de los servidores de la ley de Carolina del Norte.

Se habían equivocado de hombre. Y lo iban a exhibir ante el mundo.

Capítulo 100

RECONOCÍ AL JEFE DE la policía de Durham de inmediato. Era un hombre de poco más de cuarenta años, con pinta de ex jugador de rugby. Robby Hatfield debía de rondar el metro noventa y tenía el mentón cuadrado y fuerte.

Estaba tan furioso que incluso me pasó por la cabeza que él pudiera ser Casanova. El papel le cuadraba. Incluso encajaba en el perfil psicológico de Casanova.

Los detectives Ruskin y Sikes flanqueaban al detenido. Reconocí a otros dos detectives de Durham. Todos parecían tan nerviosos como exultantes, aunque también aliviados.

Sachs sudaba tanto que parecía que lo acabasen de duchar vestido. Tenía pinta de culpable.

¿Eres Casanova? ¿Eres de verdad la Bestia?

Me hubiese gustado hacerle a Sachs muchas preguntas, pero no podía.

Nick Ruskin y Davey Sikes bromeaban con varios compañeros en el salón. Me recordaban a unos deportistas profesionales que conocí en Washington. La mayoría se desvive por figurar.

El alisado pelo negro de Ruskin relucía de brillantina.

Estaba listo para sacar pecho ante las cámaras. Se le notaba a la legua. Igual que a Davey Sikes.

«Deberíais estar investigando a los médicos sospechosos de la lista, imbéciles—sentí ganas de decirles—. ¡El caso no está cerrado! No ha hecho más que empezar. El verdadero Casanova debe de estar aplaudiéndoos en estos mismos momentos. No me extrañaría que os estuviese observando entre los congregados».

Logré acercarme un poco a Wick Sachs. Quería verlo todo con mis propios ojos. Tratar de comprenderlo.

La esposa de Sachs y sus dos preciosos hijos estaban en el comedor, frente al vestíbulo. Se los notaba muy afectados, tristes y confusos. Comprendían que algo muy grave ocurría.

Robby Hatfield y Davey Sikes miraron hacia mí. Sikes parecía el perro faldero del jefe señalándome.

—Gracias por su ayuda en este caso, doctor Cross—me dijo Hatfield, que debía de sentirse magnánimo en aquel momento tan glorioso para él.

Casi había olvidado que fui yo quien les trajo la foto de Sachs del apartamento que el Caballero tenía en Los Ángeles. Un gran acierto policial... una clave para dar con la solución.

Era un error. Tenía toda la pinta de ser un grave error; una incriminación urdida con «pruebas» falsas, pero que estaba funcionando a la perfección. Casanova lograría escapar. Ya debía de haber puesto tierra de por medio. Nunca lo atraparían.

El jefe de la policía de Durham me tendió la mano y se la estreché. Creo que temía que me plantase frente a las cámaras de la televisión con él.

Hasta el momento, Robby Hatfield había parecido

una especie de apoderado sin firma. Pero, de pronto, él y sus principales detectives se disponían a exhibir a Wick Sachs ante el mundo. Serían unas espectaculares imágenes, a la luz de la luna llena y de los deslumbrantes *flashes*. Sólo faltaba una jauría que aullase.

—Ya sé que he ayudado a localizarlo, pero Wick Sachs no lo ha hecho—le espeté sin rodeos al jefe—. Se han equivocado de hombre. Y me va a permitir que le diga por qué; concédame diez minutos.

Hatfield me sonrió. Se me antojó una sonrisa condescendiente. Parecía ebrio de auténtico júbilo. Se alejó de mí y fue a situarse frente a las cámaras, representando su papel a la perfección. Estaba tan pendiente de sí mismo que casi se olvidó de Sachs.

«Quienquiera que haya llamado por lo de la ropa interior es Casanova—me dije, acercándome mentalmente al verdadero asesino—. Ha sido Casanova. Casanova está detrás de todo esto».

El doctor Wick Sachs pasó junto a mí mientras lo conducían hacia el exterior. Llevaba camisa blanca de hilo, pantalones negros y zapatos con hebilla dorada, negros también. Iba empapado de sudor y con las manos esposadas a la espalda. Su arrogancia había desaparecido.

—Yo no he hecho nada—me dijo Sachs con voz entrecortada y casi inaudible. Su mirada era implorante. No parecía dar crédito a lo que le estaba ocurriendo—. Yo no les hago daño a las mujeres. Yo las amo—añadió en tono patético.

De pronto, me asaltó una idea tan disparatada que me desconcertó.

¡Por supuesto que era Casanova! Wick Sachs era el modelo utilizado desde el principio por Casanova.

Ése había sido el plan de los monstruos desde el principio. Tenían una perfecta cabeza de turco para sus crímenes y para sus sádicas aventuras.

El doctor Wick Sachs era, efectivamente, Casanova, pero no era ninguno de los dos monstruos. No sabía nada del verdadero coleccionista.

Wick Sachs era otra víctima.

Capítulo 101

—SOY EL CABALLERO—ANUNCIÓ Will Rudolph con una teatral reverencia.

Iba vestido con chaqueta oscura, corbata negra y camisa blanca. Se había peinado con coleta y había traído rosas blancas para aquella ocasión tan especial.

—Y a mí ya me conocéis. Estáis muy bonitas—dijo Casanova, cuyo aspecto contrastaba fuertemente con el de su amigo.

Llevaba camperas y tejanos negros ajustados; iba sin camisa y se había puesto una siniestra máscara negra con trazos grises a ambos lados.

Las secuestradas desfilaron hasta el salón y se alinearon frente a una larga mesa.

Les habían informado de que iban a celebrar una fiesta muy especial.

—Ese perro rabioso de Casanova ha sido al fin detenido—les dijo Casanova—. Todos los medios de comunicación han dado la noticia. Ha resultado ser un chiflado profesor universitario. ¿En quién vamos a poder confiar ya con los tiempos que corren?

Les habían pedido que se pusiesen serios vestidos de

cóctel, o lo que ellas hubieran elegido para una importante velada. Vestidos escotados, zapatos de tacón alto y finas medias; collares de perlas o largos pendientes. Ninguna otra joya. Tenían que estar «elegantes».

—Sólo tenemos aquí ahora a siete preciosas damas— señaló Rudolph—. Sois demasiado quisquillosas, ¿sabéis? El primitivo Casanova era un amante demasiado voraz, muy poco selectivo.

—Tendrás que reconocer que estas siete son extraordinarias—le dijo Casanova a su amigo—. Mi colección es la mejor del mundo.

—Estoy de acuerdo contigo. Parecen salidas del pincel de un gran maestro. ¿Empezamos?

Habían acordado entregarse a uno de sus juegos favoritos, un juego ideado por el Caballero. Aquélla era su noche (acaso la última para ambos en aquella casa).

Pasaron revista a su harén con toda parsimonia. Primero hablaron con Melissa Stanfield, que llevaba una túnica roja de seda y se había recogido su larga melena rubia con un pasador sobre el hombro izquierdo. A Casanova le recordaba a Grace Kelly cuando era joven.

—¿Te has reservado para mí?—le preguntó el Caballero.

—He reservado mi corazón para una persona— contestó ella con una recatada sonrisa.

Will Rudolph correspondió sonriente a la hábil respuesta, le pasó el dorso de la mano por la mejilla y la dejó resbalar por su cuello, hasta sus firmes pechos.

Ella no ofreció la menor resistencia. No exteriorizó temor ni repulsión. Aquélla era una de las reglas de los juegos.

—Este jueguecito nuestro se te da muy bien. Eres una estupenda jugadora, Melissa.

Naomi Cross era la siguiente de la fila. Se había puesto un vestido de cóctel de color beige claro, muy elegante. Desprendía un embriagador perfume. Casanova estaba tan extasiado que sintió la tentación de decirle a su amigo que se olvidase de Naomi, que se la reservaba para él.

Rudolph siguió adelante y se detuvo frente a la sexta de la fila. Ladeó la cabeza y miró a la última. Luego volvió a mirar a la sexta.

—Tú eres muy especial—le dijo quedamente, casi cohibido—. Extraordinaria, debería decir.

—Es Christa—le hizo saber Casanova con una sonrisa de complicidad.

—Esta noche tengo una cita con Christa—añadió el Caballero con perceptible entusiasmo.

Ya había hecho su elección. Casanova le hacía un regalo... con el que podría jugar a lo que quisiera.

Christa Akers intentó sonreír. Era norma de la casa. Pero no pudo. Eso era lo que más le gustaba de ella al Caballero: *el delicioso temor que reflejaban sus ojos*.

Estaba preparado para jugar a *kiss the girls*.

Por última vez.

Quinta Parte

KISS THE GIRLS

Capítulo 102

LA MAÑANA SIGUIENTE A la detención del doctor Wick Sachs, Casanova recorrió los pasillos del Centro Médico de la Universidad Duke. Entró con todo su aplomo en la habitación de Kate McTiernan.

Podía ir adonde quisiera. De nuevo era libre.

—Hola, cariño. ¿Qué tal las guerras?—le susurró a Kate, que estaba sola, aunque había un agente de la policía de Durham en la planta.

Casanova se sentó junto a la cabecera de la cama en una silla que tenía el respaldo muy recto, mirando a aquella ruina humana que antes fuera una belleza extraordinaria.

Ya no estaba furioso con Kate. Quedaba tan poco de ella que difícilmente podía enfurecerlo.

«Las luces siguen encendidas—pensó al ver la ausente mirada de sus ojos—, pero no hay nadie en casa, ¿verdad, Katie?».

Le encantaba estar en su habitación del hospital. Activaba sus jugos gástricos. Lo excitaba. Elevaba su espíritu. Y, por otro lado, estar junto a la cabecera de la cama de Kate McTiernan le producía una gran sensación de paz.

Aquello tenía ahora la mayor importancia. Debía

tomar decisiones. ¿Cómo iba a enfocar exactamente las cosas con el doctor Wick Sachs? ¿Era necesario echar más leña al fuego? Tal vez sólo consiguiese sofocarlo, dejar un peligroso rescoldo que lo reavivase en cualquier momento.

¿Seguían él y Rudolph teniendo que marcharse de Carolina del Norte? No le apetecía porque era su tierra. Pero acaso no tuviese más remedio. ¿Y Will Rudolph? Era obvio que su estancia en California lo había perturbado. Había tomado de todo: Valium, Halcion, Xanax. Le constaba. Tarde o temprano se derrumbaría y lo arrastraría a él. Por otro lado, la ausencia de Rudolph lo había sumido en la mayor desolación. Como si lo hubiesen partido por la mitad.

Casanova oyó un ruido por detrás de él, en la puerta de la habitación. Se dio la vuelta y sonrió al hombre que acababa de entrar.

—Ya me iba, Alex—dijo levantándose de la silla—. Sigue igual. Una pena.

Alex Cross dejó que Casanova pasase junto a él y saliese.

Encajaba en cualquier parte, pensó Casanova de sí mismo mientras se alejaba por el pasillo. Nunca lo atraparían. Su máscara era perfecta.

Capítulo 103

PASADAS LAS CUATRO DE la madrugada, me puse a tocar el piano en el bar del hostal Washington Inn (tristes blues de Big Joe Turner y de Blind Lemon Jefferson). Más de un cliente debió de acordarse de mis parientes más próximos.

Trataba de encajar las piezas dando vueltas y más vueltas a los tres o cuatro datos sólidos de la investigación.

Unos asesinos que actuaban aquí y en California; que conocían perfectamente los lugares de los crímenes y los métodos de los forenses de la policía.

Unos monstruos que actuaban de acuerdo al síndrome de los gemelos.

La casa «fantasma» del bosque.

El harén de Casanova, formado por mujeres extraordinarias...

El doctor Wick Sachs era un profesor universitario de dudosa moral y conducta irregular. Pero ¿era él el frío y desalmado asesino? ¿Era él el monstruo que había secuestrado a más de una docena de jóvenes en la zona de Durham y Chapel Hill? ¿Era el Sade de nuestro tiempo?

Yo no lo creía. De lo que estaba casi seguro era de que

la policía de Durham se había equivocado de hombre; de que el verdadero Casanova rondaba por allí riéndose de todos nosotros. Y lo peor era que acaso estuviese acechando a otra mujer.

A media mañana, visité como de costumbre a Kate en el Centro Médico. Seguía en coma profundo. La policía de Durham había retirado al agente que vigilaba frente a la puerta de su habitación.

Me senté junto a la cabecera de la cama y traté de no pensar en cómo había sido. Le tuve cogida la mano durante una hora y le hablé. Era una mano casi inerte. Echaba mucho de menos a Kate. No reaccionaba, y eso me producía un doloroso vacío interior.

Habría querido seguir junto a ella, pero no tenía más remedio que volver a concentrarme en mi trabajo.

Desde el hospital, Sampson y yo fuimos a Chapel Hill, a casa de Louis Freed, a quien le había pedido que me preparase un detallado mapa de la zona del río Wykagil.

El viejo profesor de Historia, ya casi octogenario, había hecho un buen trabajo. Confiaba en que su mapa nos ayudase a Sampson y a mí a encontrar la casa «fantasma». La idea se me ocurrió después de leer varios artículos de prensa acerca del asesinato de Roe Tierney y de Tom Hutchinson, hacía más de doce años. Encontraron el cuerpo de la joven «cerca de una granja semiabandonada en la que, en otros tiempos, los esclavos fugados se escondían en grandes bodegas que eran como casas subterráneas con multitud de dependencias».

¿Casas subterráneas?

¿La casa «fantasma»?

Capítulo 104

SAMPSON Y YO FUIMOS con el coche a Brigadoon, en Carolina del Norte. Nos proponíamos recorrer a pie la zona del bosque en la que encontraron a Kate, en el río Wykagil.

Ray Bradbury escribió en una ocasión que «vivir peligrosamente es lanzarse desde un acantilado y fabricarse las alas durante la caída». Pues bien: Sampson y yo estábamos dispuestos a dar ese salto.

Nos adentramos por el bosque. A medida que avanzábamos, las copas de los enormes robles y de los pinos trenzaban una densa malla que no dejaba pasar la luz. La oscuridad sobrecogía. No se movía ni una hoja.

Yo imaginaba, *veía* a Kate por aquellas mismas frondas hacía sólo unas semanas, luchando por su vida. La veía en su habitación del hospital, intubada, conectada a los aparatos que le permitían seguir viva.

—No me hace ninguna gracia adentrarme tanto en la espesura—confesó Sampson al pasar bajo la carpa entretejida por las ramas.

Sampson llevaba una camiseta de Cypress Hill, gafas de sol y botas.

—Esto me recuerda una vieja película alemana que vi de pequeño: *Hansel y Gretel*. Un dramón. No me gustó nada cuando era niño—añadió Sampson.

—Tú nunca has sido niño—le recordé—. A los once años ya medías metro ochenta y no te sostenía nadie la mirada.

—Puede. Pero odiaba a los hermanos Grimm. Son el lado oscuro de la mentalidad alemana; creadores de siniestras fantasías que deforman la mente de los niños alemanes.

Sampson me hizo sonreír, como de costumbre, con sus deformadas teorías acerca de nuestro deformado mundo.

—No te asusta recorrer los barrios bajos de Washington de noche y te atemoriza un plácido paseo por estos bosques. No hay nada que temer por aquí. Pinos, enredaderas y zarzales. Puede que tenga un aspecto algo siniestro, pero es inofensivo.

—Si parece siniestro, es siniestro. Ése es mi lema.

Sampson porfiaba por abrirse paso entre una fronda de madreselvas y de arbustos desmedrados por falta de luz.

Me preguntaba si Casanova podía estar observándonos. Sospechaba que debía de ser un ojeador muy paciente. Tanto él como Will Rudolph eran muy listos, muy organizados y muy prudentes. Llevaban actuando muchos años y no los habían atrapado.

—¿Qué hay de tu historia sobre los esclavos por estos andurriales?—le pregunté a Sampson.

Quería distraerlo para que no pensase en serpientes venenosas ni en alimañas que pudieran saltar de pronto sobre él. Necesitaba que se concentrase en el asesino, o en los asesinos, que acaso vivieran en aquel bosque.

—He echado un vistazo a algunas obras de E. D. Genovese y de Mohamed Auad—me contestó.

No estaba seguro de que lo dijese en serio, aunque Sampson era bastante culto pese a ser un hombre de acción.

—El ferrocarril subterráneo funcionó por toda esta zona—le expliqué—. Los esclavos fugados, familias enteras que trataban de llegar al norte, se ocultaban durante días, e incluso semanas, en casas de fincas de los alrededores. Las llamaban «estaciones». Eso es lo que indica el mapa del doctor Freed. Sobre eso trata su libro.

—No veo por aquí ninguna granja; sólo bosque— se lamentó Sampson apartando ramas con sus fuertes brazos.

—La mayoría de las grandes plantaciones de tabaco estaban al oeste de aquí. Llevan más de sesenta años desiertas. ¿Recuerdas que te dije que una estudiante de la Universidad de Carolina del Norte fue brutalmente violada y asesinada en 1981? Encontraron su cuerpo, en avanzado estado de descomposición, por aquí. Creo que fue Rudolph quien la mató, probablemente en colaboración con Casanova. Se conocieron por entonces. El mapa del doctor Freed indica dónde estaban las «estaciones» del ferrocarril subterráneo, la mayoría de las plantaciones en las que se ocultaban los esclavos huidos. Algunas de estas fincas tenían extensas bodegas e incluso viviendas subterráneas. Las casas propiamente dichas ya no existen. Los topógrafos que han recorrido la zona en helicóptero no han visto absolutamente nada. La vegetación es tan espesa que impide ver la superficie. Pero las bodegas siguen existiendo.

—Hummmm. ¿Indica esa maravilla de mapa tuyo

dónde estaban las antiguas plantaciones de tabaco?— preguntó Sampson.

—Exacto. Llevo encima el mapa, una brújula y mi pistola—contesté dándole una palmadita a la culata de mi Glock.

—Y lo más importante—dijo Sampson—: me tienes a mí.

Seguimos adentrándonos por la húmeda espesura en aquella sofocante tarde. Localizamos cuatro de las antiguas plantaciones de tabaco, donde aterrorizados hombres y mujeres de raza negra, que trataban de llegar al norte en busca de su libertad, eran ocultados en las bodegas.

El mapa del doctor Freed indicaba con precisión dónde estaban dos de las bodegas. Carcomidas tablas e hierros retorcidos y oxidados eran los únicos restos visibles, como si un dios enfurecido hubiese destrozado el mundo de la esclavitud.

Hacia las cuatro, Sampson y yo llegamos a la que en otro tiempo fue el orgullo de una familia de la región: la plantación de Jason Snyder.

—¿Cómo sabes que es *aquí*?—preguntó Sampson mirando en derredor del desierto claro en el que me había detenido.

—Porque es el lugar que indica el mapa de Louis Freed. Coincide con las coordenadas.

Sin embargo, Sampson tenía razón. *No se veía nada*. La vivienda de los Snyder había desaparecido por completo. Pero... a eso se refirió Kate: a una casa que había desaparecido.

Capítulo 105

—ESTE LUGAR ME PONE de los nervios—dijo Sampson—. ¿Plantación de tabaco? Mal lo iba a tener un fumador.

Lo que fuera la plantación de la familia Snyder era ahora un lugar espectral. Apenas quedaba rastro de que hubiese vivido nadie allí. Y sin embargo notaba una extraña sensación, como si el espíritu de los esclavos siguiese alentando por allí.

Yedra, sasafrás, madreselvas y arrurruz habían crecido hasta la altura de mi mentón. Robles rojos, robles blancos, sicomoros y aromáticos gomeros se alzaban airosos donde antes se extendía una próspera plantación. Pero la vivienda propiamente dicha había desaparecido.

Se me hizo un nudo en el estómago. ¿Estaría allí el siniestro encierro? ¿Estábamos cerca de la casa de los horrores que Kate describió?

Habíamos caminado en dirección norte y ahora nos desviamos hacia el este. Según mis cálculos, no estábamos a más de cinco kilómetros de la carretera junto a la que dejamos el coche.

—Las patrullas que buscaron a Casanova no llegaron

hasta aquí—dijo Sampson mientras nos abríamos paso entre la maleza—. Estos matorrales son casi infranqueables. No parecen hollados por ninguna parte. No veo senderos.

—El doctor Freed me dijo que probablemente él fue la última persona en venir aquí a inspeccionar las «estaciones» del ferrocarril subterráneo. El bosque era muy espeso y había demasiada maleza para que lo cruzase nadie sin alguna razón muy poderosa.

Sobrecogía caminar por donde tuvieron a los esclavos cautivos durante tantos años. Nadie vino nunca a rescatarlos. A nadie le importaban.

—Creo que lo que hay que buscar es una trampilla—le dije a Sampson mostrándole el mapa—. Según Freed, la bodega debería estar situada a unos quince metros al oeste de estos sicomoros, que me parece que son estos árboles. O sea, que deberíamos estar justo encima de la bodega. Pero ¿dónde demonios está la entrada?

—A lo mejor, donde nadie pisaría por error—aventuró Sampson, que se abría paso por un matorral.

Más allá de la maraña de yedra se veía un claro o prado, que era donde estuvo la plantación propiamente dicha. Y al otro lado del claro, había una densa fronda.

El bochorno nos crispaba. Sampson empezaba a impacientarse y abatió con rabia una madreselva. Pisaba con fuerza tratando de localizar la camuflada trampilla, un rodal que sonase a hueco, una plancha metálica o de madera bajo la alta hierba y los zarzales.

—Originariamente eran unas bodegas muy grandes, con dos plantas. Y Casanova puede haberlas ampliado y habilitado para su cámara de los horrores—dije sin dejar de buscar en derredor.

Imaginé a Naomi encerrada bajo tierra durante tanto tiempo. Me obsesionaba la suerte que hubiese podido correr mi sobrina.

Sampson tenía razón acerca de aquel bosque. Sobrecogía. Tenía la sensación de estar en un lugar maligno, donde nada bueno podía ocurrir.

—Vas a conseguir asustarme. ¿Estás seguro de que el doctor Sachs no es Casanova?—me preguntó Sampson.

—No, no estoy seguro. Pero tampoco sé por qué lo ha detenido la policía de Durham. ¿Cómo han averiguado que había allí ropa interior? ¿Y cómo ha ido a parar la ropa interior a su casa?

—Porque probablemente sea Casanova, amiguito. Querrá tener a mano lencería fina para olerla en las tardes lluviosas. ¿Crees que los federales y la policía darán ahora el caso por cerrado?

—Si durante una temporada no se produce ningún otro secuestro ni asesinato, sí. Y en cuanto den el caso por cerrado, el verdadero Casanova podrá respirar tranquilo.

Sampson tenía la camiseta empapada de sudor. Se estiró como si se desperezara y miró hacia la trenzada yedra.

—Nos hemos alejado demasiado del coche. Tendremos que rehacer el camino a oscuras, con este calor y los mosquitos…

—No vamos a volver aún. Hazme caso.

No quería dar por terminada la exploración. Había tres plantaciones marcadas por Freed en el mapa. Dos de ellas parecían prometedoras y la otra era demasiado pequeña. No obstante, ésa era la que habría elegido Casanova. Le encantaba pensar en lo impensable.

Pero a mí también. Quería proseguir la exploración,

aunque fuese a oscuras, rondasen alimañas o nos acechasen los asesinos.

Recordaba el terrorífico relato de Kate acerca de la casa «fantasma» y de lo que ocurría en su interior. ¿Qué sucedió en realidad con Kate el día de su fuga? Si la casa no estaba en aquel bosque, ¿dónde demonios iba a estar? Tenía que estar bajo tierra. De lo contrario, era absurdo...

Aunque... todo lo que rodeaba a aquel caso era absurdo.

Salvo que alguien se hubiese ocupado de eliminar cualquier rastro de la antigua vivienda.

A menos que alguien hubiese utilizado la vieja madera para otros propósitos.

Desenfundé la pistola y seguí buscando en derredor. Sampson me observaba por el rabillo del ojo, sin despegar la boca (cosa rara en él).

Yo necesitaba desahogar mi cólera con lo que fuese. Pero seguía sin encontrar nada, ni siquiera una tabla del suelo de la antigua casa o del establo.

Estaba tan furioso que hice varios disparos al nudoso tronco de un árbol. Los retorcidos nudos se me antojaban facciones humanas; las de un hombre como Casanova. Disparé repetidamente a aquel rostro, sin fallar una sola vez.

—¿Qué? ¿Satisfecho?—dijo Sampson mirándome por encima de la montura de sus gafas—. ¿Ya le has volado la cabeza a Casanova?

—Me he desahogado. Ya estoy más tranquilo— contesté, mostrándole el pulgar y el índice de la mano derecha, separados por cosa de un milímetro, para probarle que no temblaban.

—Bueno, me parece que ya es hora de marcharse de

aquí—comentó Sampson, recostado en el tronco de un pequeño árbol que parecía un esqueleto humano.

Y entonces oímos gritos.

Eran voces femeninas, gritos ahogados, que procedían de unos matorrales contiguos a la explanada en la que estuvo la vieja plantación... Procedían del subsuelo.

Se me hizo un nudo en la garganta.

Sampson desenfundó su pistola e hizo dos disparos a modo de señal para las mujeres atrapadas, o para quienquiera que estuviese encerrado allí.

—¡Dios bendito!—musité—. Las hemos encontrado, John. Hemos encontrado la casa de los horrores.

Capítulo 106

SAMPSON Y YO EMPEZAMOS a gatear. Buscamos frenéticamente la camuflada entrada de la casa subterránea, pasando los dedos y las palmas de las manos por la hierba y la hojarasca hasta herirnos.

Hice varios disparos más para que las mujeres atrapadas bajo tierra entendiesen que las habíamos oído, que seguíamos allí. Vacié el cargador y lo sustituí por otro.

—¡Estamos aquí!—grité casi rozando el suelo con los labios. La hierba y las zarzas me arañaban la cara—. ¡Somos policías!

—Ahí está, Alex—me indicó Sampson—. La puerta está ahí o algo parecido a una puerta.

Cruzar por allí era como vadear un río. La trampilla estaba oculta entre madreselva e hierba de más de un metro de alta, bajo una capa de tierra y otra de pinaza.

—Yo bajaré primero—le dije a Sampson muy excitado.

Descendí por una estrecha escalera de madera que tenía aspecto de ser centenaria. Sampson me siguió sin rechistar (cosa rara).

«¡Detente!—me dije—. Ten calma».

Al pie de la escalera había una puerta. La pesada

plancha de roble parecía nueva y recién instalada. No tenía más de dos años. Hice girar el pomo lentamente. Pero la puerta estaba cerrada con llave.

—Voy a entrar—le grité a quienquiera que pudiera estar detrás de la puerta.

Luego hice dos disparos a la cerradura, que se desintegró. Bastó cargar con fuerza con el hombro para que la puerta se abriese.

Lo que vi me revolvió el estómago. Había un cuerpo de mujer en el sofá de lo que parecía un confortable salón. El cadáver ya había empezado a descomponerse. Las facciones eran irreconocibles. Un ejército de gusanos se cebaba con su cuerpo.

«¡Vamos!—tuve que gritarme—. ¡Vamos! ¡Vamos!».

—Estoy justo detrás de ti—me susurró Sampson—. Ten cuidado, Alex.

—¡Policía!—grité con voz áspera y temblorosa.

Me estremecí al pensar qué otro macabro hallazgo nos aguardaba. ¿Seguía Naomi allí? ¿Seguía con vida?

—¡Estamos aquí abajo!—me gritó una voz de mujer—. ¿Puede oírme alguien?

—¡La oímos! ¡Vamos a bajar!

—¡Ayúdennos!—gritó otra voz, más lejana—. Tenga cuidado. Es muy listo.

—¿Lo ves? Es muy listo—me susurró Sampson con sorna.

—¡Está en la casa! ¡Está aquí!—nos alertó una de las mujeres.

—¿Qué? ¿Empeñado en que te peguen un tiro a ti primero, eh?—me dijo Sampson, pegado a mis talones.

—Quiero encontrarla yo. He de encontrar a Chispa.

—¿Crees que Casanova está aquí?

—Eso se rumorea—contesté avanzando lentamente.

Ambos esgrimíamos la pistola, aunque no sabíamos con qué podíamos encontrarnos. ¿Nos estaría esperando el amante?

«¡Vamos! ¡Vamos! ¡Adelante!».

Traspasé la puerta que comunicaba el salón con un pasillo alumbrado por modernos ojos de buey. ¿Cómo habría podido hacer llegar la electricidad allí? ¿Tendría un generador? ¿Qué podíamos deducir de ello? ¿Que era un hombre mañoso o que tenía influencia en la compañía de electricidad local?

¿Cuánto tiempo debía de haber tardado en habilitar la bodega para hacer realidad sus fantasías?

Aquello era muy grande. Había puertas a ambos lados del pasillo. Estaban cerradas por fuera, con pesados cerrojos, como las celdas de las cárceles.

—Cúbreme—le dije a Sampson—. Voy a entrar en la número uno.

—Siempre te cubro—me susurró.

—Y ten cuidado.

—¡Policía!—grité frente a la puerta—. Soy el detective Alex Cross.

Abrí la puerta y me asomé. Recé porque fuese la de Naomi.

Capítulo 107

—¡QUÉ IMBÉCILES!—EXCLAMÓ EL Caballero, irascible e impaciente como siempre—. ¡No son más que dos payasos!

Casanova esbozó una sonrisa, algo exasperado por la actitud de su amigo.

—¿Qué esperabas? ¿Un par de neurocirujanos del Walter Reed? No son más que dos vulgares policías.

Puede que no tan vulgares. Han encontrado la casa, ¿no? Y ahora mismo están dentro.

Los dos amigos lo observaban todo con prismáticos desde un escondrijo del bosque. Habían seguido a los detectives durante toda la tarde.

—¿Por qué han venido solos? ¿Por qué no han venido con agentes del FBI?—preguntó Rudolph, siempre analítico y lógico.

Era una máquina pensante. Una desalmada máquina asesina.

Casanova observaba con sus potentes prismáticos alemanes. Desde allí veía perfectamente la camuflada trampilla que conducía a la casa subterránea.

—Por pura arrogancia—contestó Casanova—.

En cierto modo, son como nosotros, sobre todo Cross. Sólo confía en sí mismo.

—Probablemente, Cross cree entendernos. Me refiero a que puede que crea entender nuestra relación—dijo Rudolph—. Y quizá sea así, hasta cierto punto.

Will Rudolph estaba furioso con Alex Cross desde que logró escapar de él por los pelos en California. Porque, en definitiva, Cross había dado con él. Pero el Caballero también consideraba a Cross un adversario interesante. Disfrutaba con la confrontación, con toda confrontación cruenta.

—Entiende… algunas cosas; ve su contorno y eso le hace creer que sabe más de lo que sabe. Ten paciencia.

Pensaba Casanova que, si tenían paciencia, si lo analizaban todo con meticulosidad, vencerían. Nunca los atraparían. Llevaban muchos años así, desde que se conocieron en la Universidad Duke.

Casanova sabía que Rudolph había cometido algunas imprudencias en California. Siempre había pecado de imprudente, desde que ingresó en la Facultad de Medicina. Asesinó a Roe Tierney y a Tom Hutchinson como un chapucero. Estuvieron a punto de descubrirlo. Lo interrogó la policía, que, durante bastante tiempo, lo consideró un claro sospechoso.

Cross era prudente, se decía Casanova; todo un profesional. Pensaba mucho las cosas antes de actuar. Y desde luego era más listo que el resto de la jauría. Policía y psicólogo. Había encontrado el escondrijo, ¿no? Había llegado más cerca de ellos que nadie.

John Sampson era más impulsivo y el más débil de los dos, aunque no lo pareciese. Físicamente, era muy fuerte, pero sería el primero en desmoronarse. Y si Sampson se desmoronaba, también lo haría Cross. Eran íntimos.

—Fue una estupidez separarnos hace un año—le dijo Casanova al único amigo que tenía en aquel mundo—. Si no hubiésemos empezado a rivalizar, Cross no hubiese descubierto nunca nada de nosotros. No te habría localizado, y ahora no tendríamos que matar a las chicas y destruir la casa.

—Deja que yo me encargue del doctor Cross—contestó Rudolph, haciendo caso omiso de lo que Casanova acababa de decir.

Rudolph no solía reaccionar emocionalmente a nada. Pero no cabía duda de que también se había sentido solo durante el período de separación. Por algo había vuelto, ¿no?

—Nada de encargarte tú solo del doctor Cross—objetó Casanova—. Iremos juntos. Seremos dos contra uno, que es como mejor se nos da. Primero, liquidaremos a Sampson. Y luego a Alex Cross. Sé cómo reaccionará. Sé cómo piensa. No he dejado de vigilarlo y observarlo desde que llegó al sur—añadió mientras se encaminaban hacia la casa.

Capítulo 108

ENCENDÍ UNA DE LAS luces del techo de la habitación número 1 y vi a una de las secuestradas: Maria Jane Capaldi, que estaba acurrucada contra la pared del fondo como una niña asustada.

La conocía. La semana anterior había hablado con sus padres, que me mostraron varias fotografías.

—Por favor, no me haga daño. Ya no lo puedo soportar más—imploró Maria con voz balbuciente.

Se abrazaba con fuerza y se mecía lentamente. Llevaba unos desgarrados panties y una arrugada camiseta de Nirvana. Tenía sólo 19 años y era estudiante de Bellas Artes en Raleigh.

—Soy policía—le susurré en tono tranquilizador—. Ya nadie va a hacerte daño. No les dejaremos.

Maria Jane gimió. Rompió a llorar, visiblemente necesitada de aquel desahogo. Le temblaba todo el cuerpo.

—Ya nadie va a hacerte daño—le repetí—. He de encontrar a las demás. Pero volveré. Te lo prometo. Te dejo la puerta abierta. Puedes salir. Ya estás libre y a salvo.

Tenía que ayudar a las demás. Su harén de excepcionales mujeres estaba allí, y Naomi era una de ellas.

Entré en la habitación contigua, todavía sin aliento. Estaba exultante, asustado y entristecido al mismo tiempo.

La joven alta y rubia que ocupaba aquella habitación dijo llamarse Melissa Stanfield. Recordé su nombre. Era una estudiante de enfermería. Me habría gustado hacerle muchas preguntas, pero sólo tenía tiempo para hacerle una.

Le toqué con suavidad el hombro. Se estremeció y luego se dejó caer hacia mí.

—¿Sabes dónde está Naomi?—le pregunté.

—No estoy segura—contestó Melissa—. No conozco este laberinto—añadió meneando la cabeza.

Tuve la impresión de que ni siquiera sabía de quién le hablaba.

—Ya estás a salvo—la tranquilicé—. Ya se acabó la pesadilla, Melissa. Voy a decírselo a las demás.

Al salir al pasillo vi que Sampson descorría el cerrojo de una de las habitaciones.

—Soy policía. No tema nada—dijo en su tono más amable.

Las jóvenes que había liberado iban de un lado para otro en el pasillo, aturdidas y confusas. Se abrazaban llorosas, pero visiblemente aliviadas. Al fin se sentían libres.

Fui hasta el fondo de aquel pasillo, que comunicaba con otro en el que se veían más puertas con cerrojo. Abrí la primera puerta de la derecha y allí estaba ella. Allí estaba Naomi. Jamás me he alegrado tanto de ver a alguien. Se me saltaron las lágrimas y me quedé sin habla. Tuve la sensación de que jamás podría olvidar nada de lo que entonces dijésemos, ningún matiz.

—Sé que has venido por mí, Alex—dijo Naomi, que corrió a echarse en mis brazos.

—Oh, cariño, Naomi—le susurré tan aliviado como si me hubiesen quitado un enorme peso de encima—. Esto compensa todo o casi todo.

Cogí su preciosa cara entre mis manos y la miré.

—¡He encontrado a Naomi!—le grité a Sampson—. ¡La hemos encontrado, John! ¡Estamos aquí!

Chispa y yo seguíamos abrazados, igual que cuando era pequeña. Aunque más de una vez me hubiese arrepentido de ser policía, en aquel momento me pareció que merecía la pena. Comprendí que, en el fondo, no tenía muchas esperanzas de encontrarla con vida. Pero no podía rendirme.

—Estaba segura de que vendrías; de que aparecerías exactamente así. Soñaba con ello. Esa esperanza me ha mantenido con vida. Rezaba todos los días para que vinieras y… aquí estás—me confesó Naomi con la más radiante sonrisa que le había visto nunca—. Te quiero.

—Yo también te quiero, Naomi. Te he echado mucho de menos. Todos te hemos echado de menos.

Volví en seguida a centrarme en los dos monstruos y en lo que debían de pensar en aquellos momentos. Algo tramarían. Como los tristemente célebres Leopold y Loeb, aquellos adolescentes asesinos obsesionados con cometer crímenes perfectos.

—¿De verdad estás bien?—le pregunté a Naomi sonriente.

—Ve a liberar a las demás, Alex—se limitó a decir—. Ve, por favor. Sácalas de las celdas.

Justo en aquel momento se oyó un grito de dolor. Salí corriendo de la habitación de Naomi y vi algo que me heló la sangre.

Capítulo 109

EL ESPELUZNANTE GRITO PROCEDÍA de Sampson. Dos enmascarados lo tenían inmovilizado en el suelo.

¿Casanova y Rudolph? ¿Quiénes si no?

Sampson estaba con la boca entreabierta y jadeante. Un cuchillo asomaba del centro de su pecho.

Ya me había visto, en dos ocasiones, en una situación semejante, patrullando por las calles de Washington. Un compañero herido. No tenía alternativa y, posiblemente, sólo una probabilidad. No vacilé. Alcé la pistola y disparé.

Los sorprendí con el rápido disparo. No contaban con eso mientras tenían inmovilizado a Sampson. El más alto se llevó la mano al hombro derecho y cayó de espaldas. El otro ladeó la cabeza y me miró.

Volví a disparar, apuntando a la segunda máscara. Pero de pronto se apagó la luz y empezó a sonar música de rock a través de ocultos altavoces (Axel Rose aullaba la letra de *Welcome to the Jungle*).

La oscuridad del pasillo era total. La música sonaba tan fuerte que hacía temblar los cimientos. Fui, arrimado a la pared, hacia el lugar donde había visto a Sampson a merced de aquel par de canallas.

Me aterró pensar que hubiesen podido abatir con tanta facilidad a un hombre como Sampson. Sus dos atacantes habían aparecido en el pasillo como por ensalmo. ¿Habría otra entrada?

—Estoy aquí—le oí decir a Sampson con voz entrecortada—. Me temo que no he sido muy listo.

—No hables.

Temí que sus agresores se abalanzasen sobre mí, tanto como que se hubiesen esfumado.

Les gustaba actuar al unísono. Se necesitaban. Juntos eran invencibles. Hasta ahora.

Seguí avanzando por el pasillo, siempre arrimado a la pared. Vi sombras que se movían al fondo y una tenue luz ambarina. Sampson estaba hecho un ovillo en el suelo, malherido. Nunca lo había visto tan indefenso, ni siquiera cuando éramos niños, tras alguna refriega en la calle.

—Estoy aquí—le dije, arrodillándome junto a él y tocándole el brazo—. Si te desangras me voy a cabrear—añadí—. No muevas un músculo.

—Tranquilo, que ni siquiera me voy a desmayar —gimió.

—No te hagas el héroe—añadí arrimando su cabeza a mi costado—. Te han apuñalado por la espalda.

—Soy un héroe… ¡Ve tras ellos! No puedes dejar que escapen. Ya has herido a uno. Han ido hacia las escaleras, las mismas por las que hemos bajado nosotros.

—Ve, Alex, ¡tienes que detenerlos!

Era Naomi, que se había arrodillado junto a Sampson.

—Yo cuidaré de él—añadió mi sobrina.

—Volveré—dije, gateando ya hacia el primero de los pasillos que encontramos.

Nada iba a detenerme, aunque… en fin, quizá Casanova

y Rudolph lo lograsen. Dos contra uno no era la idea que yo tenía de un combate equilibrado.

Al fin encontré la puerta. No había cerradura (era la que había hecho saltar hacía unos minutos).

La escalera estaba expedita y la trampilla abierta. Veía las copas de los árboles y el cielo azul.

¿Estarían aguardándome arriba?

Subí por los escalones de madera tan rápido como pude, con el dedo en el gatillo de mi Glock. Emergí a la superficie como una boya humana, inmune a los efectos de la descompresión. Rodé por el suelo y empecé a disparar por todo el derredor. Pero no parecía haber allí nadie que pudiese responder al fuego ni aplaudir mi pirueta. La fronda estaba silenciosa y aparentemente solitaria.

Los monstruos habían desaparecido. Y también la casa.

Capítulo 110

REHÍCE EL CAMINO POR el que llegamos. Conducía a la carretera y, probablemente, era el que habrían seguido Casanova y Rudolph.

Me puse hecho un demonio por haber tenido que dejar a Sampson, a Naomi y a las demás allí abajo, pero no había tenido más remedio.

Enfundé la pistola y empecé a correr todo lo que mis piernas me permitían. Vi un rastro de sangre que se perdía en un matorral. Uno de ellos sangraba profusamente. Confié en que muriese pronto.

La yedra y las zarzas me arañaban los brazos y las piernas y las ramas me daban en la cara. Sin embargo, apenas lo notaba.

Corrí a lo largo de casi dos kilómetros. Sudaba a mares y me dolía el pecho. Me pesaban las piernas. Tenía la sensación de estar cada vez más lejos de ellos. A no ser que fuesen detrás. Podían haberme acechado y haberme seguido. Dos contra uno. Un mal asunto.

Busqué con la mirada rastros de sangre o flecos de ropa desgarradas, alguna señal de que hubiesen pasado por allí. Me ardían los pulmones.

Viejas imágenes cruzaron por mi mente: me vi corriendo por una calle de Washington con Marcus Daniels en brazos. Veía la cara de aquel niño.

Estaba aturdido. Volví a oír el grito de Sampson en la casa subterránea, a ver el rostro de Naomi.

Uno de los dos hombres a quienes perseguía iba herido en el hombro. ¿Era Casanova? ¿O era el Caballero? En realidad, daba igual. Quería liquidarlos a los dos.

De pronto, el herido dejó escapar un grito espeluznante. Recordé que era un loco furioso, absolutamente impredecible. El grito se oyó entre los abetos como el aullido de un animal salvaje. Luego se oyó gritar al otro hombre.

Gemelos salvajes. No podían sobrevivir el uno sin el otro.

El súbito ruido de disparos me pilló desprevenido. Una bala rebotó en la corteza de un pino y pasó a escasos centímetros de mi cabeza.

Eso quería decir que uno de los monstruos había vuelto sobre sus pasos con inusitada rapidez y me había disparado.

Me parapeté detrás del árbol que había recibido el disparo en mi lugar. Miré a través de las frondosas ramas. No veía a ninguno de los dos. Seguí agazapado, tratando de recobrar el resuello. ¿Quién me había disparado? ¿Cuál de los dos iba herido?

Había llegado a lo alto de una empinada cuesta que terminaba al borde de un angosto barranco. ¿Habían saltado al otro lado? ¿Me aguardarían allí? Me separé lentamente del árbol y miré en derredor.

No oí nada, ni gritos ni disparos. No parecía haber nadie cerca. ¿A qué demonios jugaban?

Pero yo acababa de aprender otra cosa acerca de ellos.

Tenía otra clave. Acababa de ver algo importante hacía un momento.

Corrí hacia lo alto de la cuesta. ¡Nada! Sentí un profundo desaliento. ¿Se habrían escapado, después de tanto esfuerzo por localizarlos?

Seguí corriendo. No podía permitir que se esfumasen. No podía dejar que aquellos monstruos siguiesen en libertad.

Capítulo 111

CONFIÉ EN MI SENTIDO de la orientación y enfilé hacia donde creía que estaba la carretera principal.

Volví a verlos. Me llevaban unos doscientos metros de ventaja. Al momento atisbé un familiar destello grisáceo: una sinuosa franja de carretera. Había por allí unas cuantas casas pintadas de color blanco y viejos postes del tendido telefónico.

Corrían en dirección a un destartalado albergue de carretera. Seguían llevando sus máscaras. Estaba visto que a Casanova le encantaban sus máscaras. Representaban a quien creía ser en realidad: un dios siniestro. Libre para hacer su voluntad. Superior al resto de los humanos.

Un parpadeante luminoso, instalado en el tejado, anunciaba el albergue: Trail Dust. El bar del albergue nunca estaba vacío. Hacia allí se dirigían los monstruos.

Casanova y el Caballero subieron a una camioneta azul de reparto que estaba estacionada frente al Trail Dust. Los parkings de los concurridos albergues de carretera eran un buen sitio para aparcar un vehículo sin llamar la atención. Yo lo sabía por mi experiencia de detective.

Crucé corriendo la carretera en dirección al albergue.

Un hombre de larga y enmarañada melena pelirroja subía en aquellos momentos a un Plymouth Duster. Llevaba una arrugada camisa marrón y un paquete de cervezas bajo el brazo.

—Policía—le dije mostrándole mi placa a un palmo de su barbado mentón—. Necesito su coche—añadí esgrimiendo la pistola, dispuesto a utilizarla si era necesario.

De cualquier manera, iba a tomar su vehículo prestado.

—Por Dios, hombre, ¡que es el coche de mi novia!—balbució dándome las llaves sin quitarle ojo a mi pistola.

Señalé hacia el lugar del que procedía.

—Llame inmediatamente a la policía. Las mujeres desaparecidas están a menos de dos kilómetros de aquí, en esa dirección. ¡Dígales que encontrarán a un agente herido! Es el escondrijo de Casanova.

Subí sin más al Duster y salí del parking casi a 70 km/h. A través del retrovisor vi que el pobre hombre a quien acababa de hurtar el vehículo me seguía con la mirada.

En otras circunstancias, habría llamado a Kyle Craig para que enviase ayuda, pero ahora no podía perder un instante, porque si no se esfumaría el rastro de los asesinos.

La camioneta azul iba en dirección a Chapel Hill... donde Casanova intentó matar a Kate, donde la secuestró. ¿Sería aquélla su «base»? ¿Era alguien de la universidad? ¿Un médico? ¿Alguien de quien nada sabíamos?

Al cruzar el límite del municipio me acerqué a la camioneta hasta situarme a menos de veinte metros. No había manera de saber si ellos sabían que los seguía. Era una hora punta en Chapel Hill. Encontramos mucho tráfico en Franklin Street al adentrarnos hacia el paseo del campus, flanqueado por sendas hileras de árboles.

Más adelante se veía la entrada del vetusto cine en el que Wick Sachs y una mujer llamada Suzanne Wellsley fueron a ver una película italiana. Casanova y Rudolph le habían tendido una trampa a Wick Sachs para incriminarlo. Sachs podía aparecer como el perfecto sospechoso. *El sátiro local.* ¿Cómo era posible que Casanova conociese tan bien a Sachs?

Estaba a punto de detenerlos. Lo presentía. Tenía que pensar así. En el cruce Franklin-Columbia se encontraron con el semáforo en rojo. Estudiantes con camisetas Champion, Nike y Bass Ale cruzaban despreocupadamente por el paso de peatones. Desde uno de los coches parados llegaban las notas de *I Know I Got Skillz* de Shaquille O'Neal.

Aguardé dos o tres segundos antes de decidir jugarme el todo por el todo.

Capítulo 112

BAJÉ DEL DUSTER Y crucé semiagachado Franklin Street. Llevaba la pistola desenfundada, pero la mantenía pegada al cuerpo para que no resultase tan visible.

«Que no cunda el pánico y empiecen a gritar. Que me salga todo bien esta vez».

Los dos asesinos debían de haberse percatado de que el Duster los venía siguiendo. Era lo que me temía. En cuanto pisé el asfalto, salieron cada uno por una puerta y echaron a correr.

Uno de ellos se giró y me disparó tres veces. Se me representó una imagen del bosque. Fue una extraña asociación de ideas a lo que, en un momento tan delicado, no busqué explicación. Tampoco caí espontáneamente en la cuenta de nada especial. Sólo fue eso: una extraña asociación de ideas al verlo disparar.

Me parapeté detrás de un Nissan Z que aguardaba a que cambiase el semáforo y grité a pleno pulmón:

—¡Policía! ¡Policía! ¡Agáchense! ¡Échense al suelo! ¡Bajen de los coches!

La mayoría de los conductores y de los viandantes me hicieron caso. ¡Qué diferencia con lo que hubiese ocurrido en cualquier calle de Washington! Dirigí la mirada por el pasillo que quedaba entre las dos hileras de coches. No veía a ninguno de los dos asesinos por ninguna parte.

Avancé arrimado a la chapa del coche deportivo negro, semiagachado. Los estudiantes y los tenderos me miraban recelosos desde la acera.

—¡Policía! ¡Agáchense! ¡Agáchense! ¡Pongan a cubierto a ese niño!

Un tropel de imágenes se agolpaba en mi mente. Sampson... con un cuchillo clavado en el pecho. Kate... convertida en una ruina humana a causa de las palizas y las torturas. La mirada ausente de las jóvenes secuestradas en la casa «fantasma».

De pronto, vi que uno de los asesinos me apuntaba a la cabeza. Disparamos ambos casi al mismo tiempo. Su bala rozó un retrovisor exterior que, probablemente, me salvó la vida.

No vi el resultado de mi disparo.

Eché cuerpo a tierra y me arrastré entre los coches. El olor a gasolina y al humo de los tubos de escape era casi insoportable. La sirena de un coche patrulla me dijo que llegaba ayuda. Pero no sería Sampson, claro está. No sería la clase de ayuda que necesitaba.

«No te detengas. ¡No los pierdas de vista! Dos contra uno, de acuerdo. No obstante, míralo por el lado positivo: ¡dos por el precio de uno!».

Vi a un agente de uniforme. Estaba junto a la esquina y empuñaba su revólver. No me dio tiempo a alertarlo. Cayó abatido de dos disparos.

Entonces empezaron a oírse gritos por todo Franklin Street. Los estudiantes se asustaron. Algunas de las chicas lloraban.

—¡Al suelo!—grité—. ¡Todos al suelo!

Seguía parapetándome tras los coches y avancé arrimado a una furgoneta. Vi a uno de los monstruos. Mi siguiente disparo no fue tan ambicioso. Me conformaba con herirlo, aunque fuese levemente. En el pecho, en el hombro... ¡Disparé!

La bala atravesó las dos ventanillas traseras de un vacío Ford Taurus. Alcancé a uno de los asesinos en la parte superior del pecho. Se desplomó como un saco. Corrí hacia él.

¿Quién era el abatido? ¿Dónde estaba el otro?

Fui zigzagueando entre los vehículos que estaban parados. ¡Había escapado! ¡No estaba allí! ¿Dónde diablos estaba el que acababa de abatir? ¿Y su compañero?

Entonces vi al que había disparado. Estaba tendido en el cruce de Columbia y Franklin, junto al semáforo. La máscara aún cubría su rostro. Corrí hacia él y me acuclillé a su lado sin dejar de mirar en derredor.

«Cuidado, ten mucho cuidado—me alerté. No veía a su amigo por ninguna parte—. Tiene que estar apostado por aquí. Y sabe manejar un arma».

Le retiré la máscara al herido. «No eres un dios. Sangras como cualquier mortal».

Era el doctor Will Rudolph. El Caballero agonizaba en una calle de Chapel Hill. Sus ojos azul grisáceo estaban vidriosos. La sangre que manaba de la herida se encharcaba en el asfalto.

Los viandantes que se habían detenido en la acera empezaron a acercarse, horrorizados. Probablemente, la mayoría no había visto agonizar a nadie.

Le levanté la cabeza. El Caballero. El asesino de Los Ángeles. No parecía creer que lo hubiese alcanzado con un disparo mortal; se negaba a aceptarlo. Eso era lo que decía su mirada.

—¿Quién es Casanova?—le pregunté al doctor Will Rudolph. Tenía que arrancárselo de los labios antes de que expirase—. ¡Dime quién es Casanova!

Yo miraba continuamente hacia atrás. ¿Dónde estaba Casanova? No iba a dejar que Rudolph muriese de aquella manera, ¿verdad?

Llegaron dos coches patrulla. Tres agentes corrieron hacia mí pistola en mano.

Rudolph porfiaba por enfocar la mirada, para verme con claridad, o acaso para ver el mundo por última vez. Un hilillo de sangre asomó de la comisura de sus labios.

—Nunca lo descubrirá—balbució—. No es usted lo bastante bueno para descubrirlo—añadió sonriéndome—. Está muy lejos de descubrirlo. Es el mejor que haya existido nunca.

Un espeluznante estertor brotó de la garganta del Caballero. Reconocí el sonido de la muerte y le cubrí el rostro con la máscara.

Capítulo 113

NUNCA PODRÍA OLVIDAR LAS estremecedoras escenas que presencié aquella noche en el Centro Médico de la Universidad Duke; el júbilo de los familiares más próximos y de los íntimos amigos de las jóvenes liberadas.

En el vestíbulo del hospital y en el parking contiguo a Erwin Road, varios centenares de personas, estudiantes en su mayoría, permanecieron allí hasta bien pasada la medianoche.

Habían hecho ampliaciones de las fotografías de las supervivientes y las habían pegado en improvisadas pancartas. Los miembros del personal facultativo y los estudiantes cantaban espirituales.

Todos parecían querer olvidar, por lo menos aquella noche, que Casanova seguía aún libre. Incluso yo conseguí durante unas horas no pensar en el monstruo que aún andaba suelto.

Tenía motivos para estar esperanzado. Sampson estaba vivo y recuperándose en el hospital. Muchos desconocidos se me acercaban a estrecharme la mano. El padre de una de las supervivientes se echó en mis brazos llorando. Jamás me había sentido tan bien desde que era policía.

Cogí el ascensor hasta la cuarta planta y entré en la habitación de Kate. Seguía igual. Parecía una momia, vendada de pies a cabeza. Su vida no corría peligro, pero no había salido del coma.

Le cogí la mano y le di la noticia.

—Sampson y yo hemos localizado la casa y hemos liberado a las secuestradas—le dije quedamente, pese a saber que no podía oírme—. Ya están a salvo, Kate. Ahora hemos de recuperarte a ti. Esta noche sería una buena noche.

Ansiaba oír de nuevo su voz, pero de sus labios no afloraba el menor sonido.

—Te quiero, Kate—le susurré a modo de despedida.

Sampson estaba ingresado en la quinta planta. Habían tenido que operarlo, pero estaba fuera de peligro y ya despierto.

—¿Qué tal están Kate y las demás?—me preguntó—. Porque yo pienso largarme de aquí de un momento a otro. Estos médicos son unos fieras.

—Kate sigue en coma. Acabo de verla. En cuanto a ti... Puede que te interese saber que no tienes ninguna posibilidad de palmar por el momento.

—Casanova ha escapado, ¿verdad?—dijo en tono crispado.

—Tranquilo. Lo atraparemos—le aseguré—. He de marcharme ya, porque no puedes fatigarte. Volveré en cuanto pueda.

—No te olvides de traerme mis gafas—me pidió al despedirnos—. Aquí hay demasiada luz.

A las nueve y media de aquella noche volví a la habitación de Naomi. Seth Samuel estaba allí. Impresionaba verlos juntos, tan fuertes como tiernos.

—¡Tita! ¡Tita!

Oí una voz familiar por detrás de mí. Me sonó a música. Nana, Cilla, Damon y Jannie entraron a la vez en la habitación. Acababan de llegar en avión desde Washington. Cilla se desmoronó al ver a su hija y rompió a llorar. Mamá Nana se tragó las lágrimas al ver a Cilla y Naomi abrazarse.

Mis hijos miraban a su postrada tía un poco asustados y confusos, especialmente Damon. Me acerqué a ellos y los abracé a los dos a la vez.

—¿Cómo están mis chiquitines?

—¿Verdad que has sido tú quien ha encontrado a la tía Chispa?—me susurró Jannie al oído, aferrada a mí con brazos y piernas, más exultante que yo.

Capítulo 114

MI LABOR ESTABA LEJOS de terminar. Dos días después, iba con paso cansino por el hollado sendero del bosque que comunicaba la N-22 con la casa subterránea.

Los inspectores de la policía local junto a los que pasaba estaban serios y cabizbajos. Habían visto el espectral mundo construido por Rudolph y Casanova.

La mayoría me conocían. Algunos me saludaron y yo correspondí al saludo. En cierto modo, aquello significaba que habían acabado por «aceptarme» en Carolina del Norte. Veinte años atrás habría sido impensable, por más excepcionales que fuesen las circunstancias.

El sur ya no me parecía un mundo tan hostil. Incluso empezaba a gustarme.

Una nueva hipótesis acerca de Casanova me rondaba por la cabeza. Tenía que ver con algo en lo que reparé durante el tiroteo en el bosque y en Chapel Hill.

Nunca lo descubrirá.

Recordé las palabras de Rudolph al agonizar. Nunca digas nunca jamás, Will, le repliqué mirando mentalmente al infierno.

La tarde era caliginosa y el bochorno abrumaba.

Casi dos centenares de personas habían acudido a la casa de los horrores (agentes de policía de Durham y de Chapel Hill y soldados de Fort Bragg). Kyle Craig acababa de salir del inframundo que Rudolph y Casanova crearon para su harén.

—Merece la pena ser policía para vivir momentos así—me dijo Kyle Craig, que me parecía de peor humor cada vez que lo veía.

Me preocupaba. Kyle era un individualista. Un laboradicto. Un «trepa» (en las fotografías del anuario de la Universidad Duke que había visto de él ya daba esa imagen).

—Siento que esta gente haya tenido que venir aquí para esto—le comenté a Kyle recorriendo con la mirada el lugar de los crímenes—. No lo olvidarán mientras vivan.

—¿Y qué me dice de usted, Alex?—me preguntó Kyle mirándome con fijeza, como si estuviese preocupado por mí.

—Bah... Tengo tantas pesadillas que no importa una más—le confesé sonriente—. Les pediré a mis hijos que duerman conmigo durante una temporada. Dormiré como un tronco si sé que están a mi lado.

—Es usted un tipo curioso, Alex. Por un lado es muy abierto y por otro... muy reservado.

—Sí. Cada día soy más curioso—dije—. Por donde menos se piensa aparece uno de esos monstruos—añadí, tratando de sintonizar más con él, pero sin conseguirlo, porque también Kyle era un hombre muy reservado.

—Cierto. Sin embargo, usted necesita un descanso. Aunque nos multiplicásemos no daríamos abasto. Tenemos ahora mismo un asesino que anda suelto por Chicago. Otro en Lincoln y Concord, en Massachusetts. Un canalla de Austin, en Texas, ha secuestrado a varios niños. Y hay sendos asesinos en serie en Orlando y Minneapolis.

—Pero el trabajo aquí aún no ha terminado—le recordé.

—¿De veras?—exclamó en tono irónico—. ¿Qué nos queda por hacer, Alex? ¿Excavar?

Observábamos la terrorífica escena que se desarrollaba junto a la casa subterránea. Casi un centenar de hombres excavaban en el prado contiguo al lado oeste de la casa «fantasma». Un trabajo de pico y pala. Buscaban cadáveres. Víctimas asesinadas.

Desde 1981, decenas de jóvenes bonitas e inteligentes de todo el sur habían sido secuestradas y asesinadas por aquellos dos carniceros. Durante trece años habían impuesto allí el imperio del terror.

Primero, me enamoro de una mujer. Luego, la tomo.

Eso fue lo que escribió Will Rudolph en los fragmentos del «diario» que enviaba a *Los Angeles Times*.

Me preguntaba si se trataba de su «enamoramiento» o del de su gemelo; si Casanova lo echaría mucho de menos; si estaría apenado. ¿Cómo pensaba sobrellevar su pérdida? ¿Tendría ya un plan?

Tenía entendido que Casanova conoció a Rudolph en 1981. Habían compartido su secreto: les gustaba secuestrar, violar y torturar a las mujeres. Surgió la idea de formar un harén, de coleccionar mujeres extraordinarias. Hasta que se conocieron no habían tenido a nadie con quien compartir su secreto.

Trataba de imaginar cómo me sentiría si, con poco más de veinte años, no tuviese a nadie en quien confiar, y de pronto trabase una íntima amistad.

Sintonizaron. Se entregaron a sus perversos juegos. Formaron su harén.

Mi teoría del síndrome G era acertada. Disfrutaban

secuestrando y teniendo cautivas a mujeres hermosas. Pero, además, rivalizaban entre sí. Hasta tal punto que Will Rudolph sintió la necesidad de «establecerse por su cuenta» en California; en Los Ángeles, concretamente. Allí se había convertido en el Caballero. Casanova había seguido en el sur, pero se comunicaban. Se contaban sus aventuras. Lo necesitaban. Contarse sus éxitos respectivos era parte del interés del juego. Rudolph llegó incluso a contárselas a una periodista. Llegó a hacerse famoso, y le gustó.

Casanova era distinto, mucho más individualista. Era el genio. El creativo. Eso suponía yo.

Creía saber quién era. Creía haber visto a Casanova sin su máscara.

Seguí dándole vueltas a la cabeza. Probablemente, Casanova no se había movido de la zona de Durham y Chapel Hill. Había conocido a Rudolph el mismo año que asesinaron a Roe Tierney y a Tom Hutchinson. Y hasta ahora, debía de haberlo planificado todo tan perfectamente que no habían logrado atraparlo. Sin embargo, durante el tiroteo de hacía dos días cometió un error. Un pequeño error. Pero a veces basta un pequeño error para dar al traste con el mejor de los planes.

Pero aunque yo creyese saber quién era Casanova, no podía decírselo a los federales. Oficialmente, yo estaba al margen de la investigación, ¿no?

Kyle Craig y yo seguíamos observando la excavación de la fosa común. Un hombre alto y calvo estaba de pie en la hondonada con tierra hasta las rodillas.

—¡Eh! ¡Soy Bob Shaw!—gritó agitando los brazos.

Había encontrado el cadáver de otra mujer. Varios forenses aguardaban en las ambulancias. Uno de ellos corrió con tan desgarbadas zancadas que, en otras circunstancias, nos hubiese hecho reír.

Las cámaras de la televisión enfocaron a Shaw, un soldado de Fort Bragg. Una atractiva periodista se dejó dar unos toques de maquillaje antes de hablarle a la cámara.

—Acaban dc cncontrar a la víctima número veintitrés—dijo la periodista con la solemnidad propia del caso—. Hasta ahora todos los cadáveres pertenecen a mujeres muy jóvenes. Los desalmados asesinos...

Me desentendí de la periodista, sobrecogido. Pensé en niños como mis hijos, como Damon y Jannie, viendo aquel espectáculo desde sus hogares. Era el mundo que heredaban.

—Haga el puñetero favor de marcharse a su casa, Alex—me dijo Kyle con el mismo talante que si fuera mi médico—. Se acabó. Ya no lo atrapará. Se lo aseguro.

Capítulo 115

NUNCA DIGAS NUNCA JAMÁS. Éste es uno de los pocos lemas a los que me atengo como policía.

Estaba empapado de sudor frío. Tenía taquicardia y arritmia. Pero al fin había dado con la solución. Necesitaba creerlo así para no desfallecer.

Aguardaba en la oscuridad, agobiado por el asfixiante calor, frente a una casa de madera del barrio de Edgemont, en Durham. Era un barrio muy característico de la clase acomodada sureña. Espléndidas mansiones, coches americanos y japoneses casi a partes iguales, cuidadísimos céspedes y olor a comida casera. Era donde Casanova eligió vivir hacía siete años.

Yo había estado en la redacción del *Herald Sun* desde media tarde hasta primera hora de la noche. Había releído todo lo que se publicó acerca de los asesinatos de Roe Tierney y Tom Hutchinson. Un nombre mencionado en el *Herald Sun* me ayudó a encajar las piezas del rompecabezas o, por lo menos, a confirmar mis sospechas.

Centenares de horas e investigaciones, exhaustivas lecturas de los informes de la policía de Durham para, en definitiva, caer en la cuenta de todo en una sola línea de un suelto de prensa.

El nombre aparecía en las páginas centrales del periódico de Durham.

Me quedé mirando largo rato el familiar nombre en la página del periódico. Pensé en el detalle que me llamó la atención durante el tiroteo en Chapel Hill. Pensé en la insólita «perfección» de aquellos crímenes. Todo encajaba. Bola de *match*. Un solo punto y... se acabó.

Casanova había cometido sólo un mínimo error, pero en mis propias narices. Ver su nombre en el periódico confirmó mi sospecha. Vinculaba materialmente a Will Rudolph con Casanova. También explicaba cómo se conocieron.

Casanova estaba cuerdo y era muy responsable de sus actos. Lo había planeado todo a sangre fría. Eso era lo más espantoso de la larga serie de crímenes. Sabía lo que hacía. Era un canalla que decidió secuestrar, violar y asesinar una y otra vez. Estaba obsesionado con jóvenes perfectas, con *amarlas*, como él decía.

Mientras aguardaba en el coche frente a su casa, escenifiqué mentalmente una entrevista con Casanova. Veía su rostro con la misma nitidez que los números de los instrumentos del salpicadero.

—*¿No siente usted nada en absoluto?*

—*Oh, por supuesto que sí. Me siento exultante. Me siento desbordante de júbilo cada vez que poseo a una nueva mujer. Experimento varios niveles de excitación: impaciencia, lujuria animal. Me invade una inenarrable sensación de libertad, una sensación que muy pocas personas pueden llegar a sentir jamás.*

—*¿No le remuerde la conciencia?*

Imaginaba su burlona sonrisa. La había visto muchas veces. Sabía quién era. Nada me detendría.

—*¿Es que jamás ha tenido cariño de nadie ni ha querido a nadie, ni siquiera de niño?*

—*Intentaban quererme. Pero nunca fui realmente niño. No recuerdo haber pensado ni actuado nunca como un niño.*

Aunque yo fuese el ángel justiciero, tenía que pensar como aquellos dos desalmados. Y odiaba esa responsabilidad por temor a convertirme yo también en un monstruo. Sin embargo, tenía que afrontarla.

Monté guardia frente a la mansión de Casanova en Durham durante cuatro noches consecutivas.

No tenía compañero. Ningún apoyo.

No importaba. Podía ser tan paciente como él.

Ahora era yo quien había salido de caza, quien acechaba la presa.

Capítulo 116

RESPIRÉ CON INDESCRIPTIBLE ALIVIO al verlo aparecer. Casanova salía de casa.

Observé detenidamente su rostro, su lenguaje corporal. Se le veía muy seguro de sí mismo.

El detective Davey Sikes subió a su coche poco después de las once de la cuarta noche. Era un hombre fuerte y atlético. Llevaba tejanos, un anorak oscuro y zapatos de lona. Su coche era un Toyota Cressida que tendría unos doce años. Aquel vehículo debía de ser el que utilizaba para sus cacerías.

«Crímenes perfectos». Estaba claro que Davey Sikes se sabía prácticamente impune. Era uno de los detectives asignados al caso (desde hacía *doce años*, en realidad).

Sikes era consciente de que, en cuanto pasasen a hacerse cargo del caso, los federales investigarían a todos los miembros de la policía local. Pero tenía preparada su perfecta coartada. Incluso alteró la fecha de uno de los secuestros para «probar» que estaba fuera de la ciudad cuando se cometió.

Me preguntaba si Sikes se atrevería a secuestrar a otra mujer ahora. ¿Habría ya acechado a alguna? ¿Cómo se sentía? ¿Qué pensaba en aquellos momentos, mientras salía con su Toyota de aquella zona residencial de Durham? ¿Echaba de menos a Rudolph? ¿Continuaría con el juego o lo dejaría? ¿Podría detenerse?

Ardía en deseos de atraparlo. Desde el principio, Sampson me advirtió de que corría el riesgo de hacer de aquel caso algo personal; de convertirlo en una venganza. Y estaba en lo cierto.

Trataba de imaginar qué pensaba Casanova. Sospechaba que ya debía de haber elegido a su víctima, aunque aún no se hubiese atrevido a secuestrarla. ¿Sería otra estudiante bonita e inteligente? Quizá ahora cambiase de tipo de mujer. Aunque lo dudaba.

Lo seguí por las oscuras y desiertas calles del suroeste de Durham. Me latía el corazón con tal fuerza que me dolía el pecho. Iría con los faros apagados mientras Davey Sikes siguiese por calles secundarias. A lo mejor, después de mi extenuante espera, no iba más que a comprar cigarrillos y cerveza.

Creía saber qué ocurrió en 1981, con lo que, probablemente, habría resuelto también el caso del asesino de Roe y Tom, que tanto afectó al mundo universitario de Durham y de Chapel Hill. Will Rudolph había planeado y ejecutado los violentos asesinatos sexuales cuando era estudiante. Se había «enamorado» de Roe Tierney, pero ella prefería a las estrellas del rugby. Al detective Davey Sikes le correspondió interrogar a Rudolph durante la consiguiente investigación. Y por algún extraño mecanismo mental, empezó a compartir su propia y sórdida tendencia con el brillante estudiante de medicina. Se habían conocido. Ambos necesitaban desesperadamente compartir su secreta necesidad con alguien. Y de pronto se unieron en una espantosa simbiosis.

Ahora, yo había matado a su otra mitad, a su único amigo. ¿Querría Davey Sikes vengar su muerte matándome a mí? ¿Sabría que iba tras él? ¿Qué pensaba en aquellos momentos? No me bastaba con detenerlo. Necesitaba descubrir cómo pensaba.

Casanova enlazó con la interestatal 40 en dirección a Gardner y McCullers. Como el tráfico era bastante denso, pude seguirlo con relativa seguridad, mezclado en un grupo de cuatro o cinco vehículos. De momento, todo iba bien. Detective contra detective.

Dejó la interestatal por la salida 35, la de McCullers, sin rebasar en ningún momento los 50 km/h. Eran más de las once y media.

Iba a cargármelo aquella misma noche, costase lo que costase. Pese a mi profesión, no había matado nunca a nadie. Pero esta vez era algo *personal*.

Capítulo 117

A POCO MENOS DE dos kilómetros de la salida 41, una camioneta Ford salió de un acceso particular que no se veía desde la carretera. Fue una suerte, porque la camioneta se interpuso entre el Toyota de Sikes y mi coche, y me sirvió de camuflaje. No era gran cosa, pero me sería útil, por lo menos durante algunos kilómetros.

El Toyota se detuvo al fin a unos tres kilómetros de McCullers. Sikes aparcó en el atestado parking de un bar llamado Sports Page Pub. Allí, su coche no llamaría en absoluto la atención.

Aquello fue lo que empezó a delatarlo y, también, lo que hizo que llegase a considerar a Kyle Craig como sospechoso. Casanova parecía saber todos los movimientos que haría la policía antes de que los hiciese. Probablemente, habría secuestrado a varias de las mujeres presentándose como inspector de policía.

El detective Davey Sikes... Durante el tiroteo en Chapel Hill, «Casanova» adoptó la postura de disparo característica de la policía.

Entonces comprendí que se trataba de un agente.

Al indagar entre los artículos de prensa acerca del

asesinato de Roe y Tom, vi su nombre. Sikes era uno de los jóvenes policías asignados al caso. Interrogó a un joven estudiante llamado Will Rudolph y, sin embargo, no nos lo comentó a ninguno de nosotros. Jamás dejó traslucir que hubiese conocido a Will Rudolph en 1981.

Al llegar al Sports Page Pub pasé de largo y, en cuanto rebasé la siguiente curva, dejé el coche en la cuneta y corrí hacia el bar. Llegué justo a tiempo de ver que Davey Sikes cruzaba la carretera a pie.

Casanova siguió por una carretera perpendicular con las manos en los bolsillos del pantalón. Daba la sensación de que viviese por allí.

¿Llevaría su pistola paralizante en uno de aquellos bolsillos? ¿Sentiría ya aquel cosquilleo que lo impulsaba a su espantoso juego?

Al llegar a un pinar, Sikes avivó el paso. Era rápido pese a su corpulencia. Podía despistarme. La vida de alguien de aquellos tranquilos alrededores corría peligro. Otra Naomi. Otra Kate McTiernan. Recordé las palabras de Kate: «Clávale una estaca en el corazón, Alex».

Desenfundé mi Glock 9 mm. Ligera. Eficaz. Semiautomática. Doce disparos mortales. Me rechinaban los dientes con tal fuerza que me dolían. Quité el seguro. Estaba dispuesto a cargarme a Davey Sikes.

Los enormes pinos proyectaban fantasmagóricas sombras. Vi a escasa distancia una casa en forma de A, iluminada por la pálida luna llena. Avivé el paso por la resbaladiza pinaza.

Vi que Casanova se acercaba rápidamente a la casa, que aceleraba aún más el paso. Conocía el camino.

Debía de haber estado allí en alguna otra ocasión.

Habría tanteado el terreno, para estudiar a su siguiente víctima.

Y de pronto lo perdí de vista. Lo perdí de vista durante un segundo. Quizá se hubiese colado dentro.

Sólo se veía una luz en la casa. Temí sufrir un infarto si no lograba cargármelo aquella misma noche. Llevaba el dedo en el gatillo de mi semiautomática.

«Clávale una estaca en el corazón, Alex».

Capítulo 118

LIQUIDAR A SIKES. ME costaba lo indecible dominarme, serenarme, mientras corría hacia el cubierto porche trasero de la casa envuelta en sombras.

De pronto oí el zumbido de un aparato de aire acondicionado. Reparé en una despintada pegatina adherida a la encalada puerta del porche. Decía: «Me desvivo por las lindas *scout girls*».

Allí debía de haber encontrado otra de las preciosidades por las que se… «desvivía». Iba a secuestrarla aquella noche. La Bestia no podía detenerse.

—Hola, Cross. Suelta el arma. Muy despacito… —dijo una voz grave en la oscuridad.

Cerré los ojos esperando el golpe y dejé caer la pistola sobre un lecho de hierba y pinaza. Me sentí como si me hubiese precipitado al vacío desde un acantilado.

—Ahora date la vuelta, ¡cabrón! ¡Entrometido de mierda!

Me di la vuelta y vi el rostro de Casanova. Allí lo tenía, al alcance de mis manos, apuntándome al pecho con una Browning semiautomática.

No era momento de reflexionar sino de dejar que fuesen

la intuición y los reflejos los que actuasen, me dije. Doblé la rodilla derecha como si hubiese pisado en falso y… le largué un gancho con toda mi alma al pómulo izquierdo de Sikes.

Dobló la rodilla (involuntariamente en su caso), pero se rehízo al momento. Lo cogí por las solapas de la chaqueta y lo estampé contra el porche. Al ver que dejaba caer la pistola me abalancé sobre él. Por un momento, me sentí tan exultante como en las peleas callejeras cuando era niño. Le tenía verderas ganas a aquel canalla.

—Vamos, cabrón—me desafió furioso.

—No sufras, no, que voy a por ti—le dije.

Justo en aquel momento se encendió una luz en la casa.

—¿Quién hay ahí afuera?—preguntó una voz de mujer que me sobresaltó—. ¿Quién hay ahí afuera?—repitió.

Sikes me lanzó un potente directo. Recordé que Kate me había dicho que era de una increíble fortaleza. Pero no pensaba darle a Sikes demasiadas oportunidades de demostrarlo.

Paré el directo con el antebrazo, que se me quedó casi paralizado. Era muy fuerte, desde luego. «De modo que… procura eludir sus golpes y golpéale tú con toda tu alma», me aconsejé.

Solté un potente derechazo a su bajo vientre, recordando la paliza que le había pegado a Kate. Luego le lancé un gancho a la boca del estómago. Noté que fingía acusar el golpe más de lo debido. Una artimaña. No me pilló desprevenido, pero no pude evitar que me alcanzase en el pómulo izquierdo con un gancho.

Di un paso atrás, estilo boxeador, y a continuación alcé el mentón como para demostrarle que no me había afectado. Mi derecha volvió a impactar en su bajo vientre. Como mandaban los cánones: si castigas el cuerpo, la cabeza no responde. Le estampé el puño derecho en la nariz. Sampson hubiese estado orgulloso de mí.

—Esto por Sampson—le dije rechinando los dientes—. Es un encargo.

Lo alcancé repetidamente en el cuello y empecé a bailar a su alrededor como Casius Clay.

—¡Y esto por Kate!—le grité.

Le estampé un directo en el tabique nasal y un gancho en el ojo derecho.

Sikes tenía ya el rostro tumefacto.

«Clávale una estaca en el corazón, Alex».

Sin embargo, era fuerte y estaba en forma. Por consiguiente, seguía siendo peligroso. Se rehízo y cargó hacia mí como un animal enfurecido. Me aparté y embistió el porche como si se propusiera derribarlo.

Volví a golpearle en la cabeza, que, a su vez, golpeó con tal fuerza la chapa de aluminio del porche que la abolló. Se tambaleaba jadeante. De pronto, se oyeron sirenas de la policía a lo lejos. Yo era la policía, ¿no?

Alguien me golpeó por detrás.

—Oh, Dios, no...—exclamé tratando de no acusar el golpe.

¡No es posible! ¡No puede ser verdad!

¿Quién me había golpeado? ¿Por qué? No lo entendía. No podía comprenderlo. No podía pensar con claridad.

Pese a estar aturdido y herido, me di la vuelta.

Vi a una rubia de enmarañada melena que llevaba una holgada camiseta en la que se leía «Monitora». Aún esgrimía la pala con la que acababa de golpearme.

—¡No vuelva a ponerle las manos encima a mi novio!—me gritó sulfurada—. O se aparta de él o lo dejo en el sitio. ¡Apártese de mi Davey!

«¿Mi Davey? ¡Dios mío!».

Me daba vueltas la cabeza, pero capté el mensaje. O, por lo menos, eso creí. Davey Sikes había ido a aquella casa a verse con su novia. *No había ido a secuestrar a nadie. No había ido a asesinar a nadie. Era el novio de una… monitora.*

Quizá había perdido, pensé al retroceder. Quizá estuviese tan quemado que ya no era capaz de analizar las cosas con claridad. O quizá era como cualquier otro detective de homicidios: estresado y falible. Me había equivocado. Me había equivocado con Davey Sikes… Y no acertaba a comprender cómo podía haberme ocurrido.

Kyle Craig llegó a la casa de McCullers al cabo de menos de una hora. Estaba tan tranquilo como de costumbre.

—Hace más de un año que el detective Sikes tiene relaciones con la dueña de la casa—me dijo Craig sin alterarse—. Ya lo sabíamos. El detective Sikes no figura en la lista de sospechosos. No es Casanova. Así que váyase a casa, Alex. Váyase a casa, que aquí ya ha terminado.

Capítulo 119

NO ME MARCHÉ A casa. Fui a visitar a Kate al Centro Médico de la Universidad Duke.

No tenía buen aspecto. Estaba pálida y demacrada. Muy delgada. Tampoco su voz sonaba nada bien. Pero estaba mucho mejor. Había salido del estado de coma.

—¡Vaya! ¡Mira quién se ha despertado ya!—exclamé desde la puerta de la habitación.

—Has liquidado a uno de esos canallas, Alex—me susurró Kate al verme.

Me sonrió débilmente, pero su voz era algo débil. Aún no era del todo ella.

—¿Lo has visto en sueños?—le pregunté.

—Sí—contestó con su dulce sonrisa—. La verdad es que sí lo he soñado—añadió con visible esfuerzo.

—Te he traído un regalito—le dije mostrándole un osito de peluche con bata de médico.

Kate cogió el osito sin dejar de sonreír. Se le iluminó tanto el rostro que casi parecía ella. Me acerqué y besé su hinchado pómulo como si de la flor más delicada se tratase.

—No sabes cuánto te he echado de menos—le susurré rozando su pelo con mis labios.

—Pues dímelo, dímelo—musitó.

Le costaba hablar, pero, por lo visto, coordinaba perfectamente sus ideas.

Diez días después, Kate ya se levantaba. Caminaba con ayuda de un andador metálico que aseguraba detestar. Y dentro de una semana le darían el alta. En realidad, tardó cuatro semanas en salir del centro, pero aun así los médicos lo consideraron una milagrosa recuperación.

Le había quedado una cicatriz en forma de media luna en el lado izquierdo de la frente. Pero no había querido someterse a ninguna operación de cirugía estética. Según ella, la cicatriz le daría más... carácter.

—Además, como suele decirse, forma parte de mi vida.

Ya hablaba casi con absoluta normalidad. A cada semana que pasaba articulaba mejor las palabras.

La cicatriz de Kate me recordaba a Reginald Denny, el camionero a quien propinaron una salvaje paliza durante unos disturbios en Los Ángeles. Lo había visto por televisión con el rostro lleno de cicatrices. También recordé un relato de Nathaniel Hawthorne titulado *La marca de nacimiento*.

Aquella cicatriz era la única imperfección de Kate. Y sin saber por qué, aún me parecía más hermosa que antes.

Pasé casi todo el mes de julio en Washington con mi familia. Hice dos breves viajes a Durham para ver a Kate, pero eso fue todo.

¿Cuántos padres pueden pasar un mes con sus hijos, tratando de reciclarse en todo tipo de juegos infantiles? Damon y Jannie empezaron a jugar al béisbol «en serio» aquel verano. Pero seguían siendo adictos a la música, a las películas y al chocolate. Ambos durmieron conmigo durante la primera semana. Gracias a ellos conseguí recuperarme de la temporada pasada en el infierno.

Sin embargo, seguía viviendo con el temor de que Casanova me buscase para vengar a su amigo. Aunque, hasta el momento, no había dado señales de vida.

No había vuelto a secuestrar a ninguna otra joven en Carolina del Norte. Ya no cabía duda de que Davey Sikes no era Casanova. Varios policías del condado habían sido investigados, sin excluir al propio Nick Ruskin ni al jefe de la policía, Hatfield. Todos los agentes tenían coartada. De modo que, ¿quién demonios era Casanova? ¿Desaparecería igual que su casa «fantasma»? ¿Iba a lograr salir impune pese a sus atroces asesinatos? ¿Habría decidido dejar de matar?

Mi abuela tenía una buena provisión de consejos que darme. Quería que abriese una consulta y me dedicase a la psicología. Que hiciese cualquier cosa, menos seguir en la policía.

—Los niños necesitan una abuela y una *madre*—me dijo Mamá Nana desde el púlpito de su cocina mientras preparaba el desayuno.

—De modo que lo que he de hacer, según tú, es salir por ahí a buscarles una madre a Damon y a Jannie. ¿Es eso?

—Exactamente, Alex. Y creo que deberías hacerlo antes de perder tu encanto.

—Me pondré manos a la obra—le dije—. Este verano me traigo a casa una esposa y una madre.

Mamá Nana me amenazó con la espumadera (y no en vano, porque terminó por atizarme varias veces).

—No te me pases de listo, ¿entendido?

Siempre tenía ella la última palabra.

A finales de julio me llamaron por teléfono a la una de la madrugada.

Nana y los niños estaban durmiendo arriba y yo tocaba al piano mis personales versiones de éxitos de Miles Davis y de Dave Brubeck.

Era Kyle Craig quien llamaba. Resoplé contrariado al oír la parsimoniosa voz del ayudante de Craig. Suponía que eran malas noticias, pero no la que me dieron.

—¿Qué ocurre, Kyle?—le pregunté en cuanto se puso. Casi me inclinaba a pensar que se trataba de una broma—. ¿No le dije que no volviese a llamarme?

—No he tenido más remedio, Alex. Tiene que saberlo—me dijo—. Escúcheme con atención.

Kyle estuvo explicándomelo durante casi media hora. Y no era lo que me temía sino algo mucho, muchísimo peor.

Cuando hube terminado de hablar con Kyle volví al porche delantero. Me quedé allí sentado un largo rato, pensando en lo que debía hacer. Aunque... nada podía hacer; absolutamente nada.

—Esto no hay quien lo detenga—musité.

Fui a coger mi pistola. Detestaba llevarla en casa. Comprobé que todas las puertas y las ventanas estuviesen cerradas y fui a acostarme. Oía las fatales palabras de Kyle mientras estaba echado a oscuras en mi dormitorio. Veía un rostro que no deseaba volver a ver nunca. Lo recordaba demasiado bien.

«Gary Soneji se ha fugado del penal, Alex. Ha dejado una nota. Dice que no tardará en hacerte una visita».

Esto no hay quien lo detenga.

Seguí acostado, pensando en Gary Soneji. La última

vez que lo vi juró que me mataría. Llevaba el suficiente tiempo en el penal como para obsesionarse con la idea de cómo, cuándo y dónde lo haría.

No logré conciliar el sueño hasta la madrugada.

Esto no hay quien lo detenga.

Capítulo 120

NO PODÍA DEJAR DE pensar en las dos cuestiones que más me preocupaban.

¿Quién era Casanova? ¿Adónde podía parar la relación entre Kate y yo?

A finales de agosto, Kate y yo estuvimos seis días en un pintoresco pueblo de la costa de Carolina del Norte llamado Nags Head.

Kate ya no necesitaba el andador metálico, pero tenía que ayudarse con un bastón. Pese a ello, estaba radiante. No me parecía que la cicatriz la afease.

—Es por mi terquedad—me dijo—. Y pienso seguir igual de testaruda hasta que me muera.

Fueron unos días idílicos en muchos aspectos. Todo parecía perfecto. Ambos teníamos la sensación de merecernos sobradamente aquellas breves vacaciones.

Todas las mañanas desayunábamos en el porche que daba al espejeante Atlántico. Unos días preparaba yo el desayuno y otros ella… iba a comprarlo a Nags Head. Dábamos largos paseos por la playa. Pescábamos y, cuando había suerte, asábamos la pesca allí mismo en la playa. A veces, nos limitábamos a contemplar el mar surcado por rápidas lanchas.

Esperábamos a Casanova. Lo desafiábamos a que viniese a por nosotros. Pero por lo visto no le interesábamos.

Pensé en *El príncipe de las mareas* (en el libro y en la película). Kate y yo teníamos algo de Susan Lowenstein y de Tom Wingo, sólo que con un vínculo distinto, aunque igualmente complejo. Lowenstein saciaba la necesidad de Tom Wingo de dar y recibir amor. Kate y yo aprendíamos a conocernos, a conocer lo más importante de nosotros... y aprendíamos rápido.

Una de aquellas mañanas de agosto, salimos temprano a darnos un chapuzón frente a la casa. El agua estaba casi tan dormida como la mayoría de los estacionales moradores de la playa. Un solitario pelícano practicaba el vuelo rasante por la límpida superficie.

Nos cogimos las manos por encima del agua. Todo tenía para nosotros una perfección de tarjeta postal. ¿Por qué sentía entonces tan profundo desasosiego? ¿Por qué seguía obsesionado con Casanova?

—Tienes malos presagios, ¿verdad?—me dijo Kate dándome un golpe con la cadera—. Estás de vacaciones. De modo que piensa sólo en cosas agradables.

—La verdad es que pensaba precisamente en cosas muy agradables, pero me hacen sentir mal.

—Ya...

Y me abrazó, como para reafirmar que se sentía solidaria conmigo, fuese lo que fuese.

—¡Vamos! Te echo una carrera hasta la playa de Coquina—me propuso—. Preparados, listos... ¡ya!

Empezamos a trotar. Kate ya no cojeaba, pese a que

progresivamente avivábamos el paso. Estaba visto que era muy fuerte... en todos los sentidos. Ambos lo éramos. Terminamos por acelerar tanto que caímos agotados frente al rompiente de las olas.

No quería perder a Kate, me dije. No quería que lo nuestro terminase. Pero no sabía cómo enfocarlo.

El sábado por la noche, Kate y yo nos echamos sobre una vieja manta india en la playa, acariciados por la cálida brisa. Hablamos de todo, pasando de una cosa a otra. Habíamos cenado pato asado con salsa de moras, al estilo de Carolina, preparado por nosotros. Kate llevaba una camiseta en la que se leía: «Confía en mí. Soy médico».

—Yo tampoco quiero que esto termine—me dijo Kate suspirando—. De modo que deberíamos hablar de algunas de las razones por las que creemos que debemos dejarlo, Alex.

Yo meneé la cabeza y sonreí ante su manera de enfocar las cosas.

—En realidad, nunca terminará, Kate. Nadie podrá quitarnos el tiempo que hemos pasado juntos. Ha sido un privilegio, de los que rara vez se disfruta en la vida.

Kate me cogió el brazo con ambas manos. Me miró con sus profundos ojos marrones.

—¿Por qué ha de terminar, entonces?

Ambos conocíamos algunas de las razones, aunque no todas.

—Nos parecemos demasiado. Somos obsesivamente analíticos. Somos ambos tan lógicos que conocemos de antemano la media docena de razones por las cuales lo nuestro no funcionaría. Somos muy testarudos. Terminaríamos por tirarnos los trastos a la cabeza—dije en tono burlón.

—Eso me suena a una vieja canción, al temor a perder la independencia.

Sabíamos que yo estaba en lo cierto. ¿Debíamos lamentarlo? ¿Una triste verdad? Yo temía que sí.

—Bueno, pues nos tiraríamos los trastos a la cabeza... de vez en cuando... —Y Kate sonrió dulcemente—. Y si rompiésemos, lo dejaríamos en una buena amistad. No podría soportar la idea de perderte como amigo.

—Somos los dos demasiado fuertes físicamente. Terminaríamos por matarnos, «cinturón negro»—le dije tratando de desdramatizar.

—No te burles—contestó arrimándose a mí—. Quiero que éste sea nuestro único momento triste. Tan triste que podría echarme a llorar, ¿sabes?

—Es triste, sí.

Seguimos echados en la manta, abrazados, hasta el amanecer. Dormimos bajo las estrellas arrullados por el oleaje. Todo parecía tocado por el pincel de la eternidad aquella noche en Nags Head. O casi todo.

—¿Va a venir a por nosotros, Alex?—me preguntó Kate semiadormecida, casi en sueños—. ¿Va a venir?

No estaba seguro, pero aquél era el plan.

Capítulo 121

TICTAC. DE NUEVO A la caza. *Tictac.*

Seguía obsesionado con Kate McTiernan, pero no sólo con ella. Las cosas se le habían complicado.

Ella y Alex Cross habían conspirado para destrozar su sin igual creación, su precioso y privado arte, su modo de vida. Casi todo lo que amaba había desaparecido. Había llegado el momento de volver. El momento de demostrarles, de una vez por todas, su verdadero rostro.

Casanova era consciente de que añoraba a su «mejor amigo» más que a nada. Aquélla era una prueba de que estaba cuerdo. Podía amar. Tenía sentimientos. Había visto con asombro cómo Alex Cross abatía a Will Rudolph en una calle de Chapel Hill (a Rudolph... que valía por diez Alex Cross). Pero el caso es que Rudolph estaba muerto.

Will había sido un extraño genio. Era Jekyll y Hyde. Pero sólo Casanova estaba en condiciones de valorar sus dos personalidades. Recordaba los años pasados juntos y no podía olvidarlos. Ambos habían comprendido el indefinible placer que producía lo prohibido. Y cuanto más prohibido, más placentero. Aquél era el principio que los impulsaba al secuestro de bellas jóvenes inaccesibles, y a la larga serie de asesinatos. El inenarrable e incomparable placer de infringir los sagrados tabúes de la sociedad, de vivir complejas fantasías. Un placer incomparable.

También lo eran el acecho, la caza: elegir, apoderarse y poseer hermosas jóvenes.

Pero Rudolph ya no existía. Casanova comprendía que estaba solo, y que la soledad lo aterraba. Se sentía como si lo hubiesen partido por la mitad. Tenía que recobrar el dominio de sí mismo. Y eso era lo que trataba de hacer ahora.

Sin embargo, no debía subestimar a Alex Cross. Porque Cross estuvo a punto de atraparlo. Se preguntaba si el propio Cross era consciente de hasta qué punto estuvo cerca. Alex Cross estaba obsesionado. Y no cejaría mientras viviese...

Cross le había tendido una trampa en Nags Head, ¿verdad? Por supuesto. Suponía que iría a por él y a por Kate McTiernan. De modo que ¿por qué no aceptar el reto?

Había casi luna llena la noche que llegó a Nags Head. Casanova vio a dos hombres en las altas dunas cubiertas de hierba. Eran agentes del FBI asignados para velar discretamente por Cross y la doctora McTiernan.

Hizo señales con su linterna para que ambos lo viesen venir. Ciertamente, *él tenía acceso a cualquier parte*. Ahí radicaba su secreto.

Cuando estuvo lo bastante cerca para que pudiesen oírlo, Casanova se dirigió a los agentes.

—¡Eh, que soy yo!—exclamó enfocándose el rostro con la linterna para que le viesen bien la cara.

Tictac.

Capítulo 122

ME TOCABA A MÍ preparar el desayuno y decidí, democráticamente, que los grasientos buñuelos que compraba Kate acompañasen a mi infame tortilla de queso y cebolla, estilo Monterrey.

Pensé ir haciendo *jogging* hasta la pequeña y carísima panadería de Nags Head. El *jogging* suele ayudarme a organizar mis ideas.

Fui a lo largo de un sinuoso sendero cubierto de alta hierba, que enlazaba con la adoquinada carretera que cruzaba los marjales y llegaba casi hasta el centro urbano. Era un precioso día de finales del verano.

Iba tan relajado que me sorprendió.

Un hombre rubio, con anorak azul y manchados pantalones caqui, estaba tendido en la hierba, junto al sendero. Daba la impresión de que lo hubiesen desnucado. No llevaba muerto mucho tiempo. Su cuerpo estaba aún caliente cuando comprobé su pulso.

Era un agente del FBI, un profesional nada fácil de abatir. Lo habían enviado a Nags Head para protegernos a Kate y a mi; para ayudar a atrapar a Casanova, si se presentaba. Fue idea de Kyle Craig. Pero Kate y yo estuvimos de acuerdo.

Juré por lo bajo al ver al compañero muerto. Desenfundé la pistola y rehíce el camino corriendo hasta la casa. Kate estaba en grave peligro, y yo también.

Traté de adivinar el siguiente movimiento de Casanova. ¿Cómo conseguía burlar, una y otra vez, toda vigilancia? *¿Quién era?* ¿Con quién tenía que vérmelas?

No esperaba encontrarme con otro cuerpo y casi tropecé con él. Estaba oculto entre la hierba. También aquel agente llevaba un anorak azul. Estaba boca arriba. No había muestras de forcejeo, pero estaba muerto. Sus ojos marrones, sin vida, ya no podían ver las gaviotas que sobrevolaban bajo el sol. Otro agente del FBI eliminado.

Sentí pánico.

Al llegar a la casa todo estaba en silencio. Pero tuve el convencimiento de que Casanova ya debía de estar allí. Había venido a matarnos. A vengarse.

Entré pistola en mano por la puerta de tela metálica del porche delantero. No había nadie en el salón ni se oía más ruido que la vibración del viejo frigorífico de la cocina, que zumbaba como un enjambre de abejas.

—¡Kate!—grité a pleno pulmón—. ¡Está aquí! ¡Kate! ¡Kate! ¡Está aquí! ¡Casanova está aquí!

Corrí escaleras arriba y me asomé a nuestro dormitorio. *Kate no estaba allí.*

Seguí pasillo adelante y, de pronto, se abrió la puerta de un armario. Una mano asomó y me agarró del brazo.

Me di la vuelta.

Era Kate. Su mirada me asustó. Sin embargo, ella no parecía asustada. Se llevó el índice a los labios.

—Tschistt—musitó—. Estoy bien, Alex.

—Yo también.

Fuimos hacia la cocina, donde estaba el teléfono.

Tenía que llamar a la policía de Cape Hatteras inmediatamente. Y ellos, a su vez, llamarían a Kyle y al FBI.

El pasillo estaba oscuro y no vi el destello metálico hasta que fue demasiado tarde. Sentí un intenso dolor en el pecho al clavárseme el dardo. Me había disparado con una pistola paralizante. Sentí una corriente eléctrica por todo mi cuerpo y noté el olor a chamuscado de mi propia carne.

No sé cómo lo hice, pero me abalancé sobre él. Ése es el problema de las pistolas paralizantes, aunque sean de ochenta mil voltios. No siempre logran paralizar a un hombre fornido.

Pero no me quedaban suficientes fuerzas. No bastaban para enfrentarme a Casanova. El ágil y fuerte asesino se me anticipó y me golpeó en el cuello. Repitió el golpe y me hizo doblar la rodilla.

En aquella ocasión no llevaba máscara.

Alcé la vista hacia él. Llevaba barba, como Harrison Ford al principio de *El fugitivo*, y el pelo alisado hacia atrás, más largo que de costumbre, y algo enmarañado.

Sin máscara. Quería que viese quién era. ¿Acaso había acabado con su juego?

Era Casanova.

No me equivoqué tanto con Davey Sikes. Estaba seguro de que tenía que ser alguien vinculado a la policía de Durham. Tenía el presentimiento de que habría de tener alguna relación con el asesinato de los jóvenes Roe y Tom, ya que había borrado todas las pistas y tenía coartadas que hacían *imposible* que él fuese el asesino.

Lo había planeado a la perfección. Era un genio… Ésa era la razón de que siguiese impune durante tanto tiempo.

Miré con fijeza el impasible rostro del detective Nick Ruskin.

Ruskin era Casanova. Ruskin era la Bestia, ¡Ruskin! ¡Ruskin! ¡Ruskin!

—Puedo hacer lo que se me antoje. No lo olvide, Cross—me dijo Ruskin.

Lo había hecho todo con suma perfección. Su tapadera era perfecta. La estrella local. El héroe local. El único que estaba libre de cualquier sospecha.

Ruskin se acercó a Kate mientras yo seguía semiparalizado por su dardo.

—Te echaba de menos, Katie. ¿Me has echado de menos tú?

Ruskin se echó a reír. Tenía mirada de loco. Había terminado por pasarse de la raya. ¿La razón era porque su «gemelo» había muerto? ¿Qué se proponía hacer ahora?

—Contesta. ¿Me has echado de menos?—repitió encañonándola.

En lugar de contestar, Kate se abalanzó sobre él. Era lo que deseaba hacer desde hacía mucho tiempo. Su primera acometida no pudo ser más eficaz: le lanzó una patada al hombro que le hizo soltar el arma.

«¡Golpéalo de nuevo y huye!», quise gritarle a Kate.

Pero no podía hablar. Me resultaba imposible articular las palabras. A duras penas conseguí incorporarme apoyándome en el codo izquierdo. Casanova era un hombre alto y fornido, pero Kate veía redoblada su fuerza por su furia.

«Si viene, me enfrentaré a él», me había dicho en una ocasión.

Kate era una luchadora nata, mejor de lo que yo suponía.

No vi el siguiente golpe porque me lo tapó el propio cuerpo de Ruskin. Lo que sí vi fue la cabeza de Nick

Ruskin vencerse bruscamente hacia un lado y que se le doblaban las piernas.

Kate parecía haberlo cazado con un golpe decisivo. De nuevo, volvió a golpearlo en el lado izquierdo de la cara. De buena gana le habría gritado para darle ánimos.

Ruskin no se dio por vencido y la embistió. Ella lo esquivó y volvió a golpearlo. Al fin, Ruskin estaba perdido, a merced de Kate. Se desplomó y ya no volvería a levantarse. Kate había vencido.

Sin embargo, de pronto, se me encogió el corazón: Ruskin alargó la mano para desenfundar la pistola que llevaba en el tobillo. No estaba dispuesto a dejarse vencer por una mujer, ni por nadie.

La pistola apareció en su mano como por arte de magia. Era una Smith & Wesson semiautomática.

Ruskin cambiaba las reglas del juego.

—¡No!—le gritó Kate.

—¡Canalla!—mascullé inaudiblemente.

Yo también cambiaba las reglas.

Casanova se dio la vuelta y me apuntó. Yo empuñaba la Glock con ambas manos y, aunque me temblaban, le vacié casi todo el cargador.

Clávale una estaca en el corazón.

Pues bien, eso fue lo que hice.

Casanova trastabilló hacia atrás y cayó de espaldas contra la pared. Las piernas no le respondían. Comprendió que todo había terminado. Que era... *mortal.*

Su mirada se hizo vidriosa por momentos. Tenía los ojos desorbitados. Un estertóreo temblor anunció el final. Casanova cayó al fin desplomado en el suelo de la casa de la playa.

Logré levantarme trabajosamente. Estaba bañado

en sudor, un sudor frío. Kate se me acercó y nos fundimos en un abrazo que pareció eternizarse. Habíamos vencido. Habíamos derrotado a Casanova.

—No sabes cuánto lo odiaba—me susurró Kate.

En cuanto nos rehicimos, llamé a la policía de Cape Hatteras. Luego al FBI y a mi casa, para hablar con mis hijos y con Nana.

Al fin se había terminado.

Capítulo 123

ESTABA SENTADO EN EL porche delantero de mi casa de Washington, bebiendo tranquilamente cerveza junto a Sampson.

El aire del otoño era ya frío y cortante. Los Redskins ya habían empezado los entrenamientos para la inminente temporada de rugby.

«Y así pasa la vida», escribió en una ocasión Kurt Vonnegut, cuando yo estaba en el John Hopkins y era sensible a estos plácidos sentimientos.

Desde allí contemplaba a mis hijos, sentados en el sofá del salón viendo en vídeo *La Bella y la Bestia* por... enésima vez. No me importaba. Era una buena historia que merecía verse varias veces. Al día siguiente, no obstante, veríamos *Aladino y la lámpara maravillosa*, que era mi favorita.

—He leído que Washington va a tener el triple de efectivos policiales que la media del país—me dijo Sampson.

—Sí, pero nuestra criminalidad es veinte veces superior a la media. Por algo somos la capital de la nación, ¿no crees?—ironicé—. Como dijo uno de nuestros alcaldes:

«Asesinatos al margen, Washington tiene uno de los índices de delincuencia más bajos del país».

Sampson se echó a reír. Y yo también. La vida volvía a la normalidad.

—¿Estás bien?—me preguntó Sampson al cabo de un rato.

No me lo había preguntado desde mi regreso del sur, de mis «vacaciones de verano» en Nags Head, como las llamaba yo.

—Estupendamente. Soy un detective duro de pelar, como tú.

—Bah... Estás demasiado gordo, como un huevo de los que entran tres en una docena.

—Eso también es verdad—reconocí mirándome.

—Te hice una pregunta muy seria y aún no me la has contestado—me dijo mirándome con severidad—. ¿La echas de menos?

—Por supuesto que sí. Claro que la echo de menos. Pero ya te he dicho que me encuentro estupendamente. Nunca he tenido una amistad así con una mujer, ¿y tú?

—No. Así no. ¿Sabes que sois los dos un poco raros?—comentó meneando la cabeza, como si no supiese a qué carta quedarse conmigo (aunque yo tampoco lo sabía).

—Quiere ejercer en su tierra. Se lo prometió a su familia. Eso es lo que ha decidido... de momento. Y yo debo estar aquí... de momento. Para asegurarme de que maduras como es debido. Lo decidimos de común acuerdo en Nags Head. Y creo que es lo más acertado.

—Hummm.

—Es lo más acertado, John.

Sampson bebió un trago de cerveza, pensativo, balanceándose en la mecedora y dirigiéndome una recelosa mirada. Me... «vigilaba». Eso es lo que hacía.

Aquella noche me quedé un largo rato solo en el porche, tocando al piano *Judgement Day* y *God Bless the Child*. Volví a pensar en Kate y en lo duro que se me haría perderla. Pero todos acabamos por saber encajar estas situaciones, lo cual nos hace mejores.

Kate me contó una emotiva historia en Nags Head. Sabía contarlas, como una reencarnación de Carson McCullers.

Me explicó que, cuando tenía 20 años, se enteró de que su padre regentaba una tasca cerca de Kentucky, y que una noche se presentó allí. Hacía dieciséis años que no veía a su padre. Estuvo sentada en el maloliente antro observando a su padre durante media hora, y lo que vio le resultó tan repulsivo que se marchó sin darse a conocer.

Era muy dura y, en general, en un sentido positivo. Gracias a eso había logrado sobrevivir a tantas muertes en su familia. Y probablemente aquélla era la razón de que hubiese sido la única que logró escapar del subterráneo infierno de Casanova.

Recuerdo que me había dicho... «sólo una noche, Alex». Una noche que nunca podríamos olvidar.

Mientras miraba hacia la oscuridad, a través de la ventana del porche, no podía desprenderme de la espectral sensación de que me vigilaban.

Sabía que estaba allí.

Sabía dónde vivía.

Sin embargo, opté por no obsesionarme y subí a mi dormitorio con la intención de dormir. Sin embargo, apenas hube entornado los ojos, oí que aporreaban la puerta.

Cogí la pistola y corrí escaleras abajo. Seguían

aporreando la puerta. Miré el reloj. Eran las tres y media de la madrugada. Tal vez no fuese la hora de las brujas, pero a mí me lo pareció.

Vi que era Sampson quien aporreaba la puerta del porche trasero.

—Ya has dormido bastante, Alex—me dijo en cuanto le abrí—. Se acaba de cometer otro asesinato.

Índice